ANITA KONSTANDIN

Verhängnisvolle Freundin

Die Stuttgarterin **Anita Konstandin** war immer schon fasziniert vom Lesen und Schreiben. Die Werbefachwirtin (VWA) arbeitete viele Jahre als freie Werbetexterin, bis sie ihr Interesse an der Kriminologie entdeckte. Sie fing an Krimis zu schreiben – zunächst Kurzgeschichten, von denen ein Dutzend in Krimi-Anthologien veröffentlicht wurden. 2016 erschien ihr Psycho-Thriller »Morgen früh, wenn Gott will« im Silberburg-Verlag.

www.anita-konstandin.de

ANITA KONSTANDIN

Verhängnisvolle Freundin

Stuttgart-Krimi

SILBERBURG

Sollte dieses Werk Links auf Webseiten Dritter enthalten, so machen wir uns die Inhalte nicht zu eigen und übernehmen für die Inhalte keine Haftung.

1. Auflage 2019

Umschlaggestaltung:
Christoph Wöhler, Tübingen.
Coverfoto: © Katarzyna Białasiewicz, 123RF.
Satz und Layout:
César Satz & Grafik GmbH, Köln.
Lektorat: Michael Raffel, Tübingen.
Druck: CPI Books, Leck.
Printed in Germany.

ISBN 978-3-8425-2148-3

Ihre Meinung ist wichtig für unsere Verlagsarbeit. Senden Sie uns Ihre Kritik und Anregungen unter **meinung@silberburg.de**

Besuchen Sie uns im Internet und entdecken Sie die Vielfalt unseres Verlagsprogramms: **www.silberburg.de**

Handlung und Figuren sind frei erfunden. Eventuelle Übereinstimmungen mit lebenden oder verstorbenen Menschen oder Tieren sind zufällig und nicht beabsichtigt.

1

Sie drückte auf »Start« und die Löwin erschien. In einer kniehohen Mulde mit vertrocknetem Gras löst sie sich aus dem fressenden Rudel. Im Maul trägt sie eine kastenförmige Umhängetasche, deren Riemen vor ihren pelzigen Vorderpranken über den sandigen Boden der Savanne schleift. Das riesige Tier wirkt stolz, aber auch verspielt mit seiner Beute, die es hurtig davonträgt. Es ist eine leuchtend blaue Fototasche mit überlappendem Deckel, und vor einer Minute gehörte sie noch dem Amerikaner. Wie so ein Kindergartentäschchen hatte sie ihm vorne um den Hals gehangen.

Huttla saß in ihrem möblierten Zimmer im Dachgeschoss der Gaststätte Blaues Rössle, mitten in Stuttgart. Sie starrte auf den Laptop und sah sich schon zum dritten Mal diesen Videoclip aus einem Nationalpark in Südafrika im Internet an.

In Wirklichkeit hieß sie Jasmin. Jasmin Hutter. Nur für sich allein nannte sie sich Huttla, schon seit ihrem zweiten Lebensjahr. Seit dem Tag, als ihre Mutter sie an die Garderobe gestellt und mit ihrem Lippenstift einen roten Punkt auf den Spiegel getupft hatte, genau in die Mitte der bleichen Kinderstirn. Die Tochter war nicht so dumm, ihren winzigen Zeigefinger in das Spiegelglas hineinzustoßen. O nein. Sie fuhr sich den Nasenrücken hoch und tippte auf ihre Stirn. Und während die Mutter sich stolz zum Vater umwandte und rief: »Sie ist ja doch gescheit!«, entdeckte sie mit einem Glucksen: »Das ist Huttla.« Niemand sonst kannte diesen Namen.

Sie stand vom Sofa auf und zog das schräge Dachfenster zu. Ihr Zimmer würde sich sonst bald in einen Backofen verwandeln, denn draußen schien die Sonne wie verrückt. Nun war es ganz still. Das Hupen der Autos und das Surren der Stadtbahnen waren ausgesperrt. Auf dem Fensterbrett, direkt vor ihren Augen, hatte sie einen Flecken dunkelgrünen Plastikrasens liegen, auf dem sich einige selbst gebastelte Perlentierchen versammelten: eine winzige Eule, ein Panda, zwei Krokodile, ein Pinguin.

Sie stellte sich auf die Zehenspitzen und blickte hinaus in das Blättermeer der Rosskastanie. Sie ragte bis weit über die Regenrinne, was etwas hieß, denn das Haus war fünf Stockwerke hoch. Auch in diesem Sommer würde sie den turmhohen Baum vor dem Verdursten retten müssen. Sie zog das schwarze Sonnenrollo herab und der Raum wurde dunkel, nur der Monitor strahlte sein blaues Licht ab.

Der Videoclip war zweieinhalb Minuten lang, und das reichte auch. Länger konnte man so einen Löwe-frisst-Menschen-Film gar nicht ertragen. Vor über zwanzig Jahren hatte ihn der Safaritourist, der dicht hinter dem Hobbyfotografen hergefahren war, aufgenommen. Jetzt konnte ihn sich jeder auf YouTube ansehen – ohne Ton und stark verwackelt, denn die Person, die die Kamera hielt, stand natürlich unter Schock.

Huttla kannte jemanden, der sieben Tage die Woche mit Löwen zu tun hatte: ihre beste Freundin, Michelle Högel. Von März bis Ende Oktober arbeitete sie als Busfahrerin in einem Safaripark in Hessen, wo sie Touristen durch die Tiergehege gondelte. Diese riesigen Freigehege waren durch hohe Zäune und Tore und in den Boden eingelassene Viehroste voneinander abgetrennt – für Nashörner und Gazellen, für Giraffen und Springböcke und eben auch für die dreizehn Löwen. Das war Michelles Job, und sie liebte ihn. Vor allem an den Wochenenden, denn dann war ihr Bus voll besetzt. Sechzig Personen saßen dann auf ihren Plätzen – keiner durfte stehen! –, und Michelle trug die Verantwortung für alle.

Vom Alter her hätte sie ihre Mutter sein können, denn sie war schon dreiundvierzig, und Huttla hatte erst gestern, am 15. Juli, ihren zweiundzwanzigsten Geburtstag gefeiert, wobei »gefeiert« übertrieben war. Sie hatte sich unten aus der Wirtschaft einen Piccolo geholt, was dem Personal an seinem Ehrentag auch zugestanden wurde, und den hatte sie auf ihrem Zimmer getrunken, und das war auch schon alles gewesen. Ihr Telefon hatte währenddessen oft geklingelt, aber sie war nicht drangegangen. Michelles Foto war nicht auf dem Display erschienen; sie hatte wohl ihren Geburtstag vergessen. Immer nur Andre. Andre Zeeb hatte angerufen. Sonst niemand.

Sie streckte den Finger aus und klickte erneut auf »Start«, um vor Mitleid zu sterben, und das jetzt bereits zum dritten Mal. Im Moment konnte sie einfach nicht damit aufhören.

Mit seiner Fototasche um den Hals und einem albernen Urlauberhütchen auf dem Kopf verlässt der Amerikaner den Landrover, geht einmal vorne herum, lächelt in den Wagen hinein. Im Fond sitzt seine gutmütig aussehende Frau und vorn, auf dem Beifahrersitz, seine etwa dreizehnjährige Tochter. Die kleine Familie hat offenbar die Warnschilder übersehen, die in jedem Safaripark aufgestellt sind: »Das Verlassen der Fahrzeuge ist nicht gestattet. Lebensgefahr!« Aber dieser lange Lulatsch von einem Ami ist ausgestiegen, jetzt lehnt er lässig mit der Hüfte an der Fahrertür und hält sich mit beiden Händen sein Fernglas vor die Augen. Er blickt in die Ferne, wo denn die Löwen bleiben, und dabei sind sie alle schon da.

Es ist eine Gruppe von fünf starken Tieren. Sie liegen in ihrer Graskuhle hinter den staubigen Büschen zu seiner Linken, keine fünf Meter von ihm entfernt. Er müsste sie riechen können. Aber er steht einfach nur in der Sonne und schaut geradeaus durch das Fernglas, nichts ahnend, und da kommt von hinten blitzschnell die verspielte Löwin heran und legt ihm ihre dicken Pranken auf die Schultern. Wie sie da hinter ihm steht, ist sie exakt genauso groß wie er. Der Mann zuckt zusammen, reißt überrascht den Mund weit auf und sackt in die Knie.

Huttla schaute schnell weg und bückte sich nach einer der goldfarbenen Perlen, die ihr trotz Noppenmatte unter den

Tisch gekullert waren. Sie bastelte gerade ein breites Ornamentband für die schwarze Urne, die neben dem Computer auf dem Tisch stand. Wenn sie fertig war mit dieser Arbeit, würde das Aschegefäß aussehen wie ein Schmuckkästchen. Sie könnte Bastelsachen hineintun oder es verschenken. Huttla machte furchtbar gern Geschenke.

Wegen des Videoclips hatte sie feuchte Hände, sodass sie mehrere Anläufe brauchte, um die schimmernden kleinen Perlen einzufädeln; sie war nicht ganz so nervenstark wie Michelle, die täglich mit Löwen umging. Einmal hatte Michelle zu ihr gesagt, sie wünschte, sie hätte ein Kind. »So ein Mädchen wie dich!«

Um Gottes Willen.

Fast zwei Stunden hatten sie neulich erst miteinander telefoniert – ohne dass sie nach Alexa und Gordon fragte, wie sonst immer. Normalerweise wollte sie wissen, was das »Traumpaar« so trieb. Aber bei diesem Telefonat schien sie gar kein Interesse an den beiden zu haben. Ihre ganze Aufmerksamkeit galt allein Huttla. Jedenfalls sagte sie: »Komm mich doch mal besuchen, ich schmuggel dich in den Park. Du fährst kostenlos mit mir im Bus durch die Freigehege. Ich zeig dir alles, Jasminchen.«

»Auch die Löwen?«

»Vor allem die.« Sie blies Zigarettenrauch in den Hörer. »Und am Abend machen wir es uns richtig gemütlich.«

O ja.

Über die Saison wohnte Michelle in einem Wohnwagen auf einem Campingplatz in der Nähe des Safariparks. Sie behauptete, dass sie beide in dem großen Bett locker Platz hätten. Dieses grundgemütliche Bett ging Huttla die ganze Zeit im Kopf herum. Und plötzlich fing sie selbst vom »Traumpaar« an, ganz unbewusst, und schnatterte alles Mögliche daher. Da mussten sie kichern, aber nach einer Weile wurde die Freundin am Hörer sehr ernst, regelrecht verstockt, und als

Huttla minutenlang nicht einmal mehr ihren Atem hörte, hatte sie in Gottes Namen aufgelegt.

Ob es diesen Sommer mit einem Besuch im Safaripark klappen würde? Es lag daran, dass sie das Geld für die Reise nie recht zusammenbekam. Den Wirt um einen Vorschuss zu bitten, getraute sie sich nicht. Sie würde es ja doch nicht schaffen, alles zurückzuzahlen. Obwohl sie jeden Cent zweimal umdrehte! Obwohl sie nur billige Lebensmittel kaufte, im Grunde nur Milch und Kartoffelpüree. Obwohl sie nie Kleidung kaufte, weil ihr genügte, was sie im Schrank hängen hatte: Oberteile in düsteren Farben und zwei Paar Jeans, die sie eigenhändig mit der Nagelschere destroyed hatte.

Sie besaß nichts Überflüssiges. Keinen Schmuck, keine Tücher, keine Schals. Für besondere Anlässe zog sie das weiße Shirt mit dem Fernsehturm vorne drauf an. Es reichte ihr bis fast zu den Knien. Sie sparte Geld, indem sie nie zum Friseur ging. Sie färbte sich das Haar mit Henna selbst schwarz, und sie schnitt es auch selbst, was das Einfachste von der Welt war. Man musste nur eine Haarkur dick auftragen, die glitschigen Haare nach vorne werfen und sie gleichmäßig über den Kopf kämmen. Jetzt einmal mit der scharfen Schere ringsherum und fertig war die Huttlafrisur.

Sehr nett sah sie immer aus, wie ein Mangamädchen, nur ohne die übertrieben großen Augen. Huttla hatte kleine Augen. Ihr Gesicht war rund und sehr flach, was einen Lehrer in der Grundschule einmal dazu bewogen hatte, es als Pfannenkuchengesicht zu bezeichnen, aber nur zum Spaß.

Ihr ganzes Mitgefühl galt nun der amerikanischen Familie in dem Videoclip. Die Tochter steigt tatsächlich aus dem Landrover aus, als könnte sie ihrem Daddy helfen. Ihr Rücken gebeugt, eine Hand wie kurz vorm Erbrechen auf den Mund gepresst. Zwei Schritte bewegt sie sich auf den wankenden felligen Haufen zu, dann stürzt sie in den Wagen zurück. Die Ehefrau ist hinter der Scheibe zu sehen, beide Hände vorm Gesicht.

Hilflos. Nur einmal angenommen, sie würde nach vorne krabbeln, sich ans Steuer setzen und mit dem Fahrzeug auf die Löwen zurasen: Es würde nichts nützen, sie bekäme ihren Mann nicht frei. Sie sind zu fünft! Vier Löwinnen und ein Pascha mit dunkler Mähne. Wie eine Lumpenpuppe schlenkern sie jetzt den großen Mann umher, wälzen ihn zwischen sich auf und ab, begraben ihn unter ihren falbfarbenen Leibern.

Jetzt kommt die Stelle mit der Hand. Huttla möchte immer weinen, wenn seine schöne ovale Hand aus dem wabernden Fellhaufen auftaucht. Eine sinnlose Abwehrgeste macht seine Hand, die junge Löwin liegt doch schon auf seiner Brust. Sein Aufbäumen quittiert sie mit einem ärgerlichen Fauchen, das Maul schräg gestellt. Der Amerikaner – Huttla nennt ihn an dieser Stelle immer Joe – legt seine Hand an ihren breiten, samtigen Hals. Sie nimmt davon keine Notiz; sie kaut gerade den breiten Schultergurt seiner knallblauen Fototasche durch. Denn die gehört jetzt ihr.

Als sie herumschnellt und mit der Beute im Maul aus dem Bild läuft, sieht man Joe, wie er auf dem Rücken liegt in dem wogenden Haufen. Er hebt den Kopf und schaut hinunter zu seinem Unterleib, zu dem sich die mächtigen Köpfe der Löwen hinabsenken.

Huttla wandte rasch den Blick ab. Mit der Perlennadel stupste sie die goldglänzenden Perlchen auf und schob sie auf den dünnen Messingdraht. Der Wirt log ganz gewaltig, kürzlich hatte er behauptet, sie habe zwei linke Hände. Die Wahrheit war: Burkhard Nolte brauchte sie nicht mehr, weil ihm seine neue Freundin in der Kneipe half. Svetlana Wolkow aus Russland.

»Hör mal, wenn nichts los ist«, hatte er zu Huttla im Treppenhaus unten gesagt, »dann hast du frei«. Es war nie etwas los, und sie hatte immer frei. Sie blieb aber auf Stand-by, schaltete ihr Handy nicht eine Sekunde aus, falls er sie doch wieder rief. Man durfte die Hoffnung nie aufgeben.

Huttla schaute wieder auf den Bildschirm. Jetzt kam das Schlimmste.

Die Löwen ziehen die Nasen kraus über seinem Körper. Wenn sie sich zu nahe kommen, zeigen sie sich gegenseitig ihre langen Fangzähne. Auch die junge Löwin ist wiedergekommen. Im Wechsel senken die fünf ihre Schnauzen herab, sie fressen Joe bei lebendigem Leib.

Huttla hatte gelesen, dass Löwen mit ihrer rauen Zunge die Beute so lange abschlecken, bis an der Leckstelle kein Fell mehr bleibt und das Blut sachte durch die Haut tritt. Zuvor geben sie ihrem Opfer – wenn es ein Kaffernbüffel ist oder ein Warzenschwein – den Kehlbiss, um es zu töten. Bei Joe sind sie nicht so gnädig. Sie merken ja, dass er ihnen nicht entkommen kann; der Mensch in ihren Klauen ist schwach. Also verzichten sie auf den Todesbiss.

Einmal kommt Joes rechtes Bein verdreht zum Vorschein, den Schuh hat er verloren, aber die helle Socke sitzt noch akkurat auf dem Fuß.

Huttla hoffte, dass er an dieser Stelle längst tot war, sicher war sie nicht.

Die Kamera zoomt Joes Tochter heran. Der Schock verzerrt ihr junges Gesicht. Die Ehefrau hinten im Wagen schlägt ihren Kopf immerzu gegen die Fensterscheibe.

Die neue Freundin des Wirts kam aus Sankt Petersburg – »aus Piter«, wie sie sagte. Offensichtlich interessierte auch sie sich für Tote, denn sie schenkte Huttla eine Postkarte mit dem aufgebahrten Lenin darauf. Sie behauptete, seit hundert Jahren liege der einstige Revolutionsführer völlig unverändert in seinem gläsernen Sarg in der Hauptstadt, es sei ein Wunder.

Huttla fädelte die nächste Perlenreihe auf und zog den Messingdraht straff, so sehr, dass das Pflaster an ihrem kleinen Finger abging und ein wenig Blut hervorsickerte. Das Schmuckband für die Urne würde wunderhübsch werden, so wie alles, was sie bastelte. Sie richtete die Augen wieder auf den Bildschirm.

Die Kamera schwenkt in das Löwenlager, wo alles im Blut schwimmt. Jetzt, wo es zu spät ist, fährt ein Safariauto mit zwei bewaffneten Rangern heran. Sie tragen Cowboyhüte. Aus dem Jeep heraus erschießen sie die ihnen am nächsten kauernde Löwin. Man hört den Knall nicht, sieht aber, wie sie getroffen zusammensackt. Die anderen Löwen rennen panisch aus dem Bild. Nur die junge Löwin bleibt bei Joe. Sie liegt an seine linke Seite geschmiegt und kaut. Was sie jetzt zwischen den Zähnen hat, kann man Gott sei Dank nicht sehen. Aber es scheint nicht der Rest von dem Riemen der Fototasche zu sein. Sie frisst mit weit aufgerissenem Maul, bis auch sie erschossen wird.

Die Männer steigen aus und schauen auf Joe hinunter. Sie legen eine derbe Decke über ihn und tragen ihn aufgerichtet, als wäre er ein Mensch, der bald wieder alleine gehen kann, ohne Anstrengung zu ihrem Fahrzeug. Sein Kopf ist sichtbar, er hängt nach vorn, und unten baumeln seine Füße. Alles, was in Joes Körpermitte war, ist weg. Die ganzen Organe. Einer der Ranger kümmert sich um die Frau und das Mädchen.

Als es unten auf der Straße zweimal kurz hupte, sah Huttla auf die Uhr, schaltete den Computer aus und lief aus dem Zimmer. Am Fuß der Treppe tauchte Svetlana Wolkow auf und reichte ihr einen pfundschweren Plastikbeutel, den sie mehrfach verknotet hatte. Er war kalt und roch nach nichts. Sie flüsterte: »Auch ich libbe Hundchen.«

Sie hatte das Fleisch aus der Küche geklaut.

»Danke.« Huttla nahm den kleinen Sack mit zwei Fingern. »Übrigens, in dem Sarg ist von Lenin nichts mehr übrig. Er ist nur Wachs und Chemie.«

Die Petersburgerin schaute grimmig, aber Huttla war das in der Eile egal. »Wenn du was über Totenkonservierung wissen möchtest, dann frag mich«, bot sie an. »Ich weiß so gut wie alles darüber.«

Dann lief sie den langen, nach Bier und Salzstangen riechenden Gang entlang zum Ausgang. Die schwere Haustür schleifte am Boden und fiel dann krachend ins Schloss.

2

Draußen umfing sie die sommerliche Wärme und der Gestank von Autoabgasen. In der Mittagszeit war die Schlossstraße verstopft. Vier Autospuren und in der Mitte glänzende Gleise, auf denen die Stadtbahnen die Hügel hinauf- und hinabsurrten. Am Berliner Platz kreischten sie in den Kurven.

Andre Zeeb hielt in zweiter Reihe, es war ganz unmöglich, für einen Leichenwagen in dieser Gegend eine Parklücke zu finden. Huttla hüpfte auf dem staubigen Gehweg im tosenden Verkehrslärm auf den glänzenden schwarzen Mercedes Kombi zu. Wie immer fühlte sie sich ein bisschen euphorisch, wenn sie zu Andre in den Wagen mit den spiegelnden schwarzen Scheiben stieg.

»Hallo!«

Er hielt den Kopf schräg und schaute sie zärtlich mit dem rechten Auge an. Mit dem linken kontrollierte er den Verkehr im Außenspiegel. Andre schielte ganz gewaltig, was irgendwie mit dem Stielkamm seiner Mutter zusammenhing, als er noch ganz klein war. Es machte ihm aber nichts aus, im Gegenteil. Er sagte, es sei sogar praktisch, wenn er mit dem einen Auge am Sarg arbeitet, während das andere in den Nebenraum schaut, was die Hinterbliebenen treiben, ohne dass er den Kopf drehen muss.

»Wow, du siehst spitzenmäßig aus«, sagte er zur Begrüßung und übertrieb natürlich maßlos.

Sie drückte ihren Rücken fest in das bequeme Polster. »Schau!« Sie zeigte auf den Plastikbeutel. »Svetlana hat mir wieder was für Bones mitgegeben.« Sie stopfte das Fleischpaket in ihre Umhängetasche und stellte sie zwischen die Füße. »Sie ist so süß.«

Andre erwiderte ihr Lächeln, setzte den Blinker und fädelte sich in den Stop-and-go-Verkehr ein. »Und wie läuft's im Rössle?«, fragte er wie jedes Mal.

Huttla schnallte sich mit großer Geste an. »Super, wirklich!«

Die Ampel vor ihnen wurde rot, und Andre hielt an. Sein rechtes Auge blinzelte. »Mann, Jasmin, du musst aus dieser Kneipe raus.«

»Aber es läuft!«, entgegnete Huttla mit einem kurzen Auflachen. Und während er wieder anfuhr, sog sie den Tannenduft ein, den das Duftbäumchen unterm Rückspiegel verströmte. Zum Glück hatte ihr Freund heute keine Lilien hinten im Wagen liegen, die nahmen ihr immer den Atem.

»Gestern hab dich hundertmal angerufen.« Es klang leicht beleidigt. »Und du gehst einfach nicht ans Telefon an deinem Geburtstag.« Der Wagen stand schon wieder. Andre streckte den Arm aus und legte seine kühle Hand auf ihre. »Ich wünsch dir Glück und ein langes Leben!« Er war blasser als sonst.

»Ich war mit Erdna in der Stadt.«

»Mit Erdna?«

»Ja, ehrlich.« Sie kippte den Kopf auf die Schulter und sah aus dem Fenster in den Streifen seidenblauen Himmels zwischen den hohen Häusern. »Es war toll.«

»Du schwindelst.«

»Nein!« Huttla lachte.

Andre musste bremsen, weil die nächste Ampel vor ihnen auf Rot sprang. »Klar schwindelst du!«

Wie jeden Samstag waren sie auf dem Weg zu Bones, der in der Tierherberge in Donzdorf lebte. Die Fahrt dauerte eine Stunde, und während sie in dem angenehm temperierten Leichenwagen stadtauswärts über die Straßen glitten, hörten sie gregorianische Chorgesänge, die sie nur selten durch ein Gespräch unterbrachen. Deshalb erschrak Huttla, als Andre in den heiligen Gesang hinein sagte: »Mach doch mal das Handschuhfach auf.«

»Oh!« Mit beiden Händen nahm sie das schwere »Große Perlenbastelbuch« heraus. Sie hatte dasselbe Buch bereits seit Wochen im Schrank stehen. Herr Burger vom Bastelladen hatte es ihr ausgeliehen, fast schon aufgezwungen. »Das müssen Sie haben«, hatte er gesagt. »Das fehlt Ihnen noch.«

Sie zog die weiße steife Trauerschleife auf und lächelte das Cover an. »Dankeschön«, rief sie. »Das hat mir noch gefehlt!«

Sie kannte Andre Zeeb seit zwölf Jahren. Sie war damals zehn, er achtzehn Jahre alt gewesen. Huttla ein stilles, pummeliges Kind und Andre ein dürrer, schieläugiger Bestatter-Azubi, der sich windend vor Eifer und Feingefühl um einen jungen Mann kümmerte, der von einem Turm herabgefallen war. Dieser zu Tode Gestürzte war Andres allererster Fall als Undertaker, wie er sich gern selbst nannte, gewesen. Der junge Mann, den er bergen, herrichten und einsargen durfte, hieß Timo, von Freunden kurz Ti genannt, und er war Huttlas großer Bruder gewesen.

Sie hatten endlich die Bundesstraße 10 Richtung Esslingen erreicht, und Andre beschleunigte den Wagen. An den Seitenfenstern links mit Schrott beladene Frachtschiffe auf dem Neckar, und rechts zeigten sich Rückansichten von Fabriken und Lagerhäusern.

»Willst du wissen, was ich vorhin Scheußliches auf YouTube gesehen hab?« Auf ihrem Arm erschien eine Gänsehaut, was heute nicht am Airconditioner lag, der bei Andre wegen der Leichengerüche immer auf Hochtouren lief. Das Gebläse wehte ihm seine wilden schwarzen Haare aus der Stirn, sie waren das Schönste an ihm. Der Rest war zu blass, zu dünn und zu lang.

Er sah kurz zu ihr rüber. »Du hast dir wieder den armen Warzenmann aus Indonesien angeguckt«, riet er. »Oder diese dreiköpfigen Zwill…«

»O nein!« Huttla musste lachen.

Andre zog den Wagen auf die linke Spur und überholte einen weißen VW Tiguan mit einer schönen, rothaarigen Frau am Steuer.

Huttla blickte hinauf in den Autohimmel, an dem hundert LED-Lichtchen funkelten, hell wie ein Sternenmeer. »In dem Video ist ein Safaritourist von Löwen gefressen worden, sie hatten ihn regelrecht ausgeweidet, bis die Ranger endlich kamen. Sie packten ihn in eine Decke, und als sie ihn wegbrachten, schleiften seine Füße über den Boden, und an einem Fuß war sogar der Schuh noch dran.«

»Ach Mann, Jasmin.«

Sie sah ihn an. Er brauchte gar nicht so scheinheilig zu tun. Sie sah ihm an der Nasenspitze an, dass er sich Joes ausgehöhlten Körper bildlich vorstellte. Eine solchermaßen zerbissene Leiche war für einen angehenden Thanatopraktiker natürlich eine Herausforderung. In weniger als zwei Wochen fand seine letzte Prüfung statt – er redete von nichts anderem. Entstellte Körper optisch wiederherzustellen (er nannte es »restaurieren«) und je nach Bedarf auch einzubalsamieren, dafür lebte Andre.

Draußen flogen jadegrüne Felder vorbei.

»Bei einem so extrem versehrten Toten«, Andre sprach mit Bestatterstimme, »sind eine Reihe rekonstruktiver Maßnahmen notwendig, damit man ein ästhetisches Ergebnis hinbekommt.«

»Aber zu machen wäre das schon?«

»Klar.« Andre drehte die Chorgesänge leiser. »Ein guter Thanatopraktiker schafft es, auch einen auf diese Art Verstorbenen im offenen Sarg zu präsentieren, und zwar würdevoll.«

»Er ist nicht verstorben, er wurde gefressen, Andre!«

Der Leichenwagen trug sie durch die sommerliche Landschaft – Felder, Wiesen und Wälder, und der braungraue, mächtige Riegel namens Schwäbische Alb rückte näher. Die Tasche mit dem Fleischbeutel fühlte sich schön kalt an zwischen Huttlas Waden.

»Und zwar war das in Südafrika.«

Andre machte »mhm« und gab zu, dass die Hitze ein Problem war. »Ohne Kühlung tritt schon nach Minuten die Zersetzung ein«, sagte er und rauschte an knallgelben Rapsfeldern vorbei. »Wenn wir Verstorbene ins Ausland überführen, dann konservieren wir sie übergangsweise …«

»… was in der Fachsprache ›Modern Embalming‹ heißt«, vervollständigte Huttla seinen Satz und lachte, während sie kennerisch fortfuhr: »Wir tauschen das gesamte Blut gegen Formalin aus, sodass der Dahingeschiedene länger frisch und schön bleibt und von seinen Angehörigen sogar umarmt werden kann.«

Andre blinzelte mit dem Auge, das die meiste Zeit zu ihr herübersah. »Pass auf, dass ich dich nicht zur Prüfung mitnehme.«

»An der Praxis würde ich scheitern!«

Er lachte laut heraus. Sie blickte an seiner langen Nase vorbei aus dem Seitenfenster. Hoch oben, steil im Rehgebirge, thronte die Burg Staufeneck, die sie bis zur Tierherberge begleiten würde. Auf gleicher Höhe erschien bald auch die Burg Ramsberg. Dort oben gab es ein Gestüt, aber Huttla war nie da gewesen.

»In dem Landrover saßen seine Frau und seine Tochter. Was sie mit ansehen mussten, werden sie niemals wieder los. Nicht einmal ich werde diese Bilder je vergessen können.«

Der Mönchschor kam jetzt zum Höhepunkt, normalerweise drehten sie hier laut auf und Andre gab Gummi, falls die Straße frei war.

»Ich sehe die Löwin vor mir«, sprach Huttla weiter, »wie sie mit der Pranke Joes Hand wegschlägt, als er sich an ihr hochziehen will. Dann hebt er den Kopf und sieht zu seinem Unterleib hinunter, wo schon vier Löwen an ihm fressen.«

»Mann, Jasmin!« Andre sog hörbar den Atem ein. »Schau dir das Zeug nicht an, es ist Mist.«

»Ich frage mich nur, wie er die Schmerzen ertragen konnte?«

Sie fuhren auf Donzdorf zu, vor ihnen erhob sich ein hoher, bewaldeter Berg. Sie kamen an der Tankstelle vorbei, wo sie sich manchmal auf dem Heimweg ein Eis kauften.

»Er hat kaum was davon mitbekommen«, sagte Andre, der alles wusste, was mit Tod und Sterben zu tun hatte. »Im Fernsehen kam mal eine Doku über einen Zirkusdompteur, der Tigerbisse überlebt hat. Sie hatten ihn richtig tief in die Hüfte und sonstwohin gebissen. Der Typ sagte, ihm sei erst heiß und dann kalt geworden, und dann hätte er auch schon das Bewusstsein verloren.«

Das war ein Trost. Erst heiß, dann kalt, dann bewusstlos. Das wollte Huttla sich merken.

Andre fuhr an der Donzdorfer Stadthalle vorbei, bog nach links ab, und zwei Minuten später glitt der Bestatterwagen gravitätisch durch eine kurze Wohnstraße, in der rosafarbene Rosen über Gartenzäune hingen.

»Endlich«, sagte Andre, als der Zufahrtsweg zur Tierherberge im hellen Sonnenlicht vor ihnen lag.

Sie parkten den Wagen und stiegen sofort aus.

Wenn Andre das Gelände betrat, hellte sich seine Miene jedes Mal auf. Insgesamt wirkte er ja düster. Er trug immer diese schwarzen Anzüge und darunter schwarze Hemden – auch privat. Er besaß gar keine Jeans. Andre war Bestatter durch und durch. Er sprach mit Leichen und fand gar nichts Besonderes daran. Es gab ja auch Leute, die mit Pflanzen redeten.

Der Tod ihres Bruders vor zwölf Jahren hatte sie beide zusammengeschweißt. Andre hatte sich sogar seinen Namen in Großbuchstaben auf dem linken Unterarm unter die Haut spritzen lassen, schon deshalb hing Huttla an ihm. Das O von TIMO endete zwei Zentimeter vor dem Verschluss seiner Armbanduhr.

Bones kam auf sie zugeschlingert. Sein semmelbraunes Fell

glänzte in der Sonne. Er war einer der privilegierten Hunde, die frei im Hof und im Büro der Tierherberge herumschlawinern durften.

Warum die Tierschützer ihn Bones getauft hatten? Vielleicht weil er bei seiner Ankunft so mager gewesen war, nur Haut und Knochen. Huttla kniete sich zu ihm runter, und er presste seinen dicken warmen Kopf gegen ihr Knie. Vielleicht hieß er auch deshalb »Knochen«, weil ihm ebendiese in seiner Heimat zertrümmert worden waren. Mit einer Eisenstange oder mit Fußtritten. Sie griff lächelnd in sein weiches Fell und zupfte an seinen Ohren herum, während Andre im Büro die Leine holen ging. Drüben in den großen Ausläufen bellten die Hunde, enge Zwinger gab es hier nicht.

Bones braune Kulleraugen strahlten sie an, dann bohrte er seine lakritzschwarze Nase in die Tasche mit dem Fleisch. Huttla lachte. Im strahlenden Licht der Sonne gingen sie langsam, um den Hund zu schonen, über Serpentinen einen Wiesenhang hinauf. Immer wieder blieben sie stehen und betrachteten die schöne Landschaft.

Andre machte ein nachdenkliches Gesicht. »Wenn wir zusammenziehen würden, könnten wir ihn zu uns nehmen. Kein Mensch und kein Tier sollte traurig sterben.«

Nun wieder diese Tour. »Aber sterben ist traurig«, sagte sie, nur um ihn zu ärgern.

Bones schnappte verspielt nach der Leine. Andre beugte sich hinab, um ihn mit seinen großen weißen Händen zu streicheln. »Er hat vielleicht nicht mehr lang zu leben«, meinte er mit belegter Stimme.

Huttla blickte auf den wackligen Hund, der keinen Zentimeter von ihrer Umhängetasche wich. Außerdem wedelte er mit dem Schwanz.

»Bones denkt ganz bestimmt nicht ans Sterben; ihm schwebt das Fleisch vor«, sagte sie grinsend. »So schnell gibt der den Löffel nicht ab.«

Andre nahm den schnörkelig verbogenen Hund auf den Arm, um ihn eine Weile zu tragen, obwohl er ganz schön schwer war.

Seite an Seite schlenderten sie über den Wiesenweg, der in sanfter Steigung aufwärts führte. Sie sahen Paraglider vom Messelberg herabschweben wie vorzeitliche, bunte Vögel. Am Wegrand blühten Butterblumen und Margeriten, die anderen Blumen kannte Huttla nicht.

»Wenn wir zusammenziehen würden,« hob Andre nach einer Weile wieder an, »könnten wir ihn retten.« Sie blickten beide hinüber zu dem Berg Hohenstaufen auf der anderen Seite des Tals.

Ausgerechnet Huttla sollte jemanden retten.

»Aber er ist doch schon gerettet«, rief sie. Der Rüde auf Andres Arm warf ihr einen Blick zu. »Er lebt in der Tierherberge, so gut hat er es noch nie gehabt.«

Hatte denn sie das Recht, nein, das Privileg, einen Hund zu adoptieren? Das Tier besaß kein Stimmrecht; es musste jeder dahergelaufenen Person folgen, was auch immer sie im Schilde führte. Huttla schätzte, dass dreiviertel aller Hunde in der falschen Familie lebten. Sie hätten sich anders entschieden, wenn sie es gekonnt hätten.

Zu Andre sagte sie: »Bones ist bestens versorgt.« Der Rüde zog ein wenig die Lefzen zurück, um ihr seine unteren Eckzähne zu zeigen. Sie standen wie Wildschweinhauer hervor. »Hier tut ihm keiner mehr weh«, sagte sie.

»Er braucht ein richtiges Zuhause«, sagte Andre keuchend. Er setzte den schweren Bones wieder ab. »Es liegt nur an dir, Jasmin.«

Das Thema Zusammenziehen hatten sie nun wirklich bis zur Erschöpfung durchgenudelt. Er war dafür, sie dagegen. Es gab da nämlich ein Problem, über das Huttla aber keinesfalls sprechen wollte.

Im Tal spiegelte sich das Sonnenlicht auf den Dächern von

Donzdorf. Sie kamen zu dem großen Wacholderbusch, unter dem eine halb verwitterte Holzbank stand. Sie setzten sich und fütterten Bones, der mit erstaunlicher Schnelligkeit Svetlanas Fleisch verschlang. Dann legte er sich unter die Bank in den Schatten und schleckte sich das Maul.

Der Duft von warmem Gras und Blumen umhüllte sie alle drei.

Am späten Nachmittag gingen sie den Weg zurück durch die Wiesen. Am Ende ihres Spaziergangs hielten sie sich immer an der Hand, und zwischen ihnen torkelte ein vergnügter Bones bergab.

Zum Abschied legte Andre ihm die Hände über die Ohren und gab ihm einen Kuss auf die Stirn. Der Pfleger im Blaumann lächelte. Ein zotteliger weißer Hund sprang in reiner Wiedersehensfreude um Bones herum. Wie auf Kommando drehten die beiden die Köpfe und liefen in Richtung Büro, wo ihnen schon jemand die Tür aufhielt.

Jetzt musste Andre sich wieder eine Woche lang nach dem Hund verzehren.

Auf der Rückfahrt war er schweigsamer als sonst.

»Denkst du an deine Prüfung?«, fragte Huttla, während sie aus der kleinen Stadt hinausfuhren. An ihrem Fenster flitzten Häuser, Vorgärten, Autos und Menschen vorbei.

»Eigentlich nicht«, gab er zur Antwort.

Natürlich dachte er an seine Prüfung, da war sich Huttla sicher. Er fieberte dem Termin seit einem Jahr entgegen. Hinter ihm lagen mehr als achtzig Einbalsamierungen, wovon er die Hälfte in zwei Praktika bei einem Einbalsamierer in London absolviert hatte. Andre war so beschäftigt gewesen, dass er sich noch nicht einmal Big Ben näher angesehen hatte, nur die Glocken hatte er gehört.

Bei der Theorie war Huttla ihm eine große Hilfe gewesen. Sie hatte ihn zweimal wöchentlich in ihrem Zimmer abgehört, in den Fächern Anatomie, Physiologie, Pathologie (Schwerpunkt Mikrobiologie), Recht und Geschichte sowie in Andres Lieblingsfach, der Einbalsamierungstheorie.

Nur ein einziges Mal hatte sie mit ihm in seiner Wohnung in der Immenhofer Straße gelernt, in einem Zimmer voller blasslila Blumen. Sie hatte ihn gerade über verwesungshemmende Substanzen abgefragt, als die Wohnungstür ging und sie hörten, wie sein Vater, der bei ihm wohnte, über den Teppich im Flur schlurfte. »Formalin«, hatte Andre kühl geantwortet. Aber sie hatte nur dagesessen, die Hand vor den Mund gepresst.

»Er tut dir doch nichts, Jasmin.« Andre hatte sie zu beruhigen versucht, wo er doch sonst immer darauf bestand, dass man besser keiner Menschenseele vertraut.

»Hab keine Angst, er ist völlig harmlos.«

3

Als sie in Stuttgart aus dem kühlen Bestattungswagen stieg, war es, als liefe sie gegen eine heiße, staubige Wand. Auf der Stelle kümmerte sie sich um die Kastanie im Hof. Sie rannte die Treppe rauf und holte aus Erdnas Zimmer die alte Gießkanne, sprang die Treppe wieder runter und stellte das Monstrum in der Kneipenküche in den Spülstein. Als sie das Wasser aufdrehte, trat der Wirt aus einer dunklen Ecke hervor, und sie erschrak dermaßen, dass es sie richtig durchschüttelte.

»O Gott«, sagte sie mit klopfendem Herzen und drehte rasch den Hahn zu.

»Der Baum hat Wurzeln bis in den Nesenbach runter!« Burkhard Nolte hing eine Kippe im Mundwinkel, deshalb nuschelte er. Seine graugelben Haare waren verstrubbelt, als käme er gerade aus dem Bett. »Der braucht kein Wasser«, nuschelte er, »schon gar keins aus dem Rössle.«

Huttla nickte und hievte die viertelvolle Kanne aus dem Spülstein. Als sie sich wieder aufrichtete, war der Wirt verschwunden. Sie hatte ihn unbedingt noch fragen wollen, ob er sie vielleicht heute Abend brauchte.

»Burkhard?«, rief sie Richtung Gaststube. Nichts. »Herr Nolte?« Noch einmal nichts.

Sie überlegte fünf Minuten lang, was sie mit der Gießkanne machen sollte. Dann trug sie sie mutig in den Hof hinaus, wo links die Müllcontainer schon nicht mehr zugingen und rechts zwei rostige Fahrräder ohne Luft in den Reifen an der Hauswand lehnten.

Mit hängendem Kopf gab sie der Kastanie das teure Rössle-Wasser zu trinken. Aus ihren Früchten hatte sie letzten Herbst Tiere gebastelt und sie zur Zierde auf die Wirtshaustische gestellt. Die Gäste hatten die Streichhölzer aber gleich rausgezogen und die Kastanien im Gastraum umhergeworfen.

Huttla lief in ihr Zimmer hoch. Dort stand ihr Computer auf dem Tisch, dort funkelten Perlenfigürchen in der Glasvitrine und überall, dort standen Bücher im Regal und dort gab es das Nebenzimmer – »Erdnas Reich«, aus dem öfter ein Knistern zu hören war.

Sie trat in ihr Zimmer und steuerte auf das schon etwas durchgesessene, lehmfarbene Sofa zu. Es war zwanzig Uhr. Sie schaltete den Fernseher ein.

Erdna saß bereits auf dem ungepolsterten Holzstuhl neben der Tür zu ihrem Zimmer. Nicht einmal ein flaches Kissen ließ sie sich unterschieben, sie war Afrikanerin und wollte es so hart haben, und Huttla sah nicht ein, dass sie wegen sowas das Streiten anfinge.

Im Fernsehen liefen die Nachrichten. Die Welt war so chaotisch. Ein brennendes Flüchtlingsheim. Selbstmordattentäter sprengen sich in die Luft oder fahren mit LKWs in Menschenmengen. Terrorgefahr herrschte inzwischen auf dem ganzen Erdball.

Die Nachrichtensprecherin mit den goldenen Haaren machte ein ernstes Gesicht. Erdna war allen Ernstes der Ansicht, die goldenen Haare der Ansagerin seien echt und auch unten herum sei sie ganz golden. Huttla ließ sie bei der Ansicht, bestärkte sie aber nicht darin.

Zu den Kriegen auf der Welt meinte Erdna: Alles halb so schlimm, das erledigt sich von selbst. Nur eines wird uns Kopf und Kragen kosten: der Atommüll. Sie wissen nicht, wohin damit. Es gibt keinen sicheren Ort. Nirgends.

Huttla schaute Erdna lange an. Wenn sie so drauf war, brauchte sie ihr gar nicht erst mit dem Löwenvideo zu kommen. Bei der Wettervorhersage hielt sie es dann aber nicht mehr aus.

»Hör mal«, sagte sie in Richtung Stuhl. »Die Löwen haben den Mann, er hieß übrigens Joe und war Amerikaner, na ja, sie haben ihn regelrecht zerfetzt. Sie rissen Stücke aus ihm raus, und seine Frau und seine Teenagertochter mussten dabei zusehen.« Sie krümmte sich innerlich, nie würde sie diese Bilder vergessen. »Joe hatte keine Chance, aus dem Löwennest lebendig rauszukommen; es war sein Grab.«

Erdna: Jeder normale Mensch weiß, dass man auf Safari besser im Auto sitzen bleibt.

So war sie: immer leicht patziger Ton.

Und weiter: Normal sind Löwen auf Gnus und Gazellen geprägt.

»Ach ja?«

An sich wollen sie von Menschen nichts wissen, fuhr sie fort, und als Afrikanerin musste sie es ja wissen.

»Aber sie haben ihn gefressen, Erdna!«

Ihre Mitbewohnerin war nicht der Typ, der sich leicht gruselte. Nicht einmal beim Warzenmann aus Indonesien war sie groß zusammengezuckt. Ihm waren nach einer Verletzung am Bein struppige, essstäbchenlange Warzen aus Händen und Füßen gewachsen. Er konnte nichts mehr anfassen und kaum mehr gehen. Ein Arzt nahm ihn mit nach England, wo er ihn operierte, aber das Zeug wuchs nach, und wie zum Trotz wucherte es dann erst so richtig los. Der Warzenmann war mit das Schrecklichste, das Huttla je gesehen hatte.

Sie saß im Schneidersitz auf dem Sofa und schaute abwechselnd auf das Ornamentband, das sie aus goldenen Perlen fädelte, und auf den Fernseher, wo der Vorspann zu einer Meeressendung lief.

Sie griff schon nach der Fernbedienung, weil gleich der hastig watschelnde Baby-Pinguin auf den Schnabel fallen würde, wie fast jede Woche. »Selbstverständlich tut ihm das weh«, sagte sie zu Erdna und schaltete um. »Ich koche uns jetzt eine Kleinigkeit«, sagte sie, erhob sich und schenkte dem Fernseher keinen Blick mehr.

Sie aßen immer Kartoffelpüree aus der Tüte, wozu man nur Milch und Wasser und sonst nichts brauchte. Mal aßen sie »Das Fluffige«, dann wieder »Das Feste«, allermeistens »Das Klebrige«. Sie verklebten sich den ganzen Mund damit. Sie aßen nie etwas anderes als Kartoffelbrei.

Sie lebten sehr einfach, obwohl Erdna aus einer steinreichen Familie stammte. Ihr Vater war Zahnarzt. Einmal war er kurz vor Weihnachten zu Besuch gekommen. Er war noch dunkler als seine Tochter, wenn das überhaupt möglich war, und er trug schlüsselblumengelbe Schuhe. In Stuttgart. Bei all dem Schneematsch. Er blieb aber nicht lange. Die Geschäfte, lachte er. Sein Gebiss strahlte nur so. Dann war er auch schon wieder weg.

Mein Vater ist sehr erfolgreich, meinte Erdna angeberisch. Wenn der eine Feder in die Erde steckt, kommt ein Huhn raus.

Sie aßen ihren Kartoffelbrei. Zwischendurch hob Huttla den Kopf und lauschte, ob der Wirt nicht nach ihr rief. Später kontrollierte sie ihr Handy, ob der Klingelton vielleicht zu leise eingestellt war – war er nicht –, niemand hatte angerufen oder eine Nachricht hinterlassen. Nicht einmal Michelle, obwohl sie in letzter Zeit öfter Kontakt zu ihr suchte. War sie immer noch so tief beleidigt? Huttla hatte etwas zu ihr gesagt, eine harmlose Schwindelei, und Michelle war daraufhin regelrecht eingefroren am Telefon.

Dass Andre heute nichts mehr von sich hören ließ, war sonnenklar. Er war im Geiste schon in seiner praktischen Prüfung. Hoffentlich würden sie ihm keine »Intensive« vorlegen. Das war die Abkürzung für Leichen aus Krankenhäusern, direkt von der Intensivstation. Sie steckten noch voll mit Kanülen, Klemmen und Schläuchen. Andre regte sich immer auf, dass die Schwestern und Pfleger das Zeug nicht vorher rauszogen aus den Körpern. Wenn die Prüfkommission ihm eine »Intensive« geben würde, spränge Andre Zeeb vor Wut erst einmal im Viereck herum, und ob das bei der Prüfung gut ankäme?

Eine »Intensive« war aber sehr wahrscheinlich.

Es klopfte an ihrer Tür. Huttla fiel fast die Perlennadel aus der Hand. Es klopfte noch einmal, dann ging die Tür auch schon einen Spalt auf und Svetlana steckte die Nase herein.

»Hockst immer so allein«, schimpfte sie und kam vollends ins Zimmer, was Huttla gar nicht recht war. »Was hat Hundchen gesagt zu Fleisch?« Sie setzte sich einfach auf Erdnas harten Stuhl und sah sich um. »Wo ist Freund, komischer Junge?«

Wenn sie noch mehr Fragen hatte, konnte sie gleich wieder gehen.

»Andre hat Bereitschaft«, gab sie zur Antwort. »Weißt du, was das bedeutet?«

Svetlana schob die Unterlippe vor. Sie blätterte in Huttlas neuem Perlenkatalog, ziemlich grob sogar.

»Wenn er Bereitschaft hat, dann klingelt um drei Uhr morgens bei ihm das Telefon.«

»Und?« Svetlana hielt den Katalog offen auf dem Schoß und strich kräftig über die schönen, glänzenden Seiten.

»Andre wird zu Leichen gerufen, die du nicht mal mit der Zange anfassen würdest. Sie sind ganz zermalmt und zerstückelt und aufs Äußerste entstellt. Andre fügt die getrennten Leichenteile erst einmal zusammen, damit wieder ein Körper entsteht, verstehst du? Und dann restauriert er den Körper und am Ende schminkt er ihn, sodass man ihn den Hinterbliebenen präsentieren kann, ohne dass sie einen Schock kriegen.«

»Zuggleise?« Svetlana runzelte die Stirn. »Dänkst du Suizid?«

»Was denn sonst?«

Eigentlich müsste sie die Petersburgerin hassen. Denn seit sie da war, hatte der Wirt keine Arbeit mehr für sie. Er sagte ja sogar, sie habe zwei linke Hände. Wenn er sich einmal, nur ein einziges Mal anschauen würde, was sie aus Perlen produzierte, dann wüsste er, dass seine Kellnerin gar keine linke Hand besaß, sondern sondern gleich zwei rechte.

»Was willst du, Svetlana?«

»Musst du pendeln, bitte. Brauchst du nur zwei Minuten.«

Nur weil sie einmal das goldene Pendel auf dem Tisch entdeckt hatte, glaubte sie, Huttla sei eine Wahrsagerin und könne in die Zukunft sehen. Es war aber nichts weiter als ein kleiner Zeitvertreib. Das Pendel und das reich verzierte Pendelbuch für Anfänger waren ein Geschenk gewesen, über das sie herzlich gelacht hatte. Spaßeshalber hatte sie das Pendel befragt, ob sie mit Andre zusammenziehen sollte. Und ja, es hatte sich rechts herum bewegt, das dumme Ding. Da wusste sie, dass die Pendelei Quatsch war, denn sie würde niemals bei ihm einziehen, wo doch sein Vater bei ihm lebte.

»Was willst du wissen?«

»Ob heiratte Burkhard Nolte.«

»Das hatten wir gestern schon.«

»Mach noch einmal.«

Das Pendel wollte sich anschicken, nach links herum zu gehen, was Huttla nicht zulassen konnte. Sie drillte es heimlich nach rechts, aber der verflixte Kegel zog weiter nach links. Das hieß nein, und das würde sie der blonden Svetlana im Moment nicht zumuten; sie hatte genug Sorgen.

»›Abwarten‹, sagt das Pendel. Es dauert noch ein bisschen.«

»Gestern hat gesagt: ›bald!‹«

»Heute sagt das Pendel aber ›abwarten!‹, ich kann nichts dafür.«

Svetlana reichte ihr einen Zettel, auf dem sie weitere existenzielle Fragen stehen hatte, die Huttla auspendeln sollte, und das tat sie dann auch.

Zum Schluss gab sie Svetlana noch etwas Lenin betreffend mit auf den Weg: »Seine Tage sind gezählt. Er wird zerfallen! Das sagt mein Freund Andre und er muss es ja wissen.« Sie senkte die Stimme. »Seit hundert Jahren wird der arme Lenin hinter Glas ausgestellt und zweimal pro Woche von Wissenschaftlern kontrolliert und mit den giftigsten Chemiecocktails ausgebessert. Woche für Woche. Was das kostet! Und überhaupt: Warum gönnt man ihm nicht endlich seine Totenruhe?«

Wütend dampfte Svetlana ab.

Huttla legte das Pendel weg und wandte sich wieder ihrem goldenen Ornamentband für die schwarze Urne zu. Sie warf kurz einen Blick zum Stuhl.

»Wo waren wir?«, sagte sie. »Ach ja, Andre und die Toten von der Intensivstation.« Sie schüttelte den Kopf. »Wenn man ihm eine Intensive gibt, muss er zuerst einmal die Schläuche und alles entfernen, und das gibt post mortem kleine Löchlein in der Haut, was übrigens sehr gefährlich ist – denke an Ebola! Das sind Andres Worte. Keine Frage, er wird die kleinen Wunden perfekt schließen und abdecken, darauf kann man sich verlassen. Aber, liebe Erdna, stell dir bitte die großen Wunden vor, zum Beispiel die Operationswunden von amputierten Körperteilen!«

Sie legte das Goldband auf den Tisch, sie würde nun nicht mehr weiter fädeln, ihre Finger waren vom Anziehen des dünnen Drahtes wund und mussten mindestens vierundzwanzig Stunden geschont werden. »In London hat er zu Übungszwecken einen Verstorbenen erhalten, dem die Ärzte jedes Jahr ein Stück seiner Beine abgeschnitten hatten, bis sie ganz oben angekommen waren und der Mann tot war.«

Sie stand vom Sofa auf und spülte am Waschbecken ihre zwei Teller ab, an denen die Kartoffelbreireste schon angetrocknet waren.

»Der Embalming-Obermeister hatte Andre gefragt: ›How do you update this half person to make his family happy?‹« Sie nahm ein frisches Geschirrtuch aus dem Schrank und trocknete die Teller und das Besteck sorgfältig ab. »Da hat Andre nicht lang nachdenken müssen. Er hat dem Kurzen ein paar lange Hosen angezogen und sie mit Zeitungspapier feste ausgestopft, und schon war der Verstorbene so groß wie früher, sogar noch größer. ›Man muss kreativ sein‹, sagt Andre immer, und weiß Gott, das ist er.«

Huttla lachte. »Sein erstes Übungsobjekt war übrigens ich.« Sie ging zum Sofa und legte sich drauf, einen Arm angewinkelt unter dem Kopf. »Als Andre zum ersten Mal zu mir nach Hause kam, hab ich noch mit meiner Barbie gespielt…«

Ihre Eltern waren bei der Arbeit, und Andre war gekommen und hatte ihr schweigend beim Spielen zugesehen. Auf der Anrichte entdeckte er das längliche Weidenkörbchen für Baguettes. Er sagte: »Schau mal her.« Ein bisschen grob wand er ihr die Puppe aus der Hand und legte sie in das Körbchen. »Das ist jetzt ihr Sarg.« Gemeinsam kuschelten sie ein Tempotaschentuch als Zudecke bis zu Barbies Kinn hinauf, und zum Schluss streuten sie Blümchensticker auf die Decke, aber wie gestorben sah die Puppe trotzdem nicht aus.

Wenig später probierte er alles Mögliche an Huttla aus. Das war nicht immer angenehm. Sie hatte Hemmungen, sich auszuziehen, aber eine Verstorbene in Latzhosen mit einer Ente vorne drauf entsprach nicht seinen Vorstellungen. Also zog er ihr ein mitgebrachtes Papiertotenkleid an. Er schminkte sie mit dem Weiß-Makeup von Huttlas Mutter Gundi, die im Fasching gern als Geisha ging. Er benutzte auch ihren Lidschatten. Mit seinen großen Händen verstrich er kleine blaue Tupfer auf Huttlas Stirn und Wangen und marmorierte so ihre Gesichtshaut, damit sie wie tot aussah.

Nach dieser Prozedur erfolgte die Sarglegung der Verblichenen. Sie schmissen die Sofakissen im Wohnzimmer in zwei Reihen auf den Teppich, und Huttla legte sich in den Spalt hinein. Ganz automatisch faltete sie die Hände, was Andre aber nicht dulden mochte. Er zupfte ihre Finger wieder auseinander, massierte sie ein wenig, um die Leichenstarre zu vertreiben, und faltete sie neu und auf seine Art. Schließlich malte er rosa Lipgloss auf ihre Kinderlippen, kämmte ihr das Haar und versprühte Geruchsstopper, wozu er Gundis Deospray aus dem Badezimmer holte. »Damit du nicht herausriechst aus dem Sarg.«

Abschließend hatte er zufrieden festgestellt, dass nun das Visiting stattfinden könne, was so viel hieß wie: Deine Eltern können dich jetzt anschauen kommen. Aber die waren ja nie da gewesen.

Huttla schaute hinüber zu Erdnas Stuhl. »Ich musste immer einige Zeit so liegen bleiben, was sich gar nicht mal so schlecht anfühlte. Es gab mir eine Vorstellung davon, wie es Timo ergangen war, nachdem er vom Turm gefallen und dann von Andre bestattet worden war.«

An der Stelle müsste Erdna eigentlich fragen: Wieso ist dein Bruder vom Turm gefallen? Aber sie fragte nicht. Also sprach Huttla: »Weil er heruntergestoßen wurde, liebe Erdna, und ich weiß auch, von wem. Doch die Person hatte sich ein Alibi herbeigezaubert und die Polizei glaubte ihr. Ich war damals noch ein Kind. Zehn dumme Jahre alt. Ich äußerte meinen Verdacht. Ich schrie ihn heraus. Aber der Polizist strich mir nur über den Kopf und sagte zu meinem Vater: ›Ihre Tochter hat einen Schock.‹«

Sie setzte sich auf dem Sofa auf. »Stell dir das nur vor!«

Aber Erdna saß schon gar nicht mehr auf ihrem Stuhl.

4

Es war zwei Uhr morgens, eine trockene, nach Lindenblüten duftende Julinacht. Der Bungalow, in dem sich Kriminalhauptkommissarin Corinna Voss soeben einfand, lag an der Hasenbergsteige im Stuttgarter Westen, ziemlich weit oben an der langen und steilen Straße, auf der beliebten südlichen Hangseite.

In der Nachbarschaft standen alte, schwere Villen hinter namenlosen Torpfosten, nur die Initialen ihrer Besitzer an der Klingel, manchmal aber auch gar nichts. Anders bei dem modernen weißen Bungalow im Blaulichtgeflacker, vor dem Corry hinter dem Absperrband stand und in dem heute Nacht etwas Furchtbares geschehen war. Hier war der Name seiner Bewohner auf ein poliertes Messingschildchen graviert: »A. + G. Opitz«.

Zusammen mit ihrem Kollegen Fabio Lavelli betrat sie einen Vorraum aus hellem Marmor und blickte durch die offene Wohnungstür in eine ungewöhnlich große, schneeweiß gekachelte Diele, wo eine schmale Frau tot auf dem Rücken lag. Sie hatte ein langes Paillettenkleid an, das silbrig grün wie Fischhaut schimmerte, und neben ihr kniete ein junger Notarzt, der versuchte, ihren blutverschmierten Kopf zu bewegen, aber die Leichenstarre hatte im Nacken bereits eingesetzt.

Paul Silber, der Leiter der Schutzpolizei, tauchte hinter Corry und Fabio auf. Er überragte sie beide. »Vor einer halben Stunde ist der Ehemann nach Hause gekommen und hat seine Frau Alexa so vorgefunden. Sie waren um acht zum Essen in der Altstadt verabredet.« Er strich sich über den silbrigen Bart. »Wir haben ihn hinterm Haus in die Hollywoodschaukel gesetzt. Zwei Kollegen und ein Notfallseelsorger sind bei ihm.«

Der Arzt stellte sich als Dr. Rosner vor. Er verzichtete darauf, das Opfer vollständig zu entkleiden, um nachzusehen, wie es gestorben sein könnte, denn das war offensichtlich. »Sie ist durch extreme Gewalteinwirkung gegen den Kopf gestorben, vermutlich ein Schlag mit einem stumpfen Gegenstand«, sagte er und schob das Kleid hoch, um die Totenflecken an den Aufliegestellen zu untersuchen. Schließlich erhob er sich vorsichtig und blickte auf dem Boden umher. »Mit den Scherben hat ihr Tod aber nichts zu tun.«

Es waren große Scherbenstücke, die um die Leiche herum lagen, dem Muster nach von einer asiatischen Bodenvase, die die Frau wohl im Fallen mit sich gerissen hatte. Langstielige weiße Lilien waren kreuz und quer im Raum verstreut, und eine der Blumen lag auf der Brust der Toten. Corry überlegte einen Moment, ob das Zufall war.

Corry rief die Staatsanwältin an und informierte sie über den Fall. Sie versprach, in dreißig Minuten hier zu sein.

»Hat sich die Frau gewehrt?«, fragte Corry, obwohl die Auffindesituation nicht danach aussah.

Dr. Rosner verneinte. »Ich habe keine Abwehrverletzungen an ihren Händen entdeckt.« Er reichte ihr den ausgestellten Totenschein.

Corry machte einen Schritt nach vorn, damit sie die Diele, die größer war als ihr Wohnzimmer, ganz einsehen konnte. Von der Decke leuchteten zwei Dutzend LED-Punktstrahler herab. Hinter der verspiegelten Wand verbarg sich vermutlich ein Garderobenschrank, einer von der Art, die man nur antippte, und dann gingen die Türen auf. Offenstehende Flügeltüren führten in den kühl und teuer möblierten Wohnbereich. Dort gingen weiß vermummte KTU-Leute umher, und im Hintergrund erschien nun auch Gerd Feldhaus, mit dem Corry seit ein paar Monaten zusammen war. Er lächelte und hob kurz die Hand, um sie zu begrüßen.

Sie wandte sich dem Arzt zu. »Was sagen Sie zum Todeszeitraum?«

»Nach den Leichenflecken und der Todesstarre zu urteilen und vorsichtig ausgedrückt: zwischen 18 und 22 Uhr.«

»Danke«, sagte Corry, und zu Fabio und Paul gewandt: »Um 20 Uhr war sie mit ihrem Mann in der Altstadt verabredet, bis dorthin brauchte sie nicht länger als eine halbe Stunde. Ich könnte mir vorstellen, es war halb acht, als der Mord geschah. Wir sehen ja, sie war ausgehfertig – das festliche Kleid, die hohen Schuhe.«

»Das sehe ich auch so«, meinte Dr. Rosner, der am Aufbrechen war.

Paul wies auf die schwarze Clutch, die unweit der Leiche lag. »Sie hatte ihre Tasche wohl schon in der Hand gehabt. Ich hab sie vorhin durchgesehen. Sie enthält ein Portmonee mit dreihundert Euro sowie Führerschein und Fahrzeugschein. Ein Mini-Cooper-Cabrio ist auf sie angemeldet, es steht draußen in der Garage.«

Zu dritt bestimmten sie, was als Täterwissen in Betracht kam: Natürlich das Mordinstrument, eine Art Prügel. Der Schlag auf den Kopf war auf der linken Seite, oberhalb der Hutkrempenlinie erfolgt. Der Täter war somit Rechtshänder. Offenbar wurde nichts entwendet. War die Haustür offen? Nein, sie war zu, aber nicht abgeschlossen. Der Leichnam lag auf dem Rücken, in den Scherben einer Bodenvase, dazu weiße Lilien, eine auf der Brust der Toten. Diese Details würden nur die engsten Mitarbeiter der Mordkommission erfahren, denn dies war Täterwissen und somit top-secret.

»Gehen wir zu ihrem Mann«, sagte Corry. »Wo ist diese Hollywoodschaukel?«

Paul wies auf den Plattenweg, der hinters Haus führte. Romantisch kletterte üppiger Efeu die Fassade hoch. »Gordon Opitz ist vierzig Jahre alt und von Beruf Immobilienmakler. Er sagt aus, dass er seine Frau liebt. Natürlich war er enttäuscht, als sie nicht kam. Sie wollten ihren Hochzeitstag feiern, der sechste oder siebte, ich weiß nicht mehr.«

»Ist ja wurscht«, sagte Corry, die noch nie verheiratet gewesen war, noch nicht einmal verlobt.

»Es bedeutet was!«, meinte Fabio. Jetzt, wo alle heiraten durften, würde er bestimmt bald seinen Sebastian ehelichen, was Corry sogar verstehen konnte. Sie waren ein tolles Paar, vielleicht sogar ein Traumpaar.

Paul blieb stehen, seine hellen Augen blitzten. »Herr Opitz dachte, seine Frau hätte ihn absichtlich versetzt. Er ist dann noch allein um die Häuser gezogen. Der Alkomattest ergab 1,4 Promille. Er hat aber die Finger-Nasen-Probe gut bestanden, und die Pupillenreaktion auf Licht ist in Ordnung. Ihr könnt mit ihm reden.«

Auf der taghell erleuchteten Terrasse, sehr schick mit riesigen Terrakottakübeln voller Lavendel, versuchte ein jugendlich aussehender Mann in Unterhosen, ein gebügeltes weißes Hemd zuzuknöpfen.

»Das ist Herr Opitz«, sagte Nick Holland, der jüngste und quirligste Ermittler des Dezernats für Tötungsdelikte. Er steckte die getragene Kleidung des Mannes, auch die Schuhe, in Plastiktüten für die kriminaltechnische Untersuchung. »Und das sind Frau Voss und Herr Lavelli«, stellte er sie vor. Er bückte sich, um die Tüten zu schließen.

Corry und Fabio nickten Opitz zu, der keine Anstalten machte, ihnen die Hand zu reichen.

Die hingestreckten Dienstmarken nahm er wortlos zur Kenntnis. Zu dem Notfallseelsorger sagte er: »Danke, ich brauche Sie nicht mehr.«

Der Mann mit der roten Weste sprach aber dennoch leise ein paar Worte zu ihm. Die Minute nutzte Corry, um den Revierleiter Stuttgart-West zu begrüßen, den sie noch nicht kannte.

»Kaspar Liebig«, stellte er sich vor. »Schreckliche Sache, ganz unbescholtene Bürger.« Er war um die dreißig, hatte hellbraune lockige Haare und auf der Nasenspitze einen leuchtend roten Fleck, als hätte ihn etwas gestochen. »In dieser Gegend ist normal alles ruhig.«

Die Terrassentür ging auf, und einer der Spurensicherer reichte Nick eine mintfarbene Canvas-Jeans und braune Bootsschuhe für Herrn Opitz heraus. Sie beobachteten alle, wie er sich anzog. Sein Körper war durchtrainiert und stark gebräunt, das Gesicht dagegen kalkweiß von dem Schock.

»Bitte setzen Sie sich«, sagte Fabio und wies auf die Hollywoodschaukel. Corry schob sich einen Rattansessel zurecht, und Fabio nahm auf einem Hocker Platz. Paul hatte sich bereits entfernt, um den Taxifahrer, der den Mann vor einer dreiviertel Stunde heimgefahren hatte, als Zeugen zu vernehmen.

Gordon Opitz verzichtete ausdrücklich auf Rechtsbeistand. »Den brauche ich nicht«, sagte er kühl. Doch während er den zeitlichen Ablauf des Abends schilderte, zitterten seine Hände. »Wir waren um 20 Uhr im Zauberkessel verabredet.«

Fabio beugte sich vor. »Als Ihre Frau nicht erschien, was dachten Sie da?«

»Sie kam ja manchmal zu spät.«

»Und wieso?«

»Wie Frauen so sind. Mal haben sie nichts im Schrank, mal …« Er schluchzte auf. »Ich hab sie hundert Mal angerufen.«

Auf dem Gartentisch lagen zwei Handys. Eines war mit einem schwarzen Pelzbommel versehen.

»Ist das das Telefon Ihrer Frau?«, fragte Corry.

Er nickte. »Ich habe mehrmals auf ihre Box gesprochen, ich weiß nicht, wie oft.«

»Kennen Sie die PIN?«

Er schüttelte den Kopf.

»Das macht nichts«, sagte Corry. Die Kollegen Datenermittler knackten jedes Handy.

Inzwischen checkte Fabio Opitz' Telefon. »Was ist das für eine Nummer?« Er las ihm eine Festnetznummer vor.

»Das ist der Anschluss der Klinik, in der meine Frau arbeitet: ›Evers aesthetics‹«.

»Sie haben um 18:03 Uhr angerufen, das Gespräch hat zwei Minuten gedauert.«

»Ich habe sie an unser Date im Zauberkessel erinnert«, antwortete er stotternd, mit Tränen in den Augen. »Ich sagte, dass ich mich darauf freue.«

Corry nickte. »Und wie reagierte Ihre Frau?«

Er sog scharf den Atem ein. »›Ich auch‹, hat sie gesagt.«

Fabio hielt ihm das Display hin. »Ist das die Mobilfunknummer Ihrer Frau?«

Er bejahte. Fabio sagte: »Das erste Mal haben Sie um halb neun angerufen.«

Opitz nickte. »Ich wollte hören, was bei ihr dazwischengekommen ist.«

»Gab es in letzter Zeit Streit?«, fragte Corry. »Es ist normal, dass man sich ab und zu strei…«

»Nein«, fiel er ihr ins Wort. »Sie liegen falsch.« Er sah weg, als könnte er den Anblick ihrer praktischen Kurzhaarfrisur nicht ertragen. »Herr Lavelli«, wandte er sich an ihren Partner, »meine Frau und ich, wir sind glücklich.«

Eine kleine Pause entstand, in der Corry hoffte, dass Fabio nicht die falsche Verbform korrigierte, wie es sonst seine Art war. Stattdessen legte er das Handy auf den Tisch zurück und fragte ohne Vorwurf in der Stimme: »Haben Sie sich keine Sorgen gemacht, dass Ihrer Frau etwas passiert sein könnte?«

»Wie sollte ich denn auf so was kommen?« Gordon Opitz sank in sich zusammen. »Wäre ich doch gleich heimgefahren!« Er schluchzte auf. »Meine Frau ist tot! Ich weiß nicht, wer das getan hat! Ich begreife das nicht.« Er schlug sich auf die Knie.

»Nennen Sie uns jetzt alle Lokale, die Sie besucht haben und die Uhrzeiten«, sagte Fabio. »Wer hat Sie bedient? Wen haben Sie getroffen? Hat jemand Sie unterwegs gesehen?«

»Das bringt mir meine Frau nicht zurück!« Er ließ sich nach hinten gegen die Rückenlehne fallen. »Wozu das Ganze?«

Corry in eindringlichem Ton: »Weil Sie ein Alibi brauchen, Herr Opitz. Wir haben Sie bei Ihrer getöteten Frau angetroffen, und Sie waren allein am Tatort.«

Opitz sah erschrocken auf. »Heißt das, Sie verdächtigen mich?«

»Fangen wir mit der Arbeit an«, schlug Fabio vor.

Kurz vor drei Uhr morgens erschien die Staatsanwältin in einem aquablauen Wildseidenkleid am Tatort. Arlet Cronmüller, kaum größer als eins fünfundfünfzig, war nachtaktiv. Eine Katze, die das Mausen so sicher brauchte wie Corry einmal einen achtstündigen Schlaf. Seit einiger Zeit waren sie befreundet.

Sie hatte auch noch Fragen, und Opitz, der sie sekundenschnell taxiert und für annehmbar befunden hatte, setzte sich aufrecht in die Schaukel. »Ja, ich habe Alexa so vorgefunden«, sagte er mit zittriger Stimme. »Nein, ich habe nichts berührt und bin auch nicht in die Wohnung hineingegangen.«

Über ihr rot-schwarzes Brillengestell hinweg sah Arlet Cronmüller ihn forschend an. »Haben Sie eine Idee, wer das getan haben könnte?«

Opitz schüttelte den Kopf, rieb sich die geröteten Augen.

Fabio sagte: »Denken Sie nach.« Corry sagte vorläufig nichts.

»Wir müssen Ihre Fingerabdrücke nehmen, und eine Speichelprobe brauchen wir auch. Sind Sie damit einverstanden?«

Er starrte Arlet an. Sie blickte gelassen.

»Es ist nur«, erklärte Corry, »damit wir Ihre Spuren zwischen all den anderen, die wir im Haus finden werden, ausschließen können.«

Opitz sah sie nun doch an und stimmte zu. Das war klug, denn sonst hätte er die kleine Staatsanwältin mal kennenlernen können.

Arlet erhob sich aus ihrem Sessel. »Herr Lavelli bringt Sie aufs Präsidium und wird Sie dort weiter befragen.«

Corry ging mit Arlet den Plattenweg zurück zum Hauseingang. Vorn an der Straße, hinter der polizeilichen Absperrung, hatten sich einige Anwohner versammelt. Das blinkende Blaulicht, die taghelle Beleuchtung des Bungalows hatten sie darauf aufmerksam gemacht, dass etwas nicht stimmte in ihrer heilen Welt. Sie hielten ihre Handys hoch und machten blitzschnell Fotos oder filmten, wie die Polizei Plastiksäcke aus dem Haus trug und eine Frau im weißen Overall an der Haustür Fingerabdrücke sicherte.

Zwei uniformierte Kollegen vom Revier West schritten ein. Sie löschten die Aufnahmen der Schaulustigen und nahmen ihre Personalien auf.

Corry und die Staatsanwältin betraten das Haus. Ein letzter Blick auf das Mordopfer.

»Sie trägt eine wertvolle goldene Uhr«, stellte Arlet fest. »Der Täter hat offenbar kein Interesse daran gehabt.«

»Ihre Handtasche mit dreihundert Euro hat er auch liegen lassen«, ergänzte Corry.

»Offenbar kein Raubmord, sondern eine Beziehungstat.« Arlets Augen glitzerten in dem hellen Licht.

»Nun ja, es sieht nach blankem Hass aus.« Corry wedelte sich mit dem Totenschein Luft zu. »Der Täter wollte noch nicht einmal, dass es wie ein Raubüberfall aussieht.«

In der Tür zum Wohnraum tauchte wieder der weiß vermummte Gerd auf. »Er hat ihr den Schädel zertrümmert. Wie es aussieht, mit einem einzigen Schlag. Grüß dich, Arlet. Wie geht's?«

Sie sprachen ein paar Worte miteinander.

Unterdessen trafen die Kollegen für die Befragungen in den Restaurants, die Opitz besucht hatte, ein. Fink – genauer Katharina Fink – mit Vogelnestfrisur und in hellen Röhrenhosen, und Jan Blessing, ein dünnes Gespenst, fast zwei Meter lang, wie immer in den verlottertsten Klamotten, die man in Stuttgart finden konnte.

»Kaspar Liebig vom Revier West sitzt hinterm Haus in der Hollywoodschaukel und recherchiert für euch die Adressen der Lokale. Geht zu ihm, er beißt nicht.«

Die beiden rührten sich keinen Zentimeter. Sie blickten auf die Tote hinab, und Arlet Cronmüller legte ihnen je eine Hand auf die Schulter, wobei sie sich bei Jan auf die Zehenspitzen stellen musste. Sie gab ihnen die Informationen, die bis jetzt vorlagen.

»Die Scherben …«, brachte Fink hervor. Nun merkte Corry, dass sie noch halb schlief, sonst würde sie nicht so daherfaseln.

»Vergiss die Scherben«, sagte sie. »Die Frau hat im Fallen die Vase umgestoßen, das ist alles.«

Corry drängte: »Der Ehemann braucht ein Alibi, damit wir ihn ausschließen können. Er gibt an, dass er von 20 bis 22 Uhr im Zauberkessel saß. Der Chef persönlich habe ihn bedient. Gegen Ende sei auch mal die Bedienung an seinen Tisch gekommen, er weiß ihren Namen nicht, nur dass sie eine große weiße Blume im Haar hatte. Danach sei er zu Fuß ins Arcotel Camino an der Heilbronner Straße gegangen und dort gleich in die Scala-Bar. Er habe zwei oder drei Drinks zu sich genommen und sei gegen halb zwölf noch ins Rotlichtviertel, in die Uhu-Bar. Denkt darüber, wie ihr wollt. Der Mann war sauer, sie hatten Hochzeitstag, und sie kam nicht. Wir wissen ja, wozu Männer in diesem Zustand fähig sind.«

»Auch Frauen«, wandte Jan ein.

»Aber sehr, sehr selten«, versetzte Fink, die wie ein gespitzter Bleistift dastand, sie aß ja nie was.

Corry blickte von einem zum andern. »Für uns ist der Ehemann erst aus dem Schneider, wenn ihr uns ein lückenloses Alibi bringt.«

»Verstanden«, sagten beide einträchtig, wo sie doch sonst

kaum einmal eine Meinung teilten. Sie holten sich bei Kaspar Liebig die Adressen und machten sich sofort auf den Weg.

Corry rief Gerd an, damit er sie in die Wohnung ließe.

»Aber nicht über die Diele!«, regte er sich unnötigerweise auf.

»Wir steigen schon nicht über die Tote drüber, wofür hältst du uns?« Gerd war ein Mensch, der immer mit dem Schlimmsten rechnete, und das Schlimmste war eine vernichtete Spur.

»Ich lasse euch in fünf Minuten über die Terrasse rein.« Jetzt lächelte seine Stimme. »Einverstanden, ihr zwei?«

Während Corry – nicht zum ersten Mal an diesem frühen Morgen – mit ihrem Chef telefonierte, ging sie mit Arlet nach hinten zur Hollywoodschaukel. Kaspar Liebig begrüßte die Staatsanwältin und informierte sie über das, was sich im Haus tat: »Im Augenblick nimmt sich der Blutspurenleser in der Diele die Spiegelwand vor.«

Arlet nickte ihm freundlich zu.

»Dann ist ja alles bestens«, sagte Corry und beendete das Gespräch mit Kriminalrat Ottmar Reitze, den alle nur Otte nannten. Bei der Polizei hatte keiner Zeit, einen Namen der Länge nach auszusprechen. Mit seiner lauten Stimme hatte Otte ihr weitere Kollegen versprochen. Ein Hundeführer sei im Anmarsch, und Paul Silber sei mit dem Taxifahrer fertig – übrigens negativ –, und jetzt sei er mit seinem Team dabei, die Umgebung nach dem Tatwerkzeug abzusuchen.

Auch Arlet hatte telefoniert. Sie ließ das Handy in ihre Tasche fallen. »Ich habe veranlasst, dass die Leiche abgeholt und ins Robert-Bosch-Krankenhaus zur Obduktion gebracht wird.«

»Dann können wir uns jetzt im Haus umsehen«, sagte Corry, und zu Liebig: »Der Bungalow hat eine Alarmanlage, wieso war die nicht aktiv?«

»Wenn Frau Opitz aus dem Haus gegangen wäre, hätte sich die Anlage automatisch scharfgestellt, aber so …«

»Ja, ist schon klar.« Corry klopfte heftig an die geschlossene Terrassentür. Gerd öffnete und lächelte bemüht. »Die Wohnung ist zu sauber«, sagte er halb mürrisch. »Wenn kein Staub liegt, finden wir kaum Spuren.«

»Ja, ja, das Leben ist schwer.« Sie stieg mit ihrer Freundin über die Schwelle. »Er liebt verstaubte Wohnungen, Arlet, das muss man verstehen.«

Arlet lachte.

Das Wohnzimmer maß etwa fünfzig Quadratmeter. Alles, was sie sahen, war erstklassig. Die büffellederne Sitzgarnitur, der exquisite Intarsientisch, die dicken Orientteppiche auf dem dunklen Parkett. Corry betrachtete die Künstlerbilder und den weißgrauen Marmorkamin.

Arlet zeigte auf eine in die Wand eingelassene Scheibe.

»Ein Aquarium«, sagte Corry. »Gibt's das noch?« Sie trat näher. Die bläulichen Fische vorn an dem dicken Glas erschienen verzerrt. Einer regte sich gar nicht, ließ auch das kleine Maul geschlossen. Hockte kugelrund zwischen dem wehenden Seegras auf dem Sandboden. Corry musste zweimal hinsehen. Dieser Fisch war nicht lebendig. »Das ist ein Spielzeugfisch aus Glas oder was auch immer.«

Hinter der nächsten Tür lag das Homeoffice von Gordon Opitz. Ein aufgeräumter wuchtiger Schreibtisch in der Mitte des Raumes mit einem Chefsessel dahinter, auf dem Tisch ein Stapel Häusermagazine und eine geschwungene Glasvase, davor zwei weiße Ledersessel. An der hinteren Wand ein Lamellenschrank aus duftendem Holz, fast bis zur Decke hoch.

Die Küche bezeichnete Arlet Cronmüller als futuristisch. Es stand nichts herum, kein Obstkorb, kein Brotkasten, kein Kaffeeautomat. »Natürlich nicht«, sagte sie. »Das ist eine fugenlose Lifestyle-Küche, alles, was du gerade nicht brauchst, wird versenkt.« Sie stieß den Finger irgendwo drauf – »Voilà, da kommt das Induktionskochfeld heraufgeswitcht.«

Gerd trat zu ihnen. »Wir haben nirgends Hinweise für Alkohol- oder Drogenkonsum gefunden. Wie ihr seht, steht kein ungespültes Geschirr herum. Alles ist aseptisch in diesem Haus. Corry, du weißt, was ich davon halte.«

Arlet lachte ein bisschen, Corry machte nur »mhm« und versenkte ihren Blick in eine Schublade mit Messern, die sie soeben aus der Tiefe hatte hochfahren lassen. »Das sind mehr als zwanzig japanische Messer. Eins kostet schon ein Vermögen.«

Im Schlafzimmer ein mit weißem Leinen bezogenes Boxspringbett. Die Wände mattweiß, ohne Bilder. Ein goldgerahmter Standspiegel schräg im Raum. Corrys Blick blieb an einer antiken Kommode hängen. Ein paar Bücher lagen darauf, lustige Frauenromane und Krimis. Die raumhohen Fenster waren von duftigen weißen Vorhängen verhüllt. Eine Efeugirlande, die von der Hauswand hing, war schemenhaft zu sehen. Der Raum wirkte unterkühlt, nur das Türkis eines der Kissen auf dem Bett brachte einen Hoffnungsschimmer.

Im Badezimmer gingen Corry die Augen über. Arlet ließ sich nichts anmerken. Gut möglich, dass sie auch so eine große, freistehende Badewanne in Form einer Salatschüssel besaß. Alles war weiß und blitzsauber. Die begehbare Dusche bot locker drei, vier Personen Platz. Sie wandten sich dem gut gefüllten Medikamentenschränkchen zu, das offenstand, denn Gerd hatte es durchsucht.

Im Anziehzimmer der Ermordeten staunte Corry über die verspiegelten Schiebetüren der deckenhoch eingebauten Kleiderschränke. Sie tippte eine der Schranktüren an, schon glitt sie lautlos zur Seite. Automatisch ging das Schranklicht an und beleuchtete eine drei Meter lange Stange nur mit Sport-Outfits. »Sie ist vielleicht immer joggen gegangen, oben im Wald ist es ja herrlich.«

Arlet machte ihr alles nach. Sie ließ eine der gegenüberliegenden Türen zur Seite gleiten, die kostbare Ausgehkleider in allen Längen barg. Schon tippte Corry die nächste Schranktür an, und es erschienen breite Regalfächer, in denen locker aufeinander geschichtet rosé-, keks- und mausfarbene weiche Pullis lagen.

»Und hier sind wir in der Abteilung Schuhe und Accessoires«, schnurrte Arlet, die ja selbst immer in hochhackigen Tretern unterwegs war. Aus den schmalen Regalen blickten rund fünfzig Paar exquisiter Schuhe auf sie herab. Arlet nannte ein paar Markennamen. »Das sind Statussymbole«, erklärte sie.

»Guck mal hier.« Corry zog aus einem Fach mit Schmuckschachteln und lose auf Samtkissen liegenden Armbändern und Ketten ein verstecktes Foto heraus. Es zeigte Alexa Opitz, wie sie mit einem zierlichen Mann Tango tanzte. Sie trug ein rot-schwarzes Kleid, er einen schwarzen Anzug mit silbernen Glitzerelementen am Kragen. Das Bild wirkte sinnlich, schon beinah erotisch.

»Das ist doch nicht der Ehemann?«, stellte Arlet mit spitzen Zähnen fest.

»Definitiv nicht, der sieht anders aus.«

Sie steckten das Foto ein.

Als sie mit der Wohnung fertig waren, lag die Leiche immer noch auf dem weißen Fliesenboden, aber vorn auf der Straße fuhr der Bestattungswagen heran.

»Wo steckt eigentlich Müzze?« Die geschätzte Kollegin sollte zusammen mit Nick Holland die Nachbarschaftsbefragung durchführen. Wie gerufen kam Nick um die Ecke getrabt. Er hatte an der Absperrung neue Schaulustige aufgeschrieben und befragt. Außerdem hatte er sie unauffällig fotografiert, man konnte ja nie wissen, ob nicht der Täter dabeistand, alles schon hundertmal passiert.

Nick zog die Schultern hoch. »Wir können sowieso noch nicht anfangen. Es ist erst fünf.« Er stellte seine Füße in Arlets Richtung. »Bei unbeteiligten Zeugen müssen wir die Nachtruhe bis sechs Uhr einhalten.«

Corry lachte ein bisschen. »Nachtruhe, na sowas. Wir haben auch keine! Außerdem, bis ihr bei denen in der Wohnung steht, ist es sechs.«

Da trat Müzeyyen Gül verschlafen hinzu. Endlich. Schwarze Locken und in der Mitte beinah zusammengewachsene Augenbrauen, ein wildes Aussehen, das sie durch schwere Cowboystiefel unterstrich.

Corry knuffte sie in den Arm. »Dann sattelt mal so langsam die Pferde! Nick zeigt dir den Fall, und dann los auf die Nachbarn! Ich sehe euch später im Präsidium.«

5

Mit der Videovernehmung war er gleich einverstanden. Gordon Opitz zeigte sich kooperativ. Dass er Alkohol konsumiert hatte, stellte kein Problem dar. Zwei Gläser Wein, ein paar Drinks, er hatte sie nicht gezählt. Wozu auch, er war ja mit dem Taxi unterwegs gewesen.

Im Erkennungsraum hatte er seine Fingerabdrücke und eine Speichelprobe abgegeben. Fabio hatte ihn dann in ein Vernehmungszimmer im zweiten Stock gebracht, wo er sich erschöpft auf einen Stuhl hatte fallen lassen. Die Kollegin Ulla Tillack, Assistentin des Chefs, war hinzugetreten und hatte ebenfalls am Tisch Platz genommen. Sie war fast so alt wie der Chef, beinahe sechzig. Mit ihren bunten Klamotten und den India-Tüchern, die sie in ihr hellblondes Haar wickelte, wirkte sie aber viel jünger.

Fabio schaltete das Videogerät ein und sprach ins Mikro: »Videovernehmung Gordon Opitz, 17. Juli, es ist jetzt 4:30 Uhr. Vernehmungsort: Polizeipräsidium Stuttgart, Dezernat für Tötungsdelikte.«

»Sie verdächtigen mich?«

»Aber nein.«

»Ich will, dass der Mörder gefasst wird!«

»Das wollen wir auch, deshalb reden wir miteinander.«

Jemand brachte eine Kanne Tee und ein paar Becher und stellte alles auf den Tisch. Ulla schenkte ein, wobei sie Opitz aufmerksam beobachtete.

Fabio stellte Opitz einen Becher mit dem Aufdruck »Deine Polizei« hin. Dann erklärte er: »Wir brauchen von allen Personen, die in Ihrem Haus verkehren, die Namen und Adressen, damit wir zu Vergleichszwecken freiwillige Genproben nehmen können.«

Gordon Opitz trank von dem Tee. Tränen quollen aus

seinen Augen. Er rieb sie mit dem Handrücken aus dem Gesicht.

Der Mann konnte einem leidtun. Fabio sah ihn an. »Überlegen Sie, wer alles in Ihr Haus kommt: Freunde? Verwandte? Geschäftspartner? Eine Putzhilfe?«

Opitz beantwortete die Frage mit leiser, abgehackter Stimme. Seine Finger zitterten. Ulla notierte die Namen, um die genannten Personen nachher zum Speicheltest ins Präsidium einladen zu können.

Fabio beobachtete sein Gegenüber. »Wie fühlen Sie sich? Können Sie meinen Fragen weiterhin folgen?«

Gordon Opitz nickte.

»Ich hatte Sie bereits gefragt, wer einen Hausschlüssel hat.«

»Niemand.«

»Und mit wem hatte Ihre Frau Streit?«

»Mit keinem.« Opitz fuhr sich über den Mund und zog die Stirn in Falten.

»Ganz sicher?« Fabio trank nun auch einen Schluck Tee. »Wir müssen wissen, mit wem sie sich privat getroffen hat.«

»Sie hat ab und zu ihre Schwester in Uhlbach besucht, Nadine. Und ihre Mutter, die wohnt in Fellbach.«

»Die Namen ihrer Freundinnen brauchen wir noch«, hakte Ulla ein.

Gordon Opitz sah sie groß an.

»Hat sie denn keine Freundinnen gehabt?«

»Doch, aber wie die alle heißen?«

Nach einigem Überlegen und erneutem Weinen klärte sich, dass Alexa keine Freundinnen gehabt hatte. Allerdings auch nicht vermisste. Flüchtige Bekanntschaften mochte sie durchaus, aber sie entwickelten sich nicht weiter. Alexa fand andere Menschen nach einiger Zeit oft langweilig. Sie pflegte auch keinen Kontakt zu ehemaligen Schulkameraden oder Arbeitskollegen.

»Wir haben beim Golfen immer mal wieder neue Leute

kennengelernt, und das hat ihr gefallen und mir auch. Wir arbeiten beide den ganzen Tag, sie geht natürlich gern shoppen, und wir gehen oft zum Essen …« Er schluchzte auf. »Haben Sie immer noch Fragen?«

»Ist irgendetwas Ungewöhnliches geschehen oder hat Ihre Frau eine Bemerkung gemacht, dass ihr etwas aufgefallen sei – das kann auch eine Kleinigkeit gewesen sein.«

Ein ratloser Blick. Hängende Schultern. Tränen, die er gar nicht mehr abwischte.

»Vielleicht ein merkwürdiger Anruf?«, half Ulla weiter. »Ein Brief? Eine Mail? Irgendetwas?«

Er schüttelte den Kopf.

»Als Sie mit Ihrer Frau zuletzt gesprochen haben, war sie noch in der Klinik.« Fabio schaute in seine Unterlagen. »Plastische Schönheitschirurgie ›Evers aesthetics‹. Was hat sie da gerade gemacht?«

»Sie hat die Fenster im Büro geschlossen.« Opitz verbarg das Gesicht in den Händen. »Sie sagte, sie käme heute pünktlich raus.«

»Hat es in der Klinik irgendetwas gegeben?« Fabio wartete ab. »Vielleicht Probleme mit dem Chef oder den Kollegen?«

»Überhaupt nicht.«

»Mit einem Patienten vielleicht?«

»Nein. Meine Frau ist … war ja OP-Assistentin, sie hatte nicht so viel Kontakt zu Patienten.«

Es tat einen Schlag, als die Tür aufsprang und der Chef hereinkam, um auch einmal den Ehemann der Getöteten in Augenschein zu nehmen.

»Ich war auch einmal im Zauberdings. Das Essen hat gut geschmeckt und war schön teuer. Wie war es denn bei Ihnen gestern Abend?«

»Ich hab auf meine Frau gewartet.«

»Sie wissen schon, dass Ihr Alibi im Moment überprüft wird?«

Gordon Opitz saß mit leerem Gesicht da, während der stark übergewichtige Otte mit vorgebeugtem Oberkörper weiter fragte: »Sie gehen öfters in das Lokal, wie ich hörte?«

»Nicht so oft.«

»Und Sie haben keinen getroffen, der Sie kennt?«

»Nein.«

»Sie könnten einen Zeugen gebrauchen«, rief Otte mit todernster Miene. Sein eisengraues Haar war spärlich geworden, die Geheimratsecken größer. Er setzte sich mit an den Tisch und schob seine schwarze Kastenbrille mit dem Zeigefinger in der Mitte hoch.

Fabio befragte Opitz weiter. »Nach dem Zauberkessel sind Sie in die Scala-Bar. Da haben Sie auch niemanden getroff…«

»Halt!« Opitz hob den Kopf, der Mund geöffnet. »Da hab ich wen getroffen«, sagte er tonlos. »Ichigo.«

»Idschi wie?«

»Ichigo Takahashi.«

Fabio sah ihn an. »Wer ist das?«

Wie sich herausstellte, war der Mann ein in seinen Kreisen bekannter Kunsthändler und -sammler. Opitz hatte ihm einige Wohnungen in der City verkauft und das Haus auf der Gänsheide, in dem Ichigo mit seiner Frau wohnte, und das war schon alles.

Fabio stand auf und ging ein wenig hin und her in dem kleinen Raum. »Sie sagten, Ihr Bekannter sei ungefähr um halb elf in die Scala-Bar gekommen. Um die Zeit haben Sie zum letzten Mal Ihre Frau angerufen, aber nichts auf die Mailbox gesprochen. War Herr Takahashi da anwesend?«

»Da ist er gerade hereingekommen. Er setzte sich neben mich an die Bar. Ich hab ihm erzählt, dass meine Frau mich hat sitzenlassen, am Hochzeitstag.« Opitz schob die Hände vors Gesicht und seufzte tief.

»Was hat er dazu gemeint?«

Opitz sah auf. »Er sagte nur: ›Frauen.‹«

»Kannte er Alexa?« Fabio nahm wieder auf seinem Stuhl Platz.

»Er hat sie ein paarmal gesehen. Wir sind mal zu viert ins Ballett. Und einmal haben sie sich in meiner Firma gesehen. Ich arbeite bei Christoph-Richt-Immobilien, da hat Ichie im Foyer eine Ausstellung für einen jungen Künstler gemacht.«

»Spielt er Baseball?«, fragte Otte abrupt.

»Wieso?«

»Japaner sind verrückt auf Baseball.«

»Ich glaube nicht, dass er sportlich ist.«

»So, so«, machte Otte.

Fabio sah in seine Unterlagen. »Sie blieben eine Stunde in der Scala-Bar und gingen anschließend noch in den Uhu. Kam Herr Takahashi mit?«

Opitz schüttelte den Kopf. »Er hatte keine Lust und fuhr heim. Wäre ich doch auch gleich nach Hause gefahren …«

Das hätte auch nichts mehr genützt, dachte Fabio bei sich. Zu der Zeit war seine Frau schon seit mehreren Stunden tot.

»Überlegen Sie: War Herr Takahashi in dieser Nacht wie sonst auch?«

Opitz nickte. »Der ist immer gleich.« Er biss sich auf die Lippe. »Ich glaube, ich habe über meine Frau geschimpft. Das tut mir leid.« Er verzog angewidert von sich selbst das Gesicht. »Ich nannte sie zickig.«

»Und was hat Ichie dazu gemeint?« Otte ruckte mit seinem Stuhl herum.

»Zu was denn?« Opitz sah den großen grauen Chef verzweifelt an.

»Zickig!«

»Er ist nicht darauf eingegangen. Bei sowas hält er sich heraus.« Er fuhr sich über die verschwollenen Augen. »Ichie ist ein anständiger Kerl.«

»Vor allem ist er ein guter Kunde!«, polterte Otte. »Hat er Ihnen gesagt, wo er vorher an dem Abend war?«

»Vorher?« Opitz runzelte verunsichert die Stirn. »Nein.«

»Das würde uns interessieren.« Otte streckte sich auf dem Stuhl, er passte kaum zwischen die Lehnen. »Wie ist seine Telefonnummer, bitte?«

»Die Nummer ist in meinem Handy gespeichert.«

Ulla rief sofort die Kriminaltechnik an und gab durch, was der Chef haben wollte.

Opitz wandte den Blick ab. »Den Mörder sollen Sie finden, Herr Takahashi hat damit nichts zu tun.«

»Woher wissen Sie das so genau?« Jäh wandte sich Otte dem Befragten zu. »Glauben Sie, wir machen unsere Arbeit erst seit gestern?«

Zwei Minuten später klopfte es an der Tür, dann trat Weber von der KTU ein und händigte Ulla das gewünschte Telefon aus. Sie klickte sich durch das Adressbuch, drückte die Anrufen-Taste und lauschte. »Nur die Mailbox«, sagte sie und reichte Opitz das Gerät. »Bitten Sie Herrn Takahashi um sofortigen Rückruf.«

Der Chef zwängte sich aus dem Stuhl und wanderte zum Fenster, wo er in seiner komischen Manier auf Fersen und Ballen wippte. Gordon Opitz sprach auf die Mailbox des Japaners.

Fabio beugte sich vor. »Ich habe das mit dem ›zickig‹ nicht verstanden«, sagte er in gespielt erstauntem Ton. »Sie meinen, ein Grund, warum Ihre Frau nicht in das Restaurant kam, hätte sein können: Sie war zickig? Und weil sie zickig war, ging sie den ganzen Abend auch nicht ans Telefon?«

Otte sah herüber und nickte. Opitz' Gesicht wurde hart. »Es tut mir leid.«

»Nein, nein, ich möchte das verstehen«, sagte Fabio hartnäckig. »Um 18 Uhr sagt Ihre Frau, dass sie sich auf das Essen um 20 Uhr im Zauberkessel freut. Sie kommt aber nicht. Und ihr Handy ist ausgeschaltet. Das ist merkwürdig. Wieso sind Sie nicht heimgefahren, um nachzusehen, was los ist? Von der Altstadt in die Hasenbergsteige brauchen Sie kaum zwanzig Minuten, und Sie hätten abgeklärt, ob Ihre Frau zickt oder ob etwas passiert ist. Ihren Gleichmut finde ich erstaunlich.«

Opitz ließ sich gegen die Rückenlehne sinken. Leise sagte er: »Sie hat mich schon öfter versetzt.«

»Aus welchem Grund?«

»Sie ist … sie war manchmal kapriziös.«

Um halb acht, draußen schien die helle Morgensonne, fragte Otte fast schon gutmütig: »Möchten Sie einen Kaffee? Ich lasse Ihnen welchen bringen.«

»Ich gehe jetzt lieber nach Hause«, sagte Opitz.

»Sie sollten bleiben!« Otte zeigte mit dem Finger auf ihn, während er zur Tür ging. »Sie werden hier gebraucht.«

Fabio sah ihn an. »Wir brauchen eine Aufstellung von allen Personen, mit denen Sie Umgang haben oder hatten – Bekannte, Kollegen, Kunden –, vor allem solche, mit denen es Probleme oder Unstimmigkeiten gab.«

»Sie meinen, das ging gegen mich?«

»Warum nicht? Nach Ihrer Ansicht hatte Ihre Frau keine Feinde, also war das eine Attacke gegen Sie.«

»Aber …?« Seine Schultern sackten ab.

Ulla brachte Kaffee und dazu Papier, Schreibzeug und einen USB-Stick. Sie zog sich einen Stuhl heran und setzte sich.

»Ich kenne niemanden, dem ich so etwas zutrauen würde«, sagte Opitz monoton.

Fabio nickte. »Selbstverständlich nicht. Notieren Sie zuerst, mit wem Sie irgendwelche Probleme haben.«

Opitz machte eine hilflose Geste. »Aber ich habe keine Probleme.«

Ulla meinte: »Das gibt's nicht.«

Fabio nahm sich eine Tasse Kaffee. »Im Immobiliengeschäft, sagt man, gibt es nur einen Gewinner und der andere verliert. Wer war das, der verloren hat?«

»Meinen Sie, dass ein Mieter, dem ich kündigen musste, zu meiner Frau geht und …?«

Fabio glaubte nichts, aber er wusste, dass alles möglich war. »Schreiben Sie alle auf, mit denen es Stress gegeben hat. Ob das wütende Mieter waren oder unzufriedene Klienten, jeder könnte durchgedreht haben.«

»Dazu brauche ich meinen Laptop.«

Ulla zeigte auf den USB-Stick. »Da sind alle Ihre Kontakte drauf.« Sie drehte sich auf ihrem Stuhl zu dem Beistelltisch hinter ihr und holte ein Notebook herüber, das sie vor Opitz platzierte. »Bitte gliedern Sie Ihre Liste in drei Spalten: Problem? Wer? Wann?«

Gordon Opitz war sprachlos. Und schneeweiß im Gesicht. Sein Handy war immer noch stumm. Takahashi rief nicht zurück.

Fabio erhielt einen Anruf von Gerd Feldhaus aus dem kriminaltechnischen Institut. Verblüfft sagte er: »Das ging aber schnell!«

Gordon Opitz horchte auf. Vielleicht glaubte er, man habe den Mörder seiner Frau gefunden.

Aber es war nur die PIN zu ihrem Handy. Gerd hatte die vier Ziffern in ihrem Filofax unter »T« wie Telefon entdeckt.

»Klasse!«, sagte Fabio. »Wann kann ich es haben?«

Gerd hatte noch eine andere Information für ihn, die ihn aber nicht erstaunte: Auf der Kleidung von Gordon Opitz waren keine Blutspritzer festgestellt worden. Fabio dankte dem Kollegen und rieb sich über die müden Augen.

Unterdessen saß Opitz neben dem aufgeklappten Notebook und ließ sich von Ulla die Tabelle anlegen. Er wiederholte, dass er jetzt heim wolle.

Einen Teufel würde Fabio tun und ihn heimgehen lassen. Der Ehemann der Toten war der wichtigste Zeuge, eine lebende Datenbank, die vielleicht Licht ins Dunkel brachte.

»Sie bleiben bitte noch bei uns«, sagte er. »Schon zu Ihrem eigenen Schutz. Wir wissen noch nicht, mit wem wir es da draußen zu tun haben.«

Ulla schob dem Mann den Computer hin. Doch leider verließen Opitz die Kräfte. Er sank auf dem Stuhl zusammen und seufzte: »Ich kann nicht mehr.«

»Gleich wird das Telefon Ihrer Frau gebracht«, sagte Fabio, ohne auf die momentane Schwäche Opitz´ einzugehen. »Das hat jetzt Vorrang. Die Aufstellung möglicher Feinde können Sie später machen.«

Beim Anblick des Pelzbommel-Handys kämpfte Opitz mit den Tränen. »Das ist ihr Handy, ja.«

Ulla zog sich in ihr Büro zurück, um die Personen, die im Bungalow zugangsberechtigt verkehrten, zur freiwilligen Genprobe ins Präsidium einzuladen.

Fabio klickte sich durch Alexas Telefon. »Gleich hören wir uns die Sprachnachrichten an«, sagte er und drückte die Lauttaste, woraufhin die Stimme von Gordon Opitz ertönte. Bei seinem ersten Anruf gegen 20.30 Uhr klang er milde gereizt, später rief er eine Zeitlang alle halbe Stunde an und klang von Mal zu Mal ärgerlicher. Sein letzter Anruf, bei dem er keine Nachricht mehr hinterlassen hatte, war um 23:30 Uhr erfolgt.

Gemeinsam mit Opitz sah Fabio das Adressbuch und die Anrufliste durch. Es gab Abkürzungen wie »Nadi« für Nadine und »Lau« für Laura – »Meine Schwägerinnen«, erklärte Opitz, und »Mom« bedeutete Mutter. Unter anderen Kürzeln, wie zum Beispiel »KK«, konnte er sich nichts vorstellen. Gerade diese Nummer hatte seine Frau oft angerufen und auch Anrufe erhalten – zuletzt vor zwei Tagen.

»Das kann ein Schuhgeschäft sein oder sonst was«, meinte Opitz nüchtern. »Kennen Sie sich im Telefon Ihrer Frau aus?«

»Natürlich nicht«, murmelte Fabio, der sich augenblicklich für eine bestimmte Festnetznummer interessierte: »Sagt Ihnen diese Nummer etwas?«

Opitz schaute in seinem Handy nach, ob sie auch dort gespeichert war, es hätte ja die Nummer eines Handwerkers sein können oder die von der Putzfrau. Aber dem war nicht so.

»Der Anruf kam gestern um 19:30 Uhr und der Teilnehmer hat sofort aufgelegt«, sagte Fabio. Er tippte die Nummer in sein Diensthandy und ließ es minutenlang klingeln. Es ging niemand dran.

Ulla trat wieder ins Zimmer. Sie brachte für Opitz ein Frühstück, das aus Pfefferminztee und einem Mohnbrötchen sowie abgepackter Butter und Marmelade bestand. Zu Fabio sagte sie: »Ich habe noch nicht alle Betretungsberechtigten erreicht, es ist ja noch früh.«

Fabio hielt das Bommelhandy kurz hoch. »Kriegst du raus, ob schon alle Kontaktnummern recherchiert worden sind? Vor allem interessiert mich diese Festnetznummer …« Er diktierte sie ihr, denn das Telefon brauchte er noch, um mit Opitz die Fotos darauf durchzusehen.

Bevor Ulla hinausging, wies sie Herrn Opitz darauf hin, dass er sich für heute in seiner Firma abmelden solle. »Nehmen Sie am besten Urlaub.«

Opitz zog die Hand, die er zu dem Brötchen ausgestreckt hatte, zurück. »Könnten Sie das für mich tun?« Ulla schaute zweifelnd. »Ach, egal«, sagte er unwirsch. »Ich rufe selbst an. Herr Lavelli, können Sie mich mal eben allein lassen?«

Das konnte Fabio nicht, und so musste Gordon Opitz in abgehackten Worten ein kurzes Gespräch mit einem Mitarbeiter führen, von dem er seiner Mimik nach nicht sonderlich viel hielt. Knappe, nicht sehr freundliche Worte fielen: »Maximal zwei Tage, Privatangelegenheit, den Termin heute Mittag geben Sie dem Chef.«

»Sehen wir uns jetzt die Handyfotos an«, sagte Fabio und wischte durch die Galerien. Eine junge Frau mit roten Rastalocken in einem Tarnanzug entpuppte sich als Alexas jüngste Schwester Nadine. Eine mollige junge Frau, die hinter einer gewerblichen Wäschemangel stand, stellte sich als Alexas mittlere Schwester Laura heraus. »Hat einen Waschsalon«, sagte Opitz trocken.

Auf einem Selfie sah man Alexa mit einer blonden Frau, beide lächelten gekünstelt, der Hintergrund war weiß. »Ihre Kollegin Silke.« Auf den meisten Selfies war sie allein drauf. Eins hatte sie auf dem Stuttgarter Schlossplatz gemacht, andere im Dorotheen-Quartier und vor der Einkaufsmall Milaneo. Sie sah sehr attraktiv aus.

Weitere Fotos zeigten Schmuck, Kleider und Schuhe, darunter Highheels, die eine Dragqueen vor Neid erblassen ließen.

»Meine Frau mag Schuhe, das ist normal«, sagte Opitz, der offenbar vergessen hatte, dass sie gar nicht mehr lebte.

Alexa Opitz hatte über siebenhundert WhatsApp-Nachrichten, darunter etwa fünfzig von »Mom«, knapp hundert von »Nadi« und über zweihundert von »KK«.

Fabio bat Opitz erneut, seinen Bekannten Herrn Takahashi anzurufen. Es meldete sich wieder nur dessen Box.

Während Opitz erneut draufsprach, rief Fabio seine Kollegin an. »Was habt ihr rausbekommen?«

Corrys Stimme klang belegt, so übernächtigt war sie. »Die Nachbarschaftsbefragung hat nicht viel erbracht. In der näheren Umgebung sind fast nur Agenturen und Büros, und da ist nachts natürlich keiner. Gerade habe ich mit Müzze gesprochen. Sie steht mit Nick vor der Tür einer Versicherungsagentur, gleich gehen sie rein. Die Häuser in der Gegend haben fast alle Alarmanlagen und Sicherheitskameras. Die beiden werden uns die Videoaufnahmen besorgen. Eigentlich darf ja nur der eigene Hauseingang drauf sein, schon den Gehweg zu filmen, ist nicht zulässig. Ich weiß nicht, ob die Leute sich dran gehalten haben, ich hoffe nicht.« Sie lachte ein bisschen. »Aber ausgerechnet der direkte Nachbar, eine Medienagentur, hat keine Überwachungskamera! Im Dachgeschoss wohnt ein Valentin Jäger, sie haben ihn bis jetzt noch nicht erreicht.

Na ja, es sieht ziemlich mager aus.« Sie schnaufte in den Hörer. »Und bei dir, Fabio?«

»Wenn Herr Opitz gefrühstückt hat, stellt er uns eine Liste von Leuten zusammen, die wir uns näher ansehen sollten«, sagte er. »Wann kommst du etwa? … Das ist gut.«

Aus dem Augenwinkel beobachtete er Opitz. Der Immobilienmakler griff nach dem Brötchen, dem Messer, der Butter und der Marmelade und richtete sich ein Frühstück.

»Noch einen Kaffee?«, fragte Fabio, aber Opitz hatte noch welchen in der Tasse.

Während er an seiner Liste mit problematischen Personen arbeitete, saß Fabio bei ihm und aß ein Snickers. Dann telefonierte er mit Paul Silber, den er kaum verstehen konnte, weil im Hintergrund ein Suchhund wie verrückt bellte.

»Wieso bellt der so?«, fragte er hoffnungsfroh. Der Hund führte sich aber nur so auf, weil er sich über einen Kumpel freute, den er länger nicht gesehen hatte: Einstein.

Paul sagte: »Den hatten wir schon einmal, weißt du noch?«

»Ach ja, der Einstein. Genialer Hund.«

»Weißt du, was noch genial ist, Fabio? Dass wir sämtliche Mülltonnen und Müllcontainer in der Hasenbergsteige und Umgebung nach einem Prügel durchsucht haben. Leider negativ. Wir haben die Vorgärten durchkämmt und uns oben im Skulpturenpark umgesehen, nichts. Weiter oben, beim Kinderspielplatz – auch nichts. Noch ein Stück höher der Waldparkplatz – Äste halt, und die brechen, wenn man sie nur ansieht. Dort oben steht ja der Wald, das wäre die nächste Herausforderung, und dann noch die Gärten hinter den Villen. Das sind weitläufige Grundstücke, manche reichen bis runter nach Heslach.«

Zehn Minuten später schaute Gordon Opitz mit Gefangenenmiene vom Monitor auf. »Ich glaube, ich bin fertig«, sagte er matt. »Dann würde ich jetzt gehen.«

»Sie gehen, wenn Sie ein Alibi haben. Wir sehen uns jetzt Ihre Liste an.«

Vier Seiten rutschten in den Drucker-Auffangkorb. Fabio sah sich die Tabelle an. Da war ja eine beträchtliche Anzahl problematischer Kollegen, Kunden und Interessenten zusammengekommen.

»Wer hat Drohungen ausgestoßen, Herr Opitz?«

»Keiner hat gesagt, dass er mich oder meine Frau töten will.«

»Das sagt man ja auch nicht.« Fabio sah ihn an: »Was war das Schlimmste, das Sie zu hören bekamen?«

Opitz ging in sich. »›Du Ratte‹«, stieß er schließlich hervor. »›Lauf mir nicht übern Weg, sonst fahr ich dich um‹«, fiel ihm noch ein.

»Das ist doch schon mal was«, sagte Fabio.

»Ich habe Ausdrücke gehört, die mag man nicht wiederholen.« Er kniff die Augen zusammen.

»Können Sie ruhig, ich bin einiges gewöhnt.«

»›Scheißmakler‹ und ›Maklerschwein‹, ›Dir polier ich die Fresse, wart's ab, du Sack‹.« Opitz verzog den Mund: »›Verrecke, Klugscheißer!‹ oder ›Dir gehört eins vor den Zahn, Absahner!‹«

»Ja, das ist gewaltig«, Fabio nickte anerkennend. »Gibt's noch mehr?«

Opitz ballte die Faust. »›Hau ab, bevor ich mich vergesse‹ oder: ›Ich geb dir eins zwischen die Hörner, pass auf‹. Die üblichen Verunglimpfungen eben.« Er lehnte sich zurück. »Stammt alles von Interessenten, denen das Geld fehlte.«

»Ach so«, sagte Fabio, »dann ist das ja nicht so schlimm.« Er überlegte. »Und wie steht die Konkurrenz zu Ihnen? Jeder gegen jeden, könnte ich mir vorstellen – ein Haifischbecken.«

»Wir Makler sind zivilisierte Leute«, erwiderte Opitz und legte die Hände vor sich auf den Tisch.

Ja, ja, eine Krähe hackt der anderen kein Auge aus. Aber Fabio hatte da schon ganz anderes gesehen.

Um halb neun schlug er vor, dass Herr Opitz sich ausruhen sollte. Es gab unten ein nicht sehr gemütliches Besucherzimmer mit einem Tisch, ein paar Polsterstühlen und einem Stapel Polizeibroschüren auf der Fensterbank. Dort könnte Opitz mal eine Weile die Augen schließen.

»Ich sehe Sie später wieder«, sagte Fabio und verließ ihn.

Die Kirchturmuhr der nahen Martin-Luther-Kirche schlug zur vollen Stunde. Es war neun Uhr, und die Morgensonne leuchtete zwischen den dunkelgrünen Kastanienblättern hervor. Fabio sprang über die lose verlegten Steinplatten in seinem schmalen Vorgarten und schloss die Eichentür zu seinem Häuschen auf.

Normalerweise konnte sich ein Polizist in Stuttgart kaum ein Eigenheim leisten, es sei denn, er hätte geerbt oder wäre zu zweit und beide verdienten gut. Bei Fabio traf das alles zu. Er lebte mit seiner großen Liebe Sebastian Seitz, einem Journalisten, der von seiner Mutter reich beschenkt worden war. Sie hatten sich dann beide in dieses kleine Maisonettehaus verliebt, das ein Kulturdenkmal für die Entwicklung des Siedlungsbaus darstellte, denn es war Teil einer kleinen Reihenhaussiedlung, die in den Zwanzigerjahren errichtet worden war.

Leider wohnten Fabio und Sebastian nicht allein in ihrem Haus am Uffkirchhof. Zwei weitere Personen hatten sich derzeit darin niedergelassen: sein Vater Salvatore und dessen Freundin Bärbel Hummel.

Das Gästezimmer im Obergeschoss nutzte normalerweise Sebastian als Büro, er konnte gut schreiben unterm Dach, aber vor acht Wochen stand Fabios Vater vor der Tür und rief: »Die Gastezimmerle obe brauckama wir beide«, und zeigte auf sich und seine Lebensgefährtin.

»Was ist los bei euch?«, hatte Fabio gefragt und auf ein halbes Dutzend prall gefüllter Plastiktüten vor seiner Haustür gestarrt. Kleidungsstücke hingen heraus, ein Stück von einer Salamiwurst war zu sehen. Auch eine Sporttasche stand zu ihren Füßen. Der Reißverschluss war nicht zugegangen, und so schauten Wollknäuel in allen Farben hervor. »Was habt ihr vor?«

Bärbel, eine Doppelgängerin von Marianne Sägebrecht, sagte: »Meine Schwester Mechthild, Fabio, du weißt, wie kreuzbös sie ist.«

Fabio nickte, ließ die beiden aber noch nicht herein.

»Mechthild lässt den Dachboden nach Energieeffizienz sanieren«, legte sie anklagend los. »Als steinreiche Beamtenpensionärin kann sie sich alles leisten. Sie hat mir den Kostenvoranschlag von der Dach-Firma vorgelegt und gelächelt, schau mal, so.« Bärbel setzte ein Lächeln auf, das sie für verschlagen hielt. »Und dann hat Mechthild gesagt: ›Der Betrag geht durch zwei.‹. Nie und nimmer können wir das bezahlen, Fabio! Wenn dein lieber Vater mich nicht festgehalten hätte, wäre ich am Fuß der Treppe zu meiner kleinen Wohnung zusammengeklappt.«

»Okay, kommt rein.«

Und schon hatten sie ihre Tüten die Treppe ins Gästezimmer hinaufgeschleppt, und Fabio, der unten geblieben war, hatte sie schon wieder miteinander giggeln gehört.

Jetzt trat er in seine Küche, und es duftete nach heißem Toast mit Honig. Bärbel saß an seinem Tisch und frühstückte. Ihre großen, blauen Augen sprühten vor Freude, ihn zu sehen. Sie war ein wenig vernarrt in ihn, vor allem aber in seinen Vater.

»Salvatore schläft noch«, rief sie halblaut und stach mit dem Zeigefinger in Richtung Decke. »Sei bitte leise!«

In seinem eigenen Haus.

Fabio ging – leise – hoch zum Duschen, er wusch sich die Haare und frottierte sie einigermaßen trocken. Dann legte er sich auf das leere Bett und schloss die Augen.

Er sah Gordon Opitz bei der Hollywoodschaukel stehen, das Hemd falsch geknöpft, und keiner wies ihn darauf hin. Und er sah Alexa Opitz auf den weißen Fliesen in ihrem Blut liegen. Er versuchte, an etwas anderes zu denken, aber dieses Bild wollte nicht verschwinden, und dann tauchten auch die Friedhofsblumen auf und die Scherben.

6

Corry legte den Hörer auf und stürmte zusammen mit Müzze ins Erdgeschoss hinunter zum Besucherraum. Sie klopfte kurz und trat dann ein. Es gab dort nur einen dünnfüßigen Resopaltisch und ein paar lehnenlose Stühle. Gordon Opitz hatte sich drei aneinander geschoben und sich darauf hingelegt. Jetzt rappelte er sich auf und blickte zerknittert zu ihnen hoch.

»Ich wüsste gern, wer der junge Mann auf dem Foto ist«, sagte Corry ohne Umschweife. Sie reichte ihm das Bild.

»Das ist Kim, glaube ich, das ist kein Mann.«

»Wer oder was ist Kim?«

»Sie betreibt ein Fitnessstudio. Die Fitnessinsel. Da geht meine Frau immer hin.« Seine Stimme war kaum zu verstehen, er räusperte sich mehrmals.

Müzze recherchierte bereits in ihrem Tablet-PC. »Ich hab's.« Sie las vor: »Fitnessinsel, Hölderlinstraße 66, Inhaberin: Kim Köhler, achtundzwanzig Jahre.«

»Danke, Müzze.« Corry griff sich einen Stuhl und setzte sich an den Tisch.

Vor ihr lag Fabios Befragungsprotokoll. Ihm waren in Alexas Handy zwei Buchstaben aufgefallen: »KK«. Wenn das nicht die Initialen von Kim Köhler waren! Die beiden hatten regen Kontakt gehabt.

Zu Opitz sagte sie: »Auf dem Foto tanzt Ihre Frau mit Kim Köhler, richtig?«

Er schaute weiter irritiert auf das Foto. Seine Augen waren rot und verquollen. Unschlüssig nickte er.

»Ich nehme an, das ist Tango.« Corry hatte vom Tanzen nicht die geringste Ahnung, aber das sah ihr schwer danach aus. »Haben Sie das gar nicht gewusst, dass die zwei Tango tanzen?« Die Frage hätte sie sich sparen können, so überrascht, wie er dreinschaute. »Sind die beiden Frauen befreundet?«

Opitz' Mundwinkel zuckte. »Das glaube ich nicht. Dann hätte Alexa ja mal von ihr gesprochen.«

»Wie sie tanzen!« Corry tippte auf das Foto. »Sie tragen Tangokleidung, das sieht richtig professionell aus.«

Er schwieg und starrte vor sich hin.

»Wo sind die beiden da? Erkennen Sie den Raum?«

Ein dunkler Blick auf das Bild. »Könnte in der Fitnessinsel aufgenommen sein. Ich hab meine Frau mal dort abgeholt und reingeschaut.« Er war kreideweiß. »Ich erkenne das Würfelparkett und die schwarzen Vorhänge … Vielleicht war das ein Fest, und alle hatten sich kostümiert?«

Alle? Corry sah nur zwei innigst ineinander verhakte Personen. »Das Tangokleid Ihrer Frau – haben Sie das schon mal gesehen?«

»Ich weiß nicht.« Er warf einen nervösen Blick auf seine Armbanduhr, wie es Menschen tun, die keine Zeit zu verplempern haben.

Corry beschloss, Kim Köhler selbst zu fragen. Im Ankleidezimmer der Toten hatte das Kleid jedenfalls nicht gehangen; das wäre ihr aufgefallen.

Opitz seufzte tief. »Wann kann ich endlich gehen?«

»Sicher sehr bald, Ihr Alibi ist fast schon bestätigt.«, sagte Corry.

Das konnte sie getrost behaupten, denn vor ein paar Minuten hatte sie mit Fink telefoniert, die ihr berichtet hatte, dass Opitz von drei Stellen ein lückenloses Alibi besaß:

1) Sein Chef bezeugte seine Anwesenheit in der Firma für den Montagnachmittag bis abends um 19:40 Uhr.

2) Von 20 bis 22 Uhr gaben ihm der Wirt und das Personal vom Zauberkessel ein Alibi. Opitz hatte allein am Tisch gesessen und war zunehmend sauer geworden, vor allem, nachdem er sich das Handy ans Ohr gehalten und es dann wieder ne-

ben seinen Teller gelegt hatte. Das sei öfters in den zwei Stunden vorgekommen.

3) Der Inhaber der Uhu-Bar hatte Opitz als ruhig, unauffällig – wie alle seine Gäste – geschildert. Opitz sei um 23:45 Uhr erschienen und bis kurz nach eins geblieben. Er sei allein gewesen und habe mit Karte bezahlt, praktischerweise würde auf dem Beleg ja die Zeit draufstehen, morgen könne man gern den Beleg haben.

Fink fehlte nur noch der Barkeeper von der Scala-Bar. Wörtlich meinte sie: »Udo Weiße ist nicht zu Hause, laut Nachbarin geht er jeden Morgen in ein Mineralbad zum Schwimmen. Aber in welches, weiß sie nicht. Ich hab das von einem Barkeeper nicht erwartet.«

Corry trat vor die Tür, in den düsteren Gang, um den Chef telefonisch zu informieren. Während das Freizeichen erklang, sah sie ihn vor sich, wie er mit dem großen grauen Kopf über seinem wie leergefegten Schreibtisch wackelte. Er meldete sich. Corry erstattete Bericht und bat um ein Machtwort, das nach einigem Gebrumme auch kam:

»Dann lass den Mann gehen, er soll sich aber zur Verfügung halten. Wo will er denn überhaupt hin?«

»Ich werde ihn fragen.« Corry legte auf und ging ins Besucherzimmer zurück. Gordon Opitz hatte die Stühle wieder so hingestellt, wie er sie vorgefunden hatte.

»Sie dürfen jetzt gehen, Herr Opitz. Hier ist Ihr Handy. Haben Sie es nochmals bei Herrn Takahashi probiert? Nein? Tun Sie das aber, wir möchten mit ihm sprechen. Und bitte lassen Sie Ihr Telefon eingeschaltet, damit wir Sie erreichen können, wenn wir noch Fragen haben.«

»Dann geh ich jetzt heim«, sagte er mit versteinertem Gesichtsausdruck.

»Sie können nicht nach Hause, Ihr Bungalow ist noch versiegelt. Wo werden Sie zwischenzeitlich wohnen?«

Er zuckte mit den Achseln. »In einem Hotel, nehme ich an.«

»Sehr gut. Sobald Sie eingecheckt haben, informieren Sie mich bitte, ja?« Corry drückte ihm ihre Visitenkarte in die Hand und verabschiedete sich.

»Sie können ja sogar freundlich sein«, sagte er und sah plötzlich hilflos aus.

»Verzeihen Sie, wenn wir manchmal etwas grob sind.« Corry hatte die Hand schon auf der Türklinke liegen. »Uns begegnet ständig brutale Gewalt, das macht auch uns fertig. Kann sein, dass wir manchmal ruppig sind.«

Sie blickte an der Knopfleiste seines weißen Hemds herunter. »Herr Opitz, bevor Sie rausgehen, Sie haben sich da verknöpft.«

Die Einsatzbesprechung der »Soko Hasenberg« fand um zehn Uhr im zweiten Stock in Raum IV statt. Auf dem großen Konferenztisch standen Thermoskannen mit Kaffee und Flaschen mit Cola und Wasser. An der linken Wand hingen die Tatortbilder.

Corry mied den Blick auf eine Vergrößerung, die den deformierten Schädel der Getöteten zeigte. Stirn- und Augenpartie waren grotesk nach außen gedrückt, und auf der linken Seite, über der Hutkrempenlinie, stand das dunkle, blutverklebte und verkrustete Haar aus der Wunde heraus.

Am Tisch nahe der Tür saß Müzze und beendete gerade ein Telefongespräch.

Corry nickte ihr zu. »Hast du etwas Neues?«

Sie schüttelte den Kopf. »Die Nachrichten auf dem Anrufbeantworter im Bungalow haben wir recherchiert, es ist aber nichts Besonderes drauf.«

»In Ordnung.«

Nick Holland trabte herein und setzte sich neben Müzze, die schon wieder telefonierte.

Katharina Fink und Jan Blessing angelten sich Stühle und setzten sich. Normalerweise kein Dreamteam, hatten sie einträchtig die Inhaber und das Personal der Lokale befragt und zu guter Letzt auch noch den Barkeeper der Scala-Bar aus dem Mineralbad Cannstatt geholt.

Corry fragte Fink, die mit ihrer Hochsteckfrisur immer ein bisschen wie ein Burgfräulein aussah: »Was hat Herr Weiße über seinen Gast gesagt?«

»Er bestätigt, dass Opitz gestern Abend von halb elf bis halb zwölf an seiner Theke saß«, sagte Fink. »Und zwar zusammen mit Herrn Takahashi, der oft im Lokal sei, weil dort wechselnde Kunstausstellungen gezeigt werden, und dafür interessiert er sich.«

»So?«, sagte Corry und schenkte sich einen Kaffee ein.

Fink saß kerzengerade. »Gordon Opitz war zuerst da, etwa zehn Minuten später kam Herr Takahashi. Sie waren beide überrascht, sich zu treffen.«

»Hat der Japaner sich anders verhalten als sonst?« Corry trommelte sachte auf den Henkel ihrer Kaffeetasse.

»Nein, gar nicht«, antwortete Fink. »Er sei wie immer höflich, nett und kultiviert gewesen.«

»Und unser Herr Opitz?« Corry sah zu Jan hinüber, der sich ein Fläschchen Cola an den Mund hielt und ruhig auch einmal etwas sagen könnte. »Wie war der drauf in der Scala-Bar?«

»Er soll ruhiger als sonst gewesen sein.« Jan hatte das schilfgrüne T-Shirt an mit dem Totenkopf und den gekreuzten Knochen. »Der Barkeeper meinte, Opitz sei ihm beleidigt vorgekommen. Aber sonst sei er ganz normal gewesen.«

Um zehn nach zehn walzte Otte in den Raum. Kaum dass er saß, drohte er mit dem Landeskriminalamt: »Corry, die warten nur darauf, dass sie uns eins auswischen können. Die nehmen uns den Fall aus der Hand und wir gucken in den Mond.«

Corry guckte in ihre volle schwarze Kaffeetasse. Der Japaner sprang ihr im Kopf herum.

Wie aufs Stichwort kam Ulla Tillack mit einem kleinen Stapel Papier herein.

»Das hier ist Ichigo Takahashi«, sagte sie und hob einen Internetausdruck hoch, damit alle den mehr als attraktiven Japaner sehen konnten.

Otte dröhnte: »Ist er das?«

»Ja, das ist er«, sagte Ulla. »Er ruft Herrn Opitz nicht zurück und geht nicht ans Handy. Auf seinem Festnetzanschluss meldet sich nur der AB. Ich habe jeweils eine Nachricht hinterlassen, dass er uns sofort kontakten soll. Für eine Zeugenbefragung, selbstverständlich.«

Corry hielt das Blatt am ausgestreckten Arm und blickte finster in das lächelnde, kantige Gesicht des wunderschönen Japaners. »Wieso ruft er nicht zurück? Inzwischen ist es Vormittag, da hat man ausgeschlafen, zum Kuckuck!«

Manche lachten. »Der Mann soll ja verheiratet sein«, sagte sie zu dem Portrait. »Wir müssen seine Frau finden.«

Noch etwas anderes brannte Corry auf den Nägeln: »Wer kümmert sich denn um die Person, die bei Alexa kurz vor ihrem Tod angerufen hat?«

»Ist schon erledigt!«, rief Fink. Mit einer Hand knautschte sie ihre Frisur. »Das war die Frau von Alexa Opitz' Chef. Das ist ja ein bekannter Schönheitschirurg.« Eine gewisse Hochachtung lag in Finks Stimme.

»Wieso hat sie angerufen?«

»Sie hatte sich bloß verwählt.«

Das gefiel Corry irgendwie nicht.

Fabio kam nun auch hinzu. Seit sein halbverrückter Vater und dessen Freundin sein kleines Haus besetzten, sah er mitgenommen aus. Er war bei Gerd im Labor gewesen, nun setzte er sich neben Otte und berichtete:

»Gerd Feldhaus ist überzeugt, dass der Mörder den Wohnbereich gar nicht betreten hat. Er ist höchstens einen Meter tief in die Diele getreten und hat sofort auf Alexa eingeschlagen. Mit einer enormen Wucht – und nur ein einziges Mal.« Er nahm einen Schluck Wasser, das Otte ihm eingeschenkt hatte. »Es gibt nämlich keine Schleuderblutspuren, die Wände ringsum sind sauber. Hätte er mit dem blutigen Prügel – nennen wir es einen Baseballschläger, denn auf das läuft es wohl hinaus –, hätte er also noch einmal zugeschlagen, wären Blutstropfen im hohen Bogen gegen Decke und Wände gespritzt.«

»Es war also nur ein einziger massiver Schlag«, vergewisserte sich Otte. »Mit so etwas wie einem Baseballschläger?«

Fabio nickte. »Der Täter konnte ausholen. Die Decken sind hoch in dem Bungalow, die Diele misst fünfundzwanzig Quadratmeter; er hatte genug Platz für diesen einen, gewaltigen Schlag.«

Jan zupfte an seiner Lippe. »Die ganz subtile Art, einen Menschen umzubringen«, presste er hervor.

»Es war ein Hassverbrechen«, meinte Otte. »Er wollte sie vernichten. Wie ich mich aufrege …« Er fasste sich ans Herz. Alle schauten ihn an. Er hatte ein gesundes Herz. Wenn es ihn erwischen sollte, würde es an Leber oder Lunge liegen.

»Bis jetzt ist die Tatwaffe noch nicht gefunden», sprach Fabio weiter. »Ich habe vorhin mit Paul telefoniert. Mit seinen Suchmannschaften durchkämmt er sämtliche Gärten an der Hasenbergsteige. Er hat drei Teams, bräuchte aber fünf, hat er gesagt.«

»Ja, er will auch immer solche Hunde.« Otte legte die Hände an seine hängenden Wangen. »Fährtenhunde, Spürhunde – und keiner findet was. Sie wollen nur spazieren gehen oder spielen. Wie ich mich aufrege!«

Fink, die den Chef wie keine andere mochte, reichte ihm zur Beruhigung einen Zigarillo, obwohl Fabio sich ausbedungen hatte, dass in seiner Gegenwart nicht mehr geraucht würde.

»Der Täter läuft noch frei herum«, sagte Fink. »Er könnte erneut zuschlagen, vielleicht gibt es noch mehr Frauen, die er hasst.«

»Das könnte schon sein«, meinte Jan.

»Er ist stark, ein Bulle von einem Mann«, orakelte Otte und klemmte sich den Zigarillo zwischen Mittel- und Ringfinger wie ein Mafioso.

»Jedenfalls hat Alexa ihm selbst die Tür geöffnet«, sagte Corry nüchtern. »Es gibt keine Einbruchsspuren. Herr Opitz hat mir gesagt, dass seine Frau vorsichtig war und immer zuerst durch den Türspion gesehen hat.«

»Also hat sie den Mann gekannt«, spann Müzze den Faden weiter.

»Oder er sah total vertrauenswürdig aus«, überlegte Fink. »So ein Opa, der nach dem Weg fragen will.«

»Der hätte den Schlag nicht draufgehabt«, wandte Corry ein.

Müzze strich sich eine widerspenstige schwarze Locke hinters Ohr. »Also, ich finde, so früh am Abend reißt man schon mal noch spontan die Tür auf.«

»Tu's lieber nicht!«, blaffte Otte, der mit dem Zigarillo auf dem Tisch herumkrümelte.

Corry sagte: »Stellen wir uns vor: Der Mörder prescht mit seinem Schläger ins Haus und schlägt blitzschnell zu. Dann geht er weg. Einfach so. Er lässt ihr die Uhr, er nimmt auch ihre Handtasche nicht mit, nur seine Waffe.«

»Keine Trophäe?« Otte stierte durch seine schwarze Kastenbrille zu Corry über den Tisch.

»Offenbar nicht.«

Fabio griff nach der Sprudelflasche. »Das erfahren wir frühestens, wenn Opitz wieder in sein Haus kann und ihm auffällt, dass etwas fehlt.«

»Aber wenn der Täter ausschließlich in der Diele war?«, gab Corry zu bedenken. »Da lag ja nicht sehr viel herum. Nun ja, er hätte einen ihrer Schuhe mitnehmen können.«

»Stimmt, Corry, das hatten wir schon mal«, pflichtete Müzze bei.

»Das war ein Perverser«, erinnerte sich Fink und warf Jan einen höhnischen Blick zu.

Jan Blessing zischte etwas in ihre Richtung durch die Zähne. Nick sagte: »Hört schon auf!«

Corry blickte in die Runde. Ulla in ihrem zitronengelben Top wirkte noch am wachesten von allen. »Wieso musste Alexa Opitz sterben?«, fragte Corry die Ermittlergruppe und erhoffte sich eine feurige Diskussion.

Alle grübelten, während Ottes Augen wild über den Tisch schweiften, als suchte er Streichhölzer. Aber es gab keine, weil Fabio sie jeden Tag wegräumte. »Was wir haben, ist eine wahnsinnige Wut«, sagte er und schmiss sein Zigarillo auf das Tablett mit den Gläsern und Getränken. Vielleicht war ihm gerade wieder sein Feind, das Landeskriminalamt, eingefallen.

Corry warf ihm einen durchdringenden Blick zu. Er würde sich schon wieder einkriegen. Sie wandte sich Müzze zu: »Es muss doch einer aus der Nachbarschaft etwas gesehen haben. Was ist denn nun mit dem Mieter über der Medienagentur? Laut Gebäudeplan müsste er den Eingang zum Bungalow sehen können.«

Müzze sah kurz auf ihre Uhr. »Der Mieter kann erst in einer Stunde so einigermaßen reden. Ich habe mit seiner Freundin gesprochen. Sie übernachtet öfter in der Hasenbergsteige, gestern allerdings nicht, Valentin Jäger war allein zu Hause.«

Corry schaute sie finster an. »Und wieso kann der Mann erst in einer Stunde und dann noch nicht einmal richtig reden?«

»Na, wegen dieser Zahn-OP heute Morgen«, half Müzze weiter. »Große Sache, Corry, ich hab dir das gemailt.«

»Und nachher geht's wieder?«

»Die Sprechstundenhilfe meinte, ja!«

Ulla erhielt einen Anruf von ihrer Kollegin Peggy. »Die ersten Betretungsberechtigten kommen zur Spurenabgabe«, sagte sie und erhob sich halb. »Ich gehe am besten runter und helfe. Ist das in Ordnung?«

Otte nickte. Ulla war erst seit einem Jahr im Team, und alle liebten sie.

»Was sind das für Leute?«, wollte Corry noch schnell wissen.

»Verschiedene Handwerker, eine Putzfrau, die zuletzt am Freitag noch im Haus war, ein Kollege von Herrn Opitz und dessen Teenager-Sohn. Falls mir jemand verdächtig vorkommt, melde ich mich sofort.«

»Danke, Ulla.« Corry machte nun ein sehr ernstes Gesicht. »Kommen wir nun zu der Feindesliste, die Gordon Opitz angelegt hat. Ihr findet sie auf euren Tablets.« Sie nickte Fabio zu. »Wollten nicht auch die zwei vom Revier West dazukomm…«

In dem Moment erschien in der Tür Kaspar Liebig mit seiner Kollegin, die er als KOK Dagmar Bechtle vorstellte. Wenn sie lächelte, sah man eine Lücke zwischen ihren Schneidezähnen. Die beiden wurden freundlich begrüßt und nahmen hinten bei den Fenstern Platz.

Fabio, der ganz gern Manieren zeigte, schenkte der Kollegin Bechtle eine Tasse Kaffee ein und fragte sogar nach Zucker und Milch und so weiter.

»Die Feindesliste!«, erinnerte Corry.

Mit einem kurzen Auflachen fing Fabio an: »Scheinbar hatte das Ehepaar Opitz keine Feinde. Nicht einen einzigen. Doch sobald wir tiefer graben, kommt eine ganze Fußballmannschaft von Leuten zusammen, die speziell Gordon, den Immobilienmakler, auf den Tod nicht ausstehen können.«

Jan räusperte sich. Er hielt sein Tablet-PC vor der Nase und las vor: »›Ratte‹. ›Schwein‹. ›Dir gehört eins vor den Zahn‹, ›... zwischen die Hörner‹, ›... polier ich die Fresse!‹«

»Nun ja«, sagte Corry.

Fabio wedelte mit der Hand durch die Luft. »Ich schlage vor, wir arbeiten die Liste ab und fangen sofort damit an.« Er sah nach hinten zu Dagmar Bechtle und Kaspar Liebig, dessen Nasenspitze hellrot leuchtete. »Ihr beide seid im Team, und Jan sollte auch mitkommen, wir besprechen alles Weitere in meinem Büro.«

»Ich bin dabei!«, rief Fink und warf bereits Unterlagen in ihre Tasche unter dem Tisch.

Doch Corry hatte anderes mit Fink vor. »Geh zu der Frau von Alexas Chef, bitte. Frag sie, wieso sie eine Mitarbeiterin ihres Ehemanns am Abend anruft. Dass sie sich verwählt hat, klingt irgendwie schwach.«

»Kann aber vorkommen.« Jan mit dem Totenkopf auf der Brust hatte das von sich gegeben.

»Ist der Mann altklug«, höhnte Fink. »Ich prüfe es nach und bin schon weg!«

»Stopp!« Corry fand, sie könne gut zwei Sachen auf einmal erledigen. »Sieh doch auch nach der Frau von dem Japaner. Sie wird ja wohl wissen, wo ihr Mann steckt. Kannst du japanisch?«

Fink zuckte unbestimmt mit den Schultern. Natürlich konnte sie kein Japanisch, auch kein Chinesisch, nicht einmal Französisch, was Corry recht gut beherrschte. »Okay, ich zieh dann mal los!«

Corry fasste Nick ins Auge. »Und du gehst zu dem Kieferchirurgen. Falls Herr Jäger wegen der Zähne nicht gut sprechen kann, lass es ihn aufschreiben, wenn er was gesehen hat.«

Otte fischte seinen Zigarillo zwischen den Wassergläsern heraus. Sein Handy quäkte. Er las die neue Nachricht, dann sagte er schwer atmend: »Vielleicht sollte ich rausgehen und Paul Silber da draußen unterstützen.« Er schüttelte aber gleich den Kopf. »Paul schreibt, sie sind jetzt oben im Wald und durchsuchen systematisch die Bürgerallee, die führt ja bis in den Wildpark hinein und zur Solitude hinüber. Riesengelände.

Man muss sich das einmal vorstellen: Sie suchen einen Prügel im Wald! Bisschen Laub drüber und weg ist der.«

»Die Hunde«, warf Corry ein. »Hast du kein Vertrauen in unsere Polizeihunde?«

»Es geht«, sagte er.

Corry hörte, wie ihr Magen knurrte. Hunger. Zu Otte sagte sie: »Nach dem Essen besuche ich mit der Staatsanwältin Alexa Opitz' Arbeitgeber, diesen Dr. Evers in Vaihingen.«

Und an die Kollegen gewandt: »Wer geht mit mir in die Kantine?«

Fabio und Jan schlossen sich ihr an. Müzze und Nick gingen auf dem Gang hinter ihnen her und quasselten von Zähnen und Implantaten und davon, wie schrecklich das alles war.

»Hodenverkleinerung, ich hab das Wort noch nie gehört.« Corry blickte finster auf das protzige schwarze Marmorportal der renommierten Fachklinik für Schönheitsoperationen, vor dem sie mit ihrer Freundin stand.

»Evers aesthetics« residierte in Stuttgarts größtem Stadtbezirk, im hoch gelegenen Vaihingen, in der Katzenbachstraße. Das schneeweiße, ufoähnliche Gebäude auf dunkelgrünem Rollrasen sah aus, als würde es gleich abheben. Nur der wuchtige dunkle Eingang hielt es am Boden.

»Ich dachte, das heißt Hodenstraffung«, sagte Arlet.

»Ist ja auch egal«, meinte Corry. »Aber sag mal, findest du diesen Zugang zur Klinik nicht auch merkwürdig?«

Der Plattenweg war von wirren, langzweigigen Sträuchern gesäumt, die überhaupt nicht zum Ganzen passten. Sie waren übermannshoch und zauselig, richtig ungepflegt, so, als hätte der Gärtner vergessen, sie rauszuhacken.

Im Empfangsraum fiel Corry an der Rezeption eine große durchsichtige Vase mit weißen Rosen auf. Dort lag ein Stapel Klinikprospekte mit Dr. Roman Evers auf der Titelseite. Er schenkte seinen potentiellen Kunden ein vertrauenerweckendes Lächeln. Sehr wohl bemerkte Corry, dass Arlet einen Prospekt in ihre Tasche fallen ließ.

Die junge Angestellte legte den Telefonhörer auf. »Was kann ich für Sie tun?«

»Kripo Stuttgart, wir sind angemeldet«, sagte Corry.

»Dr. Evers kommt sofort.« Ihre Augen waren riesig.

»Wie heißen Sie denn?«, fragte Corry. »Wir möchten nachher auch noch mit Ihnen sprechen.« Ihr bleiches Gesicht war schön geschnitten, wie bei einer Schauspielerin. Sie hatte einen Knospenmund.

»Silke Bandowski«, sagte sie im Flüsterton. Sie war sehr blond, ein ganz heller Typ. »Kommen Sie wegen Frau Opitz?«

Corry sagte: »Selbstverständlich.«

Die Büroleiterin musste wieder ans Telefon. Corry und Arlet spazierten den langen Flur entlang. Die Klimaanlage summte, und ein angenehm kühles Lüftchen umwehte ihre warmen Füße in den Sandaletten. Nicht schlecht beeindruckt betrachteten sie die Zertifikate, die Dr. Evers erhalten hatte, und die schwarz gerahmten Fotos, mit denen die Wände tapeziert waren.

»Ich sehe furchtbar gern Vorher-Nachher-Bilder«, gab Corry zu. Sie zeigte auf eine durch Facelifting in ein Supermodel verwandelte Oma.

»Spitze!«, sagte Arlet.

In diesem Moment erschien der plastische Chirurg in einem weißen Arztkittel mit der Brille am Kettchen um den Hals, genau wie im Prospekt.

Er streckte beide Hände nach ihnen aus. »Mein Name ist Evers, und Sie sind Frau Voss?« Er sah die Falsche an. Corry erklärte: »Ich bin Corinna Voss, und das ist Frau Cronmüller, die Staatsanwältin.«

»Wir gehen in mein Büro«, sagte Dr. Evers, »da sind wir ungestört.« Er war Ende fünfzig und nicht sehr groß. Das aschblonde Haar fiel ihm schräg in die Stirn. Natürlich hatte er Chirurgenhände, mit denen er jetzt zwei Sesselchen für Corry und Arlet zurechtrückte.

»Wir sind unfassbar traurig«, sagte er mit Tremolo in der Stimme. »Frau Opitz wird uns sehr fehlen. Sie war eine hervorragende OP-Assistentin. Bitte nehmen Sie Platz.«

Er setzte sich an seinen gläsernen Schreibtisch und legte die Fingerspitzen aneinander. »Ihr Chef, Herr Reitze, hat mich heute Morgen angerufen und mitgeteilt, dass Alexa ermordet wurde. Darf ich fragen, wie …?«

»Die Obduktion steht noch aus, wir müssen uns mit Auskünften bei laufenden Ermittlungen zurückhalten.« Corry sah ihn verbindlich an. »Wann haben Sie Frau Opitz denn zuletzt gesehen?«

»Gestern Nachmittag, wir hatten eine Oberarmstraffung. Alexa assistierte wie immer, ruhig und konzentriert. Danach hat sie die Patientin versorgt. Meine Büroleiterin hat sie später noch gesehen. Sie sagte mir, dass Alexa bis nach sechs geblieben sei.«

»Und wie lange waren Sie da?«

»Ich bin etwa um halb sechs gegangen. Alexa saß vorne am Schreibtisch und schrieb das OP-Protokoll.« Dr. Evers streckte die Brust heraus. »Meistens gehe ich zuletzt. Aber manchmal, so wie gestern, kommt es vor, dass Alexa oder Silke länger bleiben.«

»Wo waren Sie denn anschließend?«

»Sie meinen, ich brauche ein Alibi?« Der Klinikchef blickte amüsiert-bestürzt von Corry zu Arlet.

Die sagte freundlich, auf ihre geschmeidige Art: »Aber das braucht doch jeder.«

»Also gut. Ich war im Einkaufszentrum, drüben in der Schwabengalerie. Sie wollen noch mehr wissen? Können Sie haben, schöne Frau. Ich hab einen Rotwein gekauft und bin dann auf ein Glas zu einem Freund in meiner Nachbarschaft. Sie wollen jetzt wissen, wie er heißt?« Er schaute sie fast abschätzig an, und das war eine Arlet Cronmüller nicht gewohnt. Wie eine Katze, die gleich die Pfote hebt, sah sie ihn an.

»Ja, den Namen«, sagte sie unterschwellig kratzbürstig. »Und von wann bis wann Sie bei ihm waren.«

Wenig später brachte Corry das Thema wieder auf die Ermordete. »Ist Ihnen gestern oder in den vergangenen Tagen etwas an Frau Opitz aufgefallen?«

»Nein. Überhaupt nicht.«

»Hatte sie denn privat Probleme?«

»Da ist mir nichts bekannt. Sie ist verheiratet. Fragen Sie ihren Mann.«

»Wissen Sie«, fuhr Corry unbeirrt fort, »mit was sie sich privat beschäftigt hat?«

»Sie war sportlich, glaube ich, vielleicht ist sie manchmal im Wald joggen gegangen. Ist sie denn im Wald ermordet worden?« Er knöpfte seinen Arztkittel auf und war schon mit einem Ärmel halb draußen, als sich die goldene Brillenkette an einem Knopf verhedderte. Kurz verlor er die Fassung und riss mit geblähten Nasenflügeln an der Kette herum.

»Nun hab aber ich mal eine Frage«, sagte er frostig und mit rotem Kopf. »Bevor Sie kamen, hat mich meine Frau angerufen, weil bei uns zu Hause die Polizei auf dem Sofa sitzt. Wozu soll das gut sein?«

»Hat Ihre Frau nichts gesagt?«

Er sog vernehmlich die Luft ein. »Sie sagte, bei ihr säßen zwei junge Polizistinnen und ließen sich mit Kaffee und Kuchen bewirten.«

Fink! Zusammen mit der Bechtle vom Revier West. Für gewöhnlich aß Fink wie ein Spatz, aber bei fremden Leuten langte sie zu. Innerlich musste Corry schmunzeln. Zu dem Arzt sagte sie förmlich: »Ihre Frau hat Alexa Opitz kurz vor deren Tod angerufen.«

»Wie bitte?« Er haute auf den Tisch. »Das kann nur ein Missverständnis sein.«

»Ist so ein Anruf denn völlig abwegig?« Diese Frage kam von Arlet, die ihn lauernd beobachtete.

Dr. Evers blickte ratlos auf seine schönen Hände, die er nebeneinander auf dem Tisch liegen hatte. »Vielleicht haben sie etwas ausgeheckt?« Er zog die Lippen in die Breite. »Das haben die schon mal gemacht – eine Überraschung! Und dann geht das Team geschlossen aufs Stadtfest oder Volksfest oder auf den Fischmarkt oder ins Weindorf …«

»Ja, ja, das kennen wir«, sagte Corry. »Gab es vielleicht beruflich Probleme, war jemand unzufrieden mit der Behandlung durch Alexa oder mit dem OP-Ergebnis?«

Dr. Evers klappte der Unterkiefer herunter. Für den einen Moment war er sprachlos, alle Farbe wich aus seinem Gesicht. Er starrte Corry an, als wäre sie ein Fläschchen Gift. Langsam sagte er, dabei jedes Wort betonend: »Unsere Patienten verlassen diese Klinik vollkommen glücklich und zufrieden.«

»Das ist doch schön!«, rief Corry. »Wir werfen noch kurz einen Blick in Alexas Spind, denn in etwa zwanzig Minuten kommt die Spurensicherung. Das macht Ihnen doch bestimmt keine Umstände?« Sie wartete seinen Widerspruch gar nicht erst ab. »Und dann wollen wir noch mit Ihren Mitarbeiterinnen sprechen. Auf meiner Liste stehen …« – sie musste in ihren Notizen nachsehen – »… die beiden OP-Schwestern Sarah Kalmbach und Jessica Lange sowie Ihre Büroleiterin Silke Bandowski.«

Im Spind stießen sie auf mehrere Paar traumhafter Schuhe, die alle ungetragen wirkten. An der kurzen Stange hing ein frisch gebügelter, grüner OP-Kittel auf einem Holzbügel. Im oberen Fach lag eine pinkfarbene Kosmetiktasche. Corry machte sie nicht auf, und sie fasste auch sonst nichts an. Als Freundin und angehende Lebensgefährtin eines Spurenermittlers würde sie den Teufel tun, irgendwelche Staub- und sonstige Partikelchen durcheinanderzubringen.

Zu Frau Bandowski, die in ihrem Rücken stand, sagte sie: »Wir brauchen eine Kopie von Alexas Terminkalender. Uns interessiert, mit wem sie im letzten halben Jahr zu tun hatte.«

»Meinen Sie die Patienten?«

»Selbstverständlich. Alle Personen, mit denen Alexa verkehrte.«

»Aber der Datenschutz?«

»Den brauchen wir nicht.« Arlet trat einen Schritt auf sie zu. »Gern beantrage ich einen Beschluss zur Einsicht, das ist nur ein kurzes Telefongespräch mit dem Ermittlungsrichter. Bis das Dokument aber hier oben in Vaihingen ist … um zwei, drei Stunden müssten Sie Ihren Feierabend dann nach hinten verschieben.«

Wie ihre Worte wirkten!

Im Halbkreis saßen Corry und Arlet mit Alexas Kolleginnen im Empfangsbereich. Genauso wie ihr Chef hatten auch sie keine Veränderung an ihr bemerkt. »Sie war wie immer«, sagten sie. Wenn sie sprachen, sahen sie noch hübscher aus. Sie hatten alle diese kräftigen Augenbrauen, wie mit dem Lineal gezogen und bis weit in die Schläfe hinein. Alle drei waren dünn wie Nägel. Sie sprachen leise von der Kollegin, die ein so schreckliches Schicksal erlitten hatte, und es flossen Tränen, die ihren jungen, spitzen Jupitergesichtern gut standen. Das Verheulte machte sie nur noch schöner.

»Mit wem hat sie sich am besten verstanden?«, wollte Corry wissen. Die drei sahen sich ratlos an. Schließlich sagte die dunkelhaarige Sarah Kalmbach: »Eine Betriebsnudel war sie nicht.«

»Das heißt, sie war nicht sonderlich beliebt?« Das kam von Arlet mit funkelnden Augen.

Betretenes Schweigen. »Doch, schon«, meinte Jessica Lange zögernd.

»Wie war Alexa denn so?«, fragte Corry. »Erzählen Sie.«

»Ehrgeizig«, entfuhr es der bleichen Frau Bandowski.

Die beiden anderen nickten. »Stimmt.«

Nun, das war ja nicht gerade der sympathischste Zug an einem Menschen.

»Sie war die Beste von uns«, stellte Sarah Kalmbach fest.

»Das muss man neidlos anerkennen«, meinte Jessica Lange und biss sich auf die Unterlippe. Silke Bandowskis Knospenmund ging ein Stückchen auf und wieder zu.

»Wie hat sie sich mit der Ehefrau vom Chef vertragen?«

»Gut, alles gut«, kam es von den dreien. Dann schauten sie vor sich auf den Tisch und legten die Köpfe schief.

Als sie wieder draußen auf dem Plattenweg waren, sagte Corry, nur um sich ein wenig zu erden: »Fabio könnte sich hier mal die Fältchen um die Augen herum straffziehen lassen; er ist noch keine vierzig und sieht aus wie fünfzig.«

»Der arme Fabio!« Arlet mochte grundsätzlich schwule Männer, da sie mit ihnen adäquat über Kleidung reden konnte. »Willst du wirklich, dass sie ihm das Nervengift Botulinum spritzen?«, sagte sie wissend. »Die Mimikfalten verschwinden, und was bleibt, ist ein Gesicht, so starr wie eine Maske.«

Sie lachten, aber lustlos. Ein paar Bienen umsummten die blühenden Zipfel der Sträucher, in deren Schatten sie im Gleichschritt zum Bürgersteig gingen.

Corry öffnete die Fahrertür des dunkelblauen Peugeot, den sie heute fuhr. Arlet gab ein bisschen damit an, dass sie mit der U-Bahn gekommen war – feinstaubfrei. Immer musste sie einen Tick besser sein als andere.

»Soll ich dich mitnehmen?«, fragte Corry ein wenig schroff.

Und schon war Arlet eingestiegen.

7

Sie hörte unten das Garagentor scheppern. Dann ging der Motor des alten Ford Mustang an, und mit gewaltigem Krachen fuhr der Wirt mit Svetlana Wolkow vom Hof, und das ganze große Haus war menschenleer.

Huttla hatte in der Nacht viel nachgedacht. Es lag auf der Hand, dass Svetlana ihr die Arbeit stahl, und wie es aussah, würde sie noch eine ganze Weile hierbleiben. Der Wirt mochte die Sankt Petersburgerin, das spürte Huttla bis hinauf in ihr Zimmer. Das lag sicher auch an ihren blonden Naturlocken, die so schön wippten, wenn sie hin und her ging, da schauten die Gäste. Außerdem trug sie gern tief ausgeschnittene Pullover. Auch da guckten die Männer, vor allem, wenn sie von Zeit zu Zeit ihren Busen hochschubste.

In der letzten Nacht hatte Huttla glasklar gesehen, was sie tun musste, um aus dem Blauen Rössle rauszukommen. Sie musste sich an Nadine Abt, ihre frühere Schwippschwägerin, wenden.

Wie eine Heilsbringerin war sie ihr im Dunkeln erschienen, geradezu leuchtend. Ihr Pferdeschwanz aus filzigem Rastahaar hatte kupferrot gelodert wie ein brennendes Bündel Stroh. Nur ein bis zwei Prozent der Weltbevölkerung besaß rote Haare; Nadine Abt gehörte dazu. Ihre Jeans schlotterten ihr um die Beine, und das Holzfällerhemd ging ihr bis an die Knie. Das war Nadine. Man könnte ihr einen Sack überziehen, und sie wäre immer noch nett anzuschauen. Ihr schmales Gesicht. Die großen grauen Augen. Sommersprossen. Natürlich trug sie an den Füßen Gummistiefel, sie stand ja meistens im Dreck: Im Reitverein in Rommelshausen holte sie die Pferdeäpfel aus den Boxen und schob die vollen Karren auf den Misthaufen, und in Uhlbach, wo sie wohnte, betrieb sie eine Weinbergschneckenzucht.

Im Grunde waren Huttla und Nadine wie Geschwister. Äußerlich sehr verschieden, aber innerlich … »Wir sind aus einem Holz geschnitzt, Nadine!«

Das hörte Nadine gar nicht gern.

An die Schneckenfarm hatte Huttla die ganze Nacht voller Sehnsucht gedacht. Bestimmt brauchte Nadine ihre Hilfe. Als sie das letzte Mal einen Blick in die Zucht riskiert hatte, war es ihr fast schlecht geworden.

Mittlerweile war es halb sechs, und Huttla hatte eine tolle Idee, wie sie Nadine helfen könnte, ihr Geschäft zu beleben – mit dem Nebeneffekt, dass sie selbst aus dem Rössle herauskam.

Nadine war von Beruf Pferdewirtin und der Schneckenhandel nur ein Nebenerwerb, doch Huttla wusste: Das Wichtigste im Business war Werbung, die ins Auge fiel. So wie die Visitenkarte, die sie vor einem Jahr für Nadine entworfen hatte. Erste Zeile: »Nadines kleine Farm« (fett rot, kursiv). Zweite und dritte Zeile: Weinbergschnecken aus ökologischer Freilandhaltung (fett grün, kursiv). Vierte Zeile: Telefon und E-Mail-Adresse. Rückseite: eine von Huttla gezeichnete Weinbergschnecke, lächelnd.

Sie hatte fünfhundert Stück im Internet drucken lassen, und Nadine hatte die kleine Rechnung auch prompt bezahlt. Dann hatte sie Huttla losgeschickt, die Kärtchen bei allen Stuttgarter Gaststätten, die nach etwas aussahen, in den Briefkasten zu werfen. »Du gehst da aber nicht persönlich rein, ja?«, hatte sie ihr mit auf den Weg gegeben.

Sogar bei Burkhard Nolte hatte Huttla es probiert, aber der wollte keine Schnecken. Seine Gäste verlangten Schnipo – Schnitzel und Pommes, wenn sie überhaupt etwas essen wollten im Rössle.

Warum hatte die Werbemaßnahme so wenig Erfolg gebracht? Vielleicht züchtete Nadine die falsche Rasse? Die aus dem Burgund wurden viel fetter, hatte Huttla im Internet gelesen. Aber vielleicht fütterte Nadine sie auch nicht genug?

»Die Gastronomen sind schuld«, war Nadines Standardspruch. »Aus einem schwäbischen Koch machst du keinen Franzosen.« Sie war immer sehr schnell in ihrem Urteil. »Höchstens einmal im Jahr schreibt so einer ›Schneckenpfännle‹ auf die Karte, und das war's.«

Heute Nacht war Huttla klargeworden: Der Hauptgrund, weshalb »Nadines kleine Farm« nicht lief, war die fehlende Marketingidee. Man musste sich um Kundschaft bemühen!

Je intensiver sie über einen Einstieg in das Schneckengeschäft nachdachte, desto klarer erschien ihr das Bild einer zauberhaften kleinen Perlenschnecke – (echte Handarbeit!) als Sammlerobjekt.

Das war Werbung, die haften blieb. Zur Kundengewinnung und zur Kundenbindung: jeweils ein Perlenschneckchen. Und bei Abnahme von mehr als zwanzig Kilo Schneckenfleisch pro Jahr gab's ein Pärchen!

Nadine Abt wäre gerettet.

Huttla ebenfalls.

Im Großen Perlenbastelbuch stieß sie auf eine Fädelanleitung, die ihr auf Anhieb gefiel. Nun brauchte sie nur noch die passenden Perlen und ein Gespräch mit Herrn Burger, der mehr über das Sachgebiet wusste als jeder andere Mensch.

Sie nahm Erdna mit in die Stadt, damit sie auch einmal rauskam. Zu Fuß war die Strecke über den Berliner Platz, am Haus der Wirtschaft vorbei und über die Theodor-Heuss-Straße in fünfundzwanzig Minuten zu schaffen.

Wie gestochen rannte sie über den Schillerplatz am efeubewachsenen Alten Schloss vorbei, und fast wäre sie in ihren Sandaletten auf dem buckligen Kopfsteinpflaster ausgerutscht.

Am Marktplatz endlich das »Perlenreich«. Voller Vorfreude lief sie über den Platz und ignorierte die hektischen Schritte der Passanten vor, hinter und neben sich. Ein Bettler stellte seine kranken Füße zur Schau, und Erdna meinte, gleich müsse sie sich übergeben.

»Was glaubst du, wie Nadine mir um den Hals fällt, wenn ich ihr einen Korb voll Perlenschnecken vor die Füße stelle.« Huttla blickte mit weit geöffneten Augen ins Schaufenster des »Perlenreich«. »Ich bin wie dein Vater«, sagte sie leise. »Ich mach aus allem was.«

Fast wäre sie gegen die Scheiben der automatischen Schiebetür gelaufen, so schnell wollte sie zu Herrn Burger.

»Ja, hallo, wer kommt denn da?«, rief er schmunzelnd hinter seiner Theke hervor.

Huttla blieb einen feierlichen Augenblick lang mitten im Laden stehen. Die Regale waren bis obenhin voller Acrylboxen mit glitzernden Swarovskiperlen, mit Glasschliff- und Edelsteinperlen in allen Farben und Schattierungen – marmoriert, satiniert, transparent. Ergriffen von der Fülle, Schönheit und Ebenmäßigkeit der Perlen musste Huttla erst einmal tief durchatmen. Aber dann schritt sie zielsicher nach hinten zur Theke.

»Hallo, Herr Burger!« Sie spürte selbst, dass sie sich anhörte wie ein Mensch, der Pläne hat.

Sie legte das Große Perlenbastelbuch auf den Thekentisch.

»Das müssen Sie doch noch gar nicht zurückbringen …«, schimpfte Herr Burger.

»Ich hab es inzwischen aber selbst!«, lachte Huttla.

Dann zeigte sie ihm die Anleitung, erläuterte in wenigen Worten ihre Marketingidee, und schon rechneten sie gemeinsam die Anzahl der Perlen für hundertfünfzig Schnecken durch, ohne sich auch nur einmal zu verzählen.

Herr Burger sagte, sie würde ein Drittel weniger Perlen benötigen, wenn sie echte leere Schneckenhäuschen nähme. »Die waschen Sie ab, lackieren sie mit Klarlack und kleben sie mit der Heißklebepistole auf die Perlenkörper auf. Was meinen Sie dazu?« Hinter der Brille blickten zwei wasserblaue Augen groß und sanft auf sie herab.

»Aber wenn ein Häuschen leer ist«, wandte Huttla ein, »ist die Schnecke tot.« Ihr blieb der Mund offen stehen.

Herr Burger gab zu, dass er das nicht bedacht hatte. Er rieb sich die Augen unter der Brille. Heute trug er kein Jackett, weil es so heiß war. Eine Krawatte, diagonal weiß und rot gestreift, hing aber schon über seinem kurzärmligen weißen Hemd. Sein schweres Gesicht glänzte vom Schweiß, aber er duftete angenehm nach einer Pflanzenseife, die nur in Baden-Württemberg hergestellt wurde, soweit sie wusste.

»Also, da gibt's nur eins: Sie fädeln die kompletten Schnecken aus Perlen. Was für eine schöne Arbeit!«

Sie vertieften sich wieder in die Fädelskizze. »Es ist nicht einfach«, sagte Herr Burger und wiegte den Kopf. »Es ist kompliziert, aber Sie können das!« Er suchte für sie Perlen in einer Farbe heraus, die dem Kriechfuß der Weinbergschnecke am nächsten kam. »Wie wäre es damit?« Er ließ winzige Rocailles, die er nach alter Schule »Indianerperlen« nannte, in ihren Handteller rieseln.

»Genau richtig!«, rief Huttla. Die perlmutternen, kittfarbenen Perlchen glänzten wie mit feinem, feuchtem Schneckenschleim überzogen. »Die sind perfekt!«

»Aber bei den Häuschen bin ich mir nicht sicher«, zögerte Herr Burger. Die Perlen, die er ihr auf dem Ladentisch vorführte, waren kaffeebraun, rehbraun, bienenbraun, leberbraun und mandelfarben.

»Also, ehrlich gesagt …«, meinte Huttla. Im Geiste fuhr sie schon nach Uhlbach zur »Kleinen Farm«, um nachzusehen. »Ich glaube, ich muss mir die Gehäuse erst nochmal in natura anschauen.«

»Das ist keine schlechte Idee«, meinte Herr Burger. »Ich geb Ihnen von jedem Braun ein Perlchen mit, dann können Sie vergleichen.«

Sie hätte am allerliebsten ihn selbst mitgenommen nach Uhlbach.

Bald sprachen sie über Drähte. Es war ein gutes Gefühl, bei ihm zu stehen und über hauchdünne Silber- und Messingdrähte zu diskutieren, die im Gegensatz zu Nylonfäden brechen konnten. Huttla blinzelte Herrn Burger an. »Nylonfaden ist für Schlüssel- oder Handyanhänger optimal, gibt aber Perlenfiguren, die stehen sollen, nicht genügend Stabilität.«

Herr Burger klopfte ihr auf die Schulter. Erdna nahm er gar nicht wahr. Er hatte nur Augen für sie. »Möchten Sie die Schnecken vielleicht auf flache Steine aufkleben?«

»Auf jeden Fall!«

»Dann nehmen Sie gleich mal diese Tube Schmuckkleber mit.« Er schob ihr eine große, angebeulte Tube über den Tresen. Er schenkte sie ihr.

»Danke!« Im Leben würde sie nicht zugeben, dass sie seinen Klebstoff gar nicht brauchte. Dass sie daheim eine ganze Schublade voll erstklassigem Sofortkleber besaß. Denn Andre klebte damit – sehr ungern, wie er stets betonte – manchmal die Lippen seiner Verstorbenen zusammen.

In Deutschland war dies die gängigste Methode, den Mund für immer zu verschließen. Andre aber griff lieber zur chirurgischen Nadel.

Ob das Herrn Burger interessieren würde? Sie hatte mit ihm noch nie über Leichen gesprochen.

Mit der chirurgischen Nadel stach Andre durch das Lippenbändchen und den Unterkiefer. Dann zog er den Faden an. Den Knoten schob er im letzten Augenblick zwischen die toten Lippen, so dass er im ausgestopften Mund verschwand. Das Ergebnis wirke natürlich und entspannt, das war seine Meinung. Geklebte Lippen, sagte Andre, machten oft einen verbitterten Eindruck.

»Für die Fühler empfehle ich Perlenstäbchen«, sagte Herr Burger gutmütig. »Und für die Stielaugen nehmen Sie winzigkleine onyxschwarze Indianerperlen. Was meinen Sie dazu?«

O ja. Huttla nickte. Sie stimmte Herrn Burger in allem

zu. Er reichte ihr das Perlentütchen über den Tresen, und sie packte es vorsichtig in ihre Umhängetasche.

»Ich fange noch heute Abend mit der Arbeit an«, sagte sie aufgeräumt.

Herr Burger gab ihr die Hand. »Sie haben wirklich tolle Ideen!« Seine hellen Augen lächelten. »Perlenschnecken als Werbeaktion! So jemanden wie Sie könnte ich gebrauchen.«

Da verlor Huttla fast das Gleichgewicht.

Auf dem Nachhauseweg erzählte sie Erdna, wie das gewesen war, als sie letztes Jahr mit Nadine und deren Mutter Ingrid zu einem Schneckenmetzger nach Bayern gefahren war. »Weinbergschnecken müssen in einem Schneckenschlachthaus getötet werden, das ist Gesetz.« Huttla stieg die Treppe hinauf zum Kleinen Schlossplatz. »Es war grauenhaft. Im Schock sind wir wieder heimgefahren. Ingrid hat sich am schnellsten erholt. Sie hat schon am nächsten Tag fünfzig Portionen Schneckensuppe gekocht und eine seltsame Schneckenwurst hergestellt, die niemand essen wollte, außer Bones.«

Huttla stand an der Fußgängerampel an der fünfspurigen Bundesstraße. Die Hajek-Skulptur auf der kleinen Verkehrsinsel hatte jemand mit »Fuck« besudelt. Die Blechlawine von Autos wollte nicht abbrechen. »Ich ersticke gleich«, sagte sie zu Erdna.

Endlich schaltete die Ampel auf Grün.

»Nach dem bayerischen Schlachterlebnis hat Nadine die Tiere nur noch als Deckelschnecken verkauft, das kannst du mir glauben.«

Ich glaub dir gar nichts.

»Es ist humaner, Erdna.« Huttla überquerte die Straße. »Wenn sich die Schnecken zum Winterschlaf in ihre Häuschen eingerollt und die Öffnung mit einem Kalkdeckel verschlossen haben, kriegen sie nichts davon mit, wenn man sie ins Kochwasser wirft.« Huttla musste kräftig niesen. »Wir würden doch auch am liebsten im Schlaf sterben.«

Vor der Gaststätte stand der Wirt auf einer langen Leiter und werkelte im Dämmerlicht an dem lockeren »s« vom Rössle herum. Die Leiter stand so schief, dass Huttla schon dachte, er würde gleich herunterfallen. Sie wünschte es sich sogar.

Sie grüßte ihn und lief unter der Leiter durch. Die dunkle Holztreppe zu ihrem Zimmer flog sie geradezu hinauf. Sie konnte es kaum erwarten, mit den spindelförmigen Schneckenkörpern anzufangen, und morgen würde sie zur »Kleinen Farm« fahren und den Braunton der Gehäuse mit den Probe-Perlen von Herrn Burger vergleichen.

Ihr tat der Bauch weh, wenn sie nur daran dachte. Oder lag es vielleicht am Hunger?

»Erdna, ich mach uns eine Kleinigkeit zu essen.«

Sie stellte sich an den Zweiflammenherd, erhitzte Wasser, gab kalte Milch dazu und rührte das Kartoffelbreipulver hinein.

»Ich weiß, dass dir Nadine und die ganze Familie Abt ein Rätsel ist. Aber es ist ganz einfach: Ich bin mit ihnen verwandt.«

Du lügst.

»Ich war mit ihnen verwandt«, stellte Huttla richtig und sog den Kartoffelbreiduft ein, der das sommerwarme, nur vom Licht zweier Grabkerzen erleuchtete Zimmerchen erfüllte.

»Mein Bruder war mit Nadines großer Schwester verheiratet. Das ist zwölf Jahre her, aber das macht nichts.«

Huttla schöpfte für sich und Erdna je eine große Portion Kartoffelpüree.

»Bis zuletzt glaubte keiner, dass sie es wirklich tun würden. Sie waren noch so jung! Beide Familien – Hutter und Abt – waren völlig perplex. Aber die zwei hatten mit ihrer Heiraterei einen Mordsspaß.«

Huttla aß ihren Kartoffelbrei.

»Ich ging bei den Abts ein und aus. Sie wohnten auf der West-, wir auf der Ostseite von Uhlbach. Zehn Minuten zu Fuß. Am meisten zog es mich zur Mutter, aber das weißt du ja. Die wunderbare Ingrid. Immer denke ich: Ingrid, Ingrid, Ingrid!«

Huttla schloss für einen Moment die Augen, dann fuhr sie fort: »Nachdem Timo gestorben war, gingen die beiden Familien auseinander. Ich blieb ganz allein bei meinen Eltern. Ich hatte nun keinen Bruder mehr. Bei uns daheim wurde nie wieder gelacht. Worüber auch?«

Erdna hatte ihren Kartoffelbrei nicht angerührt.

»Ingrid stand manchmal bei uns vor der Tür. Meine Eltern ließen sie aber nicht mehr rein. Sie wollten keinen Kontakt zu Leuten, bei denen noch alles im Lot war. Sie schämten sich, dass ihr Sohn gesprungen war. Sie glaubten wirklich, was die Polizei sagte: ›Es gibt keinerlei Anhaltspunkte für ein Fremdverschulden.‹«

Huttla stand auf und wusch ihren Teller im Waschbecken ab. Sie drehte sich zu Erdnas Stuhl um. »Wenn Ingrid klingelte, habe ich durch einen Spalt in der Gardine zu ihr hinuntergespäht. Sie trug immer violette Leinengewänder und eine Halskette mit einem tropfenförmigen goldenen Anhänger. Schon damals dachte ich, das könnte eine Träne sein. Und heute weiß ich: Der Anhänger war ein Symbol für Tränen, viele Tränen.«

Sie wusch nun den Topf, den Rührlöffel und das Besteck ab. Den Kartoffelbrei von Erdnas Teller füllte sie in eine kleine Schüssel und stellte sie in den Kühlschrank.

Im Treppenhaus hörte sie Svetlana Wolkow etwas Trauriges singen. Nach zwei Minuten klopfte es an ihrer Tür.

Huttla hatte die Fädelanleitung für die Schnecken auf dem Schoß liegen, als die Petersburgerin eintrat.

»Sähe ich aus wie Katze«, meinte sie zur Begrüßung. Sie rubbelte mit der Hand durch ihre feuchten blonden Locken. »Draußen räggnet.«

Huttla zuckte mit den Schultern. Sie war beschäftigt. Ihr war alles egal. Regen. Schnee. Sonne. Feinstaub. Sie hatte ihre Perlen.

Svetlana setzte sich einfach auf Erdnas harten Stuhl.

»Was hockst immer so allein?« Sie nagte an einem Fingernagel und blickte im Zimmer umher. Dann fing sie wieder von ihrer Heimat an, diesmal kreiste sie um die Metrostation am Newski-Prospekt. »Ist gross wie Palast.«

Dort unten verkauften uralte Frauen einzelne Stängel Petersilie, berichtete sie. Und dass sie einmal einen zerlumpten Mann gesehen hatte, der einen großen Welpen in die Luft stemmte, dem er zwei Wäscheklammern so an die Ohren gezwickt hatte, dass sie ihm waagrecht vom Kopf abstanden. »So!« Mit zwei Fingern drückte sie ihre Ohren nach vorn. »Aber niemand wollte Hundchen kaufen.« Sie nahm die Hände wieder runter. »Hockt mit leeres Mägelchen auf Bahnsteig und wartet auf Todd.«

Da wären wir ja wieder beim Thema, dachte Huttla.

Sie wollte jetzt gern mit dem Prototypen anfangen. Die Schneckenanleitung winkte ihr schon zu. »Svetlana, ich habe zu tun«, sagte sie abwesend, die Augen fest auf der Fädelskizze im Großen Perlenbastelbuch.

»Kennst du Geheimnis rottes Kleid?« Svetlana warf die blonden Locken zurück.

Huttla verneinte. Sie kannte jede Menge Geheimnisse, aber keines, das mit roten Kleidern zu tun hatte.

»Wenn Kellnerin trägt rottes Kleid, bekommt mähr Trinkgeld.« Sie schlug die Beine übereinander, ihre molligen Knie glänzten wie frisch eingecremt. »Ist Farrbenpsychologie. Klappt immer, wenn ist Gast eine Mann.«

Frauen gingen sowieso nicht ins Rössle.

»Was dänkst du?«

Komischerweise dachte Huttla das Wort »Schambein«. Ob Svetlana das auch machen musste? An Huttlas drittem Tag hatte Burkhard Nolte sie angehalten, beim Kellnern wie zufällig ihr Schambein an die Gäste zu pressen.

»Woher weiß der Gast, was das für ein Knochen ist?«, hatte sie ihn gefragt.

»Der weiß es einfach.«

Sie hatte es ausprobiert, denn wenn ein Chef etwas verlangte, das einem nicht gerade die Ehre nahm, dann konnte man das auch tun. Leider rutschte ihr schon bei der ersten zaghaften Annäherung das Serviertablett aus der Hand und das Bier und die Spätzle landeten auf dem Schoß des Gastes.

Nolte war beleidigt. »Bist du wirklich so schusselig, oder tust du bloß so?«, hatte er gesagt, und dann war ja auch schon bald Svetlana aus »Piter« gekommen.

»Ich mag kein Rot«, sagte Huttla.

Svetlana erhob sich seufzend. Bevor sie wieder hinunterging ins Rössle, griff sie sich die zwei vollen Wasserflaschen unter dem Waschbecken.

»Wie machst du immer?«, fragte sie, als hätte sie noch nie jemanden seinen Bizeps trainieren sehen.

Huttla legte unwillig die Spule Messingdraht aus der Hand. »So musst du das machen.«

Sie ging zu ihr hin und zeigte es ihr.

8

Corry saß allein am Konferenztisch und träumte von einem Abendessen mit Gerd. Sie wollten demnächst einmal zusammen kochen, es gab ja zauberhafte Gerichte, die man zubereiten könnte, wenn man Zeit dazu hätte. Das Internet strotzte vor Kochrezepten, außerdem besaß sie mehrere, noch völlig fleckenlose Kochbücher. Aber jetzt musste sie sich auf Nick Hollands brisanten Bericht konzentrieren, der vor ihr lag:

Nick hatte den Möbel-Vertreter Valentin Jäger in der Kieferchirurgie in der Königstraße angetroffen, wo er in einem Nebenzimmer gelegen hatte, um sich von dem Eingriff zu erholen. Nick hatte Herrn Jäger dann nach Hause in die Hasenbergsteige gefahren und war mit in die Wohnung hochgegangen. Dort konnte er sich überzeugen, dass man aus dem Wohnzimmerfenster die Haustür des Opitzschen Bungalows und die letzten drei, vier Meter vom Vorgartenweg einsehen konnte. Und Jäger hatte etwas gesehen.

Er war schon im Bett gewesen, als er nochmal zur Toilette musste. Auf dem Weg zurück ins Bett nahm er wahr, dass auf dem Nachbargrundstück die Außenbeleuchtung angegangen war. Er wusste nicht wieso, aber er trat kurz ans Fenster und schaute hinüber. Ein Reflex.

Da sah er jemanden auf die Haustür zugehen. Jäger sei aber gleich wieder in sein Schlafzimmer zurück, weil er sich sagte, dass ihn das schließlich nichts anginge. Erst als er schon eine Weile im Bett lag, kam ihm das Regencape komisch vor.

Es hatte ja gar nicht geregnet.

Nach der Uhrzeit befragt, hatte Herr Jäger ausgesagt, es sei kurz vor Mitternacht gewesen. Er habe auf seinen Wecker geschaut, denn am Morgen war ja die OP, und da wollte er ausgeschlafen sein.

Corry streckte den Rücken durch. Die Lagebesprechung war für 19.30 Uhr anberaumt, und es war jetzt kurz davor. Gleich würden die Kollegen kommen. Auch Fabio und Jan, die dafür ihre Arbeit an Gordon Opitz' Feindesliste unterbrachen. Es war ja ein Witz! Wie einer behaupten konnte, mit niemandem im Streit zu liegen, und dann diese hübsche Anzahl Gekränkter, Geprellter, Geschasster.

Müzze rief »Hallo!« an der offenen Tür und watschelte herein wie eine Ente. Im Sommer tauschte sie ihre Cowboystiefel manchmal gegen Birkenstocksandalen, woran Corry sich nur schwer gewöhnen konnte. »Dein Gang in diesen Schuhen ist irgendwie so uncool.«

Müzze lachte. Der Besprechungsraum füllte sich. Jan und Ulla trugen Tabletts mit belegten Brötchen und Getränken herein. Nick schnatterte mit den beiden und angelte sich eins, in das er gleich herzhaft hineinbiss. Er war bestens aufgelegt. Der Jüngste im Team, und ausgerechnet seine Ermittlungen würden zum Durchbruch verhelfen.

Fabio knuffte ihn kurz, dann kam er zu Corry herüber und nahm sich einen Stuhl.

Nun stapfte der Chef durch die Tür und ließ sich auf seinem Lieblingsplatz an der Stirnseite des Tisches nieder. Kaum dass er saß, drohte er Corry auch schon mit der Presse – wie lange er die noch hinhalten könne, stehe in den Sternen. Sie drehte den Kopf zum Fenster, ob schon ein paar am Himmel standen. Natürlich nicht.

»Und überhaupt«, fuhr er fort, wobei er seinen Rücken an der Lehne wetzte. »Wann ist denn die Obduktion?«

»Die ist morgen, Otte. Möchtest du dabei sein?«

Zu seinem Glück trat Arlet Cronmüller in den Raum. Otte sprang auf, um sie zu begrüßen. Sie kam in engen weißen Hosen und einer ebenfalls weißen Bluse; offenbar war sie in Gedanken noch bei »Evers aesthetics«. Ohne Zögern setzte sie sich neben Corry.

Keine Sekunde später erschienen auch die beiden Kollegen vom Revier West: Kaspar Liebig, der seine rote Nasenspitze vermutlich mit einem Abdeckstift behandelt hatte, sie war jetzt rehbraun, und Dagmar Bechtle, die eine Mitteilung zu machen hatte:

»Wir haben vom Ordnungsamt die Radarüberprüfung für alle relevanten Kameras in der Hasenberg-Umgebung erhalten. Sicher wollte der Täter schnell weg vom Tatort, aber er war nicht so blöd, sich blitzen zu lassen.«

»Danke für deine Einschätzung, Dagmar«, sagte Corry.

Da nun alle da waren, konnte es losgehen.

»Ihr habt Nicks Bericht gelesen. Sprechen wir über das Regencape.«

»Es war nicht pechschwarz«, sagte Nick, »eher anthrazit oder tiefstes Dunkelgrün, meint mein Zeuge, außerdem wirkte das Cape irgendwie aufgebläht. Auf meine Anmerkung, dass nach den meteorologischen Daten von gestern Nacht absolute Windstille in Stuttgart geherrscht habe, erklärte er, dass es somit nicht aufgebläht, sondern eher ›ganz ausgefüllt‹ gewesen sein könnte.«

Otte brummte etwas vor sich hin, was keiner verstehen konnte.

Nick fuhr fort: »Dieses Regencape, es war vielleicht auch ein Regenmantel, meinte Herr Jäger, war ja noch nicht alles: Die Person hatte einen Regenhut auf dem Kopf oder eine Kapuze.«

»Aha«, sagte Corry.

»Aha«, sprach Otte ihr nach. »Wir haben also einen unbekannten schwergewichtigen Tä…«

»Sorry, Chef«, unterbrach ihn Nick. »Herr Jäger sagte nicht: schwergewichtig. Der Mann vor der Haustür kam ihm im Gegenteil erstaunlich wendig vor. Ich fragte, wie sein Gang war, da meinte er: huschig.«

»So?« Corry nahm sich nun auch ein Brötchen. Es nutzte ja nichts, wenn sie vor Schwäche vom Stuhl fallen würde.

Die Staatsanwältin fragte nach: »Seine Größe hat der Zeuge als normal bezeichnet?« Nick sagte mit den Augen ja. »Und was hat er noch gesehen?«

»Er hat leider kein Gesicht wahrgenommen. Er konnte weder die Schuhe beschreiben noch hat er bemerkt, ob die Person etwas in der Hand hielt oder unter dem Cape versteckte. Herr Jäger hat ja kaum eine Sekunde aus dem Fenster gesehen.«

»Hat er vielleicht ein Auto gesehen oder gehört?«, wollte Jan wissen.

»Negativ.«

Fabio beugte sich zu Nick vor. »Könnte Herr Jäger sich in der Uhrzeit getäuscht haben? War es wirklich schon fast Mitternacht?«

Nick schien darauf gewartet zu haben. »Natürlich habe ich das abgeklärt. Jäger hat sich auf ARTE die Sendung ›Wege zu Kraft und Schönheit‹ angesehen, er konnte mir alles berichten, und Fink hat das bereits gecheckt. Mein Zeuge saß bis 23:45 Uhr vor der Glotze.«

»Da war das Opfer schon stundenlang tot«, merkte Fabio an und alle nickten und murmelten miteinander.

Otte klopfte auf den Konferenztisch, dass die Gläser klirrten. »Ob dieser Valentin Jäger die Narkose nicht gut vertragen hat, könnte das sein?«

Niemand beantwortete seine Frage. Corry sagte nachdenklich: »Alexa Opitz wurde nicht von diesem Regencape-Menschen ermordet, das steht fest.« Sie lehnte sich zurück. »Doch wer ist dieser Typ? Hat ein Anwohner ihn vielleicht mit der Überwachungskamera erfasst?«

Nick und Müzze wollten gleichzeitig reden, Müzze setzte sich durch. »Wir kriegen morgen die Videos zur Einsicht, Corry. Allerdings: Die Medienagentur im EG von Herrn Jäger hat nur eine Attrappe überm Eingang hängen.«

Sie schüttelten alle den Kopf. Corry las eine neue Nachricht auf ihrem Handy, dann berichtete sie den Kollegen: »Paul schreibt, die Suchteams haben kein Regenzeug oder Ähnliches gefunden.«

»Wenn da auch nur ein Zipfel davon herumläge«, bemerkte Müzze, »hätten sie den gefunden.«

»Selbstverständlich«, sagte Corry. »Außerdem gibt es nach wie vor keine Spur von dem Prügel. Sie haben alles abgesucht bis runter in die Stadt und tief in den Hasenwald rein. Auch alle freien Beamten vom Revier West sind involviert.« Sie nickte zu Kaspar und Dagmar hinüber und fügte noch hinzu: »Auch Kollegen von der Bereitschaftspolizei haben bei der Suche mitgeholfen.«

Otte schlang sein belegtes Brötchen hinunter, dann sagte er: »Datenbank.«

Corry gab Ulla ein Zeichen. Die Kollegin sah müde aus, und genauso klang ihre Stimme:

»Der Computerabgleich nach ähnlichen Todesfunden hat kein positives Ergebnis erbracht«, sagte sie. »Täter nach ähnlichem Muster – a) Baseballschläger, b) ein einziges Mal zugeschlagen, c) kein Raub! – haben wir zwei, aber die Männer sind noch inhaftiert. Ein dritter ist letztes Jahr gestorben. Diese Täter haben außerdem ihre Fingerprints und DNA hinterlassen.« Ulla lockerte ihr buntes Tuch. Es war viel zu warm, um irgendwas am Hals zu tragen. »Alle anderen Gewalttäter«, fuhr sie fort, »die Baseball- oder ähnliche Schläger benutzt hatten, hätten die teure Uhr oder das gefüllte Portmonee auf jeden Fall mitgenommen.«

»Vielen Dank, Ulla.«

»Kommen wir zur Kriminaltechnik«, sagte Corry. »Die Spurensicherung hat in Opitz' Haus jede Menge Fingerprints gefunden, sie werden momentan mit denen der Betretungsberechtigten abgeglichen. Was Gerd Feldhaus uns jetzt schon sagen kann – und das ist bitter enttäuschend: Am Haustürknauf sind nur die Fingerspuren von Gordon Opitz drauf. Das heißt, der Täter hat ihn abgewischt.«

Fabio, der immer vorsichtig mit Spekulationen war, sagte tonlos: »Der Regencape-Mensch.«

»Wir müssen ihn kriegen, wenn es ihn gibt!« Corry wandte sich Nick zu. »Telefonier doch heute Abend nochmal mit allen Nachbarn und frag nach einer Person mit Regencape oder -mantel.« Nick schaute zweifelnd. »Doch, doch, es ist eine gute Spur, es ist sogar eine hervorragende Spur!«, motivierte sie ihn. »Das bringt uns weiter!«

Sie blickte in ihre Unterlagen. »Gerd teilt uns weiter mit, was sein Team über die Netzaktivitäten der beiden Opitz' herausgebracht hat. Die beschlagnahmten Handys, Computer und Speichermedien hat die KTU inzwischen ausgewertet. Bei Gordon Opitz vor allem Immobilien-, Architektur- und Lifestyle-Seiten. Alexa Opitz war ab und zu in den gängigen Netzwerken unterwegs, ihr Facebook-Profil hat sie selten besucht, zuletzt vor etwa drei Monaten. Sie hat bei allen möglichen Mode- und Kosmetiknetzwerken Benutzerprofile angelegt, aber kaum gepflegt. Mit einem Wort: Wir haben keine besonderen Internetdaten bei dem Ehepaar gefunden.« Sie schaute Arlet an.

»Wenn uns die Staatsanwältin einen Beschluss verschafft, würden wir sehr gern einmal die finanziellen Verhältnisse durchleuchten.«

Arlets Miene war undurchschaubar, aber sie zog schon mal ihr Handy aus der Tasche. Corry grinste sie an und prostete ihr mit ihrem Wasserglas zu.

Otte nickte mit seinem grauen Kopf. »Das wäre nicht uninteressant.«

Fink sagte, sie wolle nun endlich über ihren Besuch bei Constanze Evers berichten, aber Kaspar – als Gast auf dem Präsidium – erhielt den Vortritt. Er fächerte seine Papiere auf und erläuterte die Terminkalender von Gordon Opitz:

»Wir haben die geschäftlichen und privaten Termine der letzten Wochen überprüft sowie die Verabredungen, die für die Tage unmittelbar nach dem Mord angesetzt waren. Nichts, das uns verdächtig vorkam. Wir haben alle Personen, die am Tattag Kontakt mit ihm hatten, eingehend befragt, aber es war nichts von Belang dabei.« Kaspar schüttelte resigniert den Kopf. »Mit seinen Eltern hat Opitz öfter Kontakt gehabt, meist telefonisch. Aber ob das interessant für uns ist …«

»Oh ja, das ist es«, sagte Jan rasch. Zwei heringsgrüne Augen blickten matt zu Corry herüber. »Ich habe die beiden in Mühlhausen besucht, um Opitz' Schilderung über seine harmonische Ehe abzugleichen.«

»Und?«, fragte Corry.

»Im Großen und Ganzen ja, aber es gibt gewisse Feinheiten.« Er schielte auf das letzte belegte Brötchen auf der Edelstahlplatte, und Corry sagte: »Nimm es schon, Jan.«

Fink stieß einen Seufzer aus. »Ich würde jetzt gern über Constanze Evers berich…«

»Sekunde«, fiel Jan ihr ins Wort und schnappte sich das Brötchen: »Seit ihr Sohn sie um halb zwei Uhr heute Morgen angerufen hatte, wissen sie, dass ihre Schwiegertochter getötet wurde. Sie waren entsetzt.«

Corry hoffte, dass er bei dem Termin mit den alten Leuten nicht das T-Shirt mit dem Totenkopf angehabt hatte.

»Ihre Schwiegertochter«, fuhr er fort, »beschreiben beide als ehrgeizig im Beruf und privat als etwas kapriziös. Als ich weiterfragte, bekam ich heraus, dass Alexa sprunghaft und launisch gewesen sei und immer etwas Besonderes sein wollte. Die Ehe sei aber gut gewesen, obwohl kinderlos, was sie immer bedauert hätten.« Jan lehnte sich zurück. »Ich fragte sie, ob ihr Sohn und Alexa Freunde oder irgendwelche Hobbys oder Ehrenämter oder dergleichen hätten. Aber das wussten sie nicht, was mich gewundert hat. Ich meine, man weiß doch solche Dinge, auch wenn die Kinder erwachsen und schon verheiratet sind.«

»Nun ja«, meinte Corry. »Es gibt viele, die kein rechtes

Vertrauen zu ihren Eltern haben, so wird es bei den Opitz' eben auch gewesen sein. Sonst wüssten sie, was die beiden so treiben.«

»Was sie so treiben ...« Müzzes rechtes Augenlid flatterte, wie immer, wenn es um familiäre Dinge ging. Das von Corry locker in den Ring geworfene Halbsätzlein hatte große Wirkung auf sie ausgeübt. »Corry, ich glaube, du hast einen Treffer. Alexa und Gordon haben etwas getan, von dem keiner wissen soll. Etwas, das geheim bleiben muss. Irgendeine Schandtat.«

»Jetzt mach mal nen Punkt. Nichts als Spekulationen. Jetzt bin ich mal dran.« Fink wurde langsam quengelig. Sie und übrigens auch Otte waren kurz davor, ihre Schachteln mit den aromatisierten Zigarillos hervorzuholen. Corry sah sie immer wieder herumkramen und ängstlich zu Fabio schauen, der das Rauchen ja nicht zuließ.

Also sagte Corry rasch: »Fink, was ist nun mit dieser Doktorsgattin?«

»Das ist in zwei Minuten nicht erzählt.« Sie bohrte einen Finger in ihre Hochsteckfrisur. »Vor zwei Stunden wollte ich schon über Frau Evers berichten, aber man kriegt hier ja kein Wort dazwischen.«

Corry hatte das Gefühl, dass Fink eine Pause brauchte. Sie war ein dünnes Ding, und wenn sie sechzehn Stunden am Stück arbeitete, nahm sie genauso viel ab, wie sie wog. »Nachher ruhst du dich mal aus«, sagte sie. »Du siehst ja aus wie ein Gespenst!«

»Was ist das überhaupt für ein Laden, diese Klinik?«, röhrte jetzt Otte und stand auf, um einmal mit hängenden Armen den Tisch zu umkreisen.

Corry sagte: »Da geht es um Schönheitschirurgie, Chef, steht im Bericht.«

»Was wird da alles gemacht?« Mit schweren Schritten kam er näher.

Sie sah ihn mit halb geschlossenen Augen an. »Zum Beispiel Fettabsaugung.«

Während Otte versuchte, sich zierlich wieder hinzusetzen, sagte Corry zu Fink: »Jetzt aber endlich du!«

»Wie wir wissen, hat Frau Evers um 19.20 Uhr versucht, Alexa zu erreichen, also kurz vor ihrer Tötung. Bei der ersten telefonischen Befragung hat sie gesagt, dass sie sich verwählt habe. Dem wollten Dagmar und ich auf den Grund gehen. Also haben wir die Dame heute Nachmittag zu Hause aufgesucht.« Fink blickte zu Bechtle am Ende des Tisches, die ihr zuwinkte. »Das Ehepaar Evers wohnt am Bonatzweg, was uns zugegebenermaßen imponiert hat.«

»Ihr sollt euch von sowas nicht beeindrucken lassen«, sagte Corry. »Wen wollte Frau Evers denn eigentlich anrufen?«

»Das wusste sie nicht mehr.« Fink schaute ernst. »Sie sagte, sie hätte die falsche Kurzwahl gedrückt. Sie zeigte uns den Kurzwahlspeicher, in dem auch die anderen Mitarbeiterinnen drinstanden.« Sie runzelte die Stirn. »Ich habe sie gefragt, ob sie Alexa schon öfter angerufen hätte, was sie verneinte. Die Nummern habe sie nur für den Fall, wenn mal was wäre, abgespeichert.«

»Das erscheint mir normal«, sagte Arlet und blickte wieder auf ihren Block, in den sie Girlanden malte.

»Frau Evers erzählte uns, dass sie selbst in der Klinik mitarbeitet, wenn sie gebraucht wird. Ich fragte sie, in welchem Bereich das sei, und sie versicherte: Das liebste sei ihr der OP-Saal, denn auch sie sei gelernte OP-Schwester.«

»Aha«, sagte Corry.

Fink nickte tief. »Frau Evers erklärte: Da Alexa heute früh nicht erschienen und obendrein gestorben sei, werde sie ab morgen ihre Stelle einnehmen.« Fink wiegte den Kopf. »Dagmar und ich hatten den Eindruck, dass sie das sehr gerne wieder tun würde.«

»Das kann schon sein«, meinte Müzze, »wenn sie arbeiten will, wieso nicht?«

»Aber nun haben wir Nicks Bericht über den Regencape-Menschen gelesen, und da kommt uns eine Beobachtung, die wir bei Frau Evers gemacht haben, seltsam vor.«

»Du machst es aber spannend«, stieß Jan hervor und zupfte an seiner Lippe.

Corry nahm sich eine Cola und sagte: »Sprich in Ruhe weiter, Fink!«

»Constanze Evers kam gerade aus dem Fitnessstudio, als wir klingelten. Sie geht zu Schotterer, und sie ist schlank und super durchtrainiert, hat eine tolle Körperspannung.«

Ulla blickte von ihren Unterlagen hoch. «Sie ist Mitte Fünfzig.«

Fink winkte ab, wollte weitererzählen: »Dagmar, die Evers und ich gingen gleich ums Haus in den traumhaften Garten, um die Kois zu füttern.«

»Bitte?« Corry verschluckte sich fast an ihrer Cola.

»Sie haben einen riesigen Teich mit siebzehn Kois darin. Wir haben die Hände reingesteckt und die Fische haben an unseren Fingern genuckelt wie junge Dackel.«

»Seit wann nuckeln Dackel?« Jan grinste breit.

»Dann sind wir ins Haus gegangen, das fürstlich eingerichtet ist«, fuhr Fink unbeirrt fort. »Das Wohnzimmer im Kolonialstil – im Gegensatz zu Jan weiß ich, was das ist: alles voller dunkler, schnörkeliger Möbel, ein Chesterfieldsofa, ein alter Lederkoffer als Beistelltisch und Gemälde, auf denen Lö…«

»Du musst nicht alles aufzählen, was du bei fremden Leuten herumstehen oder -hängen siehst«, sagte Corry.

»Es geht um einen Sessel. Ein hundertfünfzig Jahre alter, wuchtiger, gewaltiger Ledersessel.«

»Eure seltsame Beobachtung bezieht sich also auf ein Möbelstück, wenn ich richtig verstehe?«, sagte Arlet und zeichnete ein paar Fische in ihren Block.

Fink holte tief Luft. »Ich habe diesen Sessel angeschaut, als würde ich gern mal reinsitzen. Er stand weiter hinten im Raum auf einem Zebrafell. Dagmar saß bereits auf dem Chesterfieldsofa und sagte: ›Frau Evers, ich glaube, meine Kollegin würde gern mal in den Sessel dort hinten reinsitzen.‹ Daraufhin ist Constanze Evers zu dem Monstrum hin und hat es hochgehoben und zu mir herübergetragen, als wär's ein Bastkörbchen.«

Fink schaute alle der Reihe nach an, ob vielleicht schon einer draufkam. »Ich habe mich reingesetzt und die Arme auf die wuchtigen Lehnen gelegt, wo vorne Knaufe in Form geschnitzter Auerochsenköpfe dran waren. Und jetzt kommt's: Ich wollte ein bisschen vorruckeln mit dem Sessel, um näher am Tisch zu sitzen.«

»Ja?« Corry sah sie offen an.

»Es ging nicht, er war nämlich schwer wie Blei.« Fink grinste. »Was ich damit sagen möchte: Die Evers ist verdammt stark.«

Dagmar Bechtle klatschte in die Hände. »Das hast du gut geschildert, genauso war's.«

Corry stellte ihr Cola-Fläschchen auf den Tisch. »Könnte sie Alexa Opitz erschlagen haben?«

Ein Gemurmel ging durch die Ermittlergruppe.

Fink nickte. »Wieso denn nicht?«

»Weil Frauen im Allgemeinen keine Menschen erschlagen.« Jan kippelte seinen Stuhl auf die Hinterbeine. »Sie geben ihnen Gift.«

»Im Allgemeinen, jaaah.« Fink hielt sich die Hand vor den Mund, um demonstrativ in seine Richtung zu gähnen.

»Was wäre das Motiv? Eifersucht?« Arlet kritzelte Haifischflossen an ihre Kois. »Ihr müsst rauskriegen, ob Dr. Evers ein Verhältnis mit Alexa hatte.«

Ulla nahm ihr Indiatuch ab und stopfte es in ihre Tasche: »Es gibt auch unbegründete Eifersucht, die ist sogar noch schlimmer.«

»Frau Evers soll doch aber sehr schlank sein«, merkte Nick an. »Herr Jäger …«

»Falls Herr Jäger überhaupt jemanden gesehen hat«, polterte Otte los, »dann war diese Person verkleidet. Niemand trägt einen Regenmantel, wenn's gar nicht regnet.«

»Nun ja.« Corry hatte schon ganz andere Dinge gesehen. Seit sie bei der Polizei war, hielt sie nichts mehr für unmöglich.

Fink hing mittlerweile schräg am Tisch. »Ich erinnere mich, dass ich dachte: Frau Evers ist ja gar nicht traurig über Alexas Tod, das sind ja Krokodilstränen, die sie da weint.«

Dagmar nickte und verschränkte die Arme über der Brust. »Genau!«

Corry trank den letzten Schluck ihrer Cola. »Das passt doch nicht. Wenn Constanze Evers die Mörderin von Alexa wäre, wieso sollte sie dann um Mitternacht an den Tatort zurückkommen? Um nachzusehen, ob sie's auch richtig gemacht hat?« Sie schüttelte den Kopf. »Sie hätte doch sicher andere Mittel gehabt, Alexa aus dem Betrieb zu drängen, statt sie totzuschlagen – auch wenn sie die Kraft dazu hat.«

Otte hob den Kopf. »Hat sie ein Alibi für die Tatzeit?«

Fink, kurz davor, vor Müdigkeit unter den Konferenztisch zu rutschen: »Sie war allein zu Hause und hat gelesen. Sie hat uns das Buch gezeigt. Es lag noch auf dem Tisch. Ich glaube, es hieß ›Urteil in Stein‹.«

9

Corry lächelte an diesem frühen Morgen. Sie saß auf ihrem Sofa und telefonierte mit Gerd, der sich sehr schön anhörte. Auch wenn er vorläufig nur über die Arbeit sprach. Stark bedauerte er, dass der Täter nur einmal und nicht wenigstens zweimal zugeschlagen hatte. In dem Fall, war er sich sicher, hätte er garantiert Hautschuppen oder ein Haar von ihm sicherstellen können. Aber so hatte er weder in der Diele noch an Alexas Galakleid Gewebespuren gefunden.

»Außerdem vermisse ich dich, Corry«, wechselte er das Thema. »Können wir nicht heute Abend endlich mal zusammen was Schönes kochen?«

Kochen! Corry wäre schon glücklich, wenn sie momentan die Zeit hätte, ein Tiefkühlgericht aufzutauen.

»Heute? Da sehe ich leider schwarz.«

Gerd sagte noch einige nette Dinge, und bald tat ihr der Kiefer weh, so sehr lächelte sie auf das Display. Es zeigte ein Foto von ihm: vermummt im weißen Schutzanzug, es hätte jeder sein können.

Neben ihr streckte der große Drachenbaum seine schwertförmigen Blätter Richtung Decke. Nach der Feng-Shui-Lehre wirkte die Pflanze belebend, was Corry bestätigen konnte. Sie war eigentlich immer auf hundertachtzig. Zur Stärkung ihres Selbstbewusstseins reihten sich ein paar Töpfe Orchideen auf ihrem Fensterbrett, und neben dem Fernseher grünte eine Efeutute, von der es hieß, sie verbessere die Verbindung der beiden Gehirnhälften.

Bei dem Stichwort musste sie an Alexa Opitz' Obduktion denken, die ihr in einer halben Stunde bevorstand.

Die Leichenöffnung fand um halb neun Uhr statt. Dr. Hellmut Kern und Dr. Hannes Feyerabend führten die Autopsie durch.

Das lange Paillettenkleid und die übrige Bekleidung des Opfers hatte Feyerabend bereits gestern vorsichtig entfernt und Gerd, der dabei gewesen war, zur Untersuchung ins Labor mitgegeben. Beim Entkleiden der Leiche waren rötlich-livide, lagegerechte Totenflecke am Rücken festgestellt worden, mit aufliegebedingten Aussparungsstellen. Ganz normal.

Als Corry mit Fabio nun mit am Sektionstisch stand, bereiteten sich die Doktores gerade auf die Öffnung der drei Körperhöhlen – Kopf, Brust- und Bauchhöhle – vor. Die Instrumente lagen stumpfglänzend bereit: Knochenstanzer, Wundspreizer, Hirnspatel, Skalpelle und Gewebescheren.

Ähnliche Instrumente, ging es Corry durch den Kopf, hatte die Tote als OP-Assistentin jeden Tag in der Hand gehalten. Sie schob den verwirrenden Gedanken beiseite und konzentrierte sich auf Dr. Kerns Beschreibung der äußeren Leichenbesichtigung. Er sprach seinen Text in ein über dem Sektionstisch von der Decke herabhängendes Mikrofon, und Corry hörte zu wie ein Luchs.

Kern untersuchte zuerst die Finger der Toten. Es fanden sich keine Abwehrspuren. Wie auch Paul und Gerd betont hatten: Es war eine plötzliche Attacke auf ihr Leben gewesen. Es war so schnell gegangen, dass sie den tödlichen Überfall vermutlich kaum mitbekommen hatte.

Kern zeigte Corry und Fabio leichte, kaum sichtbare Striemen in den Kniekehlen. Sie beugten sich vor, Corry sah ganz genau hin. Kern meinte, das könnte eventuell von einem Seil verursacht worden sein. Mit der Tötung hätten die Striemen nichts zu tun.

Corry wünschte ein Foto, und Dr. Feyerabend machte mehrere Bilder, äußerte aber, dass man so gut wie nichts darauf sehen würde. Das seien ja nur Andeutungen von Striemen.

»Am Hals haben wir eine interessante Stelle«, sagte Dr. Kern, der am Nacken der Toten beschäftigt war. Er hob ihr blutverkrustetes Haar zur Seite und zeigte ihnen eine winzige rötliche Spur auf der glatten weißen Haut. »Das sieht aus, als wäre ihr eine dünne Kette weggerissen worden.« Dr. Kern nickte seinem Kollegen zu, der sich vorbeugte, um von der Stelle Fotos zu machen.

Corry und Fabio beratschlagten kurz. Dem Opfer war weder die teure goldene Uhr noch die Clutch mit mehr als dreihundert Euro im Portmonee gestohlen worden. Aber eine schmale Kette hatte man ihr genommen. Fabio sagte: »Ich werde Gordon Opitz nach der Kette fragen.«

Die Mediziner befassten sich bereits mit der Wunde am Kopf. Der Schädel war eingeschlagen. Dr. Kern meinte: »Hier sprechen wir von stumpfer Gewalteinwirkung, vereinbar mit einem länglichen Gegenstand.«

Corry sagte: »Baseballschläger?«

Kern wiegte den Kopf, was alles heißen konnte. Ins Mikrofon sprach er: »Der Schlag auf den Schädel wurde auf der linken Seite oberhalb der Hutkrempenlinie platziert.«

Corry wusste, an dieser Stelle war der Schläfenknochen am dünnsten.

Dr. Kern schien ihren Gedanken zu erraten. »Wie mir der Tatort beschrieben wurde, war die Diele groß genug, um mit einem Schläger – sagen wir ruhig einem Baseballschläger – weit auszuholen und mit Kraft und Schnelligkeit eine verheerende Wucht zu erzielen. Mit dieser enormen Schlaggewalt hätte es der Täter auch am übrigen Schädel geschafft.«

Corry und Fabio nickten. Sie betrachteten die Wunde.

»Unregelmäßige, feinfetzige Wundränder, Gewebsbrücken am Wundgrund«, diktierte Dr. Kern. Das Blut am Kopf und im Haar war nahezu getrocknet und nun eher braun als rot. Dr. Feyerabend reichte Kern die Oszillationssäge, mit der er die Schädeldecke öffnete.

»Sie war doch sicher gleich tot?«, fragte Fabio, nur um sicherzugehen, dass die junge Frau nicht so sehr hatte leiden müssen.

Dr. Kern antwortete: »Durch den massiven Schlag ist es zu ausgeprägten Verletzungen des Gehirns gekommen, sie war sofort tot, wenn Sie das beruhigt.« Er ging um den Tisch herum, seine Gummischuhe quietschten. »Wir haben hier eine Impressionsfraktur, das heißt die Knochen ragen in die Schädelhöhle hinein. Das können Sie hier sehr schön sehen.«

Corry und Fabio beugten sich vor, dem warmen Ton des Rechtsmediziners vertrauend, fuhren aber abrupt zurück. Sie waren offenbar nicht dazu geboren, aus nächster Nähe in Frakturenkrater hineinzugucken.

Die Klarsichtschürzen der beiden Mediziner knisterten bei jeder Bewegung. Mit einem langen vertikalen Schnitt öffnete Dr. Kern die Körpermitte und klappte das Gewebe zur Seite, um Stück für Stück die Organe zu entnehmen. Dr. Feyerabend legte sie in glänzende Nierenschalen und stellte diese scheppernd auf die Ablage, wo er die Organe einzeln wog und ihr Gewicht dokumentierte.

Der Geruch von fauligem Fleisch hing im Raum, in Corrys Nase und in ihrem Rachen. Ein Blick zu Fabio. Er war bleich, aber gefasst.

Als sie nach der Obduktion wieder draußen auf dem Parkplatz waren, atmeten sie erst einmal tief aus. Während Fabio über die Weinbergstaffeln zu Fuß zurück ins Büro ging, wozu er keine zehn Minuten brauchte, legte Corry auf der Terrasse des »Aussichtsreich« eine späte Mittagspause ein. Die Sonnenschirme waren zugeklappt, es sah nach Regen aus.

Unter bleigrauem Himmel aß sie Linsen mit Spätzle, wobei sie feststellte, dass gekochte Linsen dieselbe Farbe hatten wie menschliche Lebern. Bei dem Gedanken wurde ihr ein wenig schlecht, sodass sie sich einen Schnaps bestellte.

Mit dem Gläschen in der Hand telefonierte sie mit Müzze auf dem Präsidium. »Hat sich der Japaner inzwischen gemeldet?«

»Fink ist zu seinem Haus gefahren.« Müzze klang ein bisschen ratlos. »Aber Corry, du weißt schon, dass das Opfer bereits mehrere Stunden tot war, als er Herrn Opitz in der Bar traf?«

»Nun ja.« Corry blickte über die grünen Weinhänge. »Ich möchte gern wissen, wo dieser Ichigo … Himmel noch mal, wie heißt er noch gleich mit Nachnamen?«

»Ta-ka-ha-schi.«

»Sag ich doch.« Corry schob ihr Schnapsglas zur Tischkante. »Uns interessiert, wo er war, bevor er in der Scala-Bar aufgetaucht ist.«

»Bei mir kommt gerade eine Nachricht von Fink rein, bleib dran, Corry.«

Corry klappte die Speisekarte auf und zu.

»Es gibt einen Lichtschimmer, im wahrsten Sinne des Wortes!« Müzzes Stimme überschlug sich fast. »Fink sagt mir gerade, dass bei Takahashis ein Licht angegangen sei, und sie habe eine schlanke Frau am Fenster gesehen. Was sagst du dazu, Corry?«

»Da werde ich gleich mal vorbeirauschen«, sagte sie.

Flugs bezahlte sie ihr Essen und verließ das Lokal. Es war halb zwei, als sie vom Parkplatz aus die Staatsanwältin anrief, die behauptete, sofort startklar zu sein.

Auf der Fahrt zur Gänsheide hinauf, eine der renommiertesten Wohngegenden Stuttgarts, schilderte sie Arlet ihre noch frischen Obduktionseindrücke. Unversehrte Finger! Zarteste Striemen, aber immerhin: Striemen! Eine fehlende Halskette!

Arlet hörte interessiert zu, stellte Zwischenfragen und mischte sich unnötigerweise in den Verkehr ein: »Vorne ist Rot«, »Grün, Corry!«, »Hier wird geblitzt!«

Zwischendurch erkundigte sie sich nach dem Regencape-Menschen. »Hat sonst noch jemand das Nachtgespenst gesehen?«

»Negativ.« Corry fuhr, wie sie Lust hatte. »Vielleicht hat

Valentin Jäger fantasiert; er war ja noch halb in Narkose, als Nick ihn nach der Zahn-OP abgeholt hat.«

Arlet summte ein französisches Lied vor sich hin, sie war ja eine halbe Französin, und das ließ sie manchmal raushängen. Ernst sagte sie: »Wir müssen das trotzdem im Auge behalten.«

»Sicher.«

Kurz nach zwei Uhr standen sie vor dem Architektenhaus der Eheleute Takahashi. Sie folgten einem von großen weißen Kieseln gesäumten Fußweg, der zum Eingang führte.

Angelika Eisele-Takahashi öffnete die Tür und streckte ihnen freudig die Hände entgegen. Wie eine Frau, die ihren Mann vermisste, sah sie nicht aus. Nach Finks Recherchen war sie fünfzig Jahre alt und von Beruf Diabetes- und Ernährungsberaterin. Zu engen schwarzen Jeans trug sie eine nilgrüne Seidenbluse mit versteckter Knopfleiste. Ihre schwarzen Haare hatte sie tief im Nacken zu einem Knoten gedreht, ein schwarz-rot gemustertes Essstäbchen steckte quer darin, sie war aber Schwäbin, wie man gleich hörte.

Sie führte sie in ein weitläufiges, helles Zimmer mit einer riesigen kirschroten Fotografie auf Acrylglas an der Wand.

»Ein Platino!«, rief Arlet und riss die Augen hinter ihrer Brille auf.

Angelika Eisele-Takahashi lächelte. »Das Foto ist aus der Serie ›Red Space‹.«

Wir sind doch hier nicht in der Staatsgalerie, dachte Corry. »Apropos Serie«, feuerte sie los. »In einer Tour ruft die Kripo Ihren Mann an, aber er meldet sich nicht. Wir möchten von ihm eine Zeugenaussage, deshalb sind wir hier.«

Frau Eisele-Takahashi machte ein bedauerndes Gesicht. Offenbar wusste sie nicht, wo er steckte. Sie kannte sich wohl eher mit Bildern aus. Die ganze Wohnung war voll davon.

»Mein Mann hat gar nichts mit der Polizei zu tun«, sagte sie freundlich.

»Es geht um Gordon Opitz«, erklärte Corry. »Er sagte uns, dass er Ihren Mann Montagnacht in der Scala-Bar getroffen hat.«

Frau Eisele-Takahashi sagte: »Bitte setzen Sie sich.«

Arlet suchte sich den schönsten Sessel aus, eine Art Eierbecher in Himbeerrot. Corry nahm in einem schwarzen Platz, und die Eisele setzte sich auf einen mit fingerdicker, kittfarbener Wolle gestrickten Pouf.

Arlet sagte in verbindlichem Ton: »Wir möchten, dass Sie ihn jetzt anrufen.«

»Aber das würde nichts nützen.« Sie schlug anmutig die Hände zusammen. »Ich habe gestern mit ihm telefoniert, er ist in Zürich, ein junger Künstler braucht seine Unterstützung. Sein Handy würde er gleich wieder abstellen, hat er gesagt, man würde ja verrückt, wie oft es bimmelt und piept und maunzt. Ich habe ihm mitgeteilt, die Polizei bäte ihn höflich darum, ihn wegen des Maklers sprechen zu dürfen.«

Corry glaubte einen Moment zu träumen. Was hieß hier höflich? War sie im Schwabenland oder in Japan? »Ihr Mann soll als Zeuge vernommen werden«, sagte sie fast ein bisschen wütend. »Und das ist kein Gefallen, den man der Polizei tut oder nicht, das ist Bürgerpflicht.«

Angelika Eisele-Takahashi bewegte sich leicht auf ihrem Sitzhocker, und zögerlich meinte sie: »Wir haben nicht sehr viel mit dem Herrn zu tun. Ich glaube kaum, dass wir Ihnen weiterhelfen können.«

»Woher kennen Sie sich?«, fragte Arlet und zückte ihren dicken, teuren Kuli.

»Herr Opitz war so freundlich, uns dieses Haus und ein paar Wohnungen in Mitte zu verkaufen.«

Arlet nickte intensiv. Gut möglich, dass sie an jedem Finger eine Wohnung in Stuttgart besaß, jedenfalls machte sie das entsprechende Gesicht dazu. »Hat er Ihnen erzählt, dass er mit Gordon Opitz in der Scala-Bar war?«

Sie winkte lächelnd, aber keineswegs geringschätzig ab. »Ich glaube nicht, dass mein Mann ein zufälliges Treffen mit einem Makler für bedeutend hält.«

»Immerhin«, sprach Arlet mit zusammengekniffenen Augen, »saßen die beiden eine Stunde beieinander.« Sie kritzelte ein Häuschen auf ihrem schönen weißen Block, soweit Corry sehen konnte, mit Spitzdach.

Corry richtete die Augen auf die Gänsheidenbewohnerin. »Sagen Sie Ihrem Mann bitte, er soll morgen aufs Präsidium kommen. Wir beißen nicht.«

Frau Eisele-Takahashi musste ein bisschen lachen. Arlet und Corry lachten nachgiebig mit.

»Darf ich Ihnen ein Manjū anbieten?«

Corry hatte entfernt davon gehört. Waren das nicht süße …

»Ah!«, machte Arlet, die Weltbürgerin. »Sind das nicht diese süßen, mit Lotuspaste gefüllten Küchlein?«

»Ja!«, rief Frau Eisele-Takahashi, »wie viele Stücke darf ich Ihnen geben?«

Corry musste an Dr. Kern denken, wie er Alexas Magen geöffnet hatte, und lehnte dankend ab. Arlet Cronmüller aß drei Stück.

»Frau Opitz wurde vorgestern ermordet«, brachte Corry die kleine Tischgesellschaft wieder auf Kurs. »Kannten Sie Alexa?«

»Das ist ja furchtbar!« Sie legte die Kuchengabel auf das Tellerchen zu ihrem halben goldgelben Manjū. »Wir haben uns ein paarmal gesehen. Bei den Übergaben der Immobilien ein Glas Sekt getrunken. Einmal haben wir uns in der Oper getroffen, zufällig. Ich weiß nicht mehr, bei welchem Stück. In der Pause haben wir ein paar Happen zusammen gegessen.« Ihre Miene war nachdenklich. »Alexa Opitz war eine reizende Erscheinung und von ausgesuchter Höflichkeit. Herr Opitz hat durch seine Frau gewonnen, sie hatte so etwas Leichtes, Spielerisches.«

»Spielt Ihr Mann Baseball?« Corry stellte diese überraschende Frage.

»Baseball?« Sie blickte verwundert auf, schüttelte den Kopf.

»Da gibt es einhundertundzwei Spielregeln.« Das war gelogen, denn es waren einhundertunddrei. Frau Eisele-Takahashi reagierte nicht auf den Test. Das hieß, sie kannte sich mit Baseball nicht aus.

»An fast allen Schulen in Japan gibt es Baseball-Clubs«, vermeldete Corry, die sich die Fakten blitzschnell angelesen hatte, Google sei Dank.

»Als Schüler kannte ich meinen Mann noch gar nicht.« Sie lächelte fein.

»Wie lange kennen Sie ihn denn schon?« Arlets Kuli malte Kreise, eventuell Eheringe.

»Frau Staatsanwältin, Ihre Fragen sind sehr – wie soll ich sagen – intim?«

Arlet machte ein verständnisloses Gesicht wie die Katze, der man die Maus zum Totspielen wegnimmt.

Corry kam rasch wieder auf Gordon Opitz zurück. »Ich habe den Eindruck, dass Sie ihn nicht sonderlich mögen, kann das sein?«

Sie wiegte den Kopf. »Ich habe nichts gegen ihn, er hat uns in letzter Zeit nur etwas … etwas merkwürdige Leute für die Einliegerwohnung gebracht. Ich würde mich unsicher fühlen, wenn ich die im Haus hätte.«

»Das ist ja nicht schön«, sagte Corry und dachte sofort an Müzeyyen Gül, die händeringend eine kleine Wohnung suchte.

»Ich lasse sie lieber leerstehen.« Frau Eisele-Takahashi biss sich auf Lippe, denn in Stuttgart durfte man nichts leerstehen lassen, nicht einmal eine Besenkammer. »Ich wollte sagen: Wir halten die kleine Wohnung für meine Schwiegermutter frei, vielleicht kommt sie eines Tages.« In diesem Moment klingelte es an der Tür. »Entschuldigen Sie mich bitte, ich erwarte den Gärtner.«

Corry beugte sich in ihrem Eierbechersesselchen zu Arlet vor. »Diese Einliegerwohnung wäre was für Müzze. Die jammert mir ständig die Ohren voll: ›Ich will runter vom Burgholzhof, Corry! Meine Verwandtschaft wird immer bigotter. Jetzt trägt schon meine elfjährige Großnichte Kopftuch, die Enden dreimal um den Hals gezurrt, ich kann es nicht mit ansehen.‹«

Arlet warf ihr einen verschwörerischen Blick zu.

Als Frau Eisele-Takahashi ein paar Minuten später wiederkam und auf dem Strickhocker Platz nahm, bemerkte Arlet mit lauerndem Blick über den Brillenrand: »Wer möchte schon Mieter haben, denen er nicht von hier bis zum Briefkasten trauen kann?« Sie sog hörbar die Luft ein. »Man muss sich schon sehr genau überlegen, wen man sich ins Haus holt.« Mit einem kleinen Knall klappte sie ihren Block zu. »Aber auch von draußen her droht Gefahr …«

»Sie meint Einbrecher«, sagte Corry unterstützend. »Heute wird ja sehr, sehr viel eingebrochen.«

»Brutale Banden sind unterwegs«, fuhr Arlet fort, »sogar am helllichten Tag, die kriegen alles auf.«

Die Eisele klemmte die Knie zusammen. »Man kann Angst kriegen, wenn man die Zeitung liest.«

»Ganz sicher.« Arlet schlug die Beine übereinander und wippte mit dem Fuß.

»Und dabei will man sich in seinem Haus doch sicher und geborgen fühlen«, warf Corry nonchalant ein. »Wie zum Beispiel mein Vermieter.« Sie lachte künstlich, weil sie ihn sich gerade vorstellte, den Heini. »Er ist überglücklich, dass er mich, eine Polizistin, im Haus hat.«

Angelika Eisele-Takahashi nickte verstehend.

»Allerdings müssen Wohnungen für Polizisten bezahlbar sein«, schnurrte Arlet samtweich. »Aber das wissen Sie ja.«

Jetzt hatte sie sie gleich soweit. Corry warf die Hauptsache in den Ring: »Ich sage nur: unsere Kollegin Frau Gül. Ich lasse ihre Telefonnummer da. Wenn Sie die im Haus haben, brauchen Sie nicht mehr abzuschließen.«

Sie lachten alle ein wenig. Dann fragte Arlet: »Wann kommt denn Ihr Mann zurück?« Die Eisele hob die Schultern. Arlet stand auf, warf noch einen Blick auf das große rote Bild. »Er soll uns sofort anrufen. Ansonsten muss ich beim Ermittlungsrichter eine Zeugenfahndung beantragen.«

Angelika Eisele-Takahashi brachte sie zur Tür. »Natürlich wird Ihnen mein Mann zur Verfügung stehen. Sobald ich ihn erreiche, wird er sich mit Ihnen in Verbindung setzen«, versprach sie. Dann schaute sie vorsichtig hinaus, ob nicht ein Einbrecher daherkäme oder gleich eine ganze Bande.

Die Stadt war verstopft mit Autos. Corry klatschte das Blaulicht aufs Dach und schaffte es mit Ach und Krach, gegen siebzehn Uhr heil im Präsidium anzukommen. Sie hatte furchtbaren Durst.

»Ein Mörder läuft frei herum!«, begrüßte der Chef sie im Flur, einen Zigarillo im Mundwinkel, sodass er kaum zu verstehen war. »Die Frauen auf der Halbhöhe«, grummelte er weiter in ihre Richtung, »haben alle Todesangst, sie machen nicht mal mehr dem Paketboten auf.« Corry sah ihn finster an, aber er war noch nicht fertig: »Die Damen – nuschelnuschel – besorgen sich schon Schreckschusspistolen!«, und dann schwirrte er davon, falls so füllige Vögel überhaupt schwirren konnten.

In der Cafeteria holte sie sich eine Flasche Mineralwasser. Dann betrat sie ihr Büro, das sie sich mit Fabio teilte.

Ihre beiden Schreibtische standen zusammengestellt an der Fensterfront. Dazwischen wuchs in Balkon-Pflanzkästen ein Spalier dunkelgrüner Sansevierien, hohe, lanzenartige Pflanzen, die schön dicht wuchsen, sodass keiner den anderen sehen konnte. Allerdings gab es in der Mitte einen Spalt, durch den man sich etwas hindurchreichen konnte – einen USB-Stick, eine Akte hochkant, eine Tafel Schokolade.

Corrys Schreibtisch war als solcher nicht mehr zu erkennen. Ein schiefer Berg voller Papierkram und obendrauf eine Packung Merci. Es klopfte an der Tür. Corry trank schnell ein halbes Glas Wasser.

Der Revierleiter West trat ein, um über die Zugangsberechtigten des Bungalows zu berichten. Wie Corry von Ulla wusste, waren alle gekommen und hatten freiwillig eine Speichelprobe und ihre Fingerabdrücke abgegeben.

»Wir duzen uns, ja?«, schlug Corry vor. Kaspar Liebig lächelte erfreut vom Besucherstuhl herüber. Sie reichte ihm einen von den Merci-Streifen, die sie selbst nicht so gern mochte, und er ging nun ins Detail.

»Die Betretungsberechtigten waren im Einzelnen Opitz' Eltern Susan und Bodo, ein Kollege namens Harald Mühleisen und dessen siebzehnjähriger Sohn Yannik. Ferner ein Elektriker, der vor Kurzem im Bad Leuchten ausgetauscht hat, und dann noch die Putzfrau«, beendete Kaspar seine Aufzählung. »Keiner besaß einen Haustürschlüssel.«

»Die Putzfrau hatte auch keinen Schlüssel?«

Kaspar verneinte. »Frau Opitz hat sie immer samstags um zehn Uhr ins Haus gelassen, ging zum Sport oder sonstwohin und kam gegen dreizehn Uhr wieder, wenn Frau Irmscher gerade fertig war. Sie hat ihr jedes Mal gleich ihr Geld gegeben, das ging seit zwei Jahren so.«

»Was sagen die Befragten über die Ehe der beiden?«

»Überhaupt nichts Negatives oder Auffälliges. Ein modernes Ehepaar. Streit gab es keinen.«

»Was meint die Putzfrau?«

»Über die Ehe kann sie nichts sagen, sie kennt Herrn Opitz gar nicht. Nun hat sie Angst, dass er sie nicht weiter beschäftigen wird.«

»War Frau Opitz in letzter Zeit verändert?« Corry reichte ihm noch ein Merci, eins mit Haselnüssen, hoffentlich war er nicht allergisch gegen Nüsse.

»Dazu habe ich die Zeugen selbstverständlich auch befragt«, antwortete er ruhig. »Niemand hat eine Veränderung festgestellt. Sie sei wie immer gewesen. Frau Irmscher sagte, auch im Haushalt hätte sich nichts verändert.«

»Danke, Kaspar«, sagte Corry. »Wie läuft es mit der Feindesliste?« Er und seine Kollegin Dagmar arbeiteten in der Sache eng mit Fabio und Jan zusammen.

»Die Leute, die Herrn Opitz am liebsten den Kopf abbeißen würden, haben alle ein Alibi für die Tatzeit.« Er legte einen Finger auf das Haselnuss-Merci. »Wir sind noch dabei, die letzten zu überprüfen.«

»Immobilienmakler scheinen nicht sonderlich beliebt zu sein.« Corry griff nach einem Merci mit weißer Schokolade auf der Rückseite. Zu Kaspar sagte sie: »Iss doch auch eins« und zeigte mit dem Kinn auf seine zwei Riegelchen. Er packte das nussige aus.

»Die mag ich am liebsten«, sagte er und schob es in den Mund.

Nachdem Kaspar gegangen war, kam Gerd in ihr Büro. Hinter ihm her lief Jan in undefinierbaren, schlammfarbenen Klamotten. Corry hatte keine Zeit für die beiden, weil sie noch zu einem weiteren Termin außer Haus musste und sich vorbereiten wollte. Sie sagte: »Fasst euch kurz!«

Jan hatte zunächst etwas wegen des Baseballschlägers auf dem Herzen. »So ein Bat«, sagte er gedehnt, »kann man leicht verschwinden lassen.«

Gerd, der an dem runden Besuchertisch lehnte: »Irgendwo muss das Ding aber sein, ein Tatwerkzeug löst sich ja nicht in Luft auf.«

»Vielleicht hat er es in den Neckar geschmissen«, überlegte Corry laut.

»Dann taucht es auch wieder auf«, meinte Gerd. »Die Schleusenwärter sind informiert.«

»Die Schleusenwärter, Wahnsinn!« Ein klein wenig schäkerte sie noch mit ihm, aber dann musste er zurück ins Labor, und sie hatte ja das Schlimmste des Tages noch vor sich.

Sie schaute Jan an, der übermüdet wirkte und seinen Bericht loswerden wollte. »Jetzt du«, sagte sie.

Jan hatte sich um Alexa Opitz' Terminkalender gekümmert und alle Verabredungen und Termine bis sechs Wochen vor ihrem Tod zu recherchieren versucht. Vor allem interessierte sich Corry für die älteren Termine. Wo war sie gewesen; wo hatte sie sich diese Striemen geholt?

Die Ausbeute war gering und schien unbedeutend. Dinge wie Friseur und Nagelstudio. Jan zog das Kinn ein und sagte: »Weiberkram.«

Bei diesem schönen Wort stand Fink schon halb im Büro. Sie warf Jan einen warnenden Blick zu. Irgendwann würden die beiden einmal so richtig aneinanderrasseln. Wer dann Sieger war, stand jetzt schon fest: Fink. Taekwondo, schwarzer Gürtel.

Jan meinte, er wolle nun gehen, um an der Feindesliste weiterzuarbeiten. »Wir sind fast am Ende.«

»So sieht er auch aus«, lästerte Fink, als er draußen war. »Ich habe von Alexas Handy eine Ortung beim Provider angefordert«, berichtete sie. »Vielleicht war sie am Montag nach Klinikschluss noch irgendwo, und das bringt uns weiter? Die Sache dauert ein, zwei Tage.«

Fink ließ ihre Augen über Corrys Sansevierien schweifen. »Gießt du die auch mal?«

Corry riss die Augen auf. »Wo ist die Gießkanne?« Sie stand wie immer auf dem langen weißen Fensterbrett.

»Lass mich das mal machen.« Fink war sicher keine Gärtnerin, aber das Gießen schien ihr zu liegen. «Sag mal, kann ich dich gleich zu deinem Termin begleiten?«

»Ja, bitte.«

Zehn Minuten später eilten sie zum Parkplatz und stiegen in den dunkelblauen Peugeot. Fink setzte sich ans Steuer. Und dann fuhren sie gemeinsam nach Fellbach, an der nordöstlichen Stadtgrenze Stuttgarts, zu Alexas Mutter Ingrid Abt.

Fabio suchte inzwischen Gordon Opitz im Hotel auf. Er traf ihn in dem kleinen Café neben der Lobby.

Opitz sagte, er wolle wieder in seinen Bungalow, möglichst schon nächste Woche. Er roch nach Alkohol. Fabio bestellte ihm einen Kaffee und nahm selber auch einen. Auf dem Unterteller lagen kleine, brezelförmige Kekse. Als Opitz einen anfasste, zerbröselte er ihm zwischen den Fingern.

Fabio stellte ihm die Frage, ob in seiner Ehe eigentlich alles gestimmt hätte. Er kam sich dabei indiskret, fast schamlos vor. Opitz sah ihn irritiert an, dann lachte er auf.

»Wir waren ein glückliches Paar!« Er sang die Worte mehr, als dass er sie sprach. »Das müssen Sie mir glauben.«

»Ihre Frau hatte zur Tatzeit eine Halskette um. Können Sie mir etwas dazu sagen?«

»Ich habe ihr Montagfrüh zum Hochzeitstag eine geschenkt. Sie hat sie gleich angelegt. Sie sagte, die ziehe ich nicht mehr aus.«

»So sehr hat ihr die Kette gefallen?«

»Sie hat sie sich selbst ausgesucht, als Mann kauft man das Falsche.«

»Wie sah sie aus?«

»Aus Gold, zierlich, mit einem kleinen Stern-Anhänger dran. Ich habe sie bei Van Reuss gekauft, sicher erinnert sich der Juwelier. Warum fragen Sie? Hat sie die nicht mehr …?«

Fabio beobachtete Gordon Opitz. »Woher kommen die Striemen in ihren Kniekehlen?«

Opitz blickte ihn fassungslos an.

»Der Rechtsmediziner meint, dass sie durch ein Seil entstanden sein könnten«, sagte Fabio leise, aber nachdrücklich.

Totenbleich saß Opitz vor ihm, der Mund verzerrt, die Augen geweitet. Er war sprachlos, im wörtlichen Sinne.

Fabio hatte nichts weiter von ihm erfahren.

Kaum war er wieder im Büro, klingelte das Telefon. Gerd Feldhaus war dran. Es ging im Wesentlichen um die beiden Autos des Ehepaars, die kriminaltechnisch untersucht worden waren. In Alexas Mini hatte Gerd eine unbekannte weibliche DNA auf dem Beifahrersitz sichergestellt. Darum würde er sich kümmern. Er rief den Kollegen Nick Holland an und entdeckte in dem Chaos auf seinem Schreibtisch drei Merci-Riegel von der Sorte, die er am liebsten mochte.

Gedankenverloren blickte er in die dunkelgrünen Pflanzenstängel vor sich.

Gestern, spät in der Nacht, ein Käuzchen schrie vom Uffkirchhof, war er nochmal in die Küche runtergegangen, um sich ein kühles Bier zu holen. Es war nach Mitternacht, und nebenan, im Gästezimmer, schliefen sein Vater und dessen Freundin.

Die beiden hatten wieder einmal ausgezeichnet gekocht. Es standen zwei Töpfe auf dem Herd, mit Polenta und dicken Bohnen. Sie kochten jeden Tag richtig.

Er machte sich den reichlichen Essensrest heiß und aß die Hälfte davon. Die andere Hälfte war für Sebastian, wenn er nachher – wie immer sterbenshungrig – heimkäme.

Sein Freund verbrachte ein paar Tage in Berlin, um eine Reportage über eine syrische Indie-Rockband zu schreiben. Mit dem Abendzug käme er heute um ein Uhr vierzig am Hauptbahnhof an, nähme sich ein Taxi und wäre gegen zwei Uhr daheim. Es wäre gut, wenn Sebastian wieder zu Hause wäre. Das war Fabios letzter Gedanke gewesen, als er im Bett lag und versuchte einzuschlafen. Erst als er sich auf Sebastians Seite gerollt hatte, hatte er endlich die Augen schließen können.

Jetzt griff er nach den drei Merci und aß sie nacheinander auf. Sebastian war heute Nacht nicht heimgekommen. Und er hatte auch nicht angerufen.

Jemand räusperte sich. Nick Holland stand energiegeladen vor ihm. »Klasse Sache! Fremde DNA im Mini-Cabriolet? Okay, das übernehme ich. Es läuft.« Und schon war er wieder weg.

Und Fabio blickte auf den Haufen Papiere vor sich. Was war vor dem Mord der schönen Frau geschehen? Woher kamen die Striemen? Ein Seil. Wo gab es Seile? Zu was wurden sie verwendet? Er musste unbedingt noch einmal mit Dr. Kern sprechen.

10

Der Mittwoch verflog nur so. Huttla saß seit vielen Stunden selbstvergessen auf ihrem Sofa und fädelte Perlen. Auf dem Tisch neben dem Computer lagen dreißig weißliche Kriechfüße mit emporgereckten Köpfen und schwarzen, glänzenden Stielaugen.

Niemand musste Huttla anspornen, sie war sich Sporn genug.

Inzwischen waren ihre Finger wund und verpflastert. Bei der Gegenfädeltechnik musste sie nacheinander ganze Reihen von Perlen äußerst straff auf den Draht ziehen. Dabei schnitt das dünne Metall in die Finger, um genau zu sein: in die Haut über den Gelenken, am allermeisten am kleinen Finger.

Am Nachmittag machte sie sich auf, um nach Uhlbach zu fahren. Sie freute sich auf das Anfertigen der Gehäuse, sobald sie die richtigen Brauntöne in Nadines Schneckenfarm ermittelt haben würde.

Leise, damit der Wirt sie nicht im letzten Moment von ihrem Vorhaben abhalten konnte, stieg sie die steile, nach Bier und Zigaretten riechende Treppe hinab. Rasch lief sie hinters Haus zu den Mülltonnen, nahm Gemüse- und Salatabfälle heraus und stopfte sie in eine Plastiktüte.

In der Stadtbahn blickte sie durch die Mitreisenden hindurch und hing ihren Gedanken nach. Als Geschäftsführerin der Farm wäre sie jederzeit in der Lage, die Fragen der Besucher zu beantworten. Während Nadine Weinbergschnecken kaum von Blindschleichen unterscheiden konnte, wusste Huttla eine Menge über diese Tiere. Sie konnte ja sogar ihren lateinischen Namen – Helix pomatia – rückwärts aufsagen: Aitamop xileh.

Falls einer fragte: Können Schnecken eigentlich hören?, käme prompt ihre Antwort: »O nein, ausgeschlossen!« Wollte jemand wissen, wie schnell eine Schnecke vorankommt, ließe sie ihn nicht im Regen stehen: »Das Schneckentempo beträgt sieben Zentimeter in der Minute!«

Einmal hatte sie Nadine, die Schneckenbäuerin vor dem Herrn, auf die Probe gestellt: »Weißt du, wie viele Zähne sie haben?«

Nadine hatte sie vernichtend angesehen. »Spinnst du? Gar keine.« Und dann hatte sie das Zeichen für Plemplem gemacht.

So war Nadine. Immer oberflächlich, immer kurz angebunden. Stand mit ihrem struppigen roten Zopf inmitten ihrer Zucht und wusste nicht, dass jede ihrer Schnecken vierzigtausend Zähnchen auf ihrer winzigen Raspelzunge sitzen hatte.

Huttla musste lachen.

Nadine hatte nur den Kopf geschüttelt: »Vierzigtausend, na wennschon!«

Am Hauptbahnhof wartete Huttla auf die S-Bahn. Es wimmelte nur so vor Menschen. Nichts wie weg!

In Obertürkheim angekommen, stieg sie in den Bus 62, der mit Tempo 30 dicht an der Kinothek vorbeifuhr, einem der letzten Vorstadtkinos. Hier hatte sie ihren ersten Kinofilm gesehen: »Edward mit den Scherenhänden« mit Johnny Depp, in den sie sich ein bisschen verliebt hatte, obwohl sie erst sechs war. Sie saß mit Timo im Großen Saal auf samtenen roten Sitzen, hinter Konsolen mit gelben Schirmlämpchen – wunderhübsch nostalgisch, so wie heute noch.

Der Bus fuhr die lange Uhlbacher Straße hinauf, und die Abfälle müffelten aus Huttlas Plastiktüte heraus. Eine gehetzt aussehende Frau mit einem bockigen kleinen Jungen schickte ihr einen strafenden Blick. Huttla sah aus dem Fenster.

Hier kannte sie jede Gasse, jedes Haus. Nach wenigen Minuten stieg sie am Marktplatz in Uhlbach aus. Unter dem verhangenen Himmel wirkte der Ort düster. Hier war sie aufgewachsen. Wie das große Stuttgart war auch dieser Stadtteil ein enges Tal. Ein Trichter, mit uraltem Ortskern und steilen, herrlichen Weinbergen.

Huttla lief die Trollingerstraße hinauf, vorbei an blumengeschmückten Häusern. In den Gärten gab es Schaukeln und Sandkästen. Jemand wusch seinen Wagen, obwohl sich die Wolken zusammenbrauten und es sicher gleich zu regnen anfing.

Bald stand sie vor dem grünen Haus, in dem früher die ganze Familie Abt gelebt hatte. Nachdem Oma Anna-Dora gestorben war, zog Ingrid mit ihrem Mann nach Fellbach und überließ das Haus der einzigen Tochter, die noch daheim war: Nadine, die jetzt mit irgendeinem Kerl darin wohnte.

Huttla lief weiter Richtung Götzenberg und dann nach rechts zu den Weinbergen oberhalb des Riesenbachs. Dort auf dem Wiesenhang war die Schneckenfarm.

Allein hätte Nadine nichts zuwege gebracht, und auf ihre Schwestern Alexa und Laura brauchte sie nicht zu hoffen. Erstere rührte sowieso keinen Finger, und die zweite ging damals auf Pilgerfahrt; alle beide hatten mit Schnecken nichts am Hut. Übrig blieben nur Ingrid und Huttla. Sie krempelten die Ärmel hoch und bauten gemeinsam mit Nadine die Zucht auf.

Zu dritt errichteten sie einen achtzig Zentimeter hohen Kunststoffzaun und zogen um die gesamte Zuchtanlage einen kniehohen Stahlblechsockel gegen Fressfeinde, namentlich die Erdkröte. Sie richteten drei Parzellen ein, weil Nadine testen wollte, mit welchem Futter »die Ware« am schnellsten fett werden würde.

Für die Inneneinrichtung brachten sie viel Zeit und Mühe auf. Sie bauten eine Steinhalde und sanfte Mooswälle, sie errichteten Haufen mit aufgestellten Ästen und Zweigen. Huttla schleppte eine Menge Totholz vom Wald herunter. Unermüdlich lief sie die Weinbergstaffeln hinauf und kam mit Armen voll vergammelten Holzes wieder ins Tal. Die Schnecken mochten das Totholz; es war ihr allerliebster Ruheplatz. Und sie liebten die aufgestellten Steinplatten, die Huttla karrenweise anschleppte. An ihre schattigen Rückseiten hefteten sie sich an, um zu schlafen.

Sie pflanzten eine Menge Futter: Klee und verschiedene Gemüsesorten. Wildpflanzen wie Löwenzahn und Sauerampfer wuchsen ganz natürlich aus der Erde. Aber im Sommer musste zugefüttert werden – Erbsen, Bohnen, Kohl, Zucchini, mal ein Armvoll Giersch oder Raps und jede Woche ein Eimer voll mehliges Fallobst.

»Wenn du Hilfe brauchst, ruf mich an«, hatte Huttla zu Nadine gesagt und es ernst gemeint.

Vor einem Jahr war sie zuletzt hier gewesen. Damals hatte sie noch fast kindlich den Schnecken versprochen: »Ihr werdet den Tod nicht spüren, man wird euch nicht lebendig ins kochende Wasser werfen, ihr sterbt im Schlaf.«

Jetzt stand sie vor Nadines kleiner Farm und ihr Mund war ganz trocken und ihr Puls raste. In der ersten Schrecksekunde hatte sie sich auf die Unterlippe gebissen. Überall lagen leere Häuschen. Dazwischen wanden sich kraftlos ein paar halblebendige Schnecken.

Sie beugte sich über den Zaun, nahm eine heraus und setzte sie auf ihren Handteller. Leicht wie eine Feder. Langsam bog das Geschöpfchen seinen Hals, fuhr die Stielaugen aus und beäugte Huttlas Finger. Auf der Stelle griff sie in den Plastikbeutel und fütterte das magere Tier mit dem Salat aus dem Rössle.

Dann blieb ihr die Luft weg. Es war wie ein elektrischer Schlag, als ihr plötzlich einfiel, dass Nadine sie angerufen hatte. War das wirklich so gewesen?

Oder hatte sie das bloß geträumt?

Hatte Nadine tatsächlich verkündet, sie habe genug von der Schnegglerei? Jetzt konnte sie Nadines frostige Stimme hören: »... und dass du mir ja nicht mehr hingehst und noch mehr Zeug da reinstellst! Das muss ich alles wieder wegkarren. Verstanden?«

Huttla sah sich die übriggebliebenen Exemplare mit schwerem Herzen an. Dann kletterte sie in die Anlage und fischte die halbwegs munteren Schnecken zwischen den sterbenden heraus.

Sie lief ein Stück bergan, überall Weinreben, nichts als Weinreben. Der Nieselregen hatte aufgehört, und sie sog die regenfrische, warme Luft ein. Auf einer schmalen Staffel stieg sie den Weinberg hinauf. Die nassen Rebenblätter zu beiden Seiten streiften ihr Gesicht und ihre Arme. An den Reben hingen kleine grüne Traubenbeeren.

Auf den vor Jahren angelegten Trockenmauern hatten die Wengerter die alte Weinbergflora wieder angesiedelt. Huttla betrachtete atemlos silbrig glänzende Stauden und krautige Sträucher, lila Schwertlilien und dicke goldgelbe und kreideweiße Blütenkissen, die sich über die Mäuerchen bauschten. Nichts war zu hören, bis auf das Krächzen einer Krähe, die auf einem Pfosten saß und sich feine Wassertropfen aus dem Gefieder schüttelte.

Im Dämmerlicht kehrte sie dem Götzenberg den Rücken zu und lief hinab in den Ort, vorbei an beliebten Speiselokalen, die ganz anders waren als das Blaue Rössle und auch viel besser rochen. In der Ferne sah sie die Lichter der drei Hochhäuser »Asemwald« – riesige, funkelnde Riegel im Wald.

Schnell ging sie über das Kopfsteinpflaster, vorbei am Weinmuseum, vorbei am über vierhundert Jahre alten Rathaus, in dem Timo und Alexa geheiratet und das Unglück seinen Lauf genommen hatte.

Wie von Geisterhand geführt, stand sie plötzlich vor ihrem Elternhaus. Das Tor hing schief in den Angeln. Durch das Glasvordach über der verstaubten und unten zerkratzten Haustür zog sich ein tiefer Riss. Von den hölzernen Fensterläden blätterte die ochsenblutrote Farbe ab, die großen Scharniere waren rostig und verbogen. An vielen Stellen war der Fassadenputz abgebröckelt.

Sie schlüpfte durch den Spalt im zweiflügligen Tor und ging ein paar Schritte in den dunklen Hof. Stieg über morsche Bohnenstangen und über kaputtes Werkzeug – ein Spaten, eine Sichel, zerbrochene Blumentöpfe. Waschbetonplatten auf einem Haufen, eine schlampig aufgewickelte Rolle alten Maschendrahtzauns. Sie blickte an der Hauswand hoch. Dort war das Wohnzimmer, hier verbrachte ihr Vater seine Tage kettenrauchend vor dem Fernseher. Seinen »Ost-Kiosk« im Osten der Stadt hatte er aufgegeben, nachdem nach Timo auch Huttlas Mutter gestorben war. Gundula, immer nur Gundi genannt, hatte vor sieben Jahren ihre Seele ausgehaucht.

Sie ging um die Hausecke herum und schaute zu Timos Fenster hoch. Auch im Dunkeln erkannte sie das breite Fensterbrett. Im Hochsommer war das splittrige schwarze Holz richtig heiß, und Huttla verbrannte sich fast ihre nudeldicke Kinderhand.

Das Fensterbrett war Timos Lieblingsplatz gewesen. Hier saß er in kurzen Hosen und baumelte mit den Beinen herunter, ein Buch auf den Knien. Gedichte oder Perry Rhodan. Falls er heruntergefallen wäre, wäre nicht viel passiert. Denn unterm Fenster hatte der Vater einen hohen Grashaufen aufgetürmt. Der Vater mähte das Gras, er rechte es zusammen, und der Sohn durfte lesen.

Sie roch noch immer das frisch geschnittene Gras.

Wenn sie in sein Zimmer stürmte, den Teddy an die Brust gepresst, drehte er den Kopf zu ihr. »Komm schon her«, sagte er und nahm sie auf den Schoß. Sie lachten miteinander und einmal – und das stimmte wirklich – einmal ging Timo mit ihr spazieren, den steilen Württemberg hinauf zur Grabkapelle. Dort nahm er sie an der Hand. Wie ein Liebespaar standen sie vor dem Hauptportal, wo mit goldenen Buchstaben geschrieben stand: »Die Liebe höret nimmer auf.«

Aber dann kam Alexa Abt und alles war aus. Die zwei waren ein Paar wie aus dem Bilderbuch, so sagten alle in Uhlbach. Wie für einander geschaffen. Zwei so schöne junge Menschen. Huttlas Vater konnte sich gar nicht sattsehen an seiner künftigen Schwiegertochter, er war ganz verhext von ihr.

»Er spielt den Hanswurst«, sagte Gundi, wenn ihr Ehemann aufsprang, um das Früchtle am Sonntag zu bedienen. Sie brauchte ja nur mit der Wimper zu zucken, schon schnellte er hoch und brachte ihr, wonach sie verlangte. Sie kam ja jeden Tag daherspaziert. »Gern einen Kaffee«, sagte sie. »Jetzt was Süßes.« Schon sprang Hans Hutter aus seinem Fernsehsessel.

Huttlas Mutter musste das alles mit ansehen. Wie das junge Ding im winzigen Bikini im Garten herumlief. Einmal hatte Huttla ihrer Puppe einen Minislip angezogen und gar nicht recht gewusst, wo der hergekommen war. Da trat Alexa unten herum nackt ins Wohnzimmer und holte sich ihre Unterhose wieder, riss sie grob von der Puppe herunter, und der Vater ließ die Zeitung sinken.

»Was die für schlanke Fesseln hat, wie eine Gazelle«, hatte er dann den ganzen Tag lang vor sich hin gemurmelt.

Die Gazellenfigur musste Huttla im Sommer immer mit Sonnenmilch eincremen. Alexa lag bäuchlings auf Mutters Liege, den Kopf in den Armen. Huttla war neun Jahre alt, und immer, wenn sie ins Stocken geriet, zischte sie: »Mach weiter!« In der knallheißen Sonne musste sie bei Alexa knien und ihr die schlanken Waden, die Schenkel und den Rücken massieren.

Sie war so hinterrücks.

Und wie sie immer gelogen hat!

So hatte sie einmal Gundi einen angeblich selbst gebackenen Hefezopf mitgebracht. Sie musste das Rezept auswendig gelernt haben, denn sie rasselte unverfroren herunter, was sie scheinbar alles verarbeitet hatte: Butter und Mehl und so weiter. Aber Gundi Hutter überführte sie: »Da ist noch das Einwickelpapier von der Bäckerei dran, du dumme Gans.« Das hatte sie wörtlich gesagt: »Einwickelpapier« und »dumme Gans«.

Eigentlich hatte Huttla sich verboten, über Alexa nachzudenken oder überhaupt ihren Namen in den Mund zu nehmen.

Erdna, die ganze Zeit tief schweigend, meldete sich zu Wort: War sie wirklich so oder hast du dir das nur ausgedacht?

Ausgedacht! Huttla runzelte die Stirn. Als könnte man sich so etwas ausdenken.

Die Dunkelheit war über den Ort hereingebrochen, in den Häusern ringsherum brannte Licht in den Küchen. Abendbrotzeit. Draußen: die Andreaskirche, 1490 im gotischen Stil erbaut, Huttla kannte keine schönere. Auf dem angrenzenden Friedhof mit den dickstämmigen Eiben und dem uralten Mäuerchen, an manchen Stellen dunkel und samtig vermoost, waren Timo und Gundi Hutter beerdigt.

Die alten Bäume auf dem kleinen Friedhof, die verwitterten Grabsteine, verziert mit filigranen Ranken und Ornamenten. Auf einem war eine Schlange in den Stein gemeißelt, die sich in den Schwanz biss. Neuere Gräber mit schmiedeeisernen Grablaternen, auf denen eine Spatz- oder eine Meisenfigur saß.

In ihren durchnässten Tennisschuhen stand sie am Familiengrab, ein wenig Schneckenschleim klebte noch zwischen ihren verpflasterten Fingern. Hier lag ihr großer Bruder seit zwölf Jahren begraben. Die Mutter war ihm fünf Jahre später gefolgt.

Als Zehnjährige hatte Huttla verzweifelt versucht, Timo durch die Kraft ihres Gebetes wieder auferstehen zu lassen. Sie betete in ihrem Kinderzimmer auf nackten Knien, bis ihr schwindlig wurde. Sie fühlte sich sehr allein als Einzelkind.

Gundi rannte zweimal täglich auf den Friedhof, und das Töchterchen daheim kochte sich einen Kartoffelbrei, um nicht zu verhungern.

Dann musste auch sie sterben. Das war nun sieben Jahre her. Huttla strich sich eine Träne aus dem Gesicht. Die Mutter hatte ihr Leben lang so schwer gearbeitet. Eingesperrt in den Kiosk, ein stickiges Bretterkabuff. Um halb fünf Uhr morgens schloss sie es auf, und mittags löste der Vater sie ab und blieb dort hocken bis abends um neun.

Huttla machte sich auf den Heimweg. Blauschwarz schimmerte die Uhlbacher Straße im Licht der Straßenlaternen. Sie war todmüde, das Haar klebte ihr feucht am Kopf. Der Bus kam heran, sie stieg ein, setzte sich gleich hinter den Fahrer.

Ihr Spiegelbild in der Glasscheibe machte ihr Gesicht noch runder, als es schon war.

Alexa fiel ihr wieder ein, ausgestreckt auf Mutters Gartenliege. Sie sagte: »He, sag mal: ›Ich hab ein Weißkohlgesicht.‹«

»Ich hab ein Weißkohl…«

Sie prustete los. »Nein, besser! Sag mal: ›Ich hab einen Weißkohlkopf!‹« Sie warf sich lachend auf der Liege herum. Häme in den Augen! Zum Glück war Timo in den Garten gekommen, und da hatte sie aufgehört mit der Quälerei.

Der Bus fuhr an der Kinothek vorbei, wo eine sommerlich gekleidete Menschenschlange an der Kasse stand. Die Frauen mit silbrigen Schuhen, lachend, die Männer großartig gestikulierend. Schon war der Bus um die Ecke gerauscht und fuhr sanft schaukelnd, mit leisem Sirren, Richtung Stadt.

Ihr Zimmer erwartete sie schon. Als sie das Licht einschaltete, umfing sie das Funkeln und Glitzern ihrer Perlentiere. Sie stieß das Dachfenster auf, um die Nachtluft hereinzulassen, und schaute geradewegs auf den verschleierten Mond.

Ihr Telefon klingelte, auf dem Display: Michelle. Da freute sie sich, denn es war nicht selbstverständlich, dass man eine echte Freundin besaß, sogar eine mütterliche.

»Hallo, Michelle!«

Die Freundin klang nun gar nicht mehr beleidigt, sondern

zugewandt und fast ein bisschen besorgt. Und sie hatte einen Wunsch, den sie äußerte: Dass Huttla endlich, endlich zu Besuch käme. Sie drängte regelrecht auf die Bahnreise zu ihr nach Geltringen in den wunderschönen Safaripark.

»Ich komm ja bald«, hauchte Huttla in den Hörer und lauschte, was jetzt noch käme.

Oft schon hatte Michelle ihr ganz schreckliche Dinge aus ihrem langen Leben erzählt. »Ich mach bloß die Augen zu und schon seh ich Fürchterliches«, so fing sie dann an. Danach keuchte sie in den Hörer und forderte Huttla im gleichen Atemzug auf, ebenso entsetzliche Schilderungen zum Besten zu geben: »Und jetzt bist du dran, Jasminchen.«

Und dann musste sie ja erst einmal etwas Spannendes zu bieten haben! Die Timo-Geschichte kannte sie ja schon, und für ihren Freund interessierte sie sich kaum. Sie nannte ihn Leichen-Andre und höhnte über seinen Beruf, den sie eklig fand, und das Thanato-Getue sei ja ein Witz. Tot sei tot.

Über Ingrid wagte sie aber nicht zu lachen, denn Huttla liebte sie von ganzem Herzen, und das wusste sie. Trotzdem war ihr einmal der Begriff Psychopathen-Ingrid rausgerutscht, und das hatte Huttla nicht gemocht, o nein, obwohl es haargenau passte, denn Ingrid Abt interessierte sich wirklich für Serienmörder.

Im Grunde wollte Michelle über niemand anderen etwas hören als nur über Alexa und Gordon Opitz. »Was treibt unser Traumpaar?«, drängte sie. Ihr Hunger nach schlechten Nachrichten war groß, was Huttla deutlich durch die Leitung spürte.

Und wenn sie gar nichts trieben? Wenn Alexa und ihr aalglatter, halbenglischer Ehemann einfach so in den Tag hineinlebten? Es war nicht viel, was sie in Erfahrung hatte bringen können. Zumindest war es nichts Besonderes. Die beiden waren langweilig, sie waren Spießer, sie erlebten keine Katastrophen, Huttla hätte davon gehört.

Also musste sie sich etwas ausdenken. »In ihrem Haus ist überall Schimmel«, hatte sie einmal vermeldet. »Stell dir vor Michelle: Sie atmen ständig giftige Schimmelpilze ein.«

Diese Nachricht war positiv aufgenommen worden.

Auch kleine, mit Sinneseindrücken glaubhaft ausstaffierte Geschichten sog sie begierig auf: »Michelle, ich musste mir die Nase zuhalten. Alexa trug wieder das stinkige Parfüm, du weißt schon.«

Manchmal genügten solche Kleinigkeiten, aber in der Regel wollte die Freundin in der Ferne etwas Schlimmeres hören, etwas Verheerendes, und da brauchte es Fantasie, was für Huttla allerdings kein Problem darstellte.

»Ihr soeben angeschaffter BMW ist furchtbar zerbeult worden. Stell dir vor, Michelle: Ein Lastwagen mit Anhänger hat ihn zerquetscht, und sie müssen alles selbst bezahlen. Der Fahrer ist nämlich abgehauen. Über siebzigtausend Euro Schaden!«

Da hatte Michelle gelacht.

Huttla genoss die Aufmerksamkeit der älteren Freundin, sie konnte so warmherzig sein. Einmal hatte sie ihr versprochen: »Wenn du mal zu mir kommst, Jasminchen, mal ich dir nen blauen Lidstrich.« Aber eines war Huttla klar: Wenn sie sie nicht weiterhin mit Geschichten übers Traumpaar versorgte, würde sich Michelle bald nicht mehr melden.

Immer musste Huttla etwas Neues einfallen. Aber jetzt war sie plötzlich sehr, sehr müde. Als sie auf dem Tisch nach dem Glas Wasser griff, glitt es ihr beinah aus der Hand. Sie hatte vom Fädeln ja fast kein Gefühl mehr in den Fingerspitzen. Leise sprach sie zu Michelle:

»Nadine hat ihre Schnecken sterben lassen.«

»Aha.«

»Fast alle sind tot.«

»Es sind nur Schnecken.«

»Aber tot ist tot.«

Es war nach Mitternacht, als sie zu Bett ging. Graue Wolkenfetzen hingen wie schäbige alte Tücher vor dem hellen Mond. Sie drehte sich zur Wand. Sie musste es aussprechen: »Es wird nichts mit der Schneckenfarm, du blöde Nuss. Kein Marketing, keine Werbemaßnahme, keine Perlenschneckchen. Der Traum ist ausgeträumt. Tot ist tot.«

11

Ein Sonnenstrahl fiel auf die Schuhschachtel mit den dreißig gehäuselosen Perlenschnecken, dass es nur so funkelte. Die Onyxäugchen schauten hoch zu ihr, sechzig Stück, dazwischen ein schielendes Augenpaar, das Huttla rührte. Alle anderen Schnecken würde sie wieder aufdröseln und das Material für etwas anderes verwenden, vielleicht für Urnenschmuck. Es gab nichts, was Huttla nicht tun konnte.

Sie spürte trotz des schrecklichen Abends auf Nadines Kleiner Farm, dass die Zukunft noch viel Wunderbares für sie bereithielt. Sie würde aus ihrem Leben noch etwas machen, sie war schließlich erst zweiundzwanzig. Und sie war nicht auf Nadine Abt angewiesen.

Als erstes begoss sie die Lorbeerbäumchen, die stramm in einer Reihe unter der schrägen Wand standen und ihr durstig die Blättchen entgegenstreckten.

Sie setzte sich auf das Sofa, um ihre Ziele neu zu definieren. So schwer war das nun auch wieder nicht, sie hatte darin Übung. Außerdem stand sie nicht allein im Leben, es gab Menschen, die sie liebten, und solche, die schon aus christlicher Nächstenliebe heraus niemals nein sagen konnten. Laura!

Vom Erbe ihrer Oma Anna-Dora hatte sie sich einen alten Waschsalon in der Schwabstraße gekauft, wo sie sich von früh bis spät abmühte. Von den drei Abt-Mädchen war sie die fleißigste. Aber auch die Unscheinbarste, so farblos. Alles an Laura war beige – die Haare, die Haut, die Kleidung. Sie war auch nicht so ziegenschlank wie ihre Schwestern. In ihrer Jugend hatte Laura unter einem leichten Handwaschzwang gelitten, den sie aber mit täglich viermal Vaterunser, wie sie sagte: »in den grünen Bereich« hinübergebetet hatte. Huttla mochte Laura sehr, sehr gern.

Ihre Finger begannen von selbst, die verdrillten Drahtenden der Schnecken mit der Pinzette aufzuzwirbeln.

Sie könnte Laura um eine Anstellung als Büglerin oder Empfangsdame bitten. Sie hatte Laura schon einmal unter die Arme gegriffen. Es hatte allerdings nicht viel genützt, aber Huttlas Schuld war das nicht gewesen:

Zur Eröffnung des Waschsalons hatte sie sich einen erstklassigen Werbezettel ausgedacht. Aber Laura Abt wünschte keine weiße Wolke, umrahmt von Margeriten als Metapher für weiche, blütenweiße Wäsche. Sie wünschte den Heiligen Petrus, den Schutzpatron für den Wäschereiberuf: der Mann mit dem riesengroßen Schlüssel in der Hand.

Huttla hatte dringend davon abgeraten. Ohne Erfolg. Den Flyer hätte sie sich sparen können! Eine kleine Umfrage im Viertel ergab: Keiner war draufgekommen, dass es sich um Werbung für einen Waschsalon gehandelt hatte. Die meisten hatten auf einen Schlüsseldienst getippt.

Seither waren Laura und Huttla ein wenig zerstritten.

Falls man überhaupt mit einer so frommen Person zerstritten sein konnte.

Mitten in ihre Überlegungen hinein, wie sie ihre berufliche Zukunft gestalten könnte, platzte ein Anruf von Nadine. Huttla schaute ungläubig auf das Display mit dem Foto einer gut genährten Helix pomatia.

»Nadine?« Huttla blieb der Mund offen stehen.

»Alexa ist tot«, sagte sie, ohne groß herumzuschluchzen.

»Was?« Die soeben vom Draht befreiten Kriechfußperlchen rollten auf die hellblaue Noppenmatte und blieben in Häufchen liegen.

»Die Polizei hat uns gestern informiert. Ich dachte, du solltest es auch wissen.« Jetzt zog sie doch die Nase hoch. »Mein Schwager hat sie gefunden. Er musste sie identifizieren, und sie war es.«

»Alexa?«

»Ja.« Nadines Stimme zitterte. »Wir durften sie nicht sehen. Anscheinend wurde sie im Gesicht verletzt, jedenfalls ist sie gestorben.« Sie schnäuzte sich die Nase.

Ums Haar hätte Huttla von den toten Schnecken in der Farm angefangen, aber dies war bestimmt nicht der richtige Augenblick. Also fragte sie, wann denn die Beerdigung sei.

»Wir wissen es nicht.« Nadine heulte, und da fiel Huttla in das maunzige Weinen mit ein, und so beklagten sie gemeinsam den Tod von Alexa Opitz.

Nach dem Telefongespräch war Huttla erschöpft. Sie lehnte sich zurück, und dann tauchten Bilder auf …

Fünf Jahre nach Timos Tod war auch Gundi gestorben, was Ingrid Abt zum Anlass genommen hatte, erneut vor dem Hutterschen Haus zu stehen und mehrmals zu klingeln. Und Huttla hatte ihr aufgemacht.

Ingrid meinte, es sei nicht gut für eine Fünfzehnjährige, wenn sie so allein bliebe, nur mit dem Vater. »Komm jederzeit zu uns, Jassi«, hatte sie gesagt. Und so kehrte Huttla in die intakte Familie Abt zurück – Mutter, Vater und drei Töchter. Alle lebend.

Ingrid und Huttla waren aber meist allein im grünen Haus, die Oma war bereits in ein Altenheim verbracht. Nur Laura wohnte noch zuhause, war aber meist in der Kirche. Nadine lebte im Gestüt in Marbach, und Alexa war mit einem Freund in Stuttgart zusammengezogen. Aber es war nur natürlich, dass die Töchter irgendwann einmal auf Huttla stießen.

Als Alexa dann vor Huttla stand, nach so langer Zeit, da freute sie sich und hüpfte auf und ab. Die vielen Quälereien hatte sie fast vergessen. Am liebsten wäre sie Alexa in die Arme gefallen. Doch die reagierte kühl auf das Wiedersehen. »Wie siehst du denn aus, das gibt's doch nicht. Hast du zugenommen?«, sagte sie.

Huttla war ein Teenager geworden, nicht zu fett, nicht zu dünn, und an jenem Tag trug sie ihre allerbeste Jeans und ein wirklich hübsches Sweatshirt und um den Hals eine tolle silberne Kette. Aber Alexa schaute sie nur an wie eine Kröte, und nichts, aber auch gar nichts gefiel ihr an ihr.

Komisch, dass ihr gerade diese minikleine Begebenheit einfiel, so arg war das ja nicht gewesen. Mit Alexa hatte es noch viel, viel Schlimmeres gegeben.

Die Sonne stach durch das schräge Fenster, und Huttla ließ das schwarze Rollo herab. Es war halb elf, als es klopfte. Kurz blieb ihr die Luft weg, so sehr erschrak sie.

Mit einem Schwall Biergeruch aus dem Treppenhaus trat Svetlana Wolkow in das Zimmer. Sie trug das rote Kleid.

»Hockst wieder allein?«, feuerte sie ihren Standardsatz ab, und Huttla schwieg dazu.

»Für Hundchen«, sagte sie beschwichtigend und stellte eine pralle Plastiktüte, aus der es stark herausroch, auf Erdnas Stuhl.

Ausnahmsweise fuhr Huttla nämlich heute, am Donnerstag, mit ihrem Freund zur Tierherberge. Das hatte sie Svetlana erzählt. Huttla packte die Tüte erst einmal in den Kühlschrank.

Svetlana wollte schon wieder etwas ausgependelt haben.

»Was soll ich das Pendel fragen?«

Wie es ihrem Kind in Russland gehe, wollte sie wissen. Ob ihre Mutter bald wieder gesund sei und wann sie denn nun endlich den Wirt heiraten könnte – noch in diesem Jahr oder wann?

Egal, wie herum das Pendel ausschlug, Huttla glaubte nicht daran. Dennoch hielt sie es am Goldkettchen zwischen ihren verpflasterten Fingern über Svetlanas bereitwilligst ausgestreckter rechter Hand. Es schwang träge vor sich hin.

»Oh«, machte Huttla. »Das Kind lacht!« Svetlana knabberte an einem Fingernagel. »Deine Mutter ist auf dem Weg der Besserung, sie flitzt in ihrer Wohnung umher.« Jetzt lächelte sie. »Und Burkhard Nolte braucht noch ein Weilchen, Svetlana, aber im Prinzip ist er verrückt auf die Hochzeit.«

Die Petersburgerin schüttelte sachte den Kopf. Dann gab sie Huttla ihr ganzes Trinkgeld von gestern Abend, als sie das rote Kleid auch schon getragen hatte.

»Ich hätte dich gern als Schwester, Svetlana. Du hast ein gutes Herz.«

»Du auch, Jasmin. Lügst halt zu viel.« Eine Träne rollte ihr aus dem Augenwinkel. »Sag Hundchen Gruß von mirr.«

Huttla zog einen Zettel unter der Tastatur ihres Laptops hervor. »Vielleicht tröstet dich das?« Sie las einen Spruch vor: »›Du denkst, Hunde kommen nicht in den Himmel? Ich sage Dir, sie werden früher dort sein als irgendeiner von uns.‹ Robert Louis Stevenson.«

»Sehrr schön! Hundchen mit Wäscheklammer in Ohr obben in Himmel?«

»Ja sicher!«

Von unten hörten sie den Pfiff des Wirts, der Svetlana galt. Sie schnalzte vom Stuhl hoch.

»Kenne ich Stevenson nicht.«

»Er ist schon hundertzwanzig Jahre lang tot.«

Sie war schon an der Tür. »Reddest immer von Todd.«

Dann stieg sie in ihrem roten Kleid die Treppe hinunter.

Der Anruf von Michelle war vom Grollen eines Löwen untermalt. Sie sprach aus ihrem Safaribus heraus, in dem sie die Parkbesucher durch die fünf Tiergehege fuhr. Und jetzt war sie wohl gerade bei den Großkatzen.

»Komm endlich, Jasminchen, du hast es versprochen!«

Huttla fand keine Ausreden mehr. Michelle wollte ihr nun sogar den Zug bezahlen, und im Wohnwagen, den sie Wohni nannte, gebe es für sie freie Verpflegung.

»Ich komme bald!« Im Hintergrund hörte sie den Löwen brüllen und das Gemurmel der Touristen. Huttla überlegte, ob sie der Freundin sagen sollte, dass Alexa nun tot war. Das wäre doch mal eine Nachricht!

Doch da hatte Michelle schon aufgelegt.

Huttla verspürte Hunger. Zu Erdna, die einen Kartoffelbrei zum Mittagessen wünschte, sagte sie in vertraulichem Ton: »Ich weiß noch, als wäre es gestern gewesen, wie ich Michelle Högel kennenlernt hab.«

Ingrid Abt hatte sie zum Polterabend von Alexa und Gordon eingeladen. »Jassi«, sagte sie, »du gehörst doch praktisch zur Familie. Bring deinen düsteren Freund ruhig mit, vielleicht heitert ihn die Party auf.«

Huttla und Andre hatten sich verspätet, sie waren die letzten, die bei dem Restaurant ankamen. Gerade wollten sie hineingehen. Da stürmte eine wildfremde Frau in einer leuchtend roten Strickjacke mit dicken Lederknöpfen, groß wie Kuhaugen, auf den Eingang zu. Es war ein dramatischer Auftritt, und Huttla und Andre blieben auf der untersten Treppenstufe stehen und kriegten den Mund nicht mehr zu.

Sie wolle dem Hochzeiter mal gehörig die Meinung sagen, rief sie schäumend vor Wut. Ihre dicken braunen Locken schwangen hin und her, und ihr Pony war nach oben geschnurrt wie die Stirnlocken bei einem jungen Rind. Selbstverständlich begründete sie ihren Zorn: Gordon Opitz sei im Begriff, eine dahergelaufene Schlampe zu heiraten, nachdem er sie, Michelle Högel, abserviert habe.

»Was ich in diesen Mann investiert habe, dreizehn Jahre lang!«, schrie sie außer sich.

Tolle Musik drang aus dem Restaurant ins Freie und untermalte die mannigfaltigen Schimpfworte, die sie vom Stapel ließ.

»Und wer seid ihr beiden?« Sie schob ihnen das Kinn entgegen.

»Das ist Andre«, beeilte sich Huttla, »und ich … ich bin … Jasmin. Bitte regen Sie sich nicht so auf.«

Man konnte zusehen, wie ihr die Sicherungen durchbrannten. »Ich reiße den Bräutigam da drinnen in schmale Streifen, hört ihr?« Sie war fuchsteufelswild.

Huttla fand, dass Gordon (sie war ihm zwei-, dreimal im grünen Haus begegnet) keiner war, den man verteufeln musste. Er war zwar ein karrieregeiler Lackaffe (O-Ton seiner künftigen Schwiegermutter Ingrid), aber wer an Michelles Misere schuld war, das war natürlich Alexa.

»Alexa – ist das der Name der Hure?« Da spürte Huttla tief im Herzen, dass sie sich gut verstehen würden. »Und ihr kennt sie?« Wut loderte in ihren grüngrauen Augen.

»O ja«, räumte Huttla ein, während Andre betreten schwieg. »Sie war früher mal mit meinem Bruder verheiratet, aber nur fünfzehn Wochen und einen Tag, und dann war er tot und …«

»Aha.«

Mehr brauchte sie anscheinend nicht zu wissen.

Sie rastete nun richtig aus. Als Erstes versuchte sie, die Knöpfe von ihrer Strickjacke abzureißen. Huttla ging dazwischen, weil die glänzenden glatten Knöpfe ihr leidtaten. Andre neben ihr formte mit dem Mund das Wort »Nervenzusammenbruch«.

»O weh! Wir müssen sie hier wegbringen«, sagte Huttla. Sie hakten die große Frau unter und brachten sie fort.

Niemand hatte mitbekommen, dass sie überhaupt da gewesen war. Und keinem war aufgefallen, dass Huttla und ihr Begleiter erst spät zur Feier kamen.

Erdna fragte von ihrem Stuhl herunter: Und Andre hast du nichts davon erzählt, dass ihr die ganze Zeit in Kontakt geblieben seid?

Huttla fiel ein, dass sie einen Kartoffelbrei wünschte. »Andre sagte damals, die hat sie doch nicht alle.« Sie ging an den Herd und klapperte mit Topf und Deckel. »Außerdem nannte er sie eine behämmerte Cholerikerin, und alles, was recht ist, sowas darf man nicht sagen.«

Sie rührte das Kartoffelpüreepulver, Typ »Das Klebrige«, mit dem Schneebesen in die Wassermilch.

Und immer, wenn du mit Michelle telefonierst, dann drehst du mächtig auf, ja?

»Glaubst du, ich will langweilig sein?«

Wenn du schon eine Freundin gefunden hast, sogar eine mütterliche, dann solltest du sie nicht belügen.

Solche Binsenweisheiten verzapfte Erdna manchmal am laufenden Band.

Huttla stellte einen gut gefüllten Teller vor sie auf den Tisch.

Ihr Stuhl gab ein ächzendes Geräusch von sich, was die Afrikanerin nicht davon abhielt, weiterzusprechen:

Ich weiß noch genau, wie du neulich mit ihr telefoniert hast. Du sagtest: Michelle, du wirst es nie erraten! Alexa ist schwanger – und dabei kann sie Kinder doch auf den Tod nicht ausstehen! Mutterpass? Ja, ganz sicher! Vierter Monat! Ist das nicht der Gipfel? Sie kriegt ein Kind! Das arme Wurm tut mir jetzt schon leid. – Du bist so still, Michelle. Was ist mit dir, Michelle? Ach so, noch was erledigen. Ich muss auch noch was tun, Erdna rührt ja keinen Finger. Bis bald, Michelle, bis bald …

Jetzt hatte Huttla die Nase voll von Erdna. Sie trat ans Waschbecken und ließ Wasser in den Topf laufen. Als sie sich umdrehte, war sie schon nicht mehr da. Erdnas Teller stand unberührt auf dem Tisch. Genau so, wie Huttla ihn hingestellt hatte.

Als es unten auf der Straße hupte, griff sie nach ihrer Umhängetasche und sprang die Wirtshaustreppe hinunter. Nichts wie weg. Erst als sie mit Andre schon aus der Stadt war, fiel ihr Svetlanas Fleisch daheim im Kühlschrank ein.

Normalerweise besuchten sie Bones samstags, aber diesen Samstag musste Andre arbeiten.

»Zum Glück hab ich heute freibekommen«, sagte er und klickte die Chorgesänge an. Huttla schloss die Augen und lauschte.

Sie wollte Andre nicht erzählen, dass Alexa verstorben war. Er hatte sie nie leiden mögen, schon aus Loyalität zu ihr nicht. Huttla hatte ihm ab und zu erzählt, wie gemein Alexa zu ihr gewesen war, als sie noch ein Kind und völlig unschuldig war.

Andre hatte dann nur gemeint: »Auch sie wird sterben.«

Sie öffnete die Augen und blickte ihn skeptisch von der Seite an. Wie immer war er ganz in Schwarz, sein rechtes Auge betrachtete ihre Knie, und er war bleich wie der Tod.

»Hast du wieder das Weiß genommen?«, fragte sie ihn.

Er nickte so halbwegs, lächelte aber nett zu ihr herüber. »Wo?« Er fuhr sich mit einer Hand übers Gesicht.

»An der Nase.«

Offensichtlich kam er gerade von einem Hinterbliebenengespräch. Andre hatte die Angewohnheit, sich dann immer das Gesicht mit Clownweiß zu schminken, um ja nicht etwa strotzend vor Gesundheit und Lebenslust vor den Trauernden zu stehen.

Als hätte er je gesund und rosig ausgesehen.

Sie lachte ein bisschen und schloss wieder die Augen, um ihren Gedanken nachzuhängen. Das war sowieso das Schönste. Sie stellte sich als Büglerin in Lauras Waschsalon vor. Sie würde blitzsaubere, duftende Bettlaken durch die Mangel drehen. Sie wäre sich nicht zu schade, bei Bedarf das große Schaufenster zu putzen. Sie könnte die Scheiben mit einem Leder bearbeiten. Prilwasser in einen Eimer, einen Schuss Spiritus dazu, am Ende mit zerknülltem Zeitungspapier trockenreiben, bis es quietscht. Die Glasfront würde spiegeln vor Sauberkeit.

Andre sprach mit ihr, sie hatte aber kein Wort mitbekommen. »Was hast du gerade gesagt?«

»Mann, Jasmin, immer träumst du!« Er überholte einen silbernen Kleintransporter. »Ich sagte, im Hasenbergwald ist ein Hund entlaufen. Da oben, wo Alexa wohnt.«

»Ich weiß gar nicht, wo die wohnt.«

»Klar weißt du's.«

Im Grunde war Andre Zeeb geistig schon gar nicht mehr in Stuttgart. Er befand sich in Bad Kisshardt bei seiner in acht Tagen stattfindenden Prüfung. Huttla spürte deutlich, was in ihm vorging. Die Thanatopraxie, die Krone des Bestatterberufs, erwartete ihn. Wiederherstellen und verschönern, das war sein Ding.

Die Mittagssonne stach ihr in die Augen, sie streckte den Arm aus und klappte die Sonnenblende herab.

Die Ästhetik im Tod lag Andre am Herzen. Doch manchmal erhielten die Bestatter Leichname fast ohne Körper. So wie bei Joe, den die Löwen gefressen hatten. Die schlimmsten Leichen kamen in der Regel aus dem Straßenverkehr, schreckliche Unfälle mit ineinandergeschobenen und zusammengeschmolzenen Autos. Manchmal blieb nur der Kopf eines Rasers übrig.

Andre hatte gelernt, Gesichter zu modellieren. »Das Gesicht ist das Wichtigste«, sagte er immer. »Den Rest decken wir ab.«

Damit seine Toten aussahen, als schliefen sie nur, versah er ihre Augen mit Kunststoffkäppchen, die er vorsichtig auf die eingefallenen toten Augäpfel legte und dann die Lider vorsichtig darüberzog. Aber er machte sich nichts vor. Während er die Dahingegangenen von außen verschönerte, verfaulten sie von innen.

War ein ganzer Körper übrig, duschte er ihn mit aller Sorgfalt. In der Wanne sahen die Toten aus wie Suppenhühner. Er trocknete sie ab und cremte ihnen Hände und Gesicht ein, damit ihre Haut nicht austrocknete. Und er kämmte sie: übervorsichtig, da ihnen leicht die Haare ausfielen. Wenn er sie nicht schönmachen durfte, sondern nur rasch einzusargen hatte, war er unglücklich.

»In Amerika«, schwärmte er, »wird bei 95 Prozent aller Entschlafenen Thanatopraxie eingesetzt. Die Verstorbenen sehen eigentlich immer besser aus als ihre Hinterbliebenen.«

Das alles war Huttla aus Andres Lehrbüchern bekannt. Amerika, Amerika! Dort wurden die kaputtesten Leichen aufgebrezelt wie Filmstars. Ein geschlossener Sarg war in den USA ein No-Go. Die Verwandtschaft wollte gern ein letztes Mal die ausgestopfte Wange tätscheln. »Public Viewing« hieß der Abschied am offenen Sarg. In Deutschland sagte man »Visiting« dazu.

Huttla sah aus dem Seitenfenster, an dem Obstbäume und Wiesen vorüberzogen. Bald erreichten sie Donzdorf.

Ob sie Andre von ihrer künftigen Stelle im Waschsalon berichten sollte? Sie roch förmlich das nach purer Sauberkeit duftende Waschpulver, und sie hatte große Lust, gemeinsam mit Laura dem Schmutz am Textil zu Leibe zu rücken. Sie sah die Bullaugen der großen Waschautomaten vor sich. Sie würde sie öffnen und die Kundenwäsche hineinlegen. Feucht und sauber käme sie wieder heraus, und Huttla würde sie trocknen und auf Wunsch auch mangeln.

Die großen Stücke – Bettbezüge, Laken – könnten sie immer zu zweit zusammenfalten. Laura, die gute Seele, verdiente, dass Huttla ihr half. Sie war so fromm. Als Huttla ihr einmal von Bones erzählt hatte, meinte sie, man könne auch für ein Tier beten. Das war ein schöner Gedanke, und sie hatte sich gleich auf einen der Plastikstühle gesetzt und gewartet, bis Laura das Gespräch mit einem Kunden beendet hatte. Als er draußen war, hatten sie sich beide auf die Kacheln gekniet und intensiv für Bones gebetet, obwohl Laura ihn nicht einmal persönlich kannte.

Krummbeinig kam er auf sie zugehüpft. Andres Miene leuchtete auf, wie jedes Mal, wenn er Bones sah. »Sieh dir den Hund an«, sagte er. Eine herzzerreißende Szene, wie die beiden sich begrüßten. Bones Rute wedelte im Kreis. Am liebsten hätte Huttla ein bisschen geweint, denn seine krumme Gestalt rührte sie.

Als hätte das Tier ihre dunklen Gedanken erraten,

schmiegte es sich an ihre Knie und stupste ihre Hand mit seiner Nase an. »Danke«, flüsterte sie ihm ins Ohr. »Danke, dass ich deine fröhliche Gesellschaft erleben darf.«

Um ein Uhr nahmen sie ihn an die Leine und zogen mit ihm über schattige Waldwege. Und nichts geschah, was schlimm oder entsetzlich gewesen wäre. Es waren Stunden des Friedens.

12

Nach dem Mittagessen in der Kantine saß Fabio wieder an der Feindesliste. Den ganzen Morgen und Vormittag hatte er die Protokolle seiner Kollegen gelesen und viel telefoniert. Er hatte Gespräche geführt mit Kriminaltechnikern sowie mit dem Rechtsmediziner – es gab keine verwertbaren Spuren.

Zuletzt hatte er mit Paul Silber gesprochen, der zusammen mit Spürhund Einstein persönlich im Büro erschienen war. Die Suche nach der Tatwaffe war nach Abstimmung mit Otte und der Staatsanwältin eingestellt worden. Paul hatte eine Tasse Tee mit Fabio getrunken und verbindlich erklärt: »Es liegt kein herrenloser Baseballschläger oder sonstiger Killerknüppel im Umkreis von fünfzehn Kilometern herum.« Wenn Paul das sagte, dann war das so.

Es folgte ein Telefonat mit Gordon Opitz, das zutage brachte, dass er seinen BMW wiederhaben wollte und den Mini seiner Frau dazu. Außerdem hatte er eine neue Theorie: Verwechslung. Opitz hielt es für wahrscheinlich, dass ein Auftragsmörder zur falschen Adresse gegangen war. Anstatt zur Hasenberg-Straße war der Idiot zur Hasenberg-Steige gegangen. Ob die Kripo diesen Ermittlungsansatz bereits verfolge? Wenn nicht, dann jetzt aber!

Fabio wandte sich wieder Opitz' Feinden zu. Leider unkonzentriert, denn Sebastian war nicht nach Hause gekommen und hatte sich auch nicht gemeldet. Es machte ihn fertig, dass er nicht anrief. Das war untypisch, das war grausam. Also rief er ihn kurzerhand an. Das Gespräch dauerte nur einen Moment.

»So lang willst du bleiben?« Fabio hielt das Telefon in der Hand, als wäre es aus Pappmaschee. Dann legte er langsam und zögerlich auf.

»Wie lang will Sebastian denn fortbleiben?«, rief Corry herüber und stand sogar halb auf, so neugierig war sie.

Wenn er nur einmal fünf Minuten hätte, um in Ruhe über sein Privatleben nachdenken zu können.

»Vielleicht ist dein Freund vor Salvatore und Bärbel geflohen?“, kam es halbgehässig durch die Pflanzenwand. »Das würde mich nicht wundern. Vielleicht kann er die Kocherei der beiden nicht mehr ertragen? Oder er vermisst sein Arbeitszimmer, das die zwei bevölkern?«

»Corry!«

»Ich bin deine Freundin, vergiss das nicht.«

»Das war eben privat!«, teilte er hölzern mit. Dann wandte er sich wieder seiner Arbeit zu. Auf den Zeitungsartikel des Pressesprechers waren noch keine Hinweise aus der Bevölkerung gekommen, obwohl es schon halb zwei war. Aufgeschlagen lag die Stuttgarter Zeitung auf seinem Schreibtisch:

> *Grausamer Mordfall in Stuttgarts bester Gegend*
> *Eine Frau wurde am Montagabend in ihrem Haus in der Hasenbergsteige von einem bislang unbekannten Täter getötet. Weil keine Einbruchsspuren festgestellt wurden, geht die Polizei davon aus, dass die 33-Jährige ihren Mörder selbst in die Wohnung ließ. Alexa O. wurde mit einem stumpfen Gegenstand erschlagen. Die Mordkommission sucht nach Zeugen, die am Montag, den 18. Juli, verdächtige Beobachtungen in der Hasenbergsteige, insbesondere im Bereich der Zufahrten sowie am Wald am Ende der Straße, gemacht haben. Sachdienliche Hinweise bitte an die Hotline …*

Fabio hörte im Flur etwas poltern.

»Also doch eine Trophäe!« Otte kam ins Zimmer gestürzt, Nick Holland folgte ihm auf dem Fuß.

»Zeig es ihnen«, grummelte der Chef und ließ sich auf dem Besucherstuhl neben Fabio nieder.

Nick hielt das Foto mit der Goldkette hoch, die Opitz seiner Frau vor drei Wochen gekauft und die sie sich selbst ausgesucht hatte. »Der Juwelier hat mir den Katalog mitgegeben. Er erinnerte sich an sie und meinte, die Dame würde ein super Model für Schmuck abgeben. Ich hab ihm nicht gesagt, dass das nicht mehr möglich ist.«

»Beschreibung der Kette!« Fabio war etwas ungehalten.

Nick zog ein Gesicht, fing sich aber sofort wieder. »45 Zentimeter lang, 18 Karat Roségold. Der sternförmige Anhänger ist mit elf kleinen Diamanten besetzt.«

»Schön«, sagte Corry, deren scharfe Augen durch die Durchreiche blinkten. »Hast du das Foto schon an Gerd gemailt?«

Ja, Nick war auf Zack. »Gerd sagt, so eine Kette befindet sich im Bungalow nicht, er kennt dort jeden Gegenstand, der größer als ein Reiskorn ist.«

»Meine Worte«, brauste Otte auf. »Er hat sich eine Trophäe mitgenommen, eine glitzernde Erinnerung an seine abscheuliche Tat.« Er erhob sich und stützte sich schwer auf die Ecke von Fabios Schreibtisch. »Erst zertrümmert er ihr den Kopf, dann nimmt er ihr die Kette ab.«

»Er hat sie abgerissen«, stellte Fabio richtig. »Die Kette ist wichtig für die Pressekonferenz nachher. Danke, Nick!«

Der junge Kollege und der Chef trotteten mit hochgezogenen Schultern aus dem Raum. Fabio stand auf und reichte Corry das Ketten-Foto über die Pflanzenspitzen.

Wem wurde diese Kette zum Kauf angeboten? Wer besitzt sie jetzt? Wer hat sie geschenkt bekommen? Das waren die Fragen, die Corry gleich in ihren Pressebericht einarbeiten würde.

»Endlich haben wir eine Spur«, sagte sie zufrieden und wandte sich erneut ihrer Schreibarbeit zu.

Fabio sah auf seine Armbanduhr. Silke Bandowski müsste gleich kommen. Er hatte sie zu einem Gespräch eingeladen. Von der Arbeitskollegin der Toten erhoffte er sich Einblicke in deren Wesen und Umgang.

Um zwei Uhr trat die Büroleiterin von »Evers aesthetics« ins Büro und brachte einen frischen, blumigen Parfümduft mit herein. Sie war zweiunddreißig, also ein Jahr jünger als Alexa. Hellblondes Haar, spitz zulaufendes hübsches Gesicht, große Augen in der gleichen Farbe wie ihr leicht ausgestelltes, hellblaues Kleid.

Sie hielt den Kopf schräg zur Seite geneigt, wie jemand, der in einen Kinderwagen sieht. Auf die Art schaute sie jetzt auf ihn hinunter, während er ein Telefonat mit einem der letzten Opitz-Feinde beendete.

Er stand auf und gab ihr die Hand. Corry tat dasselbe und setzte sich wieder an ihren Schreibtisch.

»Sie haben's aber schön grün hier«, sagte Frau Bandowski. Dann wollte sie wissen, was denn – genau – mit ihrer Kollegin passiert sei. Daraufhin weinte sie hinlänglich, ließ es sich aber nicht nehmen, durch die Tränen hindurch ein wenig mit ihm zu flirten. Jedenfalls kam es Fabio so vor.

Auf seine Fragen hin antwortete sie: »Wir sind … wir waren nicht mehr als Kolleginnen, Herr Lavelli. Privat haben wir uns nur anfangs, vor zwei Jahren, ab und zu mal getroffen.«

Gordon Opitz hatte sie ebenfalls privat kennen gelernt, aber nicht sehr gut. »Ich hab ihn höchstens zwei-, dreimal erlebt.«

»Bei welchen Anlässen denn?«

»Dr. Evers hat uns mal zum Volksfest in ein Bierzelt eingeladen, also mir liegt das gar nicht.« Sie machte ein bitterböses Gesicht. »Aber der Chef trifft dort immer einige unserer Patientinnen und Patienten – ich weiß nicht, Herr Lavelli, ob Ihnen bekannt ist, dass wir immer mehr Herren operieren?«

»Ich hab davon gehört.«

»Einmal sollten wir unsere Partner ins Bierzelt mitbringen, und da war Gordon dabei.«

»War er lustig?«

Sie warf ihm einen seidigen Blick zu. »Er hat dort genauso wenig hineingepasst wie vielleicht … Sie.«

Fabio bedankte sich mit einem kleinen Nicken für das Kompliment. »Und als Gordon da so unpassend auf der Bierbank saß …«

»Wir standen alle auf dem Tisch.«

Corry hinter den Pflanzenstängeln lachte hell auf.

»Oho«, machte Fabio. »Und wie Sie da so auf dem Tisch, sagen wir mal: tobten, wie kam er Ihnen da vor?«

Sie erinnerte sich an einen eher verzwungenen Menschen, der sich benahm, als amüsierte er sich weit unter seiner Würde. »Ganz im Gegensatz zu seiner Frau, die voll aus sich herausgehen konnte, wenn jemand sie beobachtete. Und es schauten viele Männer zu ihr hin, Herr Lavelli! Sie trug ja kein Dirndl wie ich –, sondern eine kurze Lederhose, also Hotpants, und die waren wirklich hot, jeder hat geschaut.«

Frau Bandowski nahm dankend einen Tee an. »Wir haben geschunkelt, was das Zeug hält, man wird ja mit der Zeit auch betrunken. Steht Gordon denn unter Verdacht?«

»Nein, gar nicht«, versicherte Fabio. »Er hat ein Alibi. Ach ja, das wollte ich Sie noch fragen: Wo waren denn Sie am Montagabend zwischen sechs und acht? Wir fragen übrigens jeden.« Er schaute sie freundlich an und merkte sofort, dass ihr die Frage peinlich war.

»Darüber möchte ich nicht sprechen«, sagte sie und lächelte mit geschlossenen Lippen.

»Dann reden wir über Gordon weiter«, schlug er vor. »Was waren die nächsten beiden Male, die Sie ihn gesehen haben?«

»Als er sie mal in der Klinik abgeholt hat. Ich habe ihn nur am Straßenrand im Auto sitzen sehen, als ich zufällig aus dem Fenster sah. Er fährt einen weißen BMW.«

Fabio nickte.

»Wie hat Alexa denn reagiert, wenn er draußen auf sie wartete?«

»Ich weiß nicht, was Sie meinen.« Sie lächelte.

»Nun, sie könnte gesagt haben: Oho, da ist ja mein Mann!« Fabio lächelte seinerseits. »Für mich sind Mimik oder Gestik interessant.«

»Ach so! Ich verstehe.« Frau Bandowski dachte nach.

»Nun?«

Sie hielt erneut den Kopf schief. »Ich glaube, sie hat sich gefreut.«

»Das ist schön! Wunderbar.«

Corry ließ einen Seufzer hören. Wenn sie an Pressetexten arbeitete, ging es ihr meist nicht so gut.

»Sprechen wir nun über Alexa, in Ordnung? Wie war sie? Was hat ihr gefallen? Wovor hatte sie Angst?«

»Vor niemandem!«, sie lachte laut heraus. »Also wirklich, Herr Lavelli! Alexa war selbstbewusst und erfolgreich. Unser Chef nannte sie eine glänzende OP-Assistentin! Sie müssen wissen, der Beruf ist sehr anstrengend, denken Sie nur an das stundenlange Stehen mit den Haken in den Händen, ohne zu zittern.«

»Haken?«

»Na, um die Schnitte offenzuhalten.« Sie strahlte ihn an.

Fabio grauste es vor Operationen, er selbst hatte noch keine gehabt. »Hat sie vielleicht mal etwas falsch gemacht?«

»Sie meinen Kunstfehler?« Jetzt wurden Frau Bandowskis blaue Augen noch größer. »Kunstfehler können schon mal passieren – aber nicht bei uns.« Sie lächelte geschäftstüchtig. »Es gibt bestimmt keinen Patienten bei uns, der einen Grund hätte, Alexa zu hassen.«

»Und jemand vom Team?«

»Nein, wirklich nicht.«

Fabio fragte weiter nach Personen im Umkreis von Alexa Opitz. Negativ. Nur bei einer Person hielt Silke Bandowski sich die Hand vor den Mund. Als wollte sie verhindern, dass ihr ein unüberlegtes Wort über die Lippen kam.

»Nochmal kurz zu Gordon Opitz«, sagte er deshalb aufmunternd. »Irgendetwas an ihm gefällt mir nicht; das bleibt aber unter uns.« Ihre Miene war todernst. Fabio spürte, dass sie etwas vor ihm verbarg. Etwas, das ihr vielleicht Angst machte.

Schließlich sagte sie: »Gordon war brutal.«

»Geben Sie mir ein Beispiel«, bat Fabio.

»Letztes Jahr waren sie in einem Wellness in der Schweiz, und da hat er sie übel zugerichtet.« Sie kniff die Lippen zusammen, als hätte sie schon zu viel gesagt.

»Darüber müssen wir reden.« Fabio sah sie an. »Wie zugerichtet?«

»Blaues Auge, aber gut überschminkt.« Sie verschränkte die Arme vor der Brust. »Als Frau seh ich jedes Mikrogramm Concealer.«

Corry unterbrach ihr Tastaturgehämmer und kam naseweis herüber. »Ich erkenne sowas auch. Haben Sie damals auch Striemen an Ihrer Kollegin gesehen, vielleicht an den Beinen oder so?«

Die Zeugin guckte entgeistert. »Nein, sowas nicht. Nur das blaue Auge. Aber schlimm.«

»Und wie hat sie das erklärt?«

»Sie sei gestürzt.«

»Treppe?« fragte Corry.

Bandowski nickte. »Und mehr sag ich nicht.«

Corry verzog sich wieder hinter ihre Lanzenpflanzen, nicht ohne ihm einen Oho-Blick zuzuwerfen.

Fabio kam auf das verschwiegene Alibi zurück. »Sie kommen mir hier nicht raus, ohne …«

»Ich habe eine Menge Zeugen.«

»Eine Menge gleich? Dann können Sie's auch uns sagen.«

»Also gut. Ich bin beim Ich-kann-nicht-singen-Chor, wir hatten Probe. Da brauchen Sie jetzt nicht zu lachen.«

»Ich lache ja gar nicht«, sagte Fabio und musste doch grinsen. Als Italiener konnte er natürlich singen, tat es aber nicht. Er fragte sie dann noch nach Ichigo, dem Japaner.

»Wir kriegen immer mal wieder Asiaten rein, die lassen sich die Augen vergrößern und die Nasen verlängern, aber speziell einen Japaner, der mit Alexa in Verbindung stand, nein, also wirklich nicht.«

Als sie gegangen war, sagte Fabio durch die Durchreiche: »Sie hat uns eine neue Sicht auf Gordon Opitz ermöglicht.«

»Auf mich hat der Mann keinen Moment brutal gewirkt«, entgegnete Corry. »Vielleicht will sich die Bandowski nur wichtig machen mit ihren Kulleraugen. Hast du ihre Augen gesehen? Die waren doch vergrößert, oder nicht?«

Fabio hatte schon viel größere Augen gesehen. »Mich würde interessieren, wie Alexas Familie über Gordon denkt.«

Corry kam zu ihm herüber, ein Glas Mineralwasser lässig in der Hand. »Beim Gespräch mit seiner Schwiegermutter gestern Abend habe ich nichts dergleichen herausgehört.«

Sie setzte sich neben ihn in den Besucherstuhl und berichtete. Als sie mit Fink in Fellbach ankam, hatte Ingrid Abt erst Stunden zuvor die Todesnachricht von Gordon erhalten. Sie hatten Frau Abt allein vorgefunden, ihr Ehemann befand sich auf einem Segeltörn im Ionischen Meer.

»Sie hat ihn erreicht, noch während wir bei ihr waren«, sagte Corry und trank von ihrem Wasser. »Er lässt sich von der Crew auf Korfu absetzen und fliegt so schnell wie möglich heim nach Stuttgart.«

»Konntet ihr mit Frau Abt reden?«

Corry nickte vage. »Der Hausarzt war schon bei ihr gewesen und hatte ihr etwas zur Beruhigung gegeben.«

»Was wusste sie über Alexas Ehe und ihr Umfeld?« Fabio schaute in seine Teetasse, die leider leer war.

»Sie beschrieb die Ehe als gut. Die beiden seien sich ähnlich gewesen, und es habe nie einen Streit gegeben. Weder privat noch beruflich habe ihre Tochter je von Problemen gesprochen, im Gegenteil: Alexa ging es sehr gut. Über Freundschaften wusste Frau Abt nichts zu berichten. Ihre Älteste sei kein Cliquenmensch gewesen.«

»Was sagte sie konkret über ihren Schwiegersohn?«

»Sie fand ihn keineswegs auffällig. Er sei ein Karrieretyp, forsch zwar, er verfolge seine Ziele, sei aber immer liebevoll gegenüber ihrer Tochter gewesen.« Corry seufzte. »Es war schwer zu ertragen, wie die Mutter weinte. Fink und mir ging das sehr nahe.«

Fabio nickte. »Mich würde interessieren, wie ihre Schwestern über ihn denken. Wie heißen sie noch gleich … Nadine und Laura?«

»Meine Idee!« Corry trank ihr Wasser leer. »Nach der Pressekonferenz fahren wir zwei nach Uhlbach. Dort wohnt Nadine, das ist die jüngste der Abt-Töchter.« Corry erhob sich und ließ ein wenig die Schultern kreisen. »Und bevor du fragst: Nein, Ingrid Abt weiß nichts von einem Japaner.«

»Ich habe mir Nicks Protokolle gestern Abend noch einmal angesehen«, sagte Fabio. »Keiner der Nachbarn hat einen Asiaten bei den Opitz' gesehen. Auch sein hellbrauner Porsche Speedster wurde von niemandem gesichtet.«

Corry lachte. »Das wundert mich nicht. Der fällt in der Gegend nicht auf.«

»Wir sollten Takahashi orten lassen.«

»Das habe ich Arlet auch schon vorgeschlagen, aber sie meinte, der Ermittlungsrichter sieht bei dem Japaner noch keinen Handlungsbedarf.«

Fabio hörte Otte auf dem Flur. »Wir müssen los, sonst holt uns der Chef.«

Die Journalisten wollten nun Näheres über den Mord wissen und sie wollten Corry sehen.

Die Pressekonferenz fand um vier Uhr im blauen Konferenzraum statt. Otte und Corry informierten die Medienvertreter, etwa vierzig Personen. Schmallippig schilderte Corry die Tat. Mit dem Gesichtsausdruck einer Finanzbeamtin erklärte sie, dass gewisse Einzelheiten der Ermittlung nicht publik gemacht werden konnten. Dabei handle es sich um Täterwissen, also um Fakten, von denen nur der Mörder sowie der harte Kern der »Soko Hasenberg« wüssten.

Wie es ihre Art war, blickte sie über die Köpfe der Journalisten hinweg. Sie konnte noch so arrogant wirken, die Presse liebte sie. Die Reporter vergaßen nicht, dass sie vor drei Jahren zwei Jugendliche aus einem brennenden Auto gezogen und dabei schwere Brandwunden an den Händen erlitten hatte. Und sie vergaßen nicht, wie sie aus einem Kindermordfall, der ganz Stuttgart hyperventilieren ließ, schlussendlich als Siegerin hervorgegangen war.

Selbstverständlich zog sie ihre Corry-Nummer ab und versteckte ihre Hände in den tiefen Hosentaschen oder hinter ihrem Rücken. Doch das war Nostalgie, denn Corry hatte sich mit ihren vernarbten Fingern längst ausgesöhnt.

Sie sprach in die Mikrofone: »Wir haben das Tatwerkzeug noch nicht gefunden. Wie Sie wissen, handelt es sich um einen Baseballschläger oder einen Prügel in der Art. Die Polizei hofft natürlich auf Hinweise aus der Bevölkerung. Wenn Ihre Leser so einen Schläger gesehen haben, sollen sie uns das bitte melden.« Sie hielt kurz inne. »Ein Zeuge sagte uns, er habe am Montag, etwa um Mitternacht, eine Person in einem Regencape oder -mantel in der näheren Umgebung gesehen. Diese Person soll sich doch bitte zur Zeugenaussage bei uns melden.«

»Regenkleidung?«, rief eine Reporterin in kurzärmeliger weißer Bluse dazwischen. »Am Montagabend hat es gar nicht geregnet.«

»Genau«, sagte Corry trocken.

Ein Gemurmel ging durch die Reihen der Journalisten. »Corry Voss!«, rief jemand aus der Menge. »Was hat die Obduktion ergeben?«

»Todesursächlich war der mit extremer Wucht ausgeführte Schlag gegen den Kopf mit einem stumpfen Gegenstand.«

Jemand rief: »War sie sofort tot?«

»Davon ist auszugehen«, antwortete Corry. »Der massive Schlag hat so schwere Gehirnverletzungen verursacht, dass das Opfer sofort gestorben ist.«

Eine Reporterin mit kurzen schwarzen Locken meldete sich zu Wort: »War sie sonstwie verletzt?«

»Es wurden keine Hinweise auf Misshandlungen festgestellt, wie Verletzungen oder Hämatome«, beeilte Corry sich. Die Striemen ließ sie unerwähnt. Das war Täterwissen. Im Moment also nichts für die Öffentlichkeit.

Die Schwarzlockige rief ihr zu: »Ist der Ehemann verdächtig?«

»Nein, ist er nicht.«

»Und wenn er einen Killer angeheuert hat«, rief einer der Journalisten, »weil er hinter der Lebensversicherung seiner Frau her war?«

Auch ihm nahm sie den Wind aus den Segeln. »Die Lebensversicherung seiner Frau besteht nicht erst seit gestern!« Sie schaute ernst in die Menge. »Wir haben das alles überprüft.«

Sie nahm den Beamer auf dem Rednerpult und projizierte das Foto der Halskette auf eine Leinwand. Alle schauten gespannt auf das teure Schmuckstück. Corry erklärte die Beschaffenheit: 45 Zentimeter lang, 18 Karat Roségold, elf kleine Diamanten auf dem Sternchen.

»Solche Ketten«, rief die Journalistin in der weißen Bluse, »werden gern zur Geburt eines Kindes verschenkt. War sie denn schwanger?«

»Nein, das war sie definitiv nicht.« Corry schüttelte den Kopf. Dann startete sie ihren Appell: »Fragen Sie Ihre Leser bitte: Wer hat diese Halskette vor Kurzem zum Kauf angeboten bekommen? Oder als Geschenk erhalten? Wer hat sie irgendwo gesehen? Unsere Hotline steht Tag und Nacht zur Verfügung.«

Damit erklärte sie die Pressekonferenz für beendet. Die Journalisten warfen ihr weitere Fragen zu, die sie jedoch nicht mehr beantwortete.

Natürlich war die Polizei auf Hinweise aus der Bevölkerung angewiesen. Fabio war gespannt, ob bei der Zeitungsmeldung morgen mehr herauskäme als bei der letzten – nämlich nichts.

Zurück im Büro aßen sie ein belegtes Brot, das Fabio christlich in der Mitte teilte. Er verheimlichte ihr, dass sein Vater es gemacht hatte. Corry wollte nämlich nicht vergessen, wie schäbig sich Salvatore gegenüber ihm und auch Sebastian anfangs verhalten hatte. Inzwischen war seine Homophobie wie ein hohes, schweres Fieber ausgestanden und kehrte sich fast schon ins Gegenteil. Beim Fernsehen zeigte er mit dem Finger auf bekanntermaßen schwule Politiker und rief: »Isse die gleicke wie meine Sohne!«

Corry sagte, sie wollte noch schnell in Müzzes Büro. Sie vereinbarten, in einer Viertelstunde nach Uhlbach zu fahren. »Fährst du oder ich?«, rief sie ihm zu, dann war sie draußen.

Und Fabio endlich einmal ungestört.

Er wählte Sebastians Handynummer. Sein Freund hatte ihm vorhin mitgeteilt, dass er noch mindestens eine, wenn nicht sogar zwei Wochen in Berlin bleiben wollte. Für einen Journalisten sei die Atmosphäre sowas von inspirierend. Vor allem der Gitarrist Malek hatte es ihm angetan. Fabio hatte vor kurzem ein YouTube-Video gesehen. Schöner Mann war kein Ausdruck.

»Ich führe Gespräche mit Agenturen, die Rockmusiker europaweit vermitteln, mein Lieber.«

Fabio hatte Angst, dass er sich in diesen Malek verliebte.

»Essen tun sie nur Avocado-Salat, gesünder geht's nicht. Und was ist bei dir?«, fragte Sebastian.

»Ich fahr in fünf Minuten mit Corry nach Uhlbach, eine Schwester der Getöteten vernehmen. Jemand hat behauptet, ihr Mann sei brutal. Anscheinend hat er ihr mal ein blaues Auge geschlagen.«

»Du klingst niedergedrückt«, stellte Sebastian fest. »Hör mal, ich versuche bloß, den Jungs zu helfen. Ich weiß, du verstehst mich. Wenn nicht du, wer dann?« Er lachte, so wie immer.

Fabio atmete tief durch, fast schon erleichtert. »Ich weiß, es ist zum Verrücktwerden. Sebastian, komm bald zurück, ja?«

13

»Kommen Sie vom Tierschutzverein?«

Der ältere Herr mit der langen Gartenschere schaute streng über die Hecke, die sein Grundstück von dem der Nadine Abt trennte. Auf seiner Seite sah die Hecke wesentlich gesünder aus.

Corry stand mit Fabio vor einem grün getünchten kleinen Haus in der Trollingerstraße in Uhlbach. Das schmiedeeiserne Gartentor war mit einem Traubenmuster verziert, der Vorgarten mit einer Reihe orangefarbener, verlauster Ringelblumen bepflanzt und an der Hauswand stand ein altes Schaukelpferd, von dem die Farbe abgeblättert war.

»Wir möchten mit Nadine Abt sprechen«, rief Corry dem Nachbarn zu. »Wissen Sie, wo sie ist? Es macht niemand auf.«

Er legte sich die Gartenschere gemütlich über die Schulter.

Corry ging ein paar Schritte auf ihn zu. »Wir sind von der Polizei und haben ein paar Fragen, das ist alles.«

»Also nicht vom Tierschutzverein?«

Fabio sagte: »Nein, nein. Wieso?«

Der alte Nachbar trat nun auch etwas näher. »Nur so. Die ist vorhin an mir vorbeigeschossen wie ein Blitz. Die muss ihre Schneckenzucht abbauen. Die Wengerter haben sich nämlich beschwert, weil ihre Schnecken mal wieder abgehauen sind. Die hat sie nicht richtig gesichert. Ich versteh nichts davon.« Er zeigte hinter sich. »Dort, oberhalb vom Riesenbach, da hält sie die Schnecken. Angeblich sind alle, die nicht abgehauen sind, verreckt.« Er lachte. »So, so, von der Polizei?«

Corry und Fabio liefen in die Richtung. Sie fanden Nadine Abt mit dunkelgrünen Gummistiefeln hinter einem Kunststoffzaun in einer braunen Masse stehend. Wie zwei Salatgurken ragten ihre dünnen Beine unter ihrem Jeansrock hervor.

Corry sprach sie an. Sie blieb, wo sie war. Rote Rastahaare bis auf den Rücken, in den Händen halbverfaulte Staudenstängel.

»Ich will wissen, was passiert ist«, rief sie aus dem stinkenden Moder heraus. »Meine Mutter hat am Telefon geschrien. Jemand hat Alexa erschlagen? Das gibt's doch nicht. Wieso denn?« Sie warf die Pflanzenreste auf einen Haufen. »Entschuldigung, aber ich kann nicht ruhig mit Ihnen hier herumstehen.« Sie bückte sich und klaubte vermoderte Holzscheite auf, die sie ebenfalls auf den Abfall warf.

Corry überwand ihren Ekel vor dem Gestank und ging bis an den Plastikzaun heran. »Wir müssen über die Kontakte Ihrer Schwester sprechen. Hatte Alexa mit jemandem Streit?«

»Das weiß ich nicht!« Die junge Frau war dünn wie ein Stock und sehr bleich. »Ich werde noch verrückt. Laura wollte herkommen.« Tränen liefen über ihre Wangen. »Wahrscheinlich kommt sie nun doch nicht, sie ist völlig fertig«, rief sie wütend. »Sie betet nur noch.« Sie wuchtete eine Steinplatte hoch und schaute sich fahrig die Rückseite an.

Corry schlug einen härteren Ton an: »Frau Abt, es wäre sinnvoll, wenn Sie meine Frage beantworten würden.«

»Wir sind ganz verschieden, ganz und gar. Ich mag zum Beispiel Tiere.« Sie pflückte eine halblebige Schnecke von der Steinplatte und pfefferte sie in einen Eimer. »Und sie mag reiche Leute, glaube ich.« Mit spitzen Fingern zog sie ein zerknülltes Tempo aus ihrer Rocktasche. »Tut mir leid, so hab ich das nicht gemeint. Es ist nur so, wir Schwestern glucken nicht oft zusammen. Alexa hat immer gesagt, ich rieche nach Gaul und sehe aus wie eine Pennerin.«

»Das ist nicht richtig«, empörte sich Fabio. »Sie riechen gar nicht schlecht« – er stand ziemlich weit von ihr entfernt – »und wie eine Pennerin sehen Sie auch nicht aus.«

»Irgendwann mag man das nicht mehr hören. Ich arbeite mit Pferden, da trägt man keine Seidenstrümpfe.«

»Apropos.« Corry sah die Beine der Toten auf dem Seziertisch vor sich. »Ihre Schwester hat sogar jetzt, im Sommer, Feinstrumpfhosen getragen …«

»Wirklich?« Nadine Abt stand aufrecht in dem Schlamassel. »Woher wollen Sie das denn wissen?«

Corry winkte sie ein Stück heran. »Alexas Ehe – wie würden Sie die einordnen auf einer Skala von eins bis …«

»Tut mir leid«, sagte Nadine, hob einen verfaulten Spitzkohl auf und warf ihn in den Eimer mit der Schnecke. »Ich hab keine Ahnung von ihrer Ehe. Ich hab die beiden immer nur bei meinen Eltern gesehen. Geburtstage, Weihnachten. Da ist man nett zueinander.« Sie weinte wieder, es schüttelte sie am ganzen Körper.

»Das ist immer so«, sagte Fabio. »Gehört das Ihnen?« Er hob ein dunkles Etwas auf, das neben ihm im Gras lag. Es war eine tannengrüne Baseballkappe, die er ihr über den Zaun reichte. Sie setzte sie auf und zog mit einer harschen Bewegung ihr struppiges Haar hinten durch den Schlitz. »Ich möchte keine Fragen mehr beantworten, ich weiß nicht, wer meine Schwester getötet hat.«

Corry hatte sich inzwischen an den Modergeruch gewöhnt. »Wir haben gehört, dass Ihr Schwager durchaus eine brutale Seite hat.«

»Der?« Sie schüttelte den Kopf. »Ich muss jetzt meine Anlage abbauen, ich hab genug Ärger deswegen. Ich hab viel zu tun, mir raucht der Kopf.« Sie langte nach einer Schaufel, die am Zaun lehnte. »Gordon und brutal, ich kann's mir nicht vorstellen.«

»Können wir Sie denn allein lassen?« Fabio, wie immer mitleidig mit sonderbaren Frauen. »Wir könnten Sie zu ihrer Mutter fahren oder zu Laura?«

Sie schüttelte erneut den Kopf, fast wütend. Kraftvoll hieb

sie die Schaufel in einen Berg stinkenden Gemüsematsches. Die Visitenkarte, die Corry ihr zusteckte, nahm sie mit schmutzigen Händen und gereizter Miene entgegen.

Als Corry wenig später den Wagen aus Uhlbach hinaus lenkte und an Untertürkheim vorbeikam, erfasste sie ein schlechtes Gewissen. Hier war sie aufgewachsen, hier wohnten Eva und Volker, ihre alten Eltern. Und sie hatte keine Zeit, mal eben vorbeizuschauen. Sie würden sich freuen, auch Fabio wieder einmal zu sehen. Doch ihr Weg führte sie in den Westen, durch den dicken Verkehr. Sie klatschte das Blaulicht aufs Dach und raste, fast schon flüchtend, in die Schwabstraße zu Laura Abt.

Unterwegs versuchte Fabio, wild gestikulierend, Gordon Opitz ans Telefon zu kriegen. »Ich will ihn morgen früh im Präsidium sehen«, sagte er grimmig. »Das blaue Auge verfolgt mich.«

Corry sah zu ihm rüber. »Treppensturz, wie oft hab ich das schon gehört! Dass die Leute auf nichts Originelleres kommen – ein Pferd hat mich geboxt, zum Beispiel, oder … ach, mir fällt auch nichts ein.«

Fabio probierte noch einmal das Telefon und steckte es dann ärgerlich weg.

Corry fiel etwas ein. »Ach, das weißt du ja noch gar nicht, Fabio. Die Staatsanwältin und ich haben etwas für Müzze eingefädelt. Die Takahashis haben ja eine leerstehende Einliegerwohnung, und Müzze würde da exakt reinpassen. Du hättest sie sehen sollen, sie ist auf und ab gesprungen, so hat sie sich gefreut. Dann hat sie gesagt: ›Glaubst du, das klappt?‹ Ich: ›Selbstverständlich. Wir haben der Dame so viel Angst vor Einbrechern eingejagt, dass sie dich mit Handkuss nimmt.‹ ›Mit dem Namen?‹, mosert sie rum. Und ich: ›Gül heißt Rose, also freu dich. Wissen wir, was Takahashi heißt?‹«

Fabio lachte, und Corry fuhr fort: »Also hab ich Müzze zu

ihrer künftigen Vermieterin geschickt. Sie soll sich vorstellen – und vor allem: nachhaken, wo ihr Mann steckt.«

»Und wenn der Japaner etwas mit dem Mord zu tun hat?«

»Dann wäre er der kaltblütigste Mensch, der mir je begegnet ist. Tötet die Frau und setzt sich drei Stunden später zu ihrem Ehemann in die Bar.« Corry gab Gas. »Ich glaub's nicht.«

An der Schwabstraße gab es nicht die kleinste Parklücke, sodass sie den Peugeot in die zweite Reihe stellte. Das Blaulicht hatte Fabio an einer Ampel hereingeholt, um Laura Abt nicht in Verlegenheit zu bringen.

»So parkt man hier aber nicht!«, rief ein junger, Shisha rauchender Nordafrikaner zu ihnen herüber. Er saß auf einem verratzten Plastikstuhl vor seinem Laden und schüttelte den Kopf. »Sbinsch wohl?«

Corry blickte ihn finster an. »Wir sind ja gleich wieder weg.« Fabio sagte gar nichts.

Der Waschsalon war noch geöffnet, und die Frau hinter dem Ladentisch musste Laura Abt sein. Sie war das Gegenteil ihrer Schwestern: stämmig, farblos, strenge Kleidung. Das Gesicht verquollen vom Weinen.

Sie sprachen Laura Abt ihr Beileid aus.

An der Wand hinter dem Tresen verliefen tiefe Regale mit Plastikkörben voll frisch gewaschener, gefalteter Wäsche. Keine der Waschmaschinen und Trocknerautomaten war in Betrieb; die spiegelblanken Glastüren standen handbreit offen. Etwas ungewöhnlich, dass über den Geräten Bilder von Heiligen an den nilgrünen Wänden hingen. Der Laminatfußboden war ebenfalls grün und hatte ein altmodisches Kachelmuster. Ein beinah angenehmer Waschmittelgeruch kitzelte in Corrys Nase.

Auf die Frage, wann sie ihre Schwester Alexa zuletzt gesehen hatte, antwortete Laura präzise: »Das war am Geburtstag unserer Mutter, am 12. März.«

»Das ist schon über vier Monate her«, meinte Fabio ohne Vorwurf in der Stimme.

»Wir sehen uns manchmal oft und manchmal selten.«

Corry sah sie an. »Ihre Mutter konnte uns leider nichts über Bekannte oder Freunde berichten, auch Nadine kennt niemanden. Können Sie uns helfen, Alexas Umfeld besser kennenzulernen?« Laura Abt schüttelte traurig den Kopf. Corry fragte: »Hatte Ihre Schwester vielleicht mit jemandem Probleme?«

»Nein, Alexa hatte gar keine Probleme, lieber Gott!« Tränen stiegen in ihre Augen. »Sie war doch überall beliebt.« Die Tränen fielen in ein umhäkeltes Stofftaschentuch, das schon ganz nass war.

»Sprechen wir über Ihren Schwager«, schlug Fabio vor. »Wie würden Sie Gordon beschreiben?«

»Die zwei passen gut zusammen. Gordon ist ein Geschäftsmann, er ist zu allen Leuten freundlich. Zu mir hat er gesagt: Man weiß nie, wer alles mal eine Immobilie braucht.« Sie nahm ein rot-weiß kariertes, gestärktes Geschirrtuch vom Tresen und hielt es sich vor das Gesicht.

»Sie brauchen jetzt Kraft«, sagte Corry. »Vielen Menschen hilft es, wenn sie einen Glauben haben.« Ihr Blick schweifte über die Holzkruzifixe über der Wartebank. »Sie glauben fest an Gott?«

»An wen denn sonst?«, kam es kläglich. Und dann: »Ich kann gar nicht fassen, dass meine Schwester heimgegangen ist. Sie hat ihr Leben so sehr genossen.« Sie weinte leise und Mitleid erregend in das Geschirrtuch. »Jeder hat ihr das von tiefstem Herzen gegönnt, denn ihr Leben war ja nicht immer leicht.« Ihr Gesicht war jetzt ganz rot und fleckig vom Weinen. Sie schniefte. »Als Alexa jung war, hat Gott ihr eine schwere Prüfung auferlegt.« Sie schlug rasch das Kreuz.

»Eine Prüfung?« Corry lehnte mit der Hüfte am Ladentisch und lauschte auf die Antwort.

»Ja«, sagte Laura bedachtsam. »Eine sehr schwere.«

»Möchten Sie darüber reden?«

»Lieber nicht. Ich sollte jetzt zu meiner Mutter fahren. Wir wollen zusammen beten.«

Fabio nickte fest. »Es ist gut, wenn Sie Ihrer Mutter beistehen. Aber über die schwere Prüfung sollten wir Bescheid wissen. Ihr Schwager hat nämlich nichts Schweres im Leben seiner Frau erwähnt.«

»Das war ja vor seiner Zeit. Du lieber Gott. Jetzt kommen die Gespenster von früher wieder.« Sie drückte ihr Gesicht in das Geschirrtuch.

»Welche Gespenster?«, fragten Corry und Fabio gleichzeitig.

Sie nahm das zerknautschte Tuch weg. »Timo Hutter. Das ist jetzt« – sie rechnete, ihr Mund und ihre Finger zitterten – »das ist jetzt zwölf Jahre her. Alexa hat sich nur schwer davon erholt. Er war ihr erster Ehemann. Ganz jung waren die beiden.« Sie schnäuzte sich in das Tuch, sicher war es kein Kundentuch, sondern ihr eigenes. »Sie waren nur ein Vierteljahr verheiratet. Wir alle haben Timo sehr gern gehabt.«

»Was ist denn damals geschehen?« Corry hätte sich gern hingesetzt, aber auf der Wartebank und auf den Stühlen standen Plastikkörbe mit in Papier verpackter sauberer Wäsche.

»Timo ist freiwillig ... aus dem Leben geschieden. Wir haben das nicht verstanden, aber Gottes Wege sind unergründlich.«

Corry und Fabio hörten Laura Abt zu, ohne sie zu unterbrechen. Sie sagte: »Das Leben ist ein Geschenk des Allmächtigen, wie kann man es mit Füßen treten? Die Selbsttötung ist eine schwere Sünde.«

Dann sprach sie über den göttlichen Schöpfungsakt, und Corry dachte nur: Urknall.

»Wir Christen«, fuhr sie streng fort, «beklagen den Suizid als eine aggressive Tat – gegenüber sich selbst, gegenüber der Familie und den Rettungskräften.«

Da hatte sie recht.

»Warum hat er das getan?«, fragte Corry geradeheraus. »Gab es einen Abschiedsbrief?«

»Nichts gab es. Niemand wusste, wieso er das gemacht hat. Timo hat sich vom Katharinenlindenturm hinuntergestürzt. Ich habe viel für seine Seele gebetet.«

Als sie Laura allein ließen, war es draußen dämmerig geworden. Die meisten Geschäfte hatten geschlossen, aber vor den Restaurants herrschte reges Treiben. Kleine Tische und Stühle standen davor, an denen die Menschen etwas tranken oder afrikanische, thailändische oder vietnamesische Spezialitäten speisten.

Fabio verabschiedete sich nach Hause, auch Corry brauchte zwei, drei Stunden Pause. Denn es stand ihr ein weiterer Termin bevor, bei der auch die Staatsanwältin dabei sein würde.

Praktischerweise kam Arlet Cronmüller in einem bauchfreien engen Top, buntgescheckten Leggings und neonfarbenen Sneakers.

»Der Nighttime-Kurs fängt gleich an, wie siehst du aus?«, sagte sie und schaute an Corry herunter, die helle Caprihosen anhatte, ein T-Shirt mit Pflanzenmuster und darüber ihren Leinenblazer.

»Ich bin dienstlich hier, was denkst du?«

Kim Köhler war klein, wirkte zart, war aber muskulös – vor allem an ihren Oberarmen wölbten sich Muckis, über die sich jede Ringerin gefreut hätte. Sie trug ein blutrotes Tank-Top und schwarze Cargohosen und um Kopf und Handgelenke farbenfrohe Schweißbänder.

Die Fitnessinsel lag im Hochparterre eines unscheinbaren Backsteingebäudes in der Hölderlinstraße im Westen. Der Tanzsaal sah aus wie von Opitz beschrieben: lange schwarze Vorhänge, Parkett mit Würfelmuster. Auf diesem Boden saß jetzt Arlet und schnürte ihre Sneakers nach.

»Frau Köhler«, rief sie von unten hoch, »geht der Kurs pünktlich los? Findet er überhaupt statt? Sind Sie denn in der Lage dazu?«

»Ich muss ja.« Die Stimme der Trainerin zitterte. »Die Miete ist hoch, wissen Sie? Ich kann es mir nicht leisten, einen Kurs sausen zu lassen.« Die junge Frau wirkte traurig und verzweifelt. »Wer kann denn so etwas getan haben?«, fragte sie und weinte.

»Das wissen wir noch nicht«, entgegnete Corry. »Aber wir finden es heraus.« Sie entnahm ihrer Blazertasche das Foto. »Auf dem Bild sind Sie mit Alexa Opitz drauf. Sie tanzen zusammen Tango, und das sieht wunderschön aus. Ich wünschte, ich könnte so tanzen.«

»Wir haben viel geübt.« Sie putzte sich die Nase. »Alexa wollte perfekt Tango tanzen können.«

»Ihrem Mann zuliebe?« Arlet machte ein Paar schmale Augen.

Kim Köhler sah aus, als wollte sie nein sagen, ihre Kiefermuskeln zuckten. »Ja!«, kam es gequält. »Natürlich wegen ihm.« Sie wischte sich über die Wimpern. »Jetzt fängt gleich mein Spätkurs an.«

»Wir machen mit!«, sagte Arlet, die schon mal ihre Hüften kreisen ließ.

Corry beobachtete, wie knallbunt gedresste Frauen – alle zwischen Zwanzig und Dreißig – mit freudigem Hallo! angestiefelt kamen. Sie merkten schnell, dass mit ihrer Zumbatrainerin etwas nicht stimmte, manche tuschelten, verhielten sich aber diskret.

Kim Köhler begrüßte die zwölf Teilnehmerinnen und erläuterte in aller Kürze eine Choreografie, die offenbar alle kannten und mochten, denn sie nickten ihr freudig zu.

»Wir haben Gäste«, erklärte sie mit Blick auf Corry und auf Arlet, die sich einen Platz in der ersten Reihe gesichert hatte und auf der Stelle dribbelte. Corry versuchte, in die letzte

Reihe zu entwischen, aber die Köhler erlaubte ihr das nicht mit Straßenschuhen.

»Die müssen Sie bitte ausziehen!« Sie zeigte auf den verkratzten Holzboden, über den auch ein Leopard-Panzer hätte fahren können, ohne ihm noch groß zu schaden. Corry kickte ihre Schuhe zur Seite. Und dann ging es los. Die kraftvollen Latino-Rhythmen rissen sie mit. Arlet, drei Reihen vor ihr, bewegte sich schnell und geschmeidig übers Parkett. Die Choreografie war gar nicht so schwierig. Corry bekam gute Laune durch die Musik und das wilde Tanzen. Ihre Nebentänzerin, schwarz wie Kohle, feuerte sie auch noch an.

Nach dem Kurs verließen die Zumbatänzerinnen lachend und gespielt keuchend den Raum.

Corry winkte Kim Köhler zu sich, während sie ihre Schuhe wieder anzog. »Ich habe den Eindruck, dass niemandem aufgefallen ist, dass Alexa fehlt.«

Die Trainerin stotterte ein wenig herum, es kam kein ganzer Satz zustande.

»Wir ermitteln in einem Mordfall«, sagte Corry, »da müssen Sie kooperativ sein, sonst bestelle ich Sie aufs Präsidium zu Herrn Lavelli, und der lässt sich nicht auf der Nase herumtanzen.« Corry merkte, dass sie das Riemchen zu eng gezurrt hatte und lockerte es etwas. »Sie haben den Teilnehmerinnen verschwiegen, dass Alexa nicht mehr kommen wird. Ehrlich gesagt wundert mich das. Dies ist doch der Kurs, den Alexa am häufigsten besucht hat. Jedenfalls sagt das ihr Mann.«

Kim Köhler kämpfte gegen neue Tränen. »Sie hat schon länger … nicht mehr mitgemacht.« Sie zeigte auf die schwarze Sitzgarnitur unter einem der hohen, schwarz verhüllten Fenster. »Können wir uns setzen? Darf ich Ihnen ein Mineralwasser anbieten?«

»Selbstverständlich«, sagte Corry. Und als Kim draußen war, wechselte sie einen bedeutungsvollen Blick mit Arlet, die ebenso bedeutungsvoll nickte. Sie hatten eine Spur.

»Wir hören Ihnen zu«, sagte Arlet, gespannt wie eine mausende Katze, als die Trainerin mit den Getränken wiederkam.

»Ich sage das jetzt aber nur, weil Alexa nicht mehr lebt«, flüsterte sie. Während sie die Gläser halb mit Wasser füllte, kullerten Tränen über ihre Wangen. Dann schwieg sie.

Corry zählte innerlich auf zehn. Arlet neben ihr sah schon aus, als würde sie gleich die Krallen ausfahren: »Wir würden es verstehen, wenn Sie und Alexa ein Verhältnis hatten.«

»Nein, das ist nicht zutreffend.« Sie starrte auf ihre Zumbaschuhe, wirkte fast trotzig.

Corry stupste die Stumme von der Seite an. »Wissen Sie was? Ich bin seit sechzehn Stunden auf den Beinen. Ich habe fünfundvierzig Minuten lang strümpfig Zumba getanzt, auf meinem Schreibtisch liegen solche Berge, und ich weiß nicht, wann und ob ich heute noch ins Bett komme. So langsam reicht's mir!«

Tatsächlich sagte Kim Köhler daraufhin: »Es war wegen Alexas Freund.«

Nun kam ein Freund ins Spiel.

»Freund?«, hauchte Arlet.

»Sie wollten miteinander tanzen, auf ihre Art.« Sie senkte die Augen auf das Würfelmuster im Parkett. »Ich hab ihnen dann immer diesen Saal gegeben. Sie zogen die Vorhänge zu – wie jetzt – und dann tanzten sie.« Kim Köhler sah kurz hoch, dann glitt ihr Blick wieder auf den verkratzten Boden hinunter.

»›Auf ihre Art‹, sagten Sie. Was darf ich mir darunter vorstellen?« Corry musste ein bisschen lachen. »Splitterfasernackt oder wie?«

Die Köhler wirkte halbwegs betreten. »Sie sind … sie waren eben verliebt«, sagte sie leise. »Sie haben getanzt wie Verliebte.«

Gut, damit musste Corry jetzt leben, nur Alexa Opitz offenbar nicht mehr.

Corry ging die bekannte Tatsache durch den Kopf, dass Männer, denen eine Trennung bevorstand, sich gern einmal vergaßen und bereit waren zu töten. Also fragte sie in scharfem Ton: »Von welchem der beiden Männer wollte Alexa sich trennen? Von ihrem Ehemann oder von ihrem Freund? Heraus damit!«

Kim Köhler strich sich über die Wangen. »Ich kann mir nicht vorstellen, dass sie sich von Ichie hätte trennen wollen.«

»Ichie!« Corry spürte, wie ihr das Adrenalin durch die Nervenbahnen schoss.

»Alexa sagte, zwischen ihnen sei etwas ganz Besonderes.«

Nun ja, der Ehepartner des jeweils anderen, dachte Corry bei sich. Einmal Gordon Opitz, einmal Angelika Eisele-Takahashi. »Sie waren beide verheiratet, Frau Köhler.«

»Sie wollten, glaube ich, für immer zusammenbleiben«, sagte die junge Frau beeindruckt. »Ich glaube, sie liebten sich.«

»Nun denn.« Corry ließ die Aussage der Köhler auf sich wirken.

Arlet überlegte laut: »Sie haben ihnen diesen Raum zur Verfügung gestellt. Ich nehme an: vermietet? Seit wann ging das und wie lange?«

Die Zumbameisterin drehte einen Zipfel ihres Tank-Tops zu einer Wurst. »Nur von letzten Herbst bis nach Silvester.«

»Wir haben jetzt Juli«, stellte Corry fest.

»Sie haben etwas anderes gefunden.« Frau Köhler sah traurig aus.

»Vier Monate waren sie hier, bei Ihnen«, sagte Corry, »und sie haben Ihnen Miete bezahlt. Geld kann man immer gebrauchen, das ist ja nichts Neues.« Sie bemerkte, dass die Köhler sich auf die Zähne biss, ihre Kiefermuskeln arbeiteten. »Und jetzt fehlt Ihnen dieser Mietzuschuss, ist das richtig?«

Sie nickte betreten. »Ichie ist so reich, vielleicht hat er für ihre Treffen eine Penthousewohnung oder etwas in der Art gemietet.«

»Das wäre eine Möglichkeit«, ging Arlet auf das Szenario ein. »Hat er das denn auch gemacht?«

»Ich weiß es nicht.« Sie weinte wieder.

»Das hat Alexa Ihnen nicht erzählt?« Arlet beugte sich zur Köhler vor. Die schüttelte verneinend den Kopf.

»Wie gut kennen Sie Herrn Takahashi?«

»Meinen Sie Ichie?«

Arlet und Corry nickten.

»Den habe ich kaum gekannt, nur vom Hereinlassen, dann hab ich mich immer gleich zurückgezogen. Ich wusste ja nicht einmal seinen Nachnamen.«

»Sagen Sie mal …« Corry überlegte. »Waren Sie und Alexa so etwas wie beste Freundinnen?«

»Och, nein, eigentlich … leider nicht.«

»Etwas macht mich stutzig, vielleicht können Sie mir helfen. Es wurden keine Termine mehr für die Liebes-Tanzinsel hier ausgemacht, richtig? Was gab es denn dann noch zu telefonieren?«

Und Arlet setzte noch hinzu: »Immerhin fast zweimal wöchentlich, bis zuletzt.«

Kim Köhler ließ den Zipfel von ihrem Oberteil los. »Ich sollte Alexa warnen«, presste sie hervor. »Falls ihr Mann auf die Idee käme, sie hier abzuholen. Dann sollte ich sie anrufen, damit sie sich eine Ausrede ausdenken kann.«

»Das ist anständig von Ihnen«, sagte Corry. »Sie haben häufig angerufen. Hatten Sie da immer Herrn Opitz gesehen?«

»Ihn selbst nicht, nein. Aber immer wieder fahren hier weiße BMWs vorbei. Man sieht nicht, wer drinsitzt, und auch das Kennzeichen ist nicht erkennbar, denn hier ist ja immer alles zugeparkt, da sieht man nur das Dach von den vorbeifahrenden Autos. Wenn ich also zufällig das Dach von einem weißen BMW sah, habe ich sie angerufen. Oder wenn der Kurs mal ausfiel, was nicht oft vorkam.«

»Das haben Sie aber nicht umsonst gemacht?« Arlet schaute sie halb mitleidig an.

»Ich hab ab und zu Geld bekommen.« Kim Köhler lief rot an.

»Sie brauchen sich nicht zu schämen«, sagte Corry rasch. »Etwas anderes ist spannend: Hat der Ehemann etwas von dem Verhältnis gewusst?«

Kim Köhler zog die Schultern hoch. »Ich weiß nicht. Vielleicht hat er es geahnt.«

14

»Wann kommst du endlich, Jasminchen?«
Huttla rieb sich ein Auge. Sie war gerade erst aufgestanden.

»Du hast meinen Wohnwagen noch nicht gesehen, Kleines. Riesen-Doppelbett! Da ist Platz für zwei, wie gesagt.«

Das Wohni-Bett. Sie könnten wie zwei echte Freundinnen nebeneinander liegen und bis tief in die Nacht quatschen.

»Ich komme ja bald!«

»Das will ich hoffen. Du hast es versprochen. Weißt du, mir geht's nicht so besonders.«

Michelle tat furchtbar geheimnisvoll am Telefon.

Jeder Mensch hat ein Geheimnis, manche haben Leichen im Keller. Aber bei Michelles dunklen Andeutungen steckte in Wirklichkeit nichts dahinter. Erdna meinte, Michelle Högel sei eine Drama-Queen. Die macht aus 'ner Mücke 'nen Elefanten.

Von mir aus, dachte Huttla. Sie wusste, dass sie nun etwas unternehmen musste, sonst würden die ständigen Wannkommst-du-Fragen nie aufhören.

Ich brauche ein Geschenk für sie, dachte Huttla und rang sich ein Lächeln ab. Denn eines hatte sie von ihrer Mutter gelernt: Man geht nirgendwohin mit leeren Händen.

Aber Huttla wäre sowieso lieber gestorben, als ohne Geschenk in Geltringen aufzukreuzen.

Sie machte sich einen Kaffee. Dann nahm sie ihr neues Großes Perlenbastelbuch und suchte nach einem Handyanhänger, der zu Michelle passen könnte. Sie entdeckte einen kleinen Löwen. Wo doch Michelles Sternzeichen Löwe war! Und wo sie doch den Bus durchs Löwengehege fuhr.

Einmal hatte Michelle sie gefragt: »Würdest du dir zutrauen, so viele Menschen herumzuchauffieren – inmitten wilder Löwen?«

»Es gibt auch zahme«, hatte Huttla keck gekontert.

»Die sind nicht zahm, Jasminchen«, hatte die Freundin erwidert. »Glaub's mir.«

Da war Huttla still geworden und hatte zugehört, was Michelle ihr eröffnete: »Du machst dir kein Bild, wie viele Idioten auf einem Quadratkilometer in unserem Land herumspazieren. Wenn ich einen Spinner an Bord habe, der mal kurz aussteigen möchte, weil das ja alles nur riesige Plüschtiere sind, die da draußen in der Sonne liegen, dann bin ich aber geliefert. Dann verliere ich meinen Job.«

»Verrückte gibt es immer«, warf Huttla ein, weil ihr Ingrid einfiel, die sich mit so etwas auskannte. »Ingrid meint, kaum einer ohne Persönlichkeitsstörung, und du siehst es ihnen überhaupt nicht an.«

»Du mit deiner Psychopathen-Ingrid«, hatte Michelle schroff gesagt und aufgelegt.

Huttla studierte den Anleitungsbogen für das Löwchen. Es würde dreimal in eine Espressotasse passen, wenn es fertig war. Die Euphorie des Anfangs erfasste sie, wie immer, wenn sie eine Fädelskizze betrachtete, die sie arbeiten wollte. Dann brannte es ihr unter den Nägeln, sofort damit anzufangen.

Sie brauchte Perlen für den Löwen, und so ging sie mit Erdna in die Stadt, wo Kinder und Erwachsene mit tropfenden Eistüten in den Händen an ihnen vorbeiströmten. So schnell wie möglich in den Bastelladen! Sie nahmen die Abkürzung durch die Schulstraße, die von oben bis unten nach gebratenem Fisch roch. Weder Huttla noch Erdna aßen jemals Fisch. Die Schulstraße wimmelte vor Menschen. Niemand schlenderte oder bummelte, alles hastete durch die enge Fußgängergasse. Zweimal verlor Huttla ihre Freundin im Gedränge, zweimal fand sie sie wieder.

Was meintest du eigentlich, als du sagtest, Alexa Abt hätte noch viel, viel Schlimmeres getan?

»O je.«

Das Schlimmste war, dass die Herzlose auch Gundi auf dem Gewissen hatte.

»Meine Mutter hatte schwer unter Alexa zu leiden«, erklärte Huttla in dem Gedränge. »Sie meinte, das sei ein verdorbenes Ding, das da jeden Tag zu uns ins Haus kam und um unseren Timo herumschwänzelte. Meine Mutter nannte sie ein Hürle, und vor lauter Wut bekam sie am ganzen Körper blasige Beulen. Aus Trotz ging sie nicht zum Arzt. Am Ende war sie getupft wie ein Gepard.«

Du übertreibst, sagte Erdna.

Sie blieben kurz vor dem Schaufenster eines Schuhgeschäfts stehen, um Luft zu holen.

»Sie bekam eine Sepsis und ist mit all ihren Flecken und Beulen leise vor sich hingestorben.« Huttla zeigte mit dem Finger auf eine Sandalette, die ihr auf Anhieb gefiel. »Sie starb übrigens in dem Krankenhaus, in dem Alexa gerade ihre Fortbildung zur OP-Assistentin absolvierte.«

Sie waren schon fast am »Perlenreich« angekommen.

»Auf dem Sterbebett sagte meine Mutter zu mir: ›Dein Vater hat's verbrochen.‹ Immer hänselte sie meinen Vater.« Huttla würde sich diese Sandaletten kaufen, sobald sie bei Laura gutes Geld verdiente. »›Aber nein!‹, hab ich gerufen, ›das war nicht Papa!‹ Ich bin in ihrem Krankenzimmer auf und ab gesprungen. Ich war fünfzehn Jahre alt, und sie starb. ›Nicht Papa hat Timo vom Turm geworfen, das war jemand ganz, ganz anderes!‹«

Huttla strebte auf den gläsernen Eingang vom »Perlenreich« zu. »Und du, Erdna, weißt, wer es war.«

Herr Burger befand sich im Gespräch mit einer offenbar unsicheren Kundin. Die Frau zog die Schultern hoch und klemmte den Kopf gegen den Hals, so uneinig war sie mit den Perlen, die Herr Burger ihr anvertraute. Sie wusste nicht, was für einen Experten sie vor sich hatte. Ihre zu groß geschminkten Lippen zuckten mal zur einen, mal zur anderen Wange. Huttla musste ein wenig warten.

Erdna nun wieder, dieser Quälgeist: Die Polizei stufte damals Alexas Alibi als glaubhaft ein, um nicht zu sagen wasserdicht.

»O je.« Huttla trat von einem Bein aufs andere. »Ich konnte sagen, was ich wollte – ich hab's rausgeschrien –, aber sie glaubten mir nichts.«

Ich glaub dir auch nichts.

»Ich war ein Pummelchen und sah aus, als hätte ich auch noch das Down-Syndrom. Und Alexa war sexy, und sie heulte richtiggehend, sie schluchzte sogar, aber glaube nur nicht, dass das echt war. Sie nahmen ihr das Alibi ab, das sie ihnen andrehte. Mich haben sie gar nicht beachtet.«

Wieso hätte Alexa deinen Bruder umbringen sollen?

Erdna stellte manchmal die dümmsten Fragen. Wieso? Warum? Weshalb? Es gab Fragen, die ließen sich nicht so einfach beantworten. Vielleicht in Afrika. In Stuttgart jedenfalls nicht.

»Sie hat ja sogar mal eine Katze verhungern lassen, und die hatte nur drei Beine.«

Die Kundin bei Herrn Burger am Tresen nestelte in ihrer Tasche. Sie suchte nach ihrem Portmonee, was bedeutete, dass Herr Burger gesiegt hatte.

Erdna ließ nicht locker: Was hat denn eine Katze mit Timos Tod zu tun?

»Eine ganze Menge«, erwiderte Huttla standhaft. »Überleg doch mal: Wenn sie eine dreibeinige Katze elendig verhungern lässt, was soll sie dann davon abhalten, einen Menschen von einem Turm zu stoßen?«

Jetzt war Erdna still.

Herr Burger lächelte breit zu ihr herüber. Er winkte ihr mit dem geknickten Zeigefinger, so wie die böse Hexe kleine Kinder heranlockt. Sie sprang gleich zu ihm.

Wenn sie jetzt noch einmal an Alexa dächte, würde sie sich dreimal ins Gesicht schlagen.

Zu Herrn Burger sagte sie als Begrüßung: »Perlen sind eine Welt für sich, Herr Burger.«

Er nickte tief, und wie es seine Art war, erkundigte er sich nach ihrer letzten Arbeit, den Marketingschnecken. Er sah wohl, dass ihr die Tränen aufstiegen, denn er lenkte sie rasch mit einer kleinen Geschichte ab:

»Ein uralter Indianer saß mit seiner Enkeltochter am Lagerfeuer. Sein Gesicht leuchtete im Feuerschein, als er sagte: ›Weißt du, wie ich mich manchmal fühle? Es ist, als ob da zwei Wölfe in meinem Herzen miteinander kämpften. Einer der beiden ist rachsüchtig und grausam. Der andere aber ist mitfühlend und liebevoll.‹ Das Mädchen fragte: ›Welcher der beiden wird den Kampf um dein Herz gewinnen, Opa?‹ Da antwortete der Alte: ›Der Wolf, den ich füttere.‹«

Über diese Fabel würde Huttla einmal nachdenken, wenn sie Zeit dazu hätte. Im Moment ging's nicht. Mit Glanz in der Stimme sagte sie: »Herr Burger, die Marketingidee war eine Schnapsidee meinerseits; es gibt diese Schneckenfarm nicht mehr.«

Bevor Herr Burger weiter daran rühren konnte, hob sie das Große Perlenbastelbuch auf den Tresen und schlug die Seite mit dem Löwchen auf.

»Ich werde den Löwen fädeln. Dazu brauche ich Rocailles für den Körper und Stäbchenperlen für die Mähne.«

»Die Löwenfarbe ist gar kein Problem.« Herr Burger zählte gelborangene Perlchen in eine Papiertüte im Format einer Streichholzschachtel. »Aber die Stäbchenperlen habe ich in dieser speziellen graubraunschwarzen Farbe nicht vorrätig. Die muss ich bestellen.«

Während Herr Burger telefonierte, kümmerte sich Huttla um die Kundin von vorhin, die soeben den Laden wieder betreten hatte und hilflos zu Herrn Burger hinübersah.

»Kann ich Ihnen helfen?«, fragte sie aufgeräumt. Und ja, Huttla konnte. Das Problem lag an der veralteten Fädelskizze für ein Rotkehlchen, die noch nicht einmal die Ziffern für die Perlenanzahl pro Reihe auswies. »Da kommt man aus dem Zählen nicht mehr raus«, sagte Huttla anteilnehmend.

Die Kundin zerknüllte kurzerhand den alten Anleitungsbogen.

»Ich hab die Lösung!« Huttla führte sie an das Regal mit den Bastelbüchern. »Mit den Skizzen und Anleitungen in diesem Buch gelingt jedes Modell.« Sie zog das Große Perlenbastelbuch heraus. »Schauen wir mal, ob es ein Rotkehlchen darin gibt.« Und ja, sie wusste es doch, es gab eines, und was für ein hübsches!

»Ich nehme das Buch«, sagte die Frau und zwinkerte Huttla zu.

Sie würde genauso wie sie der Perlensucht verfallen, das spürte Huttla im Herzen.

Als die Kundin draußen war, klopfte Herr Burger ihr unbeholfen auf die Schulter. »Das haben Sie toll gemacht!«, sagte er lächelnd. Dann änderte sich seine Miene. »Was mir momentan ernstlich Sorgen macht, sind die chinesischen Perlen. Die jungen Fädlerinnen wollen sie haben, weil sie billig sind, aber sie sind Mist.«

»Keine zwei sind gleich groß«, ereiferte sich Huttla. »Unsortiert kann man sie allerhöchstens für grobe Baumstämmchen nehmen.«

»Wie recht Sie haben!« Er schob ihr eine Rolle Nylonband für den kleinen Löwen zu und machte ihr mit dem Kinn ein Zeichen, dass sie's einstecken solle. Wie nebenbei vertraute er ihr an, dass seine Ladenhilfe ihn verlassen wolle.

»Sie will weg?« Das ging über Huttlas Vorstellungsvermögen.

»Sie hat genug davon, die Chinaperlen zu sortieren. Wir haben ihr hinten im Laden ein Plätzchen eingerichtet, aber sie sucht das Weite.«

Ein Plätzchen zum Perlen sortieren! Huttla malte sich das

Hinterzimmerchen gemütlich aus. Ein Holztisch, der nach Bienenwachs duftete, darauf eine hellblaue oder rosa Noppenmatte, nebeneinander die Sortierboxen aus Plexiglas für die verschiedenen Perlengrößen. Sie säße auf einem Polsterstuhl, und ihre Finger würden fliegen. Ob es in der Kammer ein Fenster gab oder nicht, war schnurz. Wer brauchte beim Glanz zigtausender Perlen ein Fenster?

Herr Burger gab ihr zum Abschied die Hand. Er sah sie warmherzig durch seine Brille an. Wie ein großer Bruder. Oder zumindest ein naher Verwandter. Huttla wäre gern mit jemandem blutsverwandt, dem sie vertrauen könnte.

Wie so oft wollte Erdna in die Markthalle, und zwar auf die Empore, damit sie von oben auf das Gewusel der Menschen und die Waren aus aller Welt herunterschauen konnte. Fünf Minuten später waren sie dort.

Von unten stieg der Geruch von Fleisch, Fisch, Gemüse, Obst, exotischen Kräutern, Gewürzen und Süßigkeiten hoch, sodass ein leichter Schwindel sie erfasste. »Ich brauche einen Schluck Wasser«, sagte Huttla und hopste die Treppe hinunter zum reich verzierten, blaugrünen Ceres-Brunnen, aus dem, typisch für Stuttgart, reines Mineralwasser sprudelte.

»Kennst du die Geschichte?« Erdna verneinte. »Ich hab sie dir aber schon einmal erzählt.« Sie stiegen auf das Podest zum Brunnentrog. »Hier hat die dreizehnjährige strohblonde Anna-Dora aus Maikammer in der Pfalz im Winter 1935 morgens um halb fünf im eiskalten Brunnenwasser Kopfsalat gewaschen, bis sie ihre Finger nicht mehr spürte. Sie kam aus einer Winzerfamilie und wurde über den Winter, wenn ihre kindliche Arbeitskraft daheim nicht gebraucht wurde, als Babysitter und so weiter zu ihrer Schwester Thea nach Stuttgart geschickt.«

Huttla trank aus der hohlen Hand von dem Wasser. Anna-Dora war Ingrids Mutter. Als sie starb, haben alle geweint, und Ingrid sagte, sie sei ein Juwel gewesen. Nie wieder, sagte Ingrid, könne sie an den Ceres-Brunnen gehen, ohne tot umzufallen.

»Wir sehen uns jetzt im Café Grand Planie die Kuchen und Torten an«, bestimmte sie.

Es war Mittagszeit, und das Café war proppenvoll mit Leuten, die hier zu Mittag aßen. Auch die Außenplätze mit den Korbsesseln waren alle belegt. Auf den runden Tischen hüpften Spatzen herum.

Huttla dachte gar nicht daran, sich zu setzen. Sie wollte sich nur sinnloserweise an Ingrid erinnern, die sie lange nicht gesehen hatte.

Sie ging rein und stellte sich direkt vor die geschwungene Kuchentheke. Eine Glasscheibe trennte die Kunden von den Köstlichkeiten und spiegelte Huttlas Gesicht.

Nie würde sie vergessen, wie sie mit Ingrid in diesem Café gesessen hatte. Die Erinnerung war noch ganz lebendig …

Wie so oft hatten ihre Töchter keine Lust gehabt, sie auf eine Demonstration gegen Tierversuche zu begleiten. Obwohl sich ihre Mutter nichts sehnlicher wünschte, als im Verbund mit ihren »drei Weibsen« auf dem Schlossplatz aufzuschlagen. Sie sagte: »Wir fünf marschieren vorneweg!« Aber die Töchter winkten ab – Alexa aus reinem Desinteresse, Laura, weil sie glaubte, Gott sei damit einverstanden, und Nadine, weil sie entweder einen Kerl im Kopf hatte oder ein Pferd.

»Jassi, dann gehen halt nur wir zwei zur Demo!«, sagte Ingrid. »Wir müssen Position beziehen.« Und Huttla antwortete: »Auf jeden Fall!«

Sie ließ Ingrid Abt nie im Stich.

Nach der Demo besuchten sie das Café, das früher mal ein Speisesaal für Waisenkinder gewesen war. Ingrid sagte, sie dürfe sich bestellen, was sie möge. Huttla nahm dasselbe wie sie, ein Stück Rüblitorte.

Und bis der Kuchen kam, trug Ingrid – perfekt auswendig gelernt – vor, was ein gewisser Konrad Lorenz, Nobelpreis für Medizin, zum Thema erklärt hatte: »›Wer einen Hund oder Affen, ja jedes höhere Säugetier genau kennt und trotzdem nicht davon überzeugt wird, dass dieses Ähnliches erlebt wie er selbst, ist seelisch abnorm. Er gehört meines Erachtens in eine geschlossene psychiatrische Klinik, da seine Schwäche ihn zu einem gemeingefährlichen Wesen macht.‹ – Abnorm und gemeingefährlich, genau meine Rede!« Ingrid blickte Huttla tief in die Augen. »Menschen, die kein Mitleid empfinden, sind Psychopathen, das weißt du schon. Nun sag mir, welche speziellen Subjekte man unter den Psychopathen findet, und gar nicht mal so selten. Na sag schon!«

»Serienmörder!«, rief Huttla.

»Korrekt. Du kannst jeden Psychologen fragen: Die einen sind Serienmörder in Weiß, sie bringen Tiere um, die sie Modelle nennen. Die andern stecken in irgendwelchen schwarzen Klamotten (Jassi, ich meine nicht deinen Andre) und spielen Tag und Nacht im Internet Killerspiele – iss jetzt deinen Kuchen und trink deinen Kaffee!«

Einer der Kellner näherte sich mit gebeugtem Rücken.

»Hüben wie drüben Psychopathen«, schloss Ingrid.

Der Kellner stolperte fast über ihr Affen-Plakat. Mit leiser Stimme bat er sie: »Könnten Sie bitte Ihr Plakat umdrehen, das sieht so schrecklich aus.«

»Siehst du, Jassi«, hatte Ingrid gesagt, »dieser Ober besitzt Empathie.« Und dann hatte sie es lächelnd umgedreht.

»Was möchten Sie denn nun haben?«, fragte die Bedienung hinter der Glasscheibe.

Da blieb Huttla die Stimme weg. Sie musste aufhören, die Auslage wie eine Verhungernde anzustarren. »Ich hab gar keinen Appetit«, brachte sie hervor, und dann lief sie aus dem Lokal, beschämt und traurig. Nur eines machte sie froh: Am Montag würde sie die Mähnenperlen abholen. Und dann würde sie wieder etwas Neues, Wunderschönes anfangen. Und wenn das Mitbringsel für Michelle fertig war, gäbe es eigentlich nichts, das sie abhalten könnte, nach Geltringen zu fahren.

15

»Mir tut alles weh von der Zumbatanzerei, aber es war toll! Diese heiße Latinomusik! Müzze, du hättest mich sehen sollen. Und die Staatsanwältin, man glaubt es nicht, die hat Rhythmus im Blut, alle Achtung, das Parkett hat nur so gewackelt. Gott, bin ich geschafft, wir haben uns so richtig ausgepowert.«

»Du siehst auch ganz blass aus, Corry.« Müzze reichte ihr den Zeitungsartikel von heute früh. »Nimm's nicht persönlich, ja? Die Überschrift ist mal wieder typisch.«

Polizei tappt weiter im Dunkeln
Im Fall der erschlagenen 33-jährigen Alexa O. ist die Mordkommission Stuttgart noch keinen Schritt vorangekommen. Die Polizei geht davon aus, dass der Täter aus dem Bekanntenkreis des Opfers stammt. Ein konkreter Verdacht liegt nicht vor. Nach Angaben der leitenden Ermittlerin Corinna Voss sind die Hintergründe der Gewalttat derzeit unklar. Die »Soko Hasenberg« bittet um Hinweise aus der Bevölkerung. Gesucht werden weiterhin ein Baseballschläger oder ein sonstiges Schlaggerät. Außerdem wird eine Person als Zeuge gesucht, die in dunkler Regenbekleidung im Bereich Hasenbergsteige am Montag gegen Mitternacht gesehen worden ist. Sachdienliche Hinweise bitte an die Hotline …

Corry sagte: »Na ja, Überschriften, die sind eigentlich nie gut.«

Müzze musste gleich etwas loswerden, sie riss ihre Murmelaugen auf und ging in die Hocke, weil Corry am Fußboden in ihrer Tasche herumkramte. »Corry, sie gibt mir höchstwahrscheinlich die Wohnung. Und die Miete, halte dich fest, ist bezahlbar! Und das in Stuttgart! Hast du sowas schon mal gehört?«

Corry schaute sie finster an. »Hat sich ihr Ehemann gemeldet?«

»Negativ.«

»Vermisst sie ihn denn nicht?«

»Sie vertraut ihm, Corry.«

»Das ist eine Kunst, die nicht jeder beherrscht.«

Es war vierzehn Uhr, als sie beschlossen, etwas in der Kantine zu essen. Es gab Kasseler-Topf mit Schupfnudeln, ein Wintergericht. Neben ihren Tellern lagen einige Fotos von Ichigo, die Frau Eisele-Takahashi der Kripo zur Verfügung gestellt hatte.

»Wie findest du, dass er aussieht, Corry?«

»Meine Meinung kennst du.« Corry blies an dem kochendheißen Stück Fleisch. »Na, klar, er sieht interessant aus. Männlich, aber nicht machomäßig, das geb ich zu. Diese großen mandelförmigen Augen! Vielleicht durch eine OP vergrößert, wer weiß. Der eckige Kiefer, und wie die Haare geschnitten sind. Ich kann mir gut vorstellen, dass die Frauen auf ihn fliegen.«

»Er liegt vielleicht irgendwo tot in den Bergen.«

»Berge?« Fast hätte sich Corry an einer Schupfnudel verschluckt. »Und wieso sollte er denn tot sein?«

»Corry, du kennst doch die Japaner mit ihrer Selbstmordtradition. Falls er was mit Alexas Tod zu tun hatte, könnte er Harakiri gemacht haben.«

Corry aß die letzte, nur auf einer Seite kräftig braun gebrannte Schupfnudel und wischte sich den Schweiß von der Stirn. »Bleib auf dem Teppich, Müzze!«

Sie legte das Besteck in den Teller. »Harakiri hin oder her, Hauptsache, seine Frau bleibt am Leben. Ich weiß nicht, ob ich es dir schon gesagt habe: Das Gänsheidenhaus gehört ihr.« Corry stützte den Ellbogen mit der senkrecht stehenden Gabel auf. »Egal, was mit ihrem Ehemann geschieht, du ziehst in die Einliegerwohnung.«

»Sie hat ›höchstwahrscheinlich‹ gesagt«, formulierte Müzze zaudernd.

Corry schmunzelte. »Arlet kümmert sich darum. Mehr brauche ich wohl nicht zu sagen.« Da huschte ein Lächeln über Müzzes Gesicht.

Corry wandte sich wieder dem Fall zu und wählte Finks Nummer. Sie sollte noch einmal mit dem Barkeeper von der Scala-Bar sprechen. Denn bei der Befragung war Fink eine Winzigkeit aufgefallen, eine verdächtige kleine Mimik, nur einen Lidschlag lang. »Udo Weiße weiß noch etwas«, hatte sie gesagt, und Corry vertraute auf ihre scharfe Beobachtungsgabe.

Beim zweiten Klingeln meldete sich Fink. Sie hatte den Barkeeper leider noch nicht erwischt. »Ich bin dran«, sagte sie schnörkellos.

Corry legte auf.

Jemand Hellblondes schwirrte ihr dauernd im Kopf herum. Es war Silke Bandowski, die sie gestern, als Fabio sie interviewte, durch die Sansevierien beobachtet hatte. Zwischen ihrem anmutigen Geflirte hatte Corry nämlich etwas herausgehört: dass die junge Frau ihnen etwas verheimlichte.

So sagte sie zu Müzze: »Wir fahren heut Abend zur Bandowski nach Hause.«

Um achtzehn Uhr parkte Müzze den Peugeot am Ende der steilen Straße mit dem schönen Namen Kirchweinberg. Das zigarrenbraun verputzte Dreifamilienhaus aus den Siebzigern, in dem Silke Bandowski wohnte, hatte am Eingang zwei Gipslöwen sitzen.

Auf der Fahrt hatten sie ein wenig über Schönheitsoperationen geplaudert und sich ziemlich aufgeregt, vor allem über die angesagten Povergrößerungen.

Beim Aussteigen meinte Corry noch: »Povergrößerungen! Ich glaub, ich spinne. Bis jetzt galt ein kleiner Po als das Nonplusultra.«

»Das dachte ich auch, Corry.« Müzze lief neben ihr her, kickte einen kleinen Stein zur Seite. »Und das mit der Bananenfalte … Hast du das vielleicht erfunden?«

»Nein, die gibt es wirklich, frag die Bandowski.«

»Ich hab nämlich vorm Spiegel nachgesehen, Corry.«

»Du hast also eine!«

»Behalte es für dich.«

»Dann lass dich operieren!« Corry lachte gutmütig. »Du kannst gleich einen Termin ausmachen.«

Sie kicherten noch, als sie die kurze Waschbetontreppe hinaufstiegen und bei »S. Bandowski« klingelten.

Müzze sagte noch schnell: »Die Hymen für die Muslimas interessieren mich brennend, Corry.«

»Dann frag sie danach.«

Corry und Müzze begrüßten die junge, etwas erschrockene Frau. »Bloß ein paar kurze Fragen zu ihrer verstorbenen Kollegin, wir sind im Nu fertig.«

Die Wohnung roch süßlich nach Vanille. Die Wände waren weiß tapeziert mit dezentem Reliefmuster, überall hingen schwarzweiße Bilder, die wie Scherenschnitte wirkten.

»Möchten Sie vielleicht in der Küche Platz nehmen?«

»Selbstverständlich.«

Silke Bandowski ging voraus. Corry sah durch die offenstehende Balkontür einen Wäscheständer, voll behangen mit Handtüchern und einem hellblauen Seersucker-Single-Bettbezug. Kurzer Gedanke an ihre Wäsche zu Hause: Wann würde sie die je waschen? Vielleicht morgen.

Die Zeugin stellte sich hinter die Frühstücksbar, und Corry und Müzze kletterten auf hochbeinige schwarze Lederhocker.

»Mögen Sie ein Erfrischungsgetränk?« Sie sah ein bisschen aus, als wünschte sie …

»Sehr gerne«, sagte Corry rasch.

»Vielleicht ein Himbeersaft-Schorle?«

»Genau das Richtige bei der Hitze draußen.«

Corry sah sich um. Von ihrem Hochsitz aus spähte sie in den Flur, wo sie am Ende einen Ausschnitt vom Wohnzimmer erblickte: dunkelgrauer Flauschteppich, schlichte, helle Möbel. Nur halb zu sehen: ein chromgefasster Bistrotisch mit einer hohen Glasvase voll weißer Callas.

Mit einem Lächeln schenkte Bandowski die Gläser voll und stellte sie vor Corry und Müzze hin.

»Ich kann mir nicht denken, was Sie noch von mir wissen möchten. Ich habe Alexa privat doch gar nicht richtig gekannt.«

»Vielleicht erzählen Sie uns erst einmal noch etwas über die Klinik, wir zwei wissen so gut wie nichts über Schönheitsoperationen.« Corry lächelte.

»›Evers aesthetics‹ ist eine renommierte Klinik«, legte sie los, als läse sie aus dem Werbeprospekt vor. »Wir helfen den Menschen, die zu uns kommen, körperlich und seelisch. Sie gewinnen nicht nur ein gutes, natürliches Aussehen, sie gewinnen Selbstsicherheit. Das Leben wird wieder schön für sie. Manche haben sich Jahrzehnte mit einer Hakennase – nur als Beispiel – herumgeschlagen, und als sie unsere Nase erhielten, fing ein neues, besseres Leben an! Dr. Evers Fachkompetenz ist europaweit bekannt und geschätzt. Vor allem auch für das Facelifting.« Sie schaute Corry geradewegs ins Gesicht. »Es ist nun einmal so: Wenn teure Cremes nichts mehr nützen, dann brauchst du das Skalpell!«

Na, besten Dank auch. Corry sah zu Müzze hinüber und entdeckte jetzt, in diesem Moment, dass sie eine Hakennase hatte. Und die stand ihr verdammt gut.

Gedankenverloren trank Corry von ihrem Himbeerschorle. »Wenn wir schon bei so intimen Dingen sind, wie ist das denn nun mit dieser Bananenfalte?«

»Ein Problem, das wir am laufenden Band lösen.« Silke Bandowski war in ihrem Element. Sie gehörte in eine Schönheitsklinik wie Corry und Müzze ins Polizeipräsidium.

»Eigentlich sind es zwei Falten. Sie sitzen direkt unter den Pobacken und sehen sehr unschön aus. Anderes Wort: Hängearsch.« Sie verdrehte die Augen zur Decke. »Wir wünschen einen faltenlosen Übergang vom Oberschenkel zum Po, das wäre dann ein Knack-Po – so wollen wir das haben.«

»Meinen Sie?«

»Das ist eine Mini-OP, Brazilian-Butt-Lift nennt sich das, ganz einfache Sache. Wir spritzen Eigenfett in den Po, dann wird er rund und voll, und die hässliche Falte ist weg. Wir machen das jede Woche. BBL kostet nur 3.600 Euro, das kann man sich zwischendurch mal leisten.«

Müzze gab einen erstickten Laut von sich. »Und wenn man die Bananenfalte einfach so lässt?«, fragte sie heiser.

Die Fachfrau rang sich ein Lächeln ab. »Wie gesagt: nicht schön.« Sie langte noch einmal nach der Getränkeflasche und schenkte Müzze nach. Sie sah sie schon als Kundin an.

Corry ging dazwischen: »Die Bananenfalte ist das eine, das andere sind diese Povergrößerungen – die sind mir ein Rätsel.«

»Das kommt noch von den Olympischen Spielen in Rio, von dort ist es zu uns herübergeschwappt. Jetzt wollen alle einen fleischigen Steiß, es sieht ja auch nicht schlecht aus.«

Corry meinte halbwegs amüsiert: »Das kommt und geht, nehme ich an?«

Müzze beugte sich zur Bandowski vor, ihr rechtes Augenlid zuckte beträchtlich, sie hatte etwas Familiäres im Sinn. »Stimmt das denn mit den Hymen für Muslimas?«

»Ja sicher!« Sie kippte den Kopf zur Schulter. »Die Mädchen werden von ihren Müttern oder Omas gebracht. Sie schleichen erst einmal in der Gegend herum, weil sie Angst haben, dass ein Verwandter sieht, wie sie in die Klinik reingehen. Was glauben Sie, wieso wir den Plattenweg zum Eingang so zuwachsen lassen?«

Corry: »Schon klar.« Sie sah das hohe Gesträuch vor sich. »Was Allah wohl dazu sagt?«, stichelte sie. »Mir tun die Mädchen leid. Sie müssen die lästige Entjungferung gleich zweimal ertragen, wo man doch schon mit einmal bedient ist. Aber kommen wir wieder zu Alexa. Sie wollten uns noch erzählen, wie sie im Umgang war, im täglichen Miteinander.«

Silke Bandowski zuckte die Schultern. »Sie war ganz normal. Manchmal war sie witzig. Sie stand gern im Mittelpunkt. Vielleicht brauchte sie viel Aufmerksamkeit, ich will nichts Falsches sagen.« Sie kämpfte mit sich, dann sagte sie: »Manchmal war sie ein bisschen hysterisch, also, ich meine angriffslustig.«

»Gegen wen gingen diese Angriffe?« Corry mit gespitzten Ohren.

»Keineswegs gegen Patienten oder Dr. Evers.« Sie kniff die schönen Lippen zusammen und sah aus, als wollte sie nicht mehr weitersprechen.

»Aber vielleicht gegen Frau Evers?« Corry trank den Rest ihrer Himbeerschorle aus. »Soviel ich weiß, will sie in der Klinik Alexas Stelle einnehmen.«

»Sie hat bereits gestern angefangen. Und mehr sag ich nicht.«

Müzze machte ihr Kumpelgesicht. »Vom Alter her passt sie ja wohl nicht so gut zu eurem Mädels-Club?«

Silke Bandowski warf ihr einen einverständlichen Blick zu und räumte die leeren Gläser weg. »Es wäre mir lieber, wenn wir das Gespräch nicht weiter fortsetzen würden«, sagte sie und rappelte am Ausguss herum. Beträufelte ein gelbes Schwämmchen mit Leitungswasser. Anscheinend wollte sie jetzt putzen.

»Wir kommen dann morgen wieder«, warnte Corry. »Oder besser am Montag, direkt in die Klinik.«

Das wollte sie wohl gern vermeiden. Mit großen Augen zeigte sie auf Corrys Handy, das eingeschaltet auf dem Tresen lag. »Was ich Ihnen jetzt sage, nehmen Sie aber nicht auf.« Corry tat ihr den Gefallen und schaltete die Aufnahmefunktion ab.

»Wenn Sie das Dr. Evers erzählen, kostet mich das meinen Arbeitsplatz. Gut. Ich vertraue Ihnen.« Sie legte den Kopf schief. »Also, unser Chef möchte wieder jemanden wie Alexa. Er sagte, es sei ein ganz anderes Arbeiten mit jungen, modernen, gut ausgebildeten Kräften.«

»Ist doch klar«, sagte Corry verständnisvoll und auch Müzze nickte.

»Frau Evers ist nun mal nicht ausreichend qualifiziert und nicht einmal theoretisch auf dem neusten Stand.« Sie runzelte die Stirn, die offenbar noch nicht durch Botox gelähmt war. »Ich glaube außerdem, dass er seine Frau nicht Tag und Nacht um sich haben möchte.« Sie errötete leicht.

Nun, wer wollte das schon? Corry beschloss, das Gespräch wieder auf die Hauptperson zu lenken – auf Alexa Opitz.

»Ihr Chef wird von diesem Gespräch nichts erfahren. Es sind Ihre persönlichen Eindrücke, die Sie geschildert haben, die erzählen wir nicht weiter. Etwas völlig anderes interessiert mich: Gab es einen Verehrer? Jemanden, der Alexa nachstieg, ihr vielleicht auf die Pelle ging, salopp ausgedrückt?«

Die Bandowski verschränkte die Arme vor der Brust. Das gelbe Schwämmchen schaute unten durch.

»Alexa hat vor ein paar Monaten in der Klinik Besuch gekriegt.«

»Was heißt Besuch?«

»Es ist halt jemand an die Tür gekommen, aber niemand von uns hat die Person gesehen. Eine Frau, ein Mann, ich weiß es nicht. Ich habe meine Kolleginnen gestern darauf angesprochen, die haben überhaupt nichts davon mitbekommen.« Sie kniff die Augen zusammen, sie waren aber trotzdem noch groß. »Und ich habe nur gehört, wie Alexa etwas in der Art von ›Ich will von früher nichts mehr wissen!‹ ins Treppenhaus gerufen hat. Dann ist sie wütend wieder hereingekommen und gleich zur Toilette gegangen. Sie hat sich nicht zu dem Vorfall geäußert, und ich habe sie nie danach gefragt.«

»Hat sich dieser Besuch wiederholt?«, forschte Corry weiter.

Die Zeugin schüttelte den Kopf.

»Gab es Anrufe, die Alexa verärgerten, so dass sie vielleicht rasch auflegte oder dergleichen?«

»Nein, ganz bestimmt nicht.« Jetzt rieb sie mit dem Schwämmchen im Ausguss herum.

»Gut, dann wären wir soweit, Frau Bandowski. Danke, dass Sie unsere Fragen beantwortet haben. Ach, und übrigens, Herr Lavelli hat recherchiert. Es klingt wie im Märchen, ist aber wahr: Alexa Opitz ist tatsächlich auf einer Treppe gestürzt, und zwar in einem Wellnesshotel auf dem Weg ins Hallenbad. Auf den Fliesen war ein Massageöl ausgelaufen, und sie trug Badeschlappen. Es gab Zeugen, und praktischerweise war auch eine Ärztin vor Ort, die sie gleich versorgte. Gordon Opitz hat mit dem blauen Auge überhaupt nichts zu tun.«

Silke Bandowski lief rot an und quetschte den kleinen Schwamm. »Vielleicht hab ich mir das nur eingebildet, dass er brutal ist. Es tut mir leid.«

»Nein«, sagte Corry, »das nehme ich Ihnen nicht ab.«

Im Präsidium eilte ihnen Fink entgegen. »Ich habe interessante Informationen aus der Scala-Bar.«

Sie setzten sich in Corrys Büro. Das Pflanzenspalier sah aus, als wollte es Wasser.

»Leg los«, sagte Corry.

»Udo Weiße ist etwas eingefallen. Liegt schon über vier Wochen zurück. Da hat er zufällig gesehen, wie Ichigo Takahashi – Verwechslung ausgeschlossen! – in das Haus Nr. 106

in der Olgastraße ging. Schräg gegenüber wohnt nämlich seine Nichte. Weiße hatte ihr Lampen und anderes Zeug gebracht. Ein paar Tage später wollte er ihr noch mehr Haushaltssachen bringen, aber sie war nicht da. Er stand eine Weile vor der Tür und ärgerte sich. Dabei blickte er die Straße rauf und runter. Und was sieht er? Den milchkaffeebraunen Porsche von dem Japaner. Eine schöne Frau saß auf dem Beifahrersitz. Er ließ sie raus, und sie ging rein.«

»Wo rein?«, fragte Müzze.

»Ins Studio Helen.« Fink grinste. »Herr Weiße ist nicht länger dort geblieben, um zu sehen, ob Ichie dann auch noch da reinging.«

»Wie sah die Frau aus?« Corry nahm die Gießkanne von der Fensterbank.

»Eine langhaarige Blondine, schön geschnittenes Gesicht, schlank. In seiner Bar sei sie noch nie gewesen.« Fink rieb sich mit den Fingerspitzen das Kinn. »Wollt ihr nicht wissen, was das für ein Studio ist?« Corry und Müzze blickten sie offen an. »Es ist ein Etablissement für sexuelle Dienstleistungen«, verkündete Fink, »aber kein Puff. Darauf legt Helen Reutter auf ihrer Website Wert. Sie ist eine Domina.«

Corry pfiff durch die Zähne. »Er lässt sich also auspeitschen«, folgerte sie trocken. »Wenn's weiter nichts ist. Fink, wir fahren sofort hin! Vielleicht weiß die Domina, wo er sich verkrochen hat.«

»Und ich?« Müzze klemmte sich hektisch ein Lockenbüschel hinters Ohr.

»Du machst endlich mal Pause.«

»Wenn's spannend wird?«

»Wann ist es bei uns schon mal langweilig?« Corry gab den Sansevierien ein paar Schluck Wasser. »Deshalb machen wir ja den Job.«

Auf der Fahrt sah Corry sich die Website des Studio Helen an und telefonierte mit Arlet, die in einem Taxi saß und sich von der anderen Stadtseite her zur Zieladresse fahren ließ. »Das ist ja wirklich heiß«, schnurrte sie durch den Apparat.

Das Studio war in den Farben Schwarz und Rot gehalten. Die Betreiberin, Helen Reutter – schwarzes Lederkleid bei dieser Hitze – wollte zuerst nicht mit ihnen sprechen.

Corry sagte: »Wir wissen, dass Herr Takahashi in Ihrem Studio verkehrt.«

»Aber nein.« Die Reutter stellte sich stur, doch das legte sich, als Arlet ihr klarmachte, dass sie in fünfzehn bis zwanzig Minuten das ganze Haus mit uniformierten Polizisten voll hätte, und ob das gut fürs Geschäft sei, sei dahingestellt. Dann durften sie vollends rein in die schwarz-roten Räume, passend zu Arlets Brillengestell.

Corry sagte: »Sie dürfen bei einer Vernehmung nichts weglassen und nichts hinzu…«

»Ja, ja, ich weiß«, unterbrach sie mürrisch. »Ich seh auch immer den ›Tatort‹.«

Corry wechselte mit Arlet einen Blick. Wie sie den »Tatort« hassten, alle beide. Sie wandte sich wieder Helen Reutter zu. »Wann haben Sie Ichigo Takahashi zum letzten Mal gesehen?«

»Herrn T. … Da muss ich überlegen. Am Dienstagnachmittag, glaube ich.«

»Sprechen Sie weiter.«

»Herr T. sagte mir, es gehe ihm schlecht, er sei herumgefahren, war wohl in der Schweiz gewesen, dann ist er zu mir ins Studio gekommen.«

»Wieso ging es ihm schlecht?«

»Woher soll ich das wissen?«

»Von wann bis wann war er bei Ihnen?«

»Wie soll ich das jetzt zusammenkriegen? Wissen Sie noch, was vor vier Tagen bei Ihnen los war?«

Ja, dachte Corry bei sich. Vor vier Tagen wollte ich auch schon mit Gerd zusammen was Schönes kochen. Laut sagte sie: »Wo ist Herr Takahashi jetzt?«

»Er braucht mir nicht zu sagen, wohin er geht.«

»Welcher Art sind Ihre Beziehungen zu dem Mann?«

Sie schwieg.

Fink: »Ich schätze, Sie peitschen ihn aus.« Heute Abend sah ihre Hochsteckfrisur etwas platt aus.

»Aber nein.« Die Lederfrau lächelte matt. »Darf ich Ihnen einen Sundowner anbieten?«

»Wir dürfen leider nicht«, kam es von Fink und Arlet wie aus einem Mund.

»Ich kann Ihnen einen alkoholfreien Hugo mixen.«

»Gibt's den?« Arlet schaute wie eine Mieze, die einer reinlegen will.

»Man nennt ihn Virgin Hugo« – sie mixte schon drauflos. »Es ist verdammt heiß heute.«

»Weiß Gott, geben Sie her«, sagte Corry.

Auch Arlet nahm der Domina mit Freuden ein bauchiges Glas mit zartgrünem Inhalt aus der Hand. Fink streckte auch schon den Arm aus.

»Herr T. möchte nicht, dass man ihm weh tut.«

»Ach?«, tat Corry enttäuscht. »Will er denn seinerseits jemandem wehtun?«

»Aber nein, das kann man so nicht sagen.«

»Wie denn sonst?« Corry platzte bei dem Getue so langsam der Kragen. »Was macht er denn hier bei Ihnen?«

Die Reutter fuhr ein bisschen zusammen, was Corry von einer Domina nicht erwartet hätte.

»Er mietet ab und zu die kleine Zelle«, sagte sie achselzuckend. »Er wollte sie am Dienstag nutzen, und ich ließ sie ihm für längere Zeit; er wollte dort allein sein.«

»Zeigen Sie uns die Zelle!«, sagte Corry.

16

»Diese Zelle hat mich die ganze Nacht verfolgt.« Corry saß am Schreibtisch und schaute durch den Spalt in ihrer Pflanzenwand Fabio ins Gesicht. »Wenn ich das nicht selbst gesehen hätte … Fink sind die Augen aus dem Kopf gefallen. Sogar Arlet verhielt sich still wie eine Kirchenmaus.«

»Arm wie eine Kirchenmaus«, korrigierte er freundlich. »Bei ›still‹ nimmt du besser Grab oder See.«

Corry krächzte: »Arlet war still wie ein See?«

»Nun sag schon, was ist das für eine Zelle?« Er kam herüber und machte große Augen.

»Ein winziger länglicher Raum ohne Fenster. Der Boden schwarz gefliest, die Wände rot tapeziert und ringsum Spiegel in goldenen Rahmen, äußerst kitschig, und von der Decke hängen Fleischerhaken herab.«

»Fleischerhaken?«

»Selbstverständlich. Kennst du Finks Bericht noch nicht?« Corry pfriemelte ihre Füße aus den Sandalen und stellte sie auf den blauen Teppichboden, der leider nicht so kühl wie seine Farbe war. Offenbar hatte Fabio den neuesten Bericht noch nicht gelesen. »An den Fleischerhaken wird sie ja festgebunden.«

»Frau Opitz etwa?«

»Sie wollte es so.«

Die nächste Viertelstunde schilderte sie Fabio, was sie gemeinsam mit Fink und Arlet ermittelt hatte. Und wie Helen Reutter in ihrem Büro über Bondage-Techniken gesprochen hatte, als wären das Übungen für die Seniorengymnastik. Und wie sie betont hatte: Pervers ist das nicht. Es ist Kunst.

»So nennen sie das?« Fabio schaute ein wenig ratlos drein.

»Na klar, egal. Das Wichtigste: Als wir der Reutter ein Foto von Alexa zeigten, wollte sie uns erst täuschen. ›Nie gesehen, die Dame.‹ Schließlich gab sie zu, dass ihr die Gesichtszüge bekannt vorkamen. Der Mund, das Kinn … ›Herr T. nannte sie Lexa‹, hat sie gesagt. ›Sie trägt immer eine blonde Langhaar-Perücke, gut gemacht, aber man kann mich nicht bluffen.‹«

Fabio schnippte mit den Fingern. »Die blonde Frau, die der Barkeeper im Porsche von Ichie gesehen hat, war Alexa?«

»Bingo!«

»Und was sagt unsere Staatsanwältin?«

»›Ein wenig Geduld‹, meinte sie. Doch kaum saß sie im Auto, hat sie den Haftbefehl beim Richter beantragt.«

Fabio hob den Daumen und verließ das Büro, um einen Termin mit Otte wahrzunehmen. Gleich darauf kam Kollegin Müzeyyen Gül dahergestiefelt. Sie brachte einen Stapel Papiere mit, die sie am Besprechungstisch gleich durchgingen: Protokolle, das Obduktionsgutachten, diverse Formulare, und obenauf Finks Bericht von gestern Nacht.

»Hast du ihn gelesen?«

Müzze nickte schwach.

»Bizarr, unsere neuesten Erkenntnisse, was meinst du?«

»Mhm.«

Corry sog scharf die Luft ein. »Der Mann deiner künftigen Vermieterin ist ins Zentrum unserer Ermittlungen gerückt!«

»Ja, ich weiß.«

»Herr Takahashi hatte mit Alexa ein eigenartiges Verhältnis. Zuerst trafen sie sich in der Fitnessinsel, quasi Liebesinsel, gedeckt von Kim Köhler, dann suchten sie sich etwas Neues und fanden es im Studio Helen. Und jetzt liegt Alexa tot in der Rechtsmedizin, und Takahashi, wer's glaubt, springt in Zürich herum und kümmert sich um einen jungen Künstler.«

»Ich hab's ja gelesen.« Müzze maulte. »Wieso sollte er sie denn umgebracht haben, Kruzitürken?«

»Überleg doch mal. Vielleicht hatte Alexa genug von der

Fesselei und wollte sich trennen? Oder andersrum: Sie verlangte von ihm, dass er seine Angelika verlässt. Schau nicht so ungläubig. Ich weiß schon, dass du ganz vernarrt in sie bist.«

»Ich will die Wohnung, Corry!«

»Glaubst du, das versteh ich nicht?« Corry fächerte sich mit dem Obduktionsgutachten Luft zu. »Gott, ist das heiß heute!« Sie blickte ein wenig freundlicher zu ihrer Kollegin hin. »Und? Hast du schon recherchiert, was Takahashi überhaupt heißt?«

»Hohe Brücke.«

»Und Ichigo?«

»Erster Beschützer.«

»Ach?«

Fünf Minuten später liefen sie hoch zum Besprechungsraum IV. In der Mitte des Konferenztisches lagen auf einer Servierplatte seltsame bräunliche Klumpen.

»Was ist das?«, wollte Corry gerade Ulla fragen, die mit einer Thermoskanne hantierte, als Otte hereingedampft kam.

»Der Japaner kommt mir schon die ganze Zeit spanisch vor«, dröhnte er. »Was wissen wir über ihn?«

Fink beflissen: »Kunstsammler, Privatier, verheiratet mit einer Schwäbin aus guter Familie.« Lässig hing ihr ein gehäkeltes Oberteil von der einen Schulter herab und gab den Blick frei auf ein mageres Schlüsselbein.

Otte dankte ihr mit einem deutlichen Kopfnicken.

Fabio sagte: »Laut Gordon Opitz haben sich Alexa und Takahashi kaum gekannt.«

An der Wand herumstehend meinte Jan: »So kann man sich täuschen.« Grinsend angelte er sich einen Stuhl und setzte sich. »Frauen!«

Fink sandte ihm einen vernichtenden Blick.

»Bondage«, gab er keine Ruhe, »davon träumen Ehefrauen, manche lechzen danach.«

»Muss man sich das anhören?« Fink blickte bissig in seine Richtung. »Hast du überhaupt Ahnung von Frauen?«

»Hallo?«

»Hört auf«, mahnte Otte. »Wir stehen kurz vor der Aufklärung des Falles.«

Fink zeigte Jan den Finger, und er zog ein hämisches langes Kinn. Diese beiden waren wie Hund und Katz. Normalerweise ging Müzze dazwischen, heute nicht. Sie schaute stur ihre Unterlagen durch.

Doch Corry war nicht entgangen, dass sie Ulla heimlich einen Zettel zugeschoben hatte.

Als Kaspar Liebig seine Nase in den Besprechungsraum steckte, war die Stimmung nicht mehr ganz so aufgepeitscht. Der Kollege war über den Stand der Dinge erfreut. Seit Stunden arbeiteten er und Dagmar Bechtle die Hinweise aus der Bevölkerung ab. Es hatte ein wenig gedauert, sagte er, aber nun schleuderten die Mitbürger ihre Verdächtigungen und obskuren Beobachtungen nur so um sich.

Otte schlug mit der Hand auf den Tisch. »Sie denunzieren ihre verflossenen Bekannten und alle, mit denen sie noch ein Hühnchen zu rupfen haben, stimmt's, Fink?« Er lachte laut über seinen kleinen Witz. Corry sah ihm an, wie wohl ihm war. Die »Soko Hasenberg« hatte eine heiße Spur: Takahashi, der Japaner, der Fesseler, der Striemenmacher. War er der Täter?

Kaspar Liebig erhielt auch eine Tasse Kaffee und so ein braunes Küchlein, das Ulla in eine Serviette bettete. »Einfach so nehmen und abbeißen«, sagte sie zu ihm.

Kaspar bedankte sich. Zu Corry meinte er strahlend: »Eine Hellseherin sieht weitere erschlagene Frauen in den Villen auf den Hügeln der Stadt herumliegen.«

Bald stellte sich heraus, dass der unter der Hand herumgereichte Zettel ein Rezept für Manjūs mit Schokoladenfüllung war und dass es von Frau Eisele-Takahashi stammte, die es Müzze gemailt hatte. Da die Kollegin sowieso nicht schlafen konnte, weil sie ständig an die Gänsheidenwohnung denken musste, hatte sie die Küchlein tief in der Nacht gebacken.

Kaspars roter Nasenfleck leuchtete, anscheinend mochte er sein Manjū, denn er erkundigte sich nach den Zutaten, und Müzze versprach ihm eine Kopie des Rezepts.

Bevor die Fallbesprechung in eine Kochshow ausartete, sagte Corry laut und formell: »Soeben erhalte ich eine Nachricht von der Staatsanwältin.« Sie blickte auf das Handydisplay. »Ah, wunderbar!« Sie sah zu Otte, der bei den Fenstern stand und wippte. »Wir haben grünes Licht für die Fahndung nach dem Ersten Beschützer von der Hohen Brücke!«, rief sie laut.

»Bitte, was?« Fink griff sich nervös in ihren Dutt. Kaspar hielt sich die Serviette an den Mund. Otte kam herübergewalzt.

»Ichigo Takahashi – er ist zur Fahndung ausgeschrieben. Jan, informiere bitte alle relevanten Stellen, auch die Autobahnpolizei – sie soll nach dem Porsche fahnden. Vielleicht hat er sich aufs Fliegen kapriziert, also wende dich auch an den Flughafen. Ach ja, die Telefonüberwachung bei seiner Frau, die läuft bereits!«

Jan zog das Kinn ein und eilte aus dem Raum. Müzzes Augenlid flatterte wie ein wild gewordener Schmetterling. Kaspar nickte Ulla zu, die ihm stumm eine weitere Tasse Kaffee anbot.

Fink sagte: »Jetzt kommt Bewegung in den Fall!«

Otte wirkte zufrieden, er strich sich sogar mit beiden Händen über den Bauch, als hätte er soeben einen riesigen Braten verspeist. »Corry, wir sind dem LKA nochmal von der Schippe gesprungen«, sagte er allen Ernstes, und dann drehte er ab und ging in sein Chefbüro.

Die nächsten Stunden vergingen mit Telefonaten und E-Mails, um alles für die Fahndung in die Wege zu leiten. Corry veranlasste, dass ab sofort das Gänsheidenhaus überwacht wurde, ebenso der Bungalow in der Hasenbergsteige.

Die Ermittler murmelten. Worte wie »Stricke«, »Seile« und »Fleischerhaken« waren zu hören.

Als Otte bleich hereintrat und nahezu tonlos bemerkte, dass soeben Herr Takahashi angerufen habe, guckten sie kaum auf. Er musste erst einen Brüller loslassen, um die Ermittler in ihrer Arbeit zu unterbrechen.

»Was hast du, Otte?«, fragte Corry ungehalten.

»Die Zielperson hat angerufen.«

»Wie bitte?« Corry verschluckte sich fast an ihrem Manjū, das sie Müzze nicht hatte abschlagen können.

»Herr Takahashi ist in der Stadt«, sagte Otte käsig. »Offenbar hält er dem Ermittlungsdruck nicht mehr stand.«

»Wo kann man den Mann abholen?«

»Er kommt ganz von alleine.«

»Das glaubst du?« Corry riss weit die Augen auf, um Otte genau anzusehen.

»Er ruft dich an, Corry, wenn er bei uns an der Pforte steht.«

»Pforte!« Sie hatte seit langem kein lustigeres Wort gehört.

Als ihr Diensthandy klingelte, verstummte die Ermittlergruppe. Man hätte eine Nadel fallen hören können. Corry blickte auf die unbekannte Nummer auf dem Display. Dann nahm sie das Gespräch an.

»Hallo?«

»Frau Voss?«

»Ja.«

»Hier spricht Takahashi Ichigo!«

»Wo sind Sie?«

»Ich blicke inmitten grüner Weinberge auf das schneeweiße, lang gestreckte Gebäude mit den vielen Fenstern. Es ist historisch!«

»Das ist ganz egal, kommen Sie herein«, sagte Corry. «Sie sehen die Pforte und die Treppe? Dorthin gehen Sie jetzt.«

»Erlauben Sie mir eine Frage? Wurde dieses Haus nicht

von Robert Bosch gebaut als die größte und bedeutendste homöopathische Klinik Deutschlands?«

»Ja.« Corry hielt das Mikrofon zu und blickte Jan Blessing streng in die Augen: »Sieh zu, dass du ihn herschaffst«, flüsterte sie. Und er schoss los.

»Das muss 1940 gewesen sein«, plauderte der Erste Beschützer weiter. »Jahrzehntelang war die Klinik für ihre hervorragenden Therapien berühmt. Ich interessiere mich sehr für die deutsche Kulturgeschichte.«

»1940, da waren Sie und ich noch gar nicht auf der Welt. Und jetzt warten Sie bitte, ein Kollege kommt zu Ihnen runter. Er trägt ein weißes T-Shirt …« Achachach, jetzt fiel ihr ein, an was der große rote Punkt auf dessen Vorderseite sie erinnert hatte. »Zufällig trägt er ein Japan-Shirt.«

Der Vernehmung voraus ging die freiwillige Abgabe einer Speichelprobe sowie der Fingerabdrücke. Jan und Kaspar begleiteten Herrn Takahashi zum Erkennungsdienst im ersten Stock und brachten ihn später in das kleine Besprechungszimmer im dritten, wo Corry und Fabio ihn erwarteten.

Mit seinen einsachtzig war er vermutlich ein Riese unter den Japanern. Er verbeugte sich tief vor ihnen und kam gar nicht mehr hoch.

Corry sagte: »Setzen Sie sich doch.« Er nahm schüchtern Platz. »Alles, was in diesem Raum gesprochen wird, zeichnen wir auf Video auf. Sie sehen die Kamera?« Corry sprach in das Mikrofon: »KHK Corinna Voss, Zeugenvernehmung im Fall Alexa Opitz. Wir haben heute Samstag, den 23. Juli, es ist achtzehn Uhr fünfundvierzig. Vernommen wird Herr Ichigo Takahashi, schreibt sich wie man's spricht. Vernehmungsort: Polizeipräsidium Stuttgart.«

Die Tür ging auf und die Staatsanwältin kam herein, was den Zeugen aufrichtig zu freuen schien – wer sieht nicht gern eine schöne Frau?

»Herr Takahashi.« Corry kam ohne Umschweife zur Sache.

»Sie hatten ein nicht alltägliches Verhältnis mit Frau Opitz, wir wissen Bescheid über Ihre Bondage-Dates im Studio Helen. Was wir von Ihnen wissen möchten, ist: Haben Sie Alexa Opitz am Montag, den 18. Juli, getroffen?«

Im Sitzen verbeugte er sich. »Leider nicht.«

Corry forsch: »An jenem Abend gingen Sie um halb elf in die Scala-Bar, ist das richtig?«

»Ganz recht!« Er blinzelte, blickte auf die Tischplatte. »Dort habe ich Herrn Gordon Opitz getroffen.«

»Wo waren Sie denn, bevor Sie in die Bar gingen?«, fragte Corry. »Sagen wir zwischen achtzehn und einundzwanzig Uhr?«

Er verbeugte sich halb und berichtete unter weiterem Geblinzel von einem Glas Sekt hier und da in der Stadt und vom Besuch bei einer älteren Dame im Augustinum am Killesberg bis etwa um zweiundzwanzig Uhr. Die Dame wollte zu einem Bild aus ihrem Besitz beraten werden, und er habe sich bereit erklärt, es ihr abzukaufen. Sie wünschte, diese Sache erst noch mit ihrem Sohn zu bereden, wusste aber nicht, wo in der Weltgeschichte er sich gerade aufhielt. Es kostete einige Mühe, ihn zu erreichen, da er gerade nicht nur in Übersee, sondern auch noch in einer Sitzung steckte.

»Das möchten wir gern nachprüfen.« Fabio ließ sich den Namen der Dame geben und wies telefonisch Fink an, das mögliche Alibi sofort abzuklären.

»Herr Takahashi, ich habe Sie unterbrochen, bitte fahren Sie fort«, sagte Fabio. Das Höflichkeitsgetue färbte schon auf ihn ab.

»Ganz wie Sie wollen.« Der Zeuge lächelte verlegen. »Gordon konnte seine Frau den ganzen Abend nicht erreichen und war darüber …, entschuldigen Sie bitte, er war etwas ärgerlich. Gordon sagte, er ginge jetzt zum Trotz noch in den Uhu.«

»Und da wollten Sie nicht hin?« Die Frage kam von Arlet, die ihren dicken Kuli über ihrem Block kreisen ließ.

»Ich machte mir Sorgen und bin zu Lexa gefahren.« Er ließ den Kopf hängen.

»Warum haben Sie nicht einfach angerufen?«

»Wir hatten vereinbart, dass wir nicht telefonieren. Wir hatten unsere Termine, und es gab nichts, außer dem Tod, was uns davon hätte abhalten können.«

Corry musste erst einmal tief Luft holen. Das war ja übertrieben!

Mit einem weißen Taschentuch trocknete Herr Takahashi seine Tränen. »Ich ging zum Haus. Das Außenlicht sprang an. Ich klingelte. In dem Moment sah ich, dass die Haustür nur angelehnt war. Ich drückte sie ein wenig auf. Drinnen war alles dunkel. Ich rief ihren Namen. Und da roch ich das Blut und die Blumen! Ich stieß die Tür weiter auf, da fiel ein Streifen Licht von der Außenbeleuchtung in die Diele und ich sah … ihren Leichnam.« Er sank in sich zusammen und schluchzte in abgehackten Worten: »Sofort … war mir klar … dass sie tot ist. Ich sah, dass ich Lexa … nicht mehr helfen konnte. Jemand hatte sie … mit der Bodenvase … erschlagen.« Er blickte erschrocken auf. »Ich bin weggerannt.«

Corry: »Haben Sie in der Umgebung irgendetwas Verdächtiges gehört oder gesehen?« Er schüttelte den Kopf. »Und als sie wegfuhren, ist Ihnen da etwas aufgefallen?«

»Es tut mir sehr leid, ich kann Ihnen nicht weiterhelfen.«

»Wieso haben Sie nicht die Polizei gerufen?«, fragte Fabio.

Takahashi hob das ernste, kantige Gesicht. »Verzeihen Sie mir bitte diesen Fehler. Aber ich war allein mit der Toten, Herr Kommissar! Wer würde mir glauben, einem Ausländer, am Tatort!«

Corry stellte die Finger zu einem Igel auf: »Haben Sie die Diele betreten?«

Er sah ihre vernarbten Hände und wandte wohlerzogen den Blick ab. Er schaute ihr in die Augen. »Ich bin sofort kopflos weggelaufen. Es tut mir sehr leid.«

»Wie waren Sie denn gekleidet?« Er war einen Moment irritiert. »Trugen Sie ein Regencape?«

Eine Reaktion, als fiele es ihm wie Schuppen von den Augen. »Als ich in den Wagen stieg, machte ich mir große Sorgen wegen meiner Fingerabdrücke am Türknauf.«

»Und dann?«, drängte Corry.

»... zog ich das Latexcape an und lief noch einmal zur Haustür und wischte den Türknauf mit meinem Taschentuch sauber. Es war ein Reflex, es tut mir leid.«

»Keine Ursache«, sagte Corry. »Sie sind gesehen worden. Jemand dachte, das sei ein Regenmantel. Aber es regnete nicht. Verrückt, nicht wahr?«

»Es ist so ein Latexumhang, ich habe ihn immer unter dem Fahrersitz liegen.«

»Falls es regnet?« Corry schnappte nach Luft. »Oder zur Tarnung bei Mordfällen?«

Arlet warf Corry einen halbbösen Blick zu.

Der Japaner fuhr sich mit dem Taschentuch über die Augen. »Es ist eine Kostümierung.«

»Sie gehen auf den Fasching?«, machte Corry gerade so weiter.

Jetzt wurde es wohl auch Fabio zu bunt; er legte seine Hand auf Corrys und sagte ziemlich oberlehrerhaft: »Erotische Kostümierung!«, und an Ichigo Takahashi gewandt: »Wir haben das nicht alle Tage.«

Der Zeuge blinzelte von einem zum andern. »Alles, was zwischen Lexa und mir war, geschah auf freiwilliger und freundschaftlicher Basis. Es tut mir leid, wenn Sie dies vielleicht nicht verstehen können.« Erneutes starkes Geblinzel. »Entschuldigen Sie meine Offenheit, aber japanisches Bondage, wir nennen es Shibari, ist nichts Peinliches oder Ordinäres, es ist das Kreieren eines ästhetischen Gesamtkunstwerks aus Partnerin und Seil.«

Ohohoho, das war ja blumig ausgedrückt!

Die Staatsanwältin malte, ohne groß hinzusehen, eine

Schlangenlinie in ihren schönen Block, vermutlich ein Seil. »Ein bisschen shocking ist es aber doch«, meinte sie.

Fabio zeigte auf Herrn Takahashis schöne Sportschuhe. »Mir fällt auf«, sagte er freundlich, »dass da ein Grashalm herausragt. Wo waren Sie denn die Tage?«

Heraus kam, dass er noch in der Mordnacht tatsächlich in die Schweiz gefahren war, anderntags kurz nach Italien hinüberflitzte und vorgestern in Stuttgart-Weilimdorf beim Anglerverein gelandet war. Wie er dort hingekommen war, wusste er nicht mehr. Die Angler seien äußerst liebenswürdig gewesen, in ihrem Vereinshaus hätten sie ihn ordentlich mit Schnaps abgefüllt, und als er anderntags wieder klar denken konnte und sein Telefon einschaltete, las er die Postings von seiner Frau Angelika. Er habe einen gehörigen Schrecken bekommen, dass man ihn ernsthaft suchte.

»Wir werden das mit den Anglern natürlich überprüfen«, sagte Fabio. Corry und Arlet nickten. Plötzlich merkten alle, dass der Bondagekünstler vor sich hin lächelte.

»Was freut Sie so?«, fackelte Corry nicht lang herum.

»Meine Frau hatte dann noch eine erfreuliche Nachricht für mich.«

Alle schauten ihn an, wie er mit seinen kurzen schwarzen Haaren und dem höchst attraktiven Gesicht mitten unter ihnen saß.

Arlet sagte: »Machen Sie es nicht so spannend.«

Er entschuldigte sich wieder, aber daran waren sie nun gewöhnt und überhörten es einfach.

»Sie kündigte an, dass Ihre Kollegin, Kriminaloberkommissarin Gül, so freundlich ist und schon bald in unsere Einliegerwohnung einzieht. Das ist eine große Ehre für uns. Meine Frau musste mir versprechen, schöne neue Vorhänge und Teppiche zu kaufen.«

Arlet lächelte fein und triumphierend. Corry blieb die Spucke weg. Fabio sagte: »Das ist ja wunderbar.«

Corry holte ihr Telefon hervor, um Nick anzurufen. Sie schickte ihn nach Weilimdorf. »Sofort Angler-Alibi bestätigen lassen!« Dann wandte sie sich wieder Herrn Takahashi zu: »Was denken Sie, wer Alexa Opitz getötet hat?«

»Ich habe keine Antwort gefunden, es tut mir leid. Ich habe viel gegrübelt, ergebnislos.«

»Hat Alexa einmal erwähnt, dass sie mit jemandem aus der Vergangenheit nichts mehr zu tun haben möchte?«

»Verzeihen Sie bitte, aber wir haben uns mit solchen Themen nicht befasst.« Er machte ein gequältes Gesicht. Dieser Mann wollte den Ermittlern helfen, aber er hatte mit Alexa nur Erotisches im Kopf gehabt und sonst gar nichts.

Einen Versuch war es noch wert: »Timo – sagt Ihnen der Name etwas?«

Finger auf der Nasenspitze – so dachte der Zeuge aus dem Land der aufgehenden Sonne nach. »Das war ihr erster Ehemann, ein Bub aus ihrem Dorf. Er hatte wohl Depressionen und hat sich umgebracht. Das ist sehr tragisch.«

Fabio blickte auf sein Telefon. Er hatte eine Nachricht erhalten, behielt aber seinen neutralen Gesichtsausdruck bei. Zu dem Japaner sagte er, dass er nun gehen dürfe, sich aber für weitere Fragen bereithalten müsse.

»Ganz wie Sie wünschen!«, stimmte Herr Takahashi zu, erhob sich behände und verbeugte sich tief. Fabio öffnete die Tür und ließ ihn unter mehreren Verbeugungen seinerseits hinaus.

»Wir stehen bei Null«, stellte Corry grimmig fest. Fabio nickte nur.

Arlet klappte ihren Block zu. »Wir sehen uns am Montag«, sagte sie, die Augen wie bei einer Katze, die wusste, dass sie jetzt Feierabend hat und gleich ein Schälchen Milch bekommt. Schon war sie draußen.

Corry stand an der Tür und wartete auf Fabio, der die Fenster schloss. »Ich mache dreimal das Kreuz, wenn die Sache vorüber ist«, sagte sie zu ihm. »Ich habe ein ganz mieses Gefühl.«

Das lag bestimmt auch daran, dass der Chef ihr morgen früh wieder mit dem LKA in den Ohren liegen würde und mit der Presse, die endlich ein paar schockierende Fakten haben wollte.

»Fabio, ich finde, du solltest noch einmal mit Silke Bandowski sprechen, sie verheimlicht uns etwas.«

Fabio stimmte zu. Gemeinsam gingen sie die Treppe hinunter und verabschiedeten sich am Ausgang mit kurzen, zackigen Verbeugungen.

»Ich will von früher nichts mehr wissen!«, das war der Schlüssel zur Aufklärung des Mordfalles, das spürte Corry intuitiv. Laura, die Schwester der Getöteten, hatte von einer schweren Prüfung gesprochen, die Gott Alexa auferlegt hatte. Thema: blutjunger Ehemann bringt sich um.

Hatte der Selbstmord vor über einem Jahrzehnt mit Alexas Tod zu tun? Unwahrscheinlich. Aber Corry griff nach dem Strohhalm.

Es war nach acht Uhr abends, als sie den Peugeot in Uhlbach parkte. Sie stieg aus, ging die paar Schritte zu dem schäbigen Haus und klingelte.

»Kräftig drücken!«, rief einer. Sie schaute hoch. Ein graues, faltiges Gesicht mit hohlen Wangen erschien über ihr im offenen Treppenhausfenster.

Corry stieg die staubigen Stufen hinauf. Ein altes Emailleschild hing schief neben der Wohnungstür: »Spätzle, Porsche, Benz – mir Schwoba hen's«.

Hans Hutter stand in einem schmutzigen gelben T-Shirt in der Wohnungstür. Die schwarze Trainingshose mit den ausgebeulten Knien war voller Flecken.

»Und Sie sind Frau Voss?«, fragte er mit schlürfender Aussprache.

Corry zeigte ihren Dienstausweis und trat ein. »Nur eine Routinebefragung«, sagte sie, während der Geruch nach kalter Zigarettenasche und Raumspray ihr den Magen hob.

Herr Hutter schlurfte voran in das schummrige Wohnzimmer. Speckige dunkelbraune Vorhänge rahmten das Fenster ein, hinter dem die Andreaskirche zu sehen war. An der Wand hing das Bild einer Spanierin, deren Augen Corry durch den Raum zu folgen schienen.

»Sie können hier Platz nehmen.« Er wies auf einen ockerfarbenen Sessel mit reichlich Brandlöchern. Vom Boden stieg Teppichgeruch auf. Der Fernsehapparat lief in voller Lautstärke. Als Corry mit dem ausgestreckten Finger darauf zeigte, ging Herr Hutter hin und drehte ihn leiser. Dann setzte er sich auf die abgeschabte Rundecken-Couch, die voll lag mit bestickten Sofakissen. Er war sechsundsechzig Jahre alt, wirkte aber wesentlich älter.

»Sie wissen, dass Alexa getötet wurde?«

Hutter fuhr sich mit der Hand über den Kopf. »Sogar bis zu mir ist es durchgedrungen. Aber ich kann es nicht glauben.« Er griff nach der Zigarettenschachtel auf dem Tisch, die mit einem besonders scheußlichen Krebsmotiv versehen war, einer buttergelb verkrusteten Zunge. »Die Alexa tot? Niemals.«

Corry sagte: »Ich habe mit Alexas Schwester gesprochen. Laura Abt erwähnte Ihren Sohn, Timo.«

Hutter stülpte die Unterlippe vor. »Er ist auch tot.« Zwischen seinen Knien zündete er sich eine Zigarette an, seine Finger zitterten. »Timo kann's ja nun nicht gewesen sein, falls Sie deshalb gekommen sind. Der ist vom Turm gesprungen.« Der Mann rauchte und heulte gleichzeitig.

»Wie ist das damals gewesen?«

Hutter blickte hart auf. »Wieso wollen Sie das wissen?«

»Vielleicht ist es wichtig für die Ermittlungen, wahrscheinlich nicht. Ich möchte mehr über Alexa erfahren, um ein klareres Bild zu bekommen.« Sie beugte sich vor. »Weshalb hat Timo sich das Leben genommen?«

»Sie können doch einen gebrochenen Mann nicht derart …« Er kämpfte mit den Tränen. »Ich weiß es nicht«, sagte er verdrossen. »Niemand weiß, wieso er das getan hat. Der hatte keinen Grund. Das kann ich Ihnen schriftlich geben.«

»Und Alexa, wie hat sie das aufgefasst?«

»So wie jeder das aufgefasst hat. Keiner hat das begriffen.« Er stieß einen Seufzer aus. »Meine Frau ist fünf Jahre drauf am gebrochenen Herzen gestorben.«

»Das tut mir leid, Herr Hutter.« Corry sah ihn an. »Und Alexa, wie ging es ihr?«

»Die war ja noch so jung!« Er haute sich aufs Knie, die lange Asche an seiner Zigarette fiel auf den Teppichboden. »Die hat das Leben noch vor sich gehabt. Das kann man ihr doch nicht verdenken, dass sie nochmal geheiratet hat.«

Corry blickte auf die verkrebste Zunge auf der Packung. »Als Schwiegervater haben Sie Alexa bestimmt recht gut gekannt.«

»Ja, die Alexa …« Er rieb sich mit beiden Händen über den Kopf. »Jeder hat die gern gehabt, die ist ja mal fast Schönheitskönigin von Uhlbach geworden.«

»Hat Ihr Sohn mal über Depressionen gesprochen?«

»Wieso soll er über etwas sprechen, das er gar nicht kennt?«

»Mit wem war er gern zusammen? Gab es Freunde, Bekannte?«

Hans Hutter schaute überrascht auf. «Ja, den Patrik, der wohnt aber schon lang nicht mehr in Uhlbach.« Er schüttelte langsam den Kopf. »Er hat mich neulich besucht, fällt mir ein. Das erste Mal seit Timos Beerdigung. Und das ist, Moment mal, zwölf Jahre her. Er hat mir erzählt, dass er in der Bambifabrik in Süßen arbeitet.«

Corry ließ sich den Namen buchstabieren: Er hieß Patrik »ohne c« Röhmle.

Wo Corry nun schon in der Gegend war, beschloss sie, ihren Eltern Eva und Volker einen Überraschungsbesuch abzustatten. Von Uhlbach war es nur ein Katzensprung nach Untertürkheim. Sie steuerte den Wagen in das quirlige und dank Mercedes-Benz weltberühmte Nest. Im Ortskern uralte Gebäude, Weinkeltern und viele Geschäfte. An den Hängen solide Mehrfamilienhäuser, bis hoch zu den Reben. Corry war fix und fertig nach diesem Tag und der Nacht davor. Eigentlich wollte sie nach Hause, eigentlich wollte sie mit Gerd kochen und dann mit Gerd schlafen.

Ihre Mutter machte die Tür weit auf, und Corry umarmte sie. »Ich bin fix und alle.«

»Kind, es ist Samstag, wieso arbeitest du?«

»Weil ich Polizistin bin, Mama!«

Aus der Küche drang wie üblich ihre altbackene Musik heraus. »Itsy Bitsy Teenie Weenie Honolulu Strandbikini« – solche Sachen. Ihr Vater kam hinzu, er trug die hellblaue Wachsschürze mit den Seesternen und den Muscheln drauf, die Corry ihm letztes Jahr aus dem Urlaub mitgebracht hatte.

»Magst du noch was essen?«

Corry konnte im Moment nicht sprechen, nur noch nicken.

»Ich kann dir was Warmes machen«, meinte Volker und quietschte mit seiner Schürze.

»Sie könnte die Donauwelle haben«, gluckste Eva. »Wir haben eine übrig.«

Corry wiederholte das Wort: »Donauwelle.«

Sie rief Gerd an, um ihm zu sagen, dass es heute Abend wieder nicht klappen würde.

Ihre Mutter hörte angespannt mit. »Wieso bist du nicht bei deinem Freund?«

»Weil ich hier bin, das siehst du doch.«

»Wann bringst du ihn mal wieder mit? Wir mögen ihn.« Sie dampfte ab in Richtung Küche, sie war viel zu dick für ihre ein Meter sechzig.

Corry ging durchs Wohnzimmer. Alles war ihr vertraut. Die Möbel, die Bilder, auf der Couchgarnitur die echten Brokatkissen von Oma. Irgendwann würde das hier nicht mehr sein. Unvorstellbar.

Eva rief: »Essen!«, und Corry eilte über den Flur an den gedeckten Tisch, auf dem ein rechteckiges Stück Torte in der Größe von zwei Bauklötzchen stand.

»Das ist eine Tiefkühl-Donauwelle, sechs Stück in der Packung. Die könnte ich Tag und Nacht essen.«

So sah Eva auch aus.

»Denk an die Kalorien!«

»Die haben keine. Durch das Einfrieren sind die weg.«

Volker lachte, er war ganz faltig im Gesicht, er ging auf achtzig zu. Die runde Eva hatte noch eine glatte Haut und bildete sich eine Menge darauf ein. »Nur Nivea, sonst nichts.« Ihr Fach im Badezimmerschrank sprach eine andere Sprache: Vor lauter Antiaging-Cremes brach das Glas fast durch.

Volker verzog sich in die Küche, und Corry sah ihrer Mutter in die Augen.

»Falls du eines Tages schlanker werden willst, Eva, dann greif dir deine Chips nur mit der linken Hand. Du nimmst dann dreißig Prozent weniger.«

Sie stritten noch ein kleines bisschen, bis Volker wiederkam und drei Espressotassen mit Blümchenmuster auf den Tisch stellte. »Es ist immer so gemütlich, wenn ihr zwei euch foppt«, sagte er grinsend.

Corry dachte, sie sollte öfter zu Besuch kommen. Später würde sie sich vorwerfen, nicht genug bei ihren Eltern gewesen zu sein. Das Leben war endlich. Das Leben war gemein. Die beiden hatten von Bondage bestimmt noch nie gehört.

17

Dass Alexa tot war, wusste Huttla schon seit Donnerstag früh von Nadine. Zwei Taschentücher hatte sie mit ihr am Telefon laut und deutlich vollgeweint. Es hatte sie einige Anstrengung gekostet, dermaßen über Gebühr zu heulen. Geklungen hatte es ganz wie bei echten Freundinnen, die sich, Schulter an Schulter, gegenseitig Halt gaben und sich trösteten.

Huttla mochte über Alexas Ableben nicht reden, schon gar nicht mit Andre, auf den sie im »Eat Drink Man Woman« wartete. Sie saß mit dem Rücken zur roten Wand in dem koreanischen Restaurant in ihrer Straße, vor einem der blitzblanken schwarzen Tische.

Sie hatte nichts zu tun, denn Burkhard Nolte verzichtete auch an diesem Samstagabend auf ihre Arbeitskraft, da Svetlana »den Laden schmiss«. Und oben in Huttlas Zimmer ruhte die Herstellung von Kleiner Löwe wegen fehlender Stäbchenperlen für die Mähne.

Es war neun Uhr abends, und gleich würde Andre erscheinen, der noch schnell einen Verstorbenen im Robert-Bosch-Krankhaus zur Autopsie für Montag hatte abgeben müssen. Natürlich stand er jetzt im Stau.

Ausgemacht war, dass sie hier zu Abend aßen, und dann sollte sie ihn zu Hause noch zu seinem Lieblingsfach Kryonik abhören. Das war eigentlich vollkommen unnötig, da Andre über die Langzeitkonservierung von Organismen, um sie irgendwann einmal wiederzubeleben, wirklich alles wusste.

Wenn sie schon einmal essen gingen, dann immer in dieses beliebte Lokal, in dem man aus kleinen Steintrögen aß, die an Weihwasserbecken katholischer Kirchen erinnerten.

Sie sahen sich nicht allzu oft. Huttla war furchtbar gern allein mit sich und ihrer großen, funkelnden Gedankenwelt.

Und Andre betreute ja voller Hingabe seinen Vater, den Michelle Högel, die die Verhältnisse kannte, Grusel-Edgar nannte. Wie gewohnt kam er ganz in Schwarz in das Restaurant geschlenzt. Die Gäste schauten auf und verfolgten seine langen Schritte und wohin er wohl ginge, aha, in die hinterste Ecke zu einem unmöglichen Mädchen, das aussah wie ein Eskimo, fehlte nur noch der bepelzte Anorak.

»Mann, Jasmin«, sagte er zur Begrüßung und setzte sich mit gerunzelter Stirn zu ihr. Etwas stimmte nicht mit ihm. Huttla hütete sich aber, ihn zu fragen, was los sei. In der Leichenbranche war ja einiges geboten.

Jetzt blickte er über seine lange Nase auf die hübsche Speisekarte, obwohl sie doch immer Bibimbap aßen.

»Zweimal Bibimbap mit Rindfleisch, bitte«, bestellte er, »und zwei Pils.«

Sein rechtes Auge huschte über ihrem Kopf hinweg die Wand entlang. Wer sich hauptberuflich mit dem Tod auseinandersetzte, war manchmal etwas sonderbar. Der Tod war für ihn Alltag, aber auch ein Rätsel, das er nicht lösen konnte.

Die Wirtin servierte das Essen und wünschte guten Appetit. Aus dem Steingefäß dufteten Reis, winzig klein geschnittenes, kochendheißes Gemüse und Fleisch. Oben drauf lag ein glänzendes rohes Ei, das zerstört werden musste. Huttla kniff kurz die Augen zu, dann nahm sie den Löffel und rührte das Ganze kräftig um, und zwischendurch löffelte sie rote Peperonipaste aus einem Schälchen dazu, nicht zu viel und nicht zu wenig. Und rührte alles unter, ganz fest, und schon war das Ei nicht mehr roh, sondern gekocht. Und Andre machte alles genauso wie sie.

Doch er wirkte bedrückt, und so legte Huttla den Arm um seine Taille und kitzelte ihn ein wenig. Andre war aber nicht kitzelig.

Die Kryonik war ein Zukunftstraum. Aber wäre es wirklich so traumhaft, wenn sie alle wieder auferstehen würden? Huttlas Mutter, die gefleckte Gepardin? Müsste sie wieder an ihren alten Platz zurück? In den engen Ost-Kiosk? Im Winter kalt und zugig, im Sommer unerträglich heiß? Über die Rückkehr Anna-Doras, der Pfälzerin, würde Huttla sich freuen. Aber was, wenn Timo wieder oben im Turm erschiene?

Andre beglich die Rechnung. Er nahm ihre Hand, und dann gingen sie im Gleichschritt über die Straße und über die Gleise der Stadtbahn, hinein ins Blaue Rössle und schnell die Treppe hinauf.

Huttla knipste das Licht an, und ihr Zimmer verwandelte sich in einen Glaspalast. Andre strich mit den Fingerspitzen über die glänzenden grünen Blätter der Buchsbäumchen, die in dunklen Plastikeimern unter der schrägen Wand standen.

Endlich rückte er heraus mit der Sprache: »Dein Vater hat mich vorhin angerufen.«

»Mein Vater?«

»Er hat meinen Chef gefragt, ob ich noch bei der Weißen Calla arbeiten würde. Ja, hat Herr Grassinger gesagt, und ihm meine Handynummer gegeben.« Andres Gesichtsausdruck gefiel ihr gar nicht. »Dein Vater sagt, du gehst nicht ans Telefon.«

»Wenn ich mit ihm spreche, bekomme ich immer Kopfweh.«

»Aber man geht doch ans Telefon, wenn jemand anruft.«

»Aber wenn es doch mein Vater war.«

»Auch dann.« Andre ließ von den Bäumchen ab und setzte sich aufs Sofa. »Dein Vater wollte dir nämlich etwas Dringendes sagen.« Er knöpfte sich das Hemd auf. Im Sommer war ihm das Zimmer immer viel zu warm. »Ich hab ihn gefragt: ›Was wollen Sie denn von Jasmin?‹ Da hat er herumgeheult und gesagt, die Polizei sei bei ihm gewesen, weil Alexa ermordet worden sei. Ich fragte: ›Welche Alexa?‹ Da hat er einfach aufgelegt.«

»Mein Vater hat sich noch nie gut benommen.« Sie setzte sich zu ihm aufs Sofa, aber nur auf die Kante.

»Mann, Jasmin, da ist was Schlimmes passiert.« Seltensterweise standen seine Augen beide geradeaus. Huttla verhielt sich mucksmäuschenstill, um sie nicht zu erschrecken. Sie legte den Zeigefinger an ihren Mund. Schwupp! – schon drifteten sie wieder auseinander. Andre war das sowieso egal.

Noch gleichgültiger war ihm Alexa. Er hatte sie höchstens dreimal im Leben gesehen, aber er wusste, was sie seiner kleinen Freundin angetan hatte. Außerdem kannte er die Katzenstory. Andre war weiß geworden vor Wut, als sie ihm alles erzählt hatte. Sein einziger Kommentar: »Auch sie wird sterben.«

Die Buchsbäumchen strahlten eine heilsame Friedfertigkeit aus, nachdem sie von Andre gestreichelt worden waren. Huttla erhob sich und gab ihnen noch etwas Wasser vor dem Schlafengehen. Dann zog sie mit steifen Fingern ihr T-Shirt und alles aus.

Andre lag bereits auf dem Bett, ein Auge an der Wand, das andere auf ihrer kleinen Brust. Er streckte einen Arm nach ihr aus und zog sie aufs Bett. Dann nahm er sie fest in seine starken, sehnigen Arme. Kein Sterbenswort fiel heute über das Spezialgebiet Kryonik.

Die Katzenstory war eine traurige Geschichte. Sie begann an Huttlas achtem Geburtstag, an einem recht warmen Tag. Zu ihrem Erstaunen hatte Alexa Abt sie in die Eisdiele nach Bad Cannstatt eingeladen. Sie sagte: »Aber bloß eine Kugel, dass wir uns verstanden haben.« Alexa befand sich noch in der Ausbildung zur Krankenschwester und war knapp bei Kasse. »Vorher gehn wir noch kurz wo hin«, erklärte sie bündig. »Ich brauch noch etwas Urlaubsgeld.«

Huttla hatte schon gehört, dass sie mit Timo nach Mallorca fliegen wollte.

Sie fuhren mit der S-Bahn nach Untertürkheim zu einer Frau Uhlenbrock. Sie wohnte in der Kappelbergstraße, am Hang, in einem verschnörkelten Haus mit einer hohen Tanne im Vorgarten. Frau Uhlenbrock wollte ihre Schwester in Österreich besuchen, und Alexa sollte vier Wochen lang die dreibeinige Tippy füttern und streicheln und das Katzenklo saubermachen – es gab pro Tag sieben Euro fünfzig, und sie zahlte im Voraus.

Im Flur stopfte sich Alexa die Geldscheine in ihr schwefelgelbes Wildleder-Portmonee, und Huttla durfte sich aus einer Schachtel mit Rosen drauf eine Praline herausnehmen.

Sie halfen Frau Uhlenbrock, ihre Koffer hinunterzutragen, wo an der Straße ein Taxi auf sie wartete.

Später, in der Eisdiele beim Erbsenbrunnen, fiel Huttla siedend heiß ein: »Aber ihr wollt doch auch in Urlaub? Timo hat gesagt, morgen fliegt ihr!«

Alexa lachte. »Kein Wort über die Uhlenbrock!«, raunte sie verschwörerisch. »Versprochen?«

Natürlich versprach das Kind alles, was man von ihm versprochen haben wollte. Und so stiegen sie wieder in die S-Bahn und fuhren nach Hause, und am andern Tag verreiste die schöne Alexa mit Timo, und Tippy saß in dem Haus mit der hohen Tanne und konnte nicht raus.

Andres Privathandy begann zu bellen. So spät noch. Er streckte einen Arm raus und nahm das Telefon vom Nachtkästchen. Es konnten nur zwei Leute am Apparat sein: entweder seine Mutter Babsi, die als Single in Bremen wohnte, oder sein Vater Edgar, der irgendetwas suchte und nicht fand in der Wohnung seines Sohnes. Vielleicht ein scharfes Messer.

Andre sagte: »Hallo Mutter«, und dann eine Weile nichts. »Ja, genau, Jasmins frühere Schwägerin.«

Geistesabwesend hörte Huttla zu, wie Andre mit seiner Stielkamm-Mama telefonierte.

»Ja, ermordet.« Er klang ein bisschen genervt. »Nein, wir wissen selbstverständlich nicht, wer das gemacht hat.«

Wenn sie das Michelle erzählte, wie die staunen würde: Blut-Alex tot! Huttla lächelte vor Grausen. Seit sie der Freundin geschildert hatte, dass die frisch gebackene Krankenschwester auf die Frage, ob sie denn Blut sehen könne, geantwortet hatte: »Es ist ja nicht meins!« – seitdem nannte Michelle sie nur noch Blut-Alex.

Andre seufzte übertrieben: »Mutter, überleg doch mal: Woher sollen wir wissen, wer sie umgebracht hat? Vielleicht war's ihr Mann, das soll's ja geben.«

Natürlich gab es so etwas. Es gab alles auf der Welt. Es hatte auch einmal ein kleines Mädchen gegeben, das seinen großen Bruder verlor, weil jemand ihn verhext hatte. Alexa. Das kleine Mädchen stellte sich taub für ihr Lachen und Stöhnen hinter Timos verschlossener Zimmertür. Und es wollte doch nicht ausgeschlossen sein. Also war das Kind lieb zu Alexa. Es tat alles, was sie wollte. »Bring mir das!«, »Hol mir jenes!«, »Hau ab!« Und später gab es ein großes Mädchen, fünfzehn Jahr, schwarzes Haar. Das verlor nun seine Mutter – dünn und sprachlos, verwandelt in einen kranken Geparden.

Huttla wusste eines genau: Ihr Leben hätte eine andere Wendung genommen, wäre Alexa nicht aufgekreuzt.

»Gute Nacht, Mutter.« Andre legte das Handy weg und schmiegte sich eng an Huttla. Es war sehr warm im Zimmer, es gab ja keinen Wind in Stuttgart, der hätte hereinwehen können. Sie bedeckten sich nur so halb mit einem leichten Leinenlaken.

Andre strich ihr zärtlich das Haar aus dem Gesicht. »Du musst hier raus.« Er küsste sie auf den Mund. »Zieh zu mir und mach dein Hobby zum Beruf.« Er hatte mit einem Auge das neue goldene Ornamentperlenband für die schwarze Urne entdeckt. »Fantastisch, was du mit Perlen machst! Ich kann das verkaufen, wart nur ab.« Er zog sie fester an sich.

Aber Huttla hatte doch Angst vor seinem Vater. Er hatte sie immer angesehen, als hätte sie eine große Schuld auf sich geladen. Ausgerechnet sie, wo doch er der Jäger war. Außerdem stand ihr beruflich ein Neubeginn bevor, und der hatte nicht das Geringste mit Totenzeugs zu tun: Lauras Waschsalon.

Sie musste nur abwarten, bis Lauras gröbste Trauer um die tote Schwester vorbei war. Mit jeder Minute wuchs ihre Hoffnung. Ende nächster Woche, nahm sie sich vor, könnte sie Laura fragen, ob eine Stelle für sie frei war. In Gedanken begrüßte sie bereits die Kunden – Doktoren, Büroangestellte, Studenten, vermögende Rentner, allesamt sehr freundlich. Sie würde jeden Morgen ihre Wäsche, die sie in Sporttaschen oder Kaufhaustüten zu ihr brachten, in Empfang nehmen. Und am Abend würden sie sie wieder bei ihr abholen: sauber, duftend und ordentlich zusammengefaltet.

Laura legte bei größeren Wäschepaketen gern ein Heiligenbildchen obendrauf. »Dieser Waschsalon ist beliebt bei Menschen, die einen Glauben haben«, sagte sie. Auch Huttla hatte einen Glauben, o ja. Und falls Laura wieder Flyer brauchte, vielleicht vor Weihnachten, wenn niemand Schmutzwäsche daheim herumliegen haben wollte, dann würde sie ihre Partnerin diesmal intensiver beraten. Nicht Petrus, sondern verschneite Berge, eine Metapher für Wäscheberge, sollten das Titelblatt zieren.

Sie musste ein bisschen lachen und zog sich das Leinentuch ans Kinn, und Andre drehte sich zu ihr und sagte: »Mann, Jasmin, wann schläfst du?«

Laura roch immer so schön sauber nach Waschmittel. Huttla würde bald genauso riechen. Und was sie alles lernen würde! Über kurz oder lang wüsste sie genauso viel wie Laura über Flecken. Flecken waren eine Welt für sich.

Milchkaffeeflecken auf Wolle gingen nur sehr schwer wieder heraus, das hatte Laura ihr schon beigebracht. Und Ajvar, die Würzpaste aus Paprika und Auberginen, war die reine Hölle. »Stopf dir eine Serviette in den Ausschnitt, wenn du das Teufelszeug isst«, hatte sie ihr geraten. Und dann hatte sie noch gemeint: »Was die Toten betrifft: Stell dir den Tod als Übergang vor. Dann lebst du leichter.«

Sie schloss die Augen und wäre fast eingeschlafen, ohne das Pling! ihres Telefons gehört zu haben. Neben ihr schlief Andre tief und fest, sie hörte ihn atmen. Leise stieg sie aus dem Bett.

Sie sah am Display, dass es Michelle war. Sie hatte ihr eine Nachricht geschrieben: »Wann kommst du, Jasminchen?«

Sie würde morgen darauf antworten.

Sie legte sich wieder zu Andre und dachte an den Waschsalon. Und falls sie dort, aller Wahrscheinlichkeit zum Trotz, nicht arbeiten dürfte, dann stand ihr immer noch das Safari-Café in Geltringen offen. Nicht nur einmal hatte Michelle ihr den Cappuccino beschrieben, wie man ihn dort servierte: mit einem Affenköpfchen aus Kakao im Milchschaum! »Anständige Kellnerinnen werden immer gesucht«, hatte sie gesagt.

Huttla schmunzelte ein bisschen.

In mancher Nacht hatte sie Angst gehabt vor der Armut im Alter, wo sie doch jetzt schon arm war. Völlig umsonst! Erstens: Lauras Waschsalon. Zweitens: Michelles Safari-Café. Niemand sollte behaupten, sie hätte ihre Chancen nicht genützt. Und das waren nur zwei von vielen. Sie hatte noch Möglichkeiten, sie besaß sehr wohl eine Zukunft. Eine gute sogar.

18

Sonntagvormittag. Fabio stellte die Schüssel Ravioli mit Ricottafüllung, die Salvatore selbst gemacht hatte, in den Kühlschrank der Teeküche. Die Portion reichte für zwei Personen. Es war sein Mittagessen, er würde es mit Corry teilen.

Er setzte sich an seinen Schreibtisch und vertiefte sich in das Aktenstudium. Er suchte nach dem winzigen Detail, das sie weiterbringen würde. Die »Soko Hasenberg« brauchte eine Spur – Ichigo Takahashi war Schnee von gestern. Und morgen war der grausame Mord an Alexa Opitz eine Woche alt.

Der Chef prophezeite, dass das Landeskriminalamt den Fall an sich reißen würde, und dann stünde er da wie eine gerupfte Gans mit einem Team, das man den Hasen geben konnte. Wenn er nur LKA hörte, ging sein Blutdruck hoch und sein Gesicht färbte sich rot. Es war Zeit, dass er in Pension ginge, dachte Fabio in solchen Momenten. Gestern hatte er beinah den Japaner in Gewahrsam genommen – ohne viel Federlesens, einfach weil es ihm gegen den Strich ging, dass manche Leute Hobbys hatten, die über »Elfer raus!« hinausgingen.

Das gestern war die höflichste Vernehmung aller Zeiten gewesen …

Auf dem Weg ins Vernehmungszimmer hatte Müzze ihn im Flur abgepasst und bekniet, ja nicht in Herrn Takahashis Anwesenheit zu husten, sich zu schnäuzen oder andere grässliche Geräusche von sich zu geben. »Ganz übel für Japaner, Fabio!«, hatte sie gesagt. »Und starrt ihm nicht so in die Augen, das kommt respektlos rüber, und dann Corry mit ihrer burschikosen Art! Kannst du sie bremsen, Fabio?«

Müzze in Stiefeln und ärmellosem kariertem Hemd sah aus wie ein Cowgirl, das kurz davor stand, das Pferd seines Lebens einzufangen, und wehe, einer trieb quer.

Fabio hatte ihr eine gewisse Höflichkeit versprochen, und anders war das bei Ichigo Takahashi auch gar nicht zu machen.

Der Japaner saß völlig zerknittert in einem leichten hellgrauen Anzug auf dem Stuhl. Fabio fragte ihn, ob sich Alexa vielleicht von ihm hatte trennen wollen. Aber nein, ganz und gar nicht, weder von ihm hatte sie sich trennen wollen, noch von ihrem Ehemann. »Es war ihr eine große Freude, wie alles lief«, beteuerte er.

Fabio: »Auch wenn ich mich wiederhole: Sie haben am Tatort nichts verändert, und Sie haben auch keinen Gegenstand gesehen, der wie ein Prügel oder Baseballschläger aussah?«

»Es tut mir leid, nein.« Er sprach leise, ein wenig abgehackt. »Wurde Lexa denn nicht mit der Bodenvase …«

»Was glauben Sie?«

»Verzeihung, ich weiß es nicht.«

»Merkwürdig, dass beide nun tot sind«, insistierte Fabio. »Alexa und ihr erster junger Ehemann.«

»Aber er hat sich umgebracht«, bemerkte Herr Takahashi traurig. »Bei uns ist das gang und gäbe. Dreißigtausend Japaner nehmen sich jedes Jahr das Leben, vor allem wegen des Karo Jisatsu, das heißt Selbstmord wegen Überarbeitung. Aber, entschuldigen Sie bitte, auf Lexas ersten Ehemann traf das sicher nicht zu, er war noch Student.«

»Und wieso machen die Japaner dieses Karo Dingsbums?«, hatte Corry wissen wollen.

Takahashi verbeugte sich im Sitzen in ihre Richtung. »Weil uns schon im Kindergarten ein übertriebener Ehrgeiz anerzogen wird und weil später das Arbeitspensum in den Firmen so hoch ist, dass es kaum bewältigt werden kann. Das bringt die Menschen um.«

Fabio wechselte das Thema. »Wieso sind Sie nicht gleich nach Hause gefahren, sondern zu den Anglern an den kleinen See in Weilimdorf?«

»Isogaba maware«, antwortete Herr Takahashi. »Wenn du es eilig hast, mach einen Umweg.«

Wie aufs Stichwort erhielt Fabio eine Nachricht von Nick, der sich im Kreise der Angler befand. Manche von ihnen konnten sich kaum erinnern, aber da Takahashi für jeden eine Visitenkarte dagelassen hatte, war klar: das war der Chinesenlulatsch, der ganz schön was vertragen konnte. Alle Achtung. Sie hatten ihm dann im Vereinshaus ein Feldbett gegeben, sie seien ja keine Unmenschen.

Und dann hatte sich auch Fink aus dem Augustinum gemeldet. »Herr Takahashi war am Montagabend zwischen sieben und zehn bei Frau Dr. Ritter. Das bezeugt auch die Rezeptionistin; in dieser Seniorenresidenz geht keiner raus oder rein, ohne dass Name und Uhrzeit festgehalten werden.«

Am Ende der Vernehmung war es nur noch um den Porsche gegangen.

»Könnte ich bitte meine Wagenschlüssel bekommen?«, hatte Takahashi gefragt.

»Leider nein«, hatte Corry geantwortet. »Die Staatsanwaltschaft hat ihn beschlagnahmt, er muss noch untersucht werden.«

Takahashi hatte den Kopf gesenkt. »Es tut mir leid, Ihnen solche Unannehmlichkeiten zu machen.«

So etwas hatten sie im Polizeipräsidium noch nie gehört.

Morgen war der Mordfall eine Woche her. Das setzte die »Soko Hasenberg« gewaltig unter Druck. Die Ermittlergruppe wollte sich nachher zu einer Lagebesprechung treffen. Fabio hatte noch etwas Zeit, um zu lesen. Da klingelte das Telefon, und Gordon Opitz rief zurück.

»Sie wollten mich sprechen?«

»Wir haben Ihr Alibi nun auch durch Herrn Takahashi bestätigt bekommen.«

»Ja, das weiß ich«, sagte Opitz. »Er hat mich gestern Abend

angerufen und mir sein Beileid ausgesprochen. Ich hatte Ihnen ja gesagt, dass Ichie nichts mit dem Tod meiner Frau zu tun hat, er kannte sie ja kaum.«

Zweifellos hatte Gordon Opitz nicht die geringste Ahnung von der Beziehung zwischen seiner Frau und Ichigo. Er würde es auch von Fabio nicht erfahren. Nicht auszudenken, wenn ihm die Wahrheit zu Ohren käme und er dann ausrastete und etwas unternähme, das ihm hinterher zwar nicht leid täte, ihn aber hinter Gitter brächte.

Hinter Gitter gehörte aber so langsam Silke Bandowski. Sie hatte diesen Mann als brutal bezeichnet, sogar behauptet, dass er seiner Frau ein Auge blau geschlagen habe. Nach neuestem Ermittlungsstand hatte sie nun auch noch einen unsichtbaren Besucher aus dem Hut gezaubert. Da sei jemand in der Klinik aufgetaucht, dem Alexa höchst verärgert hinterhergerufen habe: »Ich will von früher nichts mehr wissen!«

Er fragte Opitz: »Über wen aus der Vergangenheit hat sich Ihre Frau aufgeregt? Mit wem wollte sie partout nichts mehr zu tun haben?«

Der Mann musste nicht lange überlegen. »Alexa hat nie etwas in der Richtung gesagt.«

Kaum war das Gespräch beendet, rief Friedemann Abt, der Vater des Opfers, an. Wieso man den Täter noch nicht im Loch sitzen habe, wollte er wissen.

Morgen würde die Leiche seiner Tochter freigegeben werden, die Beerdigung sollte am Donnerstag stattfinden, was ihm offenbar auch nicht recht war.

»Der Mörder läuft frei herum, der lacht sich ins Fäustchen. Stellt er sich mit ans Grab?«

»Wir werden ganz genau hinschauen, wer da ist«, sagte Fabio.

Die Tür ging auf, und Gerd Feldhaus kam mit langen Schritten und einer Bäckertüte herein. Er hatte es offenbar eilig. »Muss gleich zum Chef hoch«, sagte er. »Wann gehen wir mal ein Bier trinken, wann hast du Zeit? Und das da ist für Corry. Drei Butterbrezeln, kannst dir eine nehmen, ja?«

»Ich hab für mich und Corry Ravi…«

»Wir wollten mal abends zusammen kochen«, unterbrach ihn Gerd, »aber wir kommen zu nichts.« Er war schon wieder an der Tür. »Und jetzt gleich wieder Otte. Das sind Sonntage, wie ich sie liebe!«

Und schon war er weg.

Als Fabio in den Besprechungsraum trat, sah er Corry und Müzze über dem Obduktionsgutachten von Dr. Kern sitzen. Bis die anderen eintrudelten, checkte er seine Mails, während sie sich die Fotos mit dem zertrümmerten Schädel zum weiß nicht wievielten Mal ansahen.

»Wenn ich diese Bilder sehe«, hörte er Corry zu Müzze sagen, »rieche ich auch gleich den Leichengeruch dazu, die zwei Dinge kann mein Hirn nicht voneinander trennen.« Sie tippte mit dem Finger auf eine Stelle. »Hier die Striemen – wolltest du nicht Vergleichsbilder anfordern?«

»Ich habe mir längst entsprechende Fotos angesehen, aber die sind alle weitaus extremer«, antwortete Müzze. »Diese Striemen hier sind ja fast unsichtbar. Sie sehen aus, als wären sie Wochen alt.«

Corry blätterte weiter. »Dr. Kern hat das Gewebe untersucht. Die Abdrücke auf der Haut waren wohl auch zuvor kaum stärker.«

»Er hat sie so leicht gefesselt, damit ihr Mann nichts merkt«, meinte Müzze. »Deshalb hat sie auch eine Strumpfhose angehabt, im Sommer! So waren die Striemen gar nicht mehr zu sehen.«

Corry nickte. »Ich seh das Schlafzimmer in dem Bungalow vor mir. Arlet lag auf den Knien, um unters Bett zu sehen. ›Überall haben die Festbeleuchtung‹, hat sie geschimpft, ›aber im Schlafzimmer siehst du die Hand nicht vor Augen!‹«

»Wenn es da drin so dunkel war, hat ihr Mann die Striemen auch dann nicht gesehen, wenn Alexa nackt war«, kombinierte Müzze.

Jan Blessing kam herein, seinem Gesichtsausdruck nach hatte er die letzten Worte gehört. Gleich darauf trafen Otte und Gerd ein.

Gerd setzte sich neben Corry, und der Chef ging nach hinten zu den Fenstern, wo er auf seinen Fersen auf- und aboszillierte. Die Jalousien waren herabgelassen, das Vormittagslicht drang grell durch die vertikalen Schlitze.

Otte lächelte. »Nachdem der Beschluss für eine Kontendurchsuchung auf dem Tisch lag, habe ich mir die finanziellen Verhältnisse des Ehepaars Opitz angesehen und keine Unregelmäßigkeiten festgestellt oder irgendetwas, das uns zu denken gäbe.« Er wanderte nach vorne und einmal um den Tisch herum.

Jan meldete sich schlapp zu Wort. »Herr Opitz sagte mir, den Maklern ginge es seit einiger Zeit nicht mehr so gut.«

Da konnte Fabio nur lachen. Tat es aber nicht. Er hatte Jans Bericht vorhin gelesen und Kopien vom Kontostand gesehen, und er fand, dass es Opitz sogar richtig gut ging – finanziell zumindest. »Vielleicht, weil sie ihr Honorar nur noch vom Auftraggeber bekommen?«

Jan nickte und fingerte an seinen spröden Lippen herum. »Sie hätten's halt gern wieder doppelt.«

»Das denk ich mir«, sagte Gerd. »Wer hätte nicht gern alles doppelt?«

Alle grinsten.

Der Chef setzte sich vorne bei der Tür auf seinen Stammplatz. »Opitz verkauft nur in Halbhöhenlage«, redete er lebhaft drauflos. »Jahrhundertwende-Villen, an deren Fassaden wilder Wein wächst.« Er streifte Fabio mit einem Blick. »Palazzi!«

»Opitz verkauft da, wo die Reichen zu Hause sind«, sagte Müzze leise lächelnd. Sie würde ja auch bald in Bestlage wohnen.

»Manche nennen sie lieblos Bonzen«, fügte Jan süffisant hinzu.

»Immobilien sind die beste Altersvorsorge«, brachte sich Gerd ein, »aber so ein verschnörkeltes Denkmalobjekt möchte ich nicht mal geschenkt haben.«

»Oben die Reichen, unten die Armen«, sinnierte Jan vor sich hin.

Corry beugte sich vor. »Das stimmt in Stuttgart längst nicht mehr. Heute zahlen sie unten am Hauptbahnhof fünfzehntausend Euro pro Quadratmeter für einen Neubau.«

Alle lachten.

Jan hing überm Tisch. »Der Traum vom Eigenheim in Stuggi, ich träum ihn nicht mehr. Vielleicht noch draußen im Remstal …«

Otte ruckte zu ihm herum. »Die wissen auch schon, was sie wert sind!« Er war mitten im schönen Remstal geboren. Nun zog er einen Zigarillo aus der Brusttasche seines gelblichen Freizeithemds. Fabio zeigte ihm mit Kinn und Augen, dass er hier nicht rauchen durfte. Schnell sah Otte weg und sprach bollernd zu den anderen: »Und falls einer von euch denkt, dass man mit Vermieten Geld machen kann, vergesst es!«

»Vermieten ist toll! Ich kenne Wohngemeinschaften«, sagte Jan lässig, »die vermieten noch ihre Besenkammer für hundertachtzig Euro!«

Otte legte den Zigarillo vor sich auf den Tisch. »Alles, was du an Miete hereinbekommst, Jan, musst du fürs Renovieren wieder ausgeben. Punkt.«

Jan seufzte: »Man müsste abhauen!«

Corry sagte: »Jetzt langt's aber! Kommen wir zum Thema. Wie weit seid ihr mit Opitz' Feinden? Das müsste doch jetzt durch sein.«

Wenn sie nur mal den Stoß Berichte auf ihrem Schreibtisch lesen würde, dachte Fabio. Laut sagte er: »Die Personen sind alle überprüft worden – ohne relevantes Ergebnis. Die mit den schlimmsten Flüchen gegen Opitz hab ich zusammen mit Paul aufgesucht. Das waren Leute, die kräftig geprellt worden sind und die wahrscheinlich allen Grund gehabt hätten, ihm wirklich eins vor den Zahn zu geben, aber die brauchten dann von uns Taschentücher.«

»Diese sentimentalen Typen!«, sagte Corry.

Otte zeigte mit dem Zigarillo auf Gerd. »Er wollte uns auch noch etwas berichten.«

Gerd machte ein säuerliches Gesicht. »Die Fundsachen vom Tatort sind alle ausgewertet. Das Untersuchungsgutachten vom Labor liegt vor, und leider ist es mehr als mager.« Er saß aufrecht auf seinem Stuhl und seufzte. »Das macht mir wirklich Sorgen: Wir haben keine fremden Genspuren.«

»Keine?«, echote der Chef. »Gar nichts?«

Gerd nickte. »Auch die DNA in Alexas Wagen ist nun geklärt, nachdem wir die Speichelprobe von einer Nachbarin, die sie mal ein Stück mitgenommen hatte, eingeholt haben.«

»Ist das etwa das perfekte Verbrechen?« Otte holte doch tatsächlich Zündhölzer hervor, steckte sie aber gleich wieder weg, als er Fabios Blick sah.

Es gab eine kurze Diskussion über die Lebensumstände des Paares, es wurden Fragen gestellt und Vorschläge zum weiteren Vorgehen unterbreitet. Corry veranlasste die notwendigen Schritte und beendete gegen halb zwölf die Fallbesprechung, was Fabio nur recht war. Es konnte den Raum langsam nicht mehr sehen.

Auf der Treppe sagte sie zu ihm: »Fabio, sprich doch du nochmal mit der Bandowski. Ihre großen Kulleraugen verheimlichen mir etwas. Du kriegst es heraus!«

»Aber die Ravioli?«

»Keine Zeit, sorry!« Corry packte ihre Sachen zusammen, etwas fiel ihr vom Schreibtisch herunter, ein Glas, es klirrte, und sie rief: »Ogottogott«, dann eilte sie hinaus.

»Ich hab uns was zu essen mitgebracht.« Fabio ging durch die Tür und schnupperte den feinsüßen, angenehmen Duft von Vanille.

Silke Bandowski hielt förmlich die Luft an vor Überraschung.

Fabio sagte: »Das sind Ravioli mit Ricottafüllung, die hat mein Vater selbst gemacht. Wir müssen sie nur warm machen.«

Sie hatte wieder das hellblaue Kleid an. »Das finde ich ja süß«, sagte sie.

»Kommen wir gleich zu meinen Fragen«, legte Fabio los. »Die erste lautet: Besitzen Sie eine Pfanne?«

»Ja sicher!« Sie kicherte und ging vor einem Unterschrank in die Hocke. Mit einer Pfanne, die sich sehen lassen konnte, kam sie wieder hoch.

»Zweite Frage: Was hat Alexa über ihre Vergangenheit erzählt?« Er gab die Pasta in die Pfanne.

»Nichts.« Sie reichte ihm einen Bratenwender und kicherte noch ein bisschen.

»Nichts über frühere Arbeitskollegen oder Chefs?«

»Gar nichts!« Sie holte Teller aus einem Oberschrank und Messer und Gabeln aus dem Besteckkasten.

»Was hat sie über ihre Familie gesagt?«

»Alexa hat nie groß was gesagt, Herr Lavelli.« Sie legte das Besteck und rote Papierservietten auf ein Tablett. »Komisch, was mir gerade einfällt: Wenn ein Mensch überhaupt nichts von sich preisgibt, dann hat er doch was zu verbergen, ist doch so?«

»Na klar.« Fabio wendete die Ravioli noch einmal vorsichtig. »Obwohl. Ich traue Verallgemeinerungen nicht sonderlich.«

»Sie meinen, das ist Schubkarrendenken?«

Fabio lachte auf. »Das heißt Schubladendenken!« Er sah sie belustigt von der Seite an.

Sie reichte ihm die Teller, die er gut füllte. »Was mich umtreibt«, sagte Fabio, »ist dieser geheimnisvolle Besucher in der Klinik, dem Alexa etwas hinterhergerufen hat. Was nochmal? Ich hab's vergessen.«

Bandowski stellte die vollen Teller aufs Tablett. »Sie rief: ›Ich will von früher nichts mehr wissen!‹ – und sie war stinksauer.«

Fabio nahm ihr das Tablett ab und folgte ihr ins Wohnzimmer. »Wenn meine Kollegin irgendwem etwas lautstark hinterherrufen würde, wäre ich aber neugierig. Ich würde hinausschauen, wer der arme Kerl ist, den sie da gerade zusammengefaltet hat.«

Sie lachte. »Das unterscheidet uns, Herr Lavelli. In meinem Beruf ist das Erste, was wir lernen, Diskretion.«

Während sie Salvatores Ravioli aßen, sprach sie weiter aufgeschlossen über ihren Beruf. »Wenn Sie wüssten, wie viele Herren wir operieren müssen, vor allem wegen der Brüste. Das ist kein Witz! Ab fünfzig – wie alt sind Sie, Herr Lavelli?«

Fabio war gerade mal vierzig. »So in dem Dreh«, antwortete er schmunzelnd und schob sich eine Gabel Pasta in den Mund.

»Ab fünfzig, wie gesagt, leiden nicht wenige Männer unter Gynäkomastie. Manche Frau wünscht sich so eine Körbchengröße.«

»Sie machen ja Scherze!«

»Man muss das Brustdrüsengewebe und das Fett entfernen.« Die Ravioli schienen ihr zu schmecken, sie langte zu. »Das machen wir mit örtlicher Betäubung. Sie können aber auch eine Vollnarkose kriegen.«

Fabio strich an sich runter. »Ich bin ja ganz flach.« An ihm war wirklich kein Gramm Fett dran.

»Sie haben Glück, Herr Lavelli.«

Fabio hatte den Verdacht, dass sie von »Evers aesthetics« eine Provision erhielt, wenn sie Kundschaft generierte.

Sie aßen gemütlich ihre Teller leer. Silke Bandowski schaute ihn dankbar an. »Die Ursachen für die Gynäkomastie sind übrigens zu viel Alkohol und falsche Essgewohnheiten. Burger, Chips und Pommes. Es kann aber auch an hormonellen Störungen liegen.«

Sie räumte den Tisch ab. »Wenn ich das noch erwähnen dürfte …«

Fabio: »Sie dürfen!«

»Ich komme mir schlecht vor, weil ich so über Alexa rede. Sie war schließlich meine Kollegin.«

»Daran kann nichts schlecht sein! Sie wollen uns helfen, dass wir ihren Mörder finden und dann zur Rechenschaft ziehen. Das wäre Alexa sehr recht, nehme ich an.«

»Sie würde wollen, dass man ihm dasselbe antut. Haargenau dasselbe.«

»In einem Rechtsstaat geht das nicht, Gottseidank.« Er erspähte neben dem Sofa einen geflochtenen Bambuskorb, aus dem Wolle herausschaute.

»Was gibt das?« fragte er und zeigte mit dem Kinn auf den Korb.

»Das soll mal ein Poncho werden.«

»Die Freundin meines Vaters strickt mir zu Weihnachten einen Pullover, wie ihn Kurt Wallander in dem Film ›Vermisst‹ getragen hat«, sagte Fabio. »Sie hat mich schon ganz ausgemessen.«

Sie schaute an ihm runter. »Blau würde Ihnen stehen. Ich mach uns zwei Espressi.«

Als sie wieder hereinkam, schaute er sie ernst an. »Ist es wahr, dass Sie nicht hinausgeschaut haben, wer Alexa dermaßen auf die Palme gebracht hat – Diskretion hin oder her?«

Bandowski legte den Kopf schief, als probierte sie eine neue Perspektive aus, wie sie ihn auch noch sehen könnte. Dann sagte sie: »Es war ganz sicher ein Mann.«

Gespielt desinteressiert rührte Fabio Zucker in seinen Espresso. Er kannte seine Gastgeberin inzwischen gut genug, um zu wissen, dass Informationen (ob richtig oder falsch) von ihr nur scheibchenweise auf den Tisch kamen.

Sie nippte an ihrem Espresso. »Fragen Sie sich gar nicht, wie ich darauf komme? Wo ich ihn wohl kaum sehen konnte, weil die Sträucher am Zugangsweg schon voller Laub waren? Und wie Sie wissen, hat auch niemand seine Stimme gehört.« Bandowski lehnte sich zurück. »Mir fällt alles wieder ein. Alexa hatte sich an dem Nachmittag richtig aufgedonnert, so dick Schminke. Eigentlich hatte sie Feierabend, aber sie drückte sich immer noch bei mir im Büro herum. Als es an der Tür klingelte, kam es mir so vor, als hätte sie nur darauf gewartet. ›Ich geh schon!‹, rief sie und dann schoss sie zur Tür vor. Tuscheltuschel. Und dann rief sie den Satz, den ich nicht mehr zu wiederholen brauche.«

»Leider können wir Alexa nicht mehr fragen, wer das war« sagte Fabio. »Und ob dieser Jemand, der sie besucht hatte, mit ihrer Ermordung etwas zu tun hat, steht auf einem anderen Blatt. Das eine hat vermutlich mit dem anderen nichts zu tun.«

Fabio verabschiedete sich. Das Gespräch hatte ihn nicht weitergebracht. Zumindest hatte er nicht allein essen müssen, das war doch schon was. So fuhr er zurück ins Präsidium und studierte die Akten.

Am Abend rief Sebastian an. Es war ein langes und schmerzliches Telefongespräch.

19

Schon wieder Montag – der Fall war heute exakt eine Woche alt. In einer halben Stunde war Corry mit Patrik Röhmle in der Kantine der Bambifabrik verabredet. Sie war hungrig und freute sich auf ein Mittagessen, wobei sie hoffte, dass es nicht Rehbraten gab.

Patrik Röhmle war jemand »von früher«. Vielleicht kannte er die Person, mit der Alexa nichts zu tun haben wollte. Vielleicht war sogar er selbst derjenige.

Röhmle erwartete sie in weißgrauen Schlangenleder-Stiefeletten im gläsernen Foyer der Kunstgießerei. Hier waren vielerlei Künstlerplastiken ausgestellt, dazwischen unübersehbar die Skulptur des deutschen Medien- und Fernsehpreises: das goldene Rehkitz, genannt »der Bambi«.

Sie reichte dem hageren Mittdreißiger die Hand. Zu Corrys Leidwesen hatte er bereits gegessen – »Es gab Kässpätzle, Schnitzel wär mir lieber gewesen.« Er schlug vor, dass sie sich in die Bambi-Bar setzten, ein Nebenzimmer der Kantine, dort gebe es acht Sorten Kaffee.

»Vielleicht ein paar Kekse dazu?« Corry versagte vor Kässpätzlesduft und Hunger fast die Stimme.

»Gar kein Problem.«

Corry setzte sich an einen der Bistrotische und legte ihr Telefon zum Aufnehmen des Gesprächs bereit. Die Wände schmückten Fotos mit Schauspielern und Sängern, die den Bambi freudestrahlend in die Luft hielten. Schon kam Herr Röhmle mit einer Schale Butterkekse zurück. »Falls Sie noch was Richtiges essen möchten«, sagte er freundlich, »es gibt noch Salat.«

»Oh nein«, entgegnete Corry und zog die Gebäckschale zu sich heran.

Während er von der Firma sprach – »Seit 1958 fertigen wir

das Reh in vergoldeter Bronze, unser Hauptgeschäft sind aber Bronzeskulpturen namhafter internationaler Künstler, natürlich in perfekter Ausführung« – aß Corry nahezu alle Kekse auf und trank ihre Kaffeetasse leer.

»Wenn Sie mit Ihren Kollegen mal einen tollen Ausflug machen wollen«, fuhr Röhmle fort, »dann kommen Sie zu uns. Wir bieten Führungen durch unsere Produktionsstätten an, und im Anschluss schlendern Sie draußen durch den Skulpturengarten. Falls Sie nachher noch Zeit …«

Corry winkte entschieden ab.

Herr Röhmle senkte seine schweren Augenlider, aus denen Dr. Evers einen guten Zentimeter herausschneiden würde, auf Corrys Telefon.

»Das machen wir immer so«, sagte sie in beruhigendem Ton. »Wie heute Morgen angekündigt, geht es um Timo Hutter.«

Röhmle beugte sich auf dem Tischchen vor. »Ich bin froh, dass da endlich nochmal was kommt.«

»Warum?«

»Ich meine ja nur.«

»Sie haben neulich seinen Vater besucht.«

»Ich war zufällig in Uhlbach.«

»Wie zufällig denn?«

»Na ja, ich erinnere mich nicht so gern daran«, druckste er herum. Schließlich gestand er, dass er sich aus einer sentimentalen Gefühlsregung heraus mit einer Frau in der Kinothek Obertürkheim verabredet hatte. »Und ich dachte, das gefällt ihr auch: das Plüschige, die Schirmlämpchen, der ganze Siebzigerjahre-Charme.«

»Und dann?«, fragte Corry.

»Sie ist nicht gekommen. Ich bin dann nebenan in die Kneipe gegangen und habe ein Bier getrunken. Alkoholfrei. Und ich dachte, wenn ich schon mal hier bin, schau ich kurz bei Tis Vater vorbei.«

Corry wischte die Vorstellung eines gemütlichen dunklen Kinosaales sofort aus ihrem Kopf, sonst wäre sie auf der Stelle eingeschlafen.

»Herr Hutter sagte, dass Sie Freunde waren«, kam sie zur Sache. »Wie war das damals nach Timos Tod?«

»Das war ganz furchtbar für alle, das ist klar. Vor allem für seine Eltern und seine kleine Schwester. Für die war's am Schlimmsten. Als Ti nicht mehr da war, hat sie Gedichte geschrieben und ist ihn nachts mit ner Laterne suchen gegangen. Die haben sie mehrmals aus den Weinbergen gezogen. Die war völlig durch den Wind.«

»Herr Hutter hat eine Tochter gar nicht erwähnt.«

»Jasmin heißt sie, wir sagten Jasminle zu ihr, darüber hat sie sich immer aufgeregt.« Patrik Röhmle seufzte. »Sie war ganz auf ihren Bruder kapriziert, ist ihm immer hinterhergelaufen. Wenn wir uns irgendwo getroffen haben, ist sie wenig später aufgekreuzt. Ti hat sie dann heimgeschickt, aber sie kam immer wieder. Nicht, dass ich was gegen die Krott gehabt hätte, aber sie war uns schon im Weg. Und als Ti dann tot war« – Röhmle sog hörbar den Atem ein – »Ich dachte nicht, dass sie es packt. Ich dachte wirklich, die kann man von nem Baum schneiden, die war erst zehn oder so.«

»Jasmin, was für ein schöner Name. Erzählen Sie mir mehr über die Krott.« Corry lächelte, sie hatte den Ausdruck schon lange nicht mehr gehört.

»Ich will nicht indiskret sein, und viel gibt es da nicht zu sagen, das ist ja alles ewig her. Ein bisschen heimlichtuerisch war sie.«

»Wie meinen Sie das?«

»Ich kann's nicht erklären.« Er warf einen Blick auf sein blinkendes Handy. »Ich muss da kurz ran, Frau Voss.« Sie nickte, und er stand auf und ging ein paar Schritte ans Fenster, hinter dem sich eine liebliche Landschaft mit hügeligen blühenden Wiesen und grün belaubten Obstbäumen auftat.

Dort auf dem schmalen Weg spazieren zu gehen, das musste wunderschön sein.

Als Röhmle wiederkam, fragte sie nach Jasmins Adresse.

»Da müssten Sie ihren Vater fragen.« Er setzte sich wieder auf seinen Stuhl. »Sie hat irgendwo in Stuttgart einen tollen Job, hat mir Herr Hutter erzählt, ich gönn ihr das.« Er schaute zu Boden. »Dass sich Ti umgebracht hat, war ja auch für mich ein Schlag. Wir waren zweiundzwanzig, da fängt das Leben erst an. Ti hatte keinen Grund gehabt, sich umzubringen.« Er schüttelte den Kopf. »Ich glaub das bis heute nicht. Ti hatte mit keinem groß Ärger oder sonstige Probleme, das hätte ich gewusst. Und dann war er ja mit der tollsten Frau im Umkreis von zweihundert Kilometern frisch verheiratet. Hammer.«

»Die tolle Frau ist tot.«

»Bitte?« Patrik Röhmle sank mit offenem Mund rücklings gegen die Stuhllehne. »Was ist passiert?«

Röhmle musste sich erst einmal beruhigen. Nach einer kleinen Weile fragte Corry: »Was waren Timo und Alexa eigentlich für ein Paar?«

»Ein verliebtes«, sagte er mit leerem Gesichtsausdruck. »Ein cooles Paar, würde man heute sagen.« Er nickte seinem Satz hinterher, blickte zwischen seinen knochigen Knien auf den Fußboden. »Die zwei waren ein eingeschworenes Team.«

»Und dann immer die kleine Schwester dazwischen«, tastete Corry sich vor.

»Sie hing ständig bei denen im Zimmer rum. Ti musste sich immer was einfallen lassen, dass sie mal … Sie verstehen schon.«

»Dass sie mal allein sein konnten, das ist klar.«

In seiner Unterlippe zuckte ein Nerv. »Und Alexa ist umgebracht worden?« Er sah Corry alarmiert in die Augen. »Jetzt sind beide tot? Timo und Alexa?«

Corry nickte ernst. »Sagen Sie, wie hat Jasmin eigentlich auf Alexa reagiert? War sie vielleicht eifersüchtig?«

»Bestimmt«, meinte Röhmle. »Das sind Kinder doch immer. Ich kenn keinen Menschen, der nicht glaubt, dass er in der Familie zu kurz gekommen sei.«

»Da ist was dran«, sagte Corry. Sie kam auf das Heimlichtuerische zurück. Aber Röhmle, der inzwischen aschfahl geworden war, beobachtete nur wieder seine Stiefelspitzen.

»Ich weiß nicht, wie ich auf den Begriff gekommen bin.«

»Vielleicht fällt es Ihnen später wieder ein«, sagte Corry und formulierte ihre Abschlussfrage: »Könnten Sie uns bei einer wichtigen Sache helfen, Herr Röhmle?« Er hob den Kopf und sah sie schweigend an. Corry fuhr fort: »Es geht ein Gerücht um, und oft ist im Kern etwas Wahres daran, dass nämlich Alexa mit jemandem von früher Streit oder Probleme hatte. Eine Zeugin hat gehört, wie sie vor einiger Zeit jemandem zurief: ›Ich will von früher nichts mehr wissen!‹ Sie sei sehr verärgert gewesen.« Corry beäugte Röhmle forschend. »Können Sie damit etwas anfangen? Nein? Könnte Alexa damit eine Freundin oder ein Familienmitglied gemeint haben?«

Röhmle schüttelte den Kopf. »Ich hab ja in Mettingen gewohnt und nicht in Uhlbach. Ich hab Alexas Familie nicht gekannt, vielleicht mal eine der Schwestern von Weitem gesehen, und ob sie Freundinnen hatte? Ich weiß es nicht. Zu Ti hat sie die jedenfalls nicht mitgebracht.« Er zuckte resigniert mit den Schultern.

»Wenn Ihnen noch etwas einfällt, rufen Sie mich bitte an.« Corry erhob sich steif. Sie sollte spazieren gehen. Auf dem Weg dort unter den Obstbäumen den Wiesenhang hinauf.

»Ich hab da was für Sie.« Patrik Röhmle kramte in seiner rehbraunen Ledermappe auf dem Tisch und zog ein Samtsäckchen heraus, aus dem er eine flache, fast handtellergroße Margeritenblüte aus Bronze nahm. »Die ist für Sie! Weil ich froh bin, dass Sie Tis Selbstmord« – er machte Gänsefüßchen mit den Fingern – »nochmal aufrollen, das ist doch richtig?«

Corry hielt das Kunstwerk in der Hand. »Ich darf nichts annehmen, schon gar nichts Teures.«

»Die ist ganz billig«, winkte Röhmle ab, und Corry sah, dass er schwindelte.

Draußen ging sie nicht um das Gebäude herum und auf den schattigen Streuobstwiesenweg, sondern stieg in den brandheißen Peugeot, der in der Sonne geparkt war, und gab Gas.

Durch die herabgelassenen Seitenfenster strömte betörender Rosenduft in das Fahrzeug. Sie musste auf jeden Fall mehr über Timos Schwesterchen herausfinden. Sie schaltete die Klimaanlage an, und während diese gegen die Hitze kämpfte, beauftragte sie Müzze, beim Passamt ein Foto von Jasmin Hutter anzufordern und im Netz nach ihr zu recherchieren. »Außerdem möchte ich gern wissen, wer vor zwölf Jahren den Todesfall Timo Hutter aufgenommen hat. Er ist am 15. Oktober vom Katharinenlindenturm gesprungen. Ich bring dir auch was Schönes mit.«

Sie sprachen noch ein paar Minuten, dann rief sie Fabio an, um ihm den neuesten Stand mitzuteilen. Sie verabredeten sich für fünf Uhr in Uhlbach bei Hans Hutter, dem Vater von Timo und Jasmin.

Im Wohnzimmer liefen die Fünfuhr-Nachrichten im Fernsehen in voller Lautstärke. Irgendwo waren wieder einmal feiernde Menschen in die Luft gejagt worden, der IS ließ grüßen. Corry fragte sich, wie lange die Medien diese hirnlosen Mörder noch als Kämpfer bezeichnen wollten. Für sie war der Begriff Kämpfer positiv besetzt – für das Gute kämpfen, für Freiheit und Gerechtigkeit. Genau das Gegenteil von dem, was diese Terroristen antrieb.

Hans Hutter stellte den Fernseher heute von sich aus leise, vielleicht, weil Corry einen Mann mitgebracht hatte.

Fabio hielt ihm seinen Dienstausweis hin und wechselte ein paar freundliche Worte mit ihm. Er war der gute Cop, den brauchte er gar nicht zu spielen, und Corry nahm, was übrigblieb.

»Setzen Sie sich neben mich!« Corry saß bereits auf dem Rundecken-Sofa mit den vielen Kissen und klopfte auf den Platz zu ihrer Linken. Folgsam ließ sich der ungepflegte Herr Hutter neben ihr nieder. Er hatte das gleiche an wie vor zwei Tagen, nur dass es stärker roch.

»Als ich am Samstag bei Ihnen war«, fing Corry an, »haben Sie gar nicht Ihre Tochter erwähnt.«

Er sah sie mit weinerlicher Miene an. »Sie haben nicht nach ihr gefragt. Sie wollten was über Timo wissen und sonst nichts.« Hutter rauchte, verlor Asche über der blauen Tischdecke. Corry erläuterte ihm ihren Besuch in der Bambifabrik.

»So, so, der Patrik ist auf die Jasmin gekommen.« Sein Seufzer klang ärgerlich. »Für ihn und die anderen war sie doch bloß der Dorftrottel.«

»Wie meinen Sie das?« Fabio, der am offenen Fenster stand, trat an den nikotingetränkten Sessel, um sich zu setzen. Kurz inspizierte er das Möbel und blieb dann lieber stehen. »Wieso Dorftrottel?«

Hutter winkte nur ab. Wandte den Blick der schönen Spanierin an der Wand zu, die ihm vielleicht ein Trost war. Als er nach einer neuen Zigarette griff, zitterten seine Finger. »Die hat doch keiner ernst genommen.«

»Wir möchten gern mit ihr sprechen«, sagte Corry feurig. »Wo erreichen wir sie denn?«

»Die wohnt nicht mehr hier. Die arbeitet in Stuttgart als Restaurantfachfrau. Wo? In einem Speiselokal in der Schlossstraße. Wie das Lokal heißt?« Er rieb sich die Augen. »Blaues Rössle heißt das.«

Corry hatte noch nie davon gehört.

»Was wollen Sie denn von ihr?« An seinem gelben T-Shirt zeigten sich große Schwitzflecken unter den Achseln. »Sie nennen es eine Routinebefragung, und hinterher hat der Bürger nichts als Scherereien. Die Telefonnummer wollen Sie, na bitte, hier.«

Unter Gemaule gab er Corry zwei Telefonnummern, einmal Jasmins Handy, einmal Festnetz Blaues Rössle.

»Hat sie einen Freund?«, wollte Fabio wissen. Er war bei der Schrankwand und blickte auf gerahmte Fotos.

Hutter fuhr sich mit der Hand über den Kopf. »Die hat nix Festes.«

»Ein hübsches Mädchen!« Fabio kam mit einem Bild und stellte es auf den Tisch.

»Nee, nee, das ist die Alexa, da war sie neunzehn. Dort drüben hab ich ein Foto von der Jasmin, ich zeig's Ihnen.« Er brachte ein Bild in einem schmalen Holzrahmen, das ein leicht übergewichtiges Kind von zwölf, dreizehn Jahren zeigte.

»Damals hat ihre Mutter noch gelebt«, bemerkte er leise, wie zu sich selbst. »Ein neueres Bild hab ich nicht, die lässt sich nicht gern fotografieren.«

Fabio zog das Foto nahe an sich heran und blickte freundlich drauf. »Sie hat unter dem Tod ihres Bruders sicher sehr gelitten.«

»Gelitten haben wir alle, das kann ich Ihnen schriftlich geben. Vor allem meine Frau, Gott hab sie selig. Ach, das tut Ihnen leid? Sie haben ja keine Ahnung!« Hutter schluchzte laut auf. »Ich kann den Freitod« – er sprach das Wort ironisch aus – »von meinem Sohn ja gar nicht verstehen. Timo hat weder getrunken, noch Drogen genommen, noch war er seelisch verspult. Es passt nicht, dass er sich umgebracht hat. Ich hab das hundertmal zu dem Polizisten gesagt, aber der meinte, sie hätten keine Spuren von ner anderen Person gefunden, und das könnte er mir schriftlich geben.«

Als sie wieder im Auto saßen, wählte Corry Jasmins Mobilfunknummer. Es meldete sich aber nur die Mailbox.

Zu Fabio, der gerade anfuhr, sagte sie: »Ich hab eine Idee. Wie wär's, wenn wir zu diesem Turm fahren? Es ist noch mindestens drei Stunden lang hell. Wir steigen hoch, schauen in die Tiefe und stellen uns vor, wie wir uns runterfallen lassen.«

Fabio mochte ihre Ideen manchmal nicht, aber mit dieser zeigte er sich gleich einverstanden.

Sie fuhren über die Weinberge in Serpentinen zum Rotenberg hinauf, immer die zauberhafte, von Salucci erbaute, kreisrunde Grabkapelle im Blick.

»Lass uns da oben zu Fuß gehen, Fabio, man wird ja verrückt, so eingesperrt wie wir immer sind. Ich sitze schon den ganzen Tag, erst im Büro, dann im Auto, dann in der Bambifabrik, dann wieder im Auto, dann …«

»Ist gut, Corry, wir wandern! Du kennst dich hier ja aus.« Er parkte den Wagen an der Egelseer Heide. Von dort gingen sie zwanzig Minuten auf dem Höhenweg entlang – links hinter Feldern der dichte, dunkle Wald, rechts steil abfallend die erbsgrünen Weinberge, und in der Tiefe, wie in einem Kessel, die roten und braunen Dächer von Uhlbach, von wo sie gekommen waren.

An der Waldschenke »Sieben Linden« blieben sie stehen. Auf der Wiese standen Bierbänke und lange Tische, an denen fröhliche Menschen Halbliter-Getränke zu sich nahmen und gut gefüllte Teller vor sich stehen hatten.

Ohne Worte steuerten sie auf das Holzhaus zu und lasen die Speisekarte am Eingang.

»Auf Anhieb drei Sachen, die ich sofort verdrücken könnte«, stellte Corry zufrieden fest. Für Fabio, der keine Tiere verspeiste, würde es auf Kässpätzle hinauslaufen. »Auf dem Heimweg kehren wir hier ein«, versprach sie, »und ich geb mir heut mal die Kante.«

Fabio lachte, aber nur gespielt. Etwas bedrückte den Kollegen. Sicher sein Vater Salvatore, der mit seiner Lebensgefährtin immer noch Fabios ganzes kleines Haus besetzte. Oder Sebastian, der wohl immer noch in Berlin mit einer syrischen Indie-Rockband herummachte.

Sie hörten ein Kichern. Eine Gruppe Radfahrerinnen, keine jünger als Sechzig, lachten herüber, und eine pfiff sogar durch die Zähne, was natürlich Fabio galt. Er hatte bei Frauen einen Schlag, da konnte er nichts dagegen tun.

Corry sagte: »Wir müssen jetzt zu dem Turm.«

Auf einem extrem steilen Kopfsteinpflasterweg kamen sie nach zehn anstrengenden Minuten in der Abendhitze auf die Hochebene. Sie erblickten die üppige Katharinenlinde, die gleichnamige Gaststätte sowie den viereckigen, nüchternen Katharinenlindenturm. Das also war er. Fabio las von seinem Tablet ab: »1957 in Stahlbetonweise gebaut, steht der Turm auf einem Absatz des Schurwalds, er ist siebzehn Meter hoch und gewährt eine hervorragende Aussicht übers Neckartal bis hin zum Albtrauf.«

Auf jedem der fünf Stockwerke gab es an der Front vier scheibenlose Fenster nebeneinander, im sechsten Stock befand sich die nur durch eine Brüstung geschützte Aussichtsfläche, über der eine viereckige Betondecke schräg in den Himmel ragte.

Sie stiegen hinauf. Bei jedem Treppenabsatz schauten sie aus dem Fenster. Ganz oben, auf der offenen Plattform, wehte ein warmer Wind, und Corry breitete die Arme aus, als wollte sie gleich losfliegen. Dann blickte sie in die Tiefe auf den Betonboden hinunter.

»Er war zweiundzwanzig«, rief sie Fabio durch den Wind zu, »und hat sich da hinuntergestürzt. Er muss vollkommen verzweifelt gewesen sein.«

»Depressionen«, meinte Fabio und beugte sich leicht über die Brüstung. »Man merkt sie vielen Menschen nicht an. So wird es wohl auch bei Timo Hutter gewesen sein.«

Corry bekam hier oben Herzklopfen. Sie schaute noch einmal hinunter, dann wandte sie sich zu Fabio um. »Und wenn das gar kein Selbstmord war?«

Auf dem Weg zurück nach »Sieben Linden« telefonierte Corry mit Müzze: »Hast du etwas über Jasmin Hutter herausgefunden? Prima. Ach so, nur Belanglosigkeiten? Facebook mit Fotos von Perlenzeugs, na sowas! Und ein hellbrauner komischer Hund, wie interessant.« Corry holte hörbar Luft. »Wir sind im Wald, hier singen die Vögel, hörst du das? Ja, ja, ich merk's, neidisch bist du und nicht zu knapp.«

Als sie auflegte, sagte sie zu Fabio: »Ich hab so sehr gehofft, dass diese Jasmin ein Mosaiksteinchen ist, das uns da in den Fall gekullert ist.«

In der Waldschenke »Sieben Linden« setzten sie sich ans Ende eines langen Biertisches unter einem Birnenbaum mit einer Girlande aus bunten Lämpchen. Die beiden Paare am anderen Ende des Tisches unterhielten sich angeregt. Sie achteten nicht auf das Ermittlerpaar, das vor Hunger und Durst schon ganz grün im Gesicht war.

Corry und Fabio holten sich ihr Essen und redeten keinen Ton, bis sie es aufgegessen hatten. »Mhm, war das gut!«, sagte Corry. Sie hatte eine Bratwurst mit Kartoffelsalat verspeist und eine Halbe Bier getrunken. Sie blickte Fabio an. Die Kässpätzle mit Salat hatten seine Laune gehoben.

»Was hast du denn nur?«, fragte Corry. Er kam aber gleich auf den Fall zu sprechen. Unbedingt wollte er noch einmal hören, was Patrik Röhmle alles über Timos kleine Schwester gesagt hatte.

»Einmal nannte er sie Klammeräffchen. Ein andermal verwendete er das Wort zutraulich – das Jasminle war ›zutraulich‹.« Corry hatte inzwischen eine zweite Halbe vor sich stehen und fing an sich wohlzufühlen. »Ich meine, so spricht man vielleicht von jungen Katzen!«

Die Dunkelheit brach herein, und die bunten Lämpchen im Birnenlaub erwachten zum Leben. Corry sagte: »Röhmle berichtete, dass Jasmin lange glaubte, dass ihr Bruder noch lebt. Frau Hutter hat ihm das mal an ihrem Kiosk erzählt. Ti würde sich bloß verstecken, machte sich die Kleine was vor. Ihre Eltern hatten es nicht leicht mit ihr.«

Auf dem Rückweg zum Parkplatz glitzerten im Tal die Lichter Uhlbachs wie hingestreute Diamanten. Corry war in euphorischer Stimmung, denn sie hatte soeben im Blauen Rössle angerufen und mit dem Wirt gesprochen. Jasmin hatte heute dienstfrei. »Morgen ist die wieder da«, hatte er ihr versichert, und das war ja wunderbar.

Corry machte große Schritte, Fledermäuse schwirrten durch die Luft, und neben ihr ging der Kollege, etwas zu still für ihren Geschmack, und da sie ordentlich gebechert hatte, überkam sie die Lust, ein bisschen über seinen Vater zu lästern.

»Ich finde es verrückt von dir, dass du ihn bei euch wohnen lässt. Dieser alte Giftzwerg, und dann bringt er auch noch seine dicke Strickliesel mit.«

»Die bleiben ja nicht ewig.«

Nie würde Corry vergessen, wie Salvatore Lavelli mit einer Flasche Lourdeswasser nach Stuttgart gekommen war, weil das angeblich gegen Homosexualität wirken sollte. Der Beweis wurde nicht erbracht, da Fabio es kurzerhand in die Spüle goss. Aber das war noch nicht alles. Ganz schlimm, wie er Fabio als Polizisten verhöhnte. Er hatte ihm keine vier Wochen beim Dezernat für Tötungsdelikte gegeben.

»Ganz ehrlich, Fabio.« Sie hakte sich bei ihm unter. »Wie dein Vater dich behandelt hat, das dreht einem den Magen um.«

»Das Herz, Corry!«

»Wie bitte?«

Sie gingen weiter durch die Nacht. »Und nun hat er auch noch deinen Sebastian vertrieben.«

Sie konnte in der Dunkelheit sein Gesicht nicht sehen, aber

so, wie er schwieg, war er ernsthaft traurig. Mist, wieso hatte sie von seinem Freund angefangen, wenn sie doch merkte, dass etwas im Busch war. Vielleicht hätte ihr eine Halbe Bier gereicht.

»Ich bin deine Freundin«, sagte sie nun auch noch.

Fabio tätschelte ihren Arm. »Sebastian kommt bald wieder, ich muss mir keine Sorgen machen.«

Er kam ihr aber sehr sorgenvoll vor. Sie drückte seinen Arm.

Nach einer Weile kamen sie am Parkplatz an. Der dunkelblaue Peugeot war das einzige Auto, das dort noch stand. Sie stiegen ein, und Fabio fuhr auf der einspurigen Straße langsam den Berg hinab.

»Er hat sich in jemanden verliebt.«

So langsam dämmerte Corry, was das hieß. Sie sah Fabio von der Seite an. Er zuckte die Schultern, während er weiter geradeaus fuhr.

20

»Was will die Polente von dir?« Burkhard Nolte brauste einfach in ihr Zimmer herein. Es war noch nicht einmal neun Uhr früh, normalerweise schliefen Wirte um diese Zeit noch. Sie stand in dem Schlafshirt mit den Sternen vor ihm, barfuß, und vom Schlaf bestimmt genauso verstrubbelt wie er.

»Guten Morgen, Burkhard!«

»Menschenskind! Die Kripo hat angerufen, was hast du gemacht?« Er stemmte die Arme in die Seiten. »Du sollst eine Frau Voss anrufen, die will dich sprechen, und zwar ein bisschen plötzlich.« Kopfschüttelnd schaute er böse in ihrem Zimmer umher. »Ich kann das in meinem Haus nicht gebrauchen.« Sein Blick fiel auf die schwarze Urne mit dem bezaubernden goldenen Ornamentperlenband. »Ich will nicht, dass mein Lokal in so ne Polizeisache reingezogen wird, dass das klar ist.«

Das Dachfenster stand offen, sie waren eingehüllt in den Lärm und Staub der Stadt.

»Es tut mir wirklich leid«, stotterte Huttla. »Ich kann mir gar nicht erklären …«

»Was hast du mit den Bullen zu schaffen, frag ich dich.«

»Gar nichts, ehrlich!«

»Dann ruf diese Frau Voss an, hier ist die Telefonnummer. Aber dalli.«

»Ja.« Sie nahm den Bierdeckel, auf den er eine Nummer gesudelt hatte, und tat so, als finge sie gleich an zu weinen. Rieb mit der Faust in den Augen wie ein kleines Kind, da drehte er sich auf dem Absatz um und knallte die Tür hinter sich zu. Dann war es still. Kein Gepolter auf der Treppe. Bestimmt stand er noch vor der Tür und lauschte.

Huttla versuchte, einen halbwegs klaren Gedanken zu fassen. Ihr Herz pochte, während sie laut und deutlich in Richtung Zimmertür sprach: »Ja, hier ist Jasmin Hutter. Sie wollten mich sprechen, Frau Voss?« Pause. »Ach so, es hat sich erledigt?« Pause. »Danke.« Pause. »Ihnen auch einen schönen Tag!«

Jetzt konnte der Wirt getrost die Treppe hinunterschleichen.

Zu Erdna sagte sie: »Du fällst vom Stuhl, wenn du das hörst: Anscheinend hat's einen Mord gegeben, und jemand hat eine junge Frau gesehen, die so ähnlich aussieht wie ich. Aber ich kann's ja wohl nicht gewesen sein, wir waren ja die ganze Zeit zusammen.«

Wie du lügst! Erdna fing an rumzustänkern. Obwohl sie den Wirt normalerweise nicht ausstehen konnte, gab sie ihm nun recht. Das Rössle in eine Polizeisache reinziehen sei ja wohl das Letzte.

Dieses wankelmütige Wesen!

Meistens saß sie ganz still da, wie bei einer Totenwache. Aber jetzt wollte sie nicht mehr auf ihren harten Stuhl zurück. Sie verkündete, sie würde in den nächsten fünf Minuten abhauen, sie wolle endlich auch mal was vom Leben haben. Außerdem hasse sie Kartoffelbrei.

Huttla hörte, wie unten im Hof Noltes alter Ford Mustang gegen das Garagentor krachte. Das war ein bekanntes Geräusch. Wie das langgezogene Kreischen der Stadtbahn an der Berliner-Platz-Kurve oder das Hupen der Autos im Berufsverkehr.

Sie pflückte sich ein frisches T-Shirt und Bermudas aus dem Schrank und sah über die Schulter zu Erdnas Stuhl hinüber. Sie war bereits verschwunden.

Huttla saß auf ihrem Bett, immer noch im Schlafshirt, die Anziehsachen zusammengeknäult im Schoß. Da rief Michelle schon wieder an.

Wenn Huttla nicht abnähme, würde sie sich Sorgen machen. Also nahm sie den Anruf entgegen und drehte sich mit dem Handy zur Wand, wo Conchita Wurst zu ihr herablächelte.

Michelle war ganz außer Atem. Huttla presste das Telefon fest ans Ohr, um sie besser zu verstehen. Im Hintergrund brüllte ein Löwe, der sich ziemlich groß anhörte.

»Ich habe einen Anschiss bekommen«, maulte sie. »Die Chefin behauptet, ich sei unfreundlich gegen Besucher gewesen.« Sie schnaufte. »Jasminchen, kannst du dir das vorstellen?«

Ja, das war nicht schwer. Laut sagte sie: »Nein, das würde gar nicht zu dir passen.«

»Meine Rede.« Michelle keuchte wie nach einem Dauerlauf. »Vielleicht feuern die mich.« Sie machte ein spöttisches Geräusch durch die Nase. »Wenn du mich in diesem Leben nochmal im Safaribus sehen willst …«

»Ich komm ja!«, rief Huttla und legte rasch auf, weil sie weinen musste. Sie schaltete das Telefon aus, stieg aus dem Schlafhemd und wischte sich die Tränen von den Wangen. Sie sah zum Tisch rüber, auf dem putzig der kleine Löwe auf vier Beinen stand. Mit dieser Arbeit konnte sie mehr als zufrieden sein.

Gestern hatte sie die Stäbchenperlen für die Mähne im »Perlenreich« abgeholt. Herr Burger hatte ihr einen Darjeelingtee hingestellt, aber sie war zu schüchtern gewesen, davon zu trinken. Das Tässchen war viel zu fein und zu schön, es war wie für eine Prinzessin gemacht: himmelblaues Porzellan und am Rand eine Goldgirlande.

Zuhause hatte sie viel Zeit darauf verwandt, die Mähne für einen perfekten kleinen Löwen zu fädeln. Sie dachte: Wenn er fertig ist, zeig ich ihn Herrn Burger. Er ist ein Perlenjunkie, genau wie ich. Aber das Tierchen wollte und wollte nicht fertig werden. Mal klappte dies nicht, mal das. Als schließlich jedes Perlchen unverrückbar an seinem Platz saß und nur noch der Schlussfaden herabhing, fing sie doch tatsächlich an, auch noch ein Halsband für den Löwen auszutüfteln.

Sie hatte so viele gute Ideen. Also fädelte sie aus kirschroten Mini-Rocailles, wovon sie noch eine Dose besaß, ein überzierliches Halsbändchen.

Die ganze Zeit, während sie arbeitete, hatte sie das Gefühl, dass mit der Anfertigung dieser Perlenfigur irgendetwas zu Ende gehe. Wie sonderbar. Sie hatte das Löwchen fast nicht loslassen können. Aber dann hatte sie ihre Schwäche überwunden, den Abschlussknoten geknüpft und eine transparente Handyschlaufe hindurchgezogen. Michelles Mitbringsel war definitiv fertiggestellt, es gab nichts mehr hinzuzufügen, es war alles gemacht.

Sie zog die Bermudas und das T-Shirt an. Es war ihr Lieblings-T-Shirt, mausgrau mit Rosa an den Blenden. Sie könnte so glücklich sein. Leider stach ihr diese Frau Voss von der Polizei im Kopf herum. Was sollte sie nur tun? Zuerst einmal kochte sie sich ihren Morgenkaffee.

Beim ersten Schluck fiel ihr Michelles Anruf wieder ein. Falls man sie aus dem Safaripark werfen würde, weil sie frech zu den Fahrgästen gewesen war, dann wäre hiermit für Huttla die Aussicht auf einen Arbeitsplatz im Safari-Café gestorben. Ohne die Fürsprache einer langjährigen Mitarbeiterin wie Michelle Högel bekam man heutzutage kein Bein ins Geschäft.

Was, wenn nun auch in Lauras Waschsalon keine Stelle für sie frei wäre? Plötzlich überfiel sie die vertraute Altersarmutsangst.

Sie würde jetzt so gern Ingrid fragen, was sie denn tun sollte. Aber die war sicherlich mit der Trauer um ihre große Tochter beschäftigt, die ja erst vor acht Tagen ermordet worden war. Da konnte Huttla wohl kaum mit ihren Sorgen ankommen. Wann würde sie je wieder mit Ingrid sprechen? Sie hatte so lange nichts von ihr gehört; über sieben Monate war das her …

Ingrid war sehr beschäftigt, da auch sie jetzt einen Flüchtling bei sich wohnen hatte. Er kam aus Afghanistan, und sie kümmerte sich um ihn aus angeborener Nächstenliebe.

Huttla trank ihren Kaffee und hing ihren Erinnerungen nach, was ihr selten guttat.

Es war um Weihnachten herum gewesen, seit Wochen gab es in Stuttgart Feinstaubalarm, da hatte Ingrid sie angerufen zwecks Demo. »Jassi, gegen den Smog müssen wir Position beziehen«, hatte sie losgefeuert. »Das ist ja bald wie in Peking bei uns!«

Allerdings brachte sie kaum Demonstranten zusammen. Nicht einmal ihr Afghane hatte Lust, bei dem Wetter und der Drecksluft mit Ingrids Sandwich-Plakat (LASS DEIN AUTO STEHN, ES WIRD AUCH OHNE GEHN!) herumzulaufen. Von ihren Nachbarn, die zugesagt hatten, erschienen nur zwei am vereinbarten Treffpunkt. Sie verdrückten sich aber ins Buchhaus Wittwer, weil es so kalt war.

Da hatte Ingrid beschlossen: »Jassi, wenn wir zwei schon mal in der City sind, dann machen wir halt Weihnachtseinkäufe.«

Also lehnten sie ihre Demo-Plakate (Ingrid hatte viel schwefelgelben Rauch als Hintergrund gemalt) en passant ans Schiller-Denkmal und entfernten sich heimlich. Auf der Königstraße holten sie zum ersten Mal Luft und lachten mit der Hand vor dem Mund.

Fünf Minuten war es schön. Dann suchten sie gemeinsam Geschenke für die Töchter und den Afghanen aus, und weil das mit so viel Liebe geschah, fühlte sich Huttla bald ganz krank und wollte heim. Ingrid brachte sie noch bis zur U-Bahnstation, sogar untergehakt, und tatsächlich hatte sie ihr zugeflüstert: »Irgendwann schau ich mir deine süße kleine Wohnung an, Jassi.«

Sie stellte Kleiner Löwe auf einen Flicken Kunstrasen auf den Tisch und fotografierte ihn von allen Seiten. Andre würde ihn wunderschön finden. Sie lächelte. Bald war er in seinem Element. Von älteren Kollegen hatte er den Hinweis erhalten, dass man ihm zur Prüfung – mit Sicherheit! – einen durch einen Unfall schwer entstellten Leichnam vorlegen würde, dessen Gliedmaßen in alle Richtungen abstanden. Darauf freute er sich natürlich.

Huttla spülte gerade ihre Kaffeetasse aus, als Svetlana zaghaft klopfte. Vielleicht verbot ihr der Wirt, mit ihr zu sprechen, weil sie mit der Polizei zu tun gehabt hatte.

»Es war bloß ein Missverständnis«, sagte Huttla, bevor die Russin, heute in einem mintgrünen ärmellosen Kleid, fragen konnte.

Svetlana stellte ein Schälchen selbstgemachten Apfelkompotts auf den Tisch. Das Dumme war, sie glaubte immer noch, dass Bestatter in Fällen sperriger Toten den Verstorbenen die Knochen brachen.

»Glaubst du das immer noch?«, fuhr sie die Besucherin an.

»Glaubbe was?«

Huttla war jetzt sehr schlecht aufgelegt. »Dass man Verblichenen, die nicht richtig gerade liegen, die Knochen bricht?« Sie nahm Svetlana den kleinen Löwen weg, da sie sich häufig die Hände eincremte. »Du machst ihn noch ganz ölig«, schimpfte sie. »Hör mir jetzt mal gut zu: Das ist ein Irrglaube, Svetlana! Mit der Zeit löst sich die Leichenstarre, da brauchst du gar nicht den Kopf zu schütteln. Es gibt Dinge, die kann man nicht mit Gewalt erledigen. Ich sage dir, wie sie es machen: Sie massieren und dehnen das Fleisch und die Muskeln, ja, schau nicht so! Dann können sie die Glieder bewegen und den Körper – ganz normal – in den Sarg tun und die Arme so hinlegen, wie man das kennt.« Huttla löffelte nebenbei mürrisch das Apfelmus. »Sag nie wieder, sie brechen ihnen die Knochen.«

Svetlana schaute sie böse an, zog das leere Schälchen vom Tisch und verließ sie wort- und grußlos.

Warum hasste sie die Kellnerin nicht? Sie nahm ihr die Arbeit weg. Wäre sie in Petersburg geblieben, bräuchte sich Huttla keine Gedanken zu machen, woher sie ihr Geld bekäme. Ja, ein bisschen hasste sie Svetlana Wolkow, aber es reichte zu nichts.

Huttlas Laune wurde noch ein bisschen schlechter. Diese Frau Voss von der Kripo wollte mit ihr sprechen, sogar dringend. Ihre schneidige Stimme war ja auf ihrer Mailbox zu hören. Vielleicht würde Huttla sie anrufen, aber zuerst musste sie ein Stück Brot essen. Ihre Mutter hatte immer gesagt: »Das Frühstück ist die wichtigste Mahlzeit am Tag.« Und das wenige, das Gundi ihr je geraten hatte, trug Huttla im Herzen.

Sie kochte sich eine zweite Tasse Kaffee und bestrich eine Brotscheibe mit Margarine. Eine Träne rollte von ihrer Wange und kitzelte sie bösartig am Hals. Sie war drauf und dran, mit Andre Zeeb zusammenzuziehen. Keine Klagen! Auch wenn Michelle sie für diesen Schritt verachten würde.

Michelle mochte ihn nicht. Aus irgendeinem Grund war er ihr unsympathisch. Als Huttla ihr einmal erzählt hatte, wie sie früher zusammen gespielt hatten, war ihr Kommentar: »Der ist doch verrückt, dein Freund.« Und ein andermal, als sie ihr anvertraut hatte, dass er auf dem Weg sei, »Bestatter des Jahres« zu werden, da hatte Michelle gehöhnt: »Da lachen ja die Hühner.«

Sehr wohl hatte Andre das Zeug zum »Bestatter des Jahres«. Es stimmte schon, dass er manchmal ein wenig übertrieb mit seiner Arbeit. Er war leicht übermotiviert, genau wie Huttla strömten ihm die Ideen nur so zu. Doch während sich ihre Einfälle vorwiegend im Kopf bewegten, lebte Andre seine aus. Einer 88-jährigen Verstorbenen, die früher leidenschaftlich Tennis gespielt hatte, hatte er einen Tennisschläger zwischen die betenden Hände geschoben und rings um sie herum gelbe Tennisbälle gelegt. Das hatte die Trauernden natürlich extra zu Tränen gerührt, und Andres Chef, Herr Grassinger, war hoch zufrieden. Denn eine Beerdigung ohne Tränen war ja das Allerletzte.

Manche Hinterbliebene verbaten sich Kränze und Blumen. Es sollte keine Grabrede, überhaupt nichts Festliches geben. Die Trauernden sollten in bunten Klamotten vorbeikommen, Jogginganzüge und alte T-Shirts schienen völlig in Ordnung zu sein. Es sollte aussehen wie ein lockeres Treffen, nur ja kein Aufwand! Es ist nichts Besonderes, wenn einer für immer geht. Wie Andre dies hasste!

Wie war sie nun darauf gekommen? Sie biss in das Margarinebrot, in ihrem Mund wurde es immer mehr, sie konnte es gar nicht schlucken. Mit Andre zusammenziehen! »Mach dein Hobby zum Beruf«, sagte er, »ich verkauf deinen Urnenschmuck, verlass dich drauf!«

Vielleicht wäre es sogar schön …

Doch da erschienen ihr die Rehköpfe, als wäre es gestern gewesen:

Andre wohnte noch bei seinen Eltern, in einem grauen Viertel in Bad Cannstatt, nicht weit vom Wasen. Erst schauten sie im Wohnzimmer »6 Feet Under – Gestorben wird immer«, dann gingen sie in den Keller, um die Aufbahrungen nachzuspielen. Auf der Werkbank stand ein großer, hoher Karton, und irgendwie stießen sie ihn um und er fiel herunter und lauter ausgestopfte Rehköpfe mit kurzen Geweihen purzelten heraus. Gemeinsam stopften sie die Köpfe schnell wieder in den Karton zurück, aber der Deckel ließ sich nicht mehr schließen, und so sah ihnen der oberste Rehbock mit seinen schwarzen Glasaugen die ganze Zeit zu.

Derselbe Blick wie Andres Vater!

Immer hatte Edgar Zeeb sie angesehen, als wäre sie schuld am Tod ihres Bruders. Sogar Michelle, der sie das einmal am Telefon berichtet hatte, meinte: »Nimm dich in Acht vor dem Jäger, Jasminchen!«

Huttla schluckte das Brot und trank von ihrem Kaffee.

»Er ist doch nur ein bisschen dement!«, waren Andres Worte, der es nicht über sich brachte, seinen Vater in ein Heim oder sonstwohin zu stecken. Also durfte er bei ihm wohnen, in der blasslila Wohnung in der Immenhofer Straße.

»Mitsamt seinen Schusswaffen, wenn ich nicht spinne.«

»Mann, Jasmin, er besitzt keine Waffen!«

Andre hatte ihre Vermutungen immer gleich beiseite gewischt und manchmal war er richtig sauer geworden. »Er ist doch mein Vater.«

Huttla räumte ihre Kaffeetasse weg und das Messer, mit dem sie sich das Brot geschmiert hatte. Sie sah auf ihre Uhr. Halb zehn. Die Sonne schickte grellweiße Strahlen zum Dachfenster herein und ließ ihr Perlenzimmer glitzern. Sie blickte auf Erdnas leeren Stuhl, und wie durch Telepathie erhielt sie eine kleine Nachricht von ihr: Was, wenn Grusel-Edgar gar nicht mehr lange zu leben hat?

21

Dienstag, halb zehn. Corry begoss energisch ihre Sansevierien, die etwa einen Meter hoch standen und nicht jedem gefielen. Hinter der grünen Wand hörte sie Fabio auf seiner Tastatur klappern. Ihr Blick wanderte dorthin, wo gestern früh noch eine Tafel Schokolade gelegen hatte. »Da war doch noch Schokolade, gestern?«

Fabio unterbrach sein Gehämmer und warf eins von seinen Bountys durch die Durchreiche.

»Danke.«

Fabio hatte seinen Text beendet und druckte die Seiten aus.

Ihre Telefone klingelten gleichzeitig. Bei Corry war Otte dran, der seinen Besuch ankündigte. Also stopfte sie in einem Affentempo den Papierberg auf ihrem Schreibtisch in die beiden unteren Schubladen, die sie für solche Fälle leer hielt. Den Aufschrieb von Nick, der obenauf lag, holte sie wieder heraus. Der Kollege berichtete von seinen Recherchen im Internet. Er hatte alle Facebookfreunde Alexas durch – nichts Auffälliges – und war dann noch auf Chatpartnerinnen gestoßen, aber es hatte sich immer nur um Mode, Lifestyle und solche Sachen gedreht.

Corry sprach durch die Pflanzen: »Fabio, gleich kommt Otte.« Sie atmete schon flach. »Manchmal denke ich, ich kann sein Gejammer nicht mehr hören. Ich glaub, ich lass ihn rauchen.«

»Fang das bloß nicht an.« Fabio verschob einen schweren Ordner, jedenfalls hörte es sich so an. »Wenn er nur ein Mal hier rauchen darf, ist das in Zukunft Gewohnheitsrecht.«

»Zukunft. Hat er eine?«

»Ich glaub, er geht nächstes Jahr in Pension.« Fabio packte irgendwelche Sachen zusammen. »Ich muss jetzt zum Revier West, eigentlich wollte ich dich ja begleiten, aber …«

»Sei froh! Da wo ich hingehe, will niemand hin«, erwiderte Corry und biss in das Bounty. »Ich nehme Müzze mit.«

Fabio ging, Müzze kam. Sie hatte den Kollegen ausfindig gemacht, der den Todesfall Timo Hutter damals aufgenommen und bearbeitet hatte: Rudolf Puschmann. Die Polizei war von einem Suizid ausgegangen, obwohl nichts im Umfeld des jungen Mannes darauf hingewiesen hatte. Ein Fremdverschulden wurde rasch ausgeschlossen.

Müzze sagte: »Aber freu dich nicht zu früh, Corry.«

»Ich freu mich ja gar nicht.«

»Er liegt im Sterben, Corry.« Ihr Augenlid flatterte.

»Dann müssen wir uns beeilen.« Corry schob ein paar Unterlagen in ihre Umhängetasche. »Nur blöd, dass Otte jeden Moment kommt.«

»Er weiß es.« Müzze senkte den Blick, was sonst nicht ihre Art war.

»Telefonier bitte nach einem Wagen«, wies Corry sie an. »Die vom Rauschgift haben uns den Peugeot weggenommen.«

Es war, als träte der Chef die Türe ein. Keine Absicht, nur diese großen Füße in solchen Kähnen von Schuhen, mit denen er überall anstieß und die Kollegen erschreckte.

»Guten Morgen, Otte.« Corry warf ihm ein gefaktes Lächeln zu. »Wir haben es ziemlich eilig.«

»Timo Hutter hat sich vor zwölf Jahren das Leben genommen! Muss ich im Ernst noch etwas dazu sag…«

»Wir sagen dann mal ade.«

»Ihr bleibt hier!« Otte stellte sich vor Wut auf die Spitzen seiner Kähne. »Das fehlte noch, dass ihr einem Kollegen an den Karren fahrt, der in einer Krebsklinik im Sterben liegt.«

»Wir haben brisante Anhaltspunkte.« Corry schubste Müzze mit der Schulter. »Sag schon, was Puschmanns Frau gesagt hat.«

»Seine Frau, seine Frau!« Otte tanzte förmlich um sich

selbst. »Was glaubt ihr, wie die durch den Wind ist, wenn der Mann in einer onkologischen Klinik im Sterben liegt!«

Müzze hob beide Arme. »Sie sagte …«

»Nichts hat sie gesagt! Ich habe vor zwei Minuten mit ihr telefoniert. Nichts, rein gar nichts hat sie zu einer KOK namens Gül gesagt.«

Sie schauten ihn entgeistert an. In diesem humorlosen Zustand war er fast nicht zu ertragen.

»Otte, wir müssen dieser Sache nachgehen. Die Frau des kranken Koll…«

»Krank nennst du das!« Er schäumte regelrecht. »Ein todgeweihter Kollege kann dir nicht weiterhelfen, soll ich dir das buchstabieren, meine Liebe?«

»Für dich immer noch Frau Voss!« So langsam hatte sie dieses überspannte Nervenbündel satt. »Der Fall läuft auf etwas ganz anderes hinaus, als du dir vorstellen kannst.« Sie sah ihn scharf an. »Mach dich auf etwas gefasst!«

»Du musst den Tatsachen ins Gesicht sehen!« Er getraute sich, in Corrys Büro mit der Faust auf den kleinen Besprechungstisch zu hauen. »Wir haben nichts! Kein Tatwerkzeug, keine Genspuren und keine Ahnung, wie der Täter tickt. Das LKA wird …«

»Hah!« Hitzig flogen nun mehrere Halbsätze im Raum umher. Müzze zog den Kopf ein, Corry musste sich beherrschen, um nicht eine der Sansevierien auszureißen.

Am Ende siegte sie, das war klar.

»Ich fahre jetzt mit KOK Müzze nach Heidelberg und recherchiere. Basta!«

Müzze wandte sich Otte verträglich zu. »Sie glaubt, wenn wir Timo Hutters Tod durchschauen, kommen wir in unserem Fall weiter!«

»Ja, ja, sie kommt im Hasenbergfall nicht weiter«, ratterte er in einem gemeinen Tonfall herunter. »Da macht sie kurzerhand einen Ausflug, für zwei Personen, der Steuerzahler zahlt es ja.« Er ließ sich auf den Besucherstuhl sinken und tat so, als finge er gleich an zu weinen. »Was versprecht ihr euch davon? Wie sollen denn die beiden Fälle zusammenhängen, bitteschön? Der eine ist vor über einem Jahrzehnt gestorben, die andere letzte Woche ermordet worden. Ja, gut, sie waren einmal ein Ehepaar, wenn auch nur kurz.«

»Wir haben zu tun!« Corry schwitzte. Sie warf noch einen Kugelschreiber in ihre Tasche und zog den Reißverschluss zu. Mit einem ruckartigen Nicken grüßte sie anstandshalber ihren Chef, ihre Kollegin brauchte sie nur kurz anzusehen. »Müzze, bereit?«

»Bereit!«

Sie eilten zum Parkplatz und warfen ihre Taschen auf die Rückbank des schwarzen VW Beetle, das gleiche Viertürer-Modell, das Corry daheim in Kaffeebraun in der Garage stehen hatte.

Müzze sagte: »Es wird immer schwieriger, mit ihm umzugehen, Corry.«

»Es war schon immer nicht leicht.«

Corry bemerkte jetzt erst, was Müzze anhatte. Das riesige weiße T-Shirt mit dem roten Punkt vorne kam ihr bekannt vor. »Ist das nicht von Jan?«

»Er hat's mir geschenkt.«

Sie fuhren eine Weile schweigend. Dann sagte Corry: »Wir dürfen uns über Otte nicht so aufregen. Er ist ein armer Mann. Alles, was er sich gewünscht hat, ist nicht in Erfüllung gegangen. Ehe, Kinder, Hund – nichts hat geklappt. Er ist mit sich selbst zerstritten. Halten wir uns da besser raus.«

»Das hast du gut gesagt, Corry.«

Müzze fuhr rasant auf die Bundesstraße raus. Als sie über dem Pragsattel waren, wo der Schwerverkehr von allen Seiten herandonnerte und alles, was giftig war, in kleinen Wolken dahinstob, drehte Corry das Radio an. Es war immer schön, mit Müzze zu fahren. Sie spielten die alte Slade-Ballade »Far far away«, und Corry und Müzze sangen laut den Refrain mit.

Müzze holte alles aus dem Beetle raus. »Silke Bandowski geht ja in diesen Chor, wo keiner singen kann, wie findest du das, Corry?«

»Ich finde das toll.«

Eine Weile später kam Müzze auf das Telefonat mit Frau Puschmann zurück.

»Sie hat sich sehr dagegen gewehrt. Warum man den alten Fall nicht ruhen lassen könne, es sei doch einwandfrei ein Freitod gewesen. Warum wollte die Kripo um Himmels Willen nun ihren sterbenden Mann noch einmal damit quälen?«

»Wieso sagte sie quälen?«

»Versteh ich auch nicht, Corry.« Müzze geriet in ein Stop-and-go. »Gestern war Paul kurz bei mir im Büro, du hast sicher seinen Bericht gelesen. Er hat den ganzen Hasenberg umgekrempelt mit seinen Trupps und noch immer keinen Schlagstock gefunden, der zu der Verletzung passt. Ich mag den Paul total gern. Solche Augen! Hast du nicht mal gesagt, die seien topasblau?«

»Ich weiß nicht auswendig, von welchen Augen ich dir in meinem Leben schon erzählt hab.«

»Egal, Corry. Paul sagt, kaum steht unser Fall mal wieder in der Zeitung, wird er in die entlegensten Gärten und Hinterhöfe gerufen, um sich irgendwelche Äste, die von den Bäumen gefallen sind, anzusehen.«

Corry sagte: »Der Täter hat das Teil mitgenommen. Das steht jetzt irgendwo in einer Wohnung im Schirmständer.«

»So seh ich das auch.«

»Auch Gerd ist frustriert, er seufzt nur noch am Telefon. Er hat keinerlei Treffer, er kriegt bald die Krise.«

»Die Kollegen vom Revier West sind auch ganz niedergeschlagen«, meinte Müzze. »Kaspar und Dagmar haben uns sehr gut unterstützt bei Opitz' Feinden. Mittlerweile sind restlos alle Alibis überprüft und bestätigt worden, und das waren eine Menge. Und dann sind sie den Hinweisen aus der Bevölkerung nachgegangen – genauso wie Nick, Fink und ich. Viel Rennerei, hunderte Telefonate, Gespräche vor Ort, und nichts Verwertbares dabei.« Endlich überholte Müzze den Traktor, der Corry seit fünf Minuten nervös machte. Die Hände locker auf das Steuerrad gelegt, sagte sie: »Wenn wir mit dem Fall durch sind, sollten wir mit denen mal essen gehen, Corry.«

»Mit wem?«

»Dagmar Bechtle und Kaspar Liebig.« Sie warf Corry ein rasches Lächeln zu. »Und Paul nehmen wir auch mit.«

»Eigentlich wollte ich die Tage mal mit Gerd zusammen was kochen. Vielleicht ein Schakschuka, falls du das kennst. Man kommt aber zu nichts bei der Polizei.«

»Wem sagst du das, Corry.«

»Und das T-Shirt hat dir Jan geschenkt, weil die japanische Flagge drauf ist?«

»Du weißt noch nicht das Neueste, Corry.« Müzze saß ausgesprochen lässig am Steuer. »Ich hab die Wohnung besichtigt. Ich nehm sie.«

»Wow.«

»Morgen unterschreibe ich den Mietvertrag.« Müzze gab jetzt wieder ordentlich Gummi. »Und am 1. August ziehe ich ein.« Ihr Augenlid flackerte, sie lächelte rasch herüber. »Ich bin für Frau Eisele-Takahashi die Verkörperung von Sicherheit.«

»Wie mich das freut!« Corry klopfte ihr auf den Oberschenkel. »Aber sag ihr nicht, wie viele Überstunden du ständig schiebst und deswegen so gut wie nie daheim bist.«

Da mussten beide schrecklich lachen.

Sie erreichten Heidelberg, die Alte Brücke, darunter der Neckar, blau und schillernd – jetzt einen Tag Urlaub! Sie erblickten das berühmte Heidelberger Schloss in dem steilen Waldhang. »Da gibt es einen Gefängnisturm.« Corry zeigte in die Richtung der Ruine. »Den hat man früher ›Seltenleer‹ genannt. Doch, lach nicht, das stimmt!«

Müzze parkte den Beetle auf einem der riesigen Parkplätze des supermodernen Nationalen Centrums für Tumorerkrankungen. Sie fand sich rasch mit dem Beschilderungssystem zurecht, und keine fünf Minuten später marschierten sie in dem riesigen Klinikkomplex durch den richtigen Eingang zur richtigen Patientenstation, auf der Rudolf Puschmann, siebzig Jahre, in Zimmer Nummer 9 lag.

»Danke, Müzze, ich würde hier Stunden herumirren, aber behalt's bitte für dich.«

Die Krankenschwester war über den Besuch informiert. »Bitte desinfizieren Sie Ihre Hände!« Überall im Flur hingen solche Geräte an der Wand. »Ich lasse Sie jetzt allein.«

Sie waren aber nicht allein mit Rudolf Puschmann. Zwischen all den High-Tech-Überwachungsgeräten mit ihren Monitoren, Kabeln, zwischen Infusionsleitungen, die von Ständern herabhingen, schälte sich das Bild einer farblosen Frau Ende Sechzig heraus: Hannelore Puschmann. Sie erhob sich und kam, ohne ein Geräusch zu machen, auf Corry und Müzze zu.

»Wie können Sie es wagen!«

Corry sah den Kollegen reglos in einem Intensivbett liegen. Entweder schlief er oder er war tot. »Wie geht es Ihrem Mann?«, fragte sie.

»Wie soll es ihm gehen!«, entrüstete sie sich. »Wenn Sie daherkommen und auf dieser alten Sache herumreiten wollen. Das ist doch zwölf Jahre her! Mein Mann ist todkrank.«

Müzze: »Sie sagten mir am Telefon, dass Ihr Mann nicht damit zufrieden sei, wie das damals gelaufen ist.«

Die schmalen Schultern der Frau zuckten. »Ich weiß nicht, worauf Sie hinauswollen.«

Corry schlug einen nüchternen Ton an: »Keiner konnte sich einen Selbstmord bei Timo Hutter vorstellen, weder seine Familie noch seine Freunde.«

Sie hörten ein Stöhnen und wandten den Blick auf das ausgemergelte, gelb gefärbte Gesicht mit dem Sauerstoffschlauch an der Nasenöffnung. »Es gab … keinen Schuldigen«, sagte Rudolf Puschmann kaum hörbar.

»Da haben Sie's! Was richten Sie hier an! Mein Mann regt sich auf.« Sie drehte den Kopf zum Bett und hielt dann inne mit ihren Vorwürfen. Sie stellte sich neben den Kranken, beugte sich zu seinen dünnen Lippen hinab. »Willst du das so?«, flüsterte sie. »Bist du sicher?« Sie nahm den Handapparat vom Nachttisch und ließ das Kopfteil ein Stück hochfahren.

Corry und Müzze traten näher heran. Frau Puschmann legte ihre Hand auf die ihres Mannes und drückte sie. »Wenn du es wirklich willst, dann sage ich es ihnen.« Sie prüfte sein Gesicht und erhielt offenbar eine Antwort. Ruckartig hob sie den Kopf und sah in Corrys Augen. »Ich soll Ihnen berichten: Mit der kleinen Schwester hat etwas nicht gestimmt.«

Corry ging auf sie zu und ignorierte ihren alarmierten Blick und ihre vor Widerwillen hüpfenden Schulterchen. »Das ist alles«, stieß sie hervor, »was wir zu sagen haben.«

Da hörte Corry ein Röcheln und ein paar halb erstickte Worte: »Sie war … doch noch …« Sie trat ganz nah an den Kollegen heran. »Was möchtest du uns sagen?«, hörte sie sich fragen. Sie duzte ihn, wie das üblich war unter Kollegen bei der Polizei.

Sein Mund stand jetzt offen wie ein schwarzes Loch. »… ein Kind.« Hinter seinen geschlossenen Lidern zuckte es. Corry legte eine Hand auf seinen Arm. Er öffnete die Augen einen Spalt, die Iris war nicht zu sehen, nur das Weiß, das durch die Krankheit gelb geworden war. Sie flüsterte ihm zu: »Jasmin Hutter, damals zehn Jahre alt?«

Puschmann nickte.

Auf der Heimfahrt hinterließ Corry erneut eine Nachricht auf Jasmins Mailbox. Sie sah zu Müzze rüber: »Ich will nochmal mit Nadine Abt sprechen. Sie ist die Hellste in dem Clan.« Dann wählte sie die Nummer.

»Hier spricht Corinna Voss, Kripo Stuttgart.« Draußen zog ein hübscher Ort mit rundlichen Bäumen am Fenster vorbei. »Wie geht es Ihnen? Ja, natürlich, das verstehe ich. Wo kann ich mit Ihnen sprechen? In Ordnung, ich danke Ihnen, wir sehen uns später.«

Ein weißer Mercedes sauste an ihnen vorbei, gefolgt von einem kleinen hysterischen Schwarm blassgrüner Smarts.

»Wir müssen mehr über Jasmin Hutter erfahren, bevor wir sie treffen. Gib Gas, Müzze!«

»Sie fragen sich wohl, wie wir den Nerv haben können, den Waschsalon zu putzen, als wäre nichts geschehen.« Corry hatte noch nicht den Mund aufgemacht, um Nadine Abt zu begrüßen, schon legte die junge Frau los. »Wann finden Sie endlich den Mörder meiner Schwester?«

Ihre Rastahaare hatte sie zu einem Pferdeschwanz gebunden, die Hälfte war aus dem Gummi gerutscht und stand ihr im Nacken ab wie rostiger Draht. Die löchrige Jeans schlotterte ihr um die Beine.

»Bei uns im Waschsalon hat er sich nämlich nicht versteckt.« Mit einem Putzlappen fuhr sie fieberhaft über die Front einer Großwaschmaschine. »Hier brauchen Sie nicht zu suchen.« Sie knallte den Lappen in einen Eimer, aus dem das seifige Wasser herausschwappte.

Abgekämpft und verschwitzt trat ihre Schwester in einem Putzfrauenkittel aus dem Hinterzimmer. Sie zog einen alten Kehrbesen hinterher, an dem graue Staubmäuse hingen. »Was ist denn los?«, fragte sie matt.

Nadine fischte den Putzlappen aus dem Seifenwasser. »Die Kripo sucht bei uns den Täter!« Sie lachte kurz und wütend.

»Bitte nehmen Sie Platz, Frau Voss«, sagte Laura mit gequälter Miene. »Meine Schwester ist nervös …«

»Zu Recht!« rief Nadine. »Ein Monster hat Alexa getötet! Eine Bestie, ein Verrückter, der die Kontrolle über sein krankes Hirn verloren hat! Ihr Kollege hat mir genau erzählt, was er mit ihr gemacht hat. Wie er sie zugerichtet hat. Der Kopf zerschmettert und der ganze Körper voller Striemen!« Sie schleuderte den Lappen erneut in den Eimer, und noch mehr Wasser spritzte auf den Kachelboden.

»Mit wem haben Sie gesprochen?«, fragte Corry und setzte sich auf einen Plastikstuhl.

»Was weiß ich, Blessing oder so.« Sie stand mit hängenden Armen da.

Jan, dieses Miststück. Er würde was erleben. »Weshalb wir gekommen sind«, sagte Corry rasch. »Wir möchten mit Ihnen über Jasmin Hutter sprechen. Sie ist im Moment nicht erreichbar.«

»Ach, die.« Nadine schüttelte ungläubig den Kopf. »Wer will denn was von Jassi?«

Laura setzte sich neben Corry. Sie roch nach frisch gemangelter Wäsche. »Ich hab sie schon länger nicht mehr gesehen.«

»Sie gehört aber schon noch irgendwie zur Familie?«, sondierte Corry.

»Ganz sicher nicht.« Nadine zog den Lappen wieder aus dem Wasser und wrang ihn aus.

Unterdessen gab Laura Corry ein Zeichen, das aus drei Gesten bestand: Augenrollen, Finger über die Lippen und Hand aufs Herz.

»Ein bisschen Kontakt haben Sie also noch«, übersetzte Corry behutsam. Laura nickte und lief rot an.

»Sie kommt halt immer wieder angedackelt«, meinte Nadine unwirsch. »Zu Ostern und Weihnachten und zu jedem Geburtstag steht sie vor der Tür mit ihren Perlenfiguren; wir haben den ganzen Keller voll davon.« Sie ging zum nächsten Trocknerautomaten und putzte mit weit ausholenden Bewegungen sein gläsernes Fenster.

Laura berührte Corrys Arm. »Ich hoffe, es wirkt nicht pietätlos auf Sie, dass wir den Waschsalon aufräumen.«

Nadine drehte sich abrupt um. »Wenn ich jetzt nicht was machen könnte, würde ich verrückt werden.«

»Bete, Nadine!«, rief Laura und bekreuzigte sich.

Corry blickte durch die offene Tür ins Hinterzimmer, wo eine Heißmangel mit einer großen Walze fast den ganzen Raum einnahm. In tiefen Regalen standen Plastikkörbe mit akkurat zusammengefalteter weißer Wäsche. Zu Laura sagte sie: »Jasmin Hutter bemüht sich also, Ihnen Freude zu machen, sehe ich das richtig?«

Sie nickte. Gedankenverloren zupfte sie die dicken Staubmäuse von dem Besen, den sie immer noch festhielt. »Sie hat ja sonst niemanden.«

»Doch, diesen Dings«, sagte Nadine über die Schulter. »Ich komm nicht auf den Namen.«

Laura überlegte mit dem Finger an der Unterlippe. »Ich weiß nicht, ob sie noch mit ihm zusammen ist. Hieß er nicht Andre?«

»Stimmt.« Nadine nahm sich das Fenster des nächsten Trocknerautomaten vor. »Sie hat sich für ihn geschämt. Er war Leichenwäscher oder sowas.«

»Nadine, bitte!« Laura hatte Tränen in der Stimme.

»Kannte Andre auch Ihre Schwester?« Corry hatte das Gefühl, auf dem warmen Plastikstuhl festzukleben.

»Nein, nein«, sagte Laura. Sie schaute nachdenklich Richtung Decke. »Doch! Jassi hatte ihn an Alexas Polterabend mitgebracht. Er wirkte sehr feinfühlig.«

»Stimmt«, sagte Nadine, wobei sie den Putzlappen von der einen in die andere Hand klatschte. »Ich dachte noch, was für eine Lusche.«

»Nadine!« Laura sah ihre Schwester kummervoll an. »Guter Gott, verzeih ihr!«

Nadine schnitt eine Grimasse. »Er verzeiht mir alles, wir sind ganz dicke Freunde.«

Sie lachte höhnisch und machte sich an den nächsten Trockner, und Corry entdeckte auch bei diesem Gerät weder Schmutz noch Schlieren. Die junge Frau putzte, um sich abzureagieren. Jetzt drehte sie sich zu ihnen herum.

»Ich erinnere mich, dass die beiden Schlafhauben erst spät zum Fest kamen. Da waren die anderen Gäste schon beschwipst. Jassi und ihr Freund standen händchenhaltend herum, und ich dachte noch, die passen gut zueinander. Keiner der beiden kriegt den Mund auf.« »Ich hatte den Eindruck, dass er sich rührend um Jasmin gekümmert hat«, sagte Laura und schob die Staubmäuse, die sie zwischen den Fingern gerollt hatte, in ihre Schürzentasche. »Mehr weiß ich aber nicht.«

Die beiden ungleichen Schwestern sahen sich schweigend an.

»Wie heißt Andre weiter?«, fragte Müzze.

»Ich komm gleich drauf.« Laura tippte mit dem Finger auf ihre Oberlippe. »Zeeb. Er hieß Zeeb! Ich weiß den Namen, weil wir in der Grundschule mal einen Lehrer hatten, der auch so hieß.«

Nadine nickte.

»Ich habe gehört, dass Jasmin sehr an Timo hing.«

»Das ist ja normal.« Laura lächelte milde. »Er war ihr großer Bruder.«

Mit zwei Fingern hielt Nadine den Putzlappen, der bis zu ihren Knöcheln runterhing. »Familie, das klebt.«

Corry glaubte, in diesem Waschsalon noch zu verschmachten. Zum Glück öffnete Nadine die Ladentür ein Stück und schob einen großen grauen Stein dran.

»Sie soll ihrem Bruder immer hinterhergelaufen sein«, sagte Corry in einem beiläufigen Ton.

»Ach Gott, was die Leute immer sagen.« Nadine schmiss den schmuddeligen Lappen hinter sich. »Bei mir in der Straße hör ich auf Schritt und Tritt: ›O weh, Ihre liebe Schwester ist tot?‹ Als sie noch lebte, hat keiner sie ›lieb‹ genannt. Alle hielten sie für arrogant und machten einen Bogen um sie.« Ihr spöttisches Auflachen verhinderte nicht die Träne, die ihr über die Wange lief. »Und Jassi? Die ist doch jedem nachgelaufen.«

Laura senkte den Kopf und murmelte: »Aber was wollen Sie denn von ihr?«

»Wir haben heute mit dem Polizisten gesprochen, der den Suizid von Ihrem früheren Schwager damals aufgenommen hat.«

Laura bekreuzigte sich. »Unsere Schwester musste so früh Witwe werden, das war eine schwere Prüfung für sie.«

Nadine kniff die Augen zusammen. »Sehen Sie da etwa einen Zusammenhang? Bei Timo war das Selbstmord. Aber unsere Schwester wurde getötet. Was soll das miteinander zu tun haben?« Sie zog sich einen der Plastikstühle heran und setzte sich auf die Kante.

»Wir müssen in die Vergangenheit zurückgehen«, erklärte Corry. »Sehr wahrscheinlich gibt es jemanden von früher, den Alexa partout nicht mehr wiedersehen wollte, und diese Person interessiert uns.«

Die Schwestern sahen sich ratlos an.

»Eine Person – wir wissen nicht, ob männlich oder weiblich – hat Alexa vor einigen Wochen in der Klinik aufgesucht. Ihre Schwester hat diesem Menschen angeblich hinterhergerufen: ›Ich will von früher nichts mehr wissen!‹« Corry beobachtete die beiden. Sie hoffte so sehr, dass es Klick machte und sie endlich einen Schritt vorwärts käme. »Wer kommt Ihnen in den Sinn? Überlegen Sie bitte.«

Nach einer Weile schüttelten beide die Köpfe. Jede versicherte, dass Alexas Kontakte – sofern man sie denn kannte – allesamt harmlos waren. Die Freunde von früher, das waren kaum jemals gesehene Klassenkameraden. Sie sei mit niemandem dicke gewesen, aber es gab auch keine Probleme mit Mitschülern, jedenfalls wussten sie davon nichts.

»Und später?«

Auch über die Mit-Azubis vom Karl-Olga-Krankenhaus, wo Alexa ihre Ausbildung absolviert hatte, wussten die beiden nichts. Ebenso wenig wie über die Arbeitskollegen aus der Hautklinik Bad Cannstatt, wo sie einige Jahre gearbeitet hatte.

Corry sah Nadine an. »Arbeiten Sie jetzt hier?« Sie zuckte die Schultern. »Das sehen Sie ja.«

Lauras Gesicht leuchtete: »Ich bin froh, dass meine Schwester mir hilft.«

Nadines Blick wanderte über die Wände. »Aber die Kreuze fliegen raus und der ganze Krempel.«

Laura senkte den Kopf. Nadine zupfte schon mal die mit Tesa an der Wand klebenden Heiligenbildchen ab und warf sie weg. Auch eine mit Perlen verzierte Figur mit einem großen goldenen Schlüssel wanderte in den offenen Karton, der nach Abfall aussah.

Sie drehte sich zu Corry um. »Ich habe keine Ahnung, wer Alexa umgebracht hat. Von den Leuten, die wir kennen, kann es jedenfalls niemand gewesen sein.«

Corry und Müzze verließen den blitzsauberen heiligen Waschsalon. Sie ließen das Auto stehen und gingen in der Nähe etwas essen.

Am späten Abend rief Corry von zu Hause aus Hannelore Puschmann an.

»Sagen Sie mir, warum hat Ihr Mann Jasmin Hutter gedeckt?«

Frau Puschmann schien auf diese Frage gewartet zu haben. Leise sagte sie: »Als wir jung waren, noch keine Dreißig, da waren wir sehr, sehr glücklich. Wir hatten ein Töchterchen. Aber das Glück hielt nicht an. Sie lebte nur acht Monate. Manuela starb am plötzlichen Kindstod. Sie haben keine Kinder, Frau Voss? Das habe ich mir gedacht.« Sie verstummte.

Corry wartete, hielt fast den Atem an.

»Wir haben unsere Tochter vermisst. Es hat so weh getan. Es tut immer noch weh. Das hört nicht auf.«

Corry sagte nichts.

»Manuela hatte am selben Tag Geburtstag wie diese niedliche kleine Schwester von Timo Hutter.«

Corrys Gedanken waren ein einziges Chaos. Jasmin hat es getan!, spukte ihr im Kopf herum. Zu Frau Puschmann sagte sie in aller Deutlichkeit: »Was hat Ihr Mann damals ermittelt?«

»Nichts, Frau Voss. Ob Sie es glauben oder nicht, es war nur ein Suizid. Damit müssen Sie sich zufriedengeben.«

Als Corry auflegte, war sie erschöpft und so ausgelaugt, dass ihr Tränen in die Augen traten. Scheiß Job, war so ungefähr ihr letzter Gedanke an diesem Tag.

22

Normalerweise lag sie auf der Seite, die Arme angewinkelt, wie eine Gottesanbeterin. Aber heute hatte Huttla offenbar auf dem Rücken liegend geschlafen, die Arme an den Seiten, Füße geschlossen. Ganz so, wie man in einem Sarg zu liegen pflegte.

Es war ein für Stuttgart erstaunlich kühler Julitag. Sie fröstelte und stieg in ihr braunes Hasenkostüm, das Ingrid ihr vor Jahren genäht hatte.

Um ehrlich zu sein, hatte Ingrid es für ihre große Tochter gemacht. Aber Alexa wollte an Fasching lieber als Bond-Girl gehen. Das voluminöse Kleidungsstück fiel somit Huttla zu. Mit heißen Wangen hatte sie sich auf der Stelle hineingekämpft, und Ingrid schälte sie gleich wieder heraus. Sie kürzte die Beine um zwanzig Zentimeter, trennte rechts und links die Seiten auf und nähte handbreite Streifen Hasenfell ein. Dann durfte Huttla wieder hineinschlüpfen, und wirklich wahr: Sie wollte gar nicht mehr heraus, denn es fühlte sich an wie ein richtiges Zuhause.

Als das Plüschkostüm mit der Zeit schmutzig wurde, erbot sich Laura, es schonend für sie zu waschen in ihrem brandneuen alten Waschsalon. Drei Tage später ging Huttla den Hasen abholen, und da hing er zur Belustigung der Passanten im Schaufenster. Die Kapuze mit den langen Ohren war nach vorne geklappt, er sah aus, als hätte er sich aufgehängt. Suizid! Andre sagte: »In Deutschland sind es im Jahr etwa zehntausend Menschen, zwei Drittel davon Männer.«

An manchen Tagen im Winter kam sie gar nicht aus ihrem molligen Anzug heraus. Dann schlief sie sogar in der Hasentracht.

Einmal an Fasnet hatte der Wirt gesagt: »Du hast doch so ein Hasenhäs, zieh es an, hopp-hopp, und lass vorne den Reißverschluss ein Stück offen.« Er zeigte mit den Händen bis zu seinem Bauchnabel.

Huttla kochte sich einen Kaffee und schaute ins Schränkchen, ob noch Brot da war. Leider nein. Sie hörte ein schleifendes Geräusch und drehte den Kopf.

Unter der Tür wurde ein Brief hindurchgeschoben. Sie zog ihn vorsichtig vollends unten durch und sah ihn staunend an. Ihn aufzumachen wagte sie nicht.

Eine Viertelstunde später stand ihr Vater vor der Tür. Die Haut faltig und grau, die Wangen eingesunken, die Zähne braungelb verfärbt. Ein Gesicht, das vom Rauchen gezeichnet war. Mit zittrigen Fingern klaubte er eine Zigarette aus der Brusttasche seines zerknitterten Sommersakkos. Er sah verlottert aus. Huttla wünschte, er würde gleich wieder gehen.

»Was willst du, Vater?«

Er setzte sich auf Erdnas Stuhl und suchte mit den Augen den Tisch nach einem Ascher ab.

»Hier darf man nicht rauchen«, sagte Huttla halblaut.

»Ich bin dein Vater.« Er schlug die Beine übereinander und steckte sich die Kippe an. Und sie stand mit hängenden Armen in ihrem Hasenkostüm mitten im Zimmer.

»Ich vertrage den Rauch nicht«, protestierte sie schwach.

Der Vater sah sie nur trostlos an. Er hatte braune Sandalen an, und zwischen den Lederriemen zwängten sich seine Zehen, gelb und schief ins Freie. Unwillkürlich musste Huttla an das YouTube-Filmchen über den indonesischen Warzenmann denken. Der rauchte auch so gern. Allerdings konnte er die Zigaretten weder greifen noch halten, weil seine Finger überwuchert waren von einem graubraunen Warzengestrüpp. Ein Verwandter näherte sich zögernd und steckte ihm eine brennende Zigarette in den Mund. Da schaute der Warzenmann dankbar in die Kamera und inhalierte tief. Nach ein paar Sekunden schwenkte die Kamera zu seinen nackten Füßen, die genau wie seine Hände mit langen, struppigen Warzen bewachsen waren, zwischen denen ohne jede Hast Fliegen herumkrochen.

Huttlas Vater streckte den Arm aus und zog die Untertasse ihres Kaffees zu sich, um sie mit Asche zu beschmutzen.

»Hast du was damit zu tun?«, fragte er nach einer kleinen Weile.

Sie setzte sich auf die vordere Kante ihres Sofas. »Mit was denn?«

»Alexa ist tot.« Er legte eine Hand auf seinen Kopf und rieb sich das ungewaschene Haar zur Stirn. »Morgen um zwei Uhr wird sie zu Grabe getragen.« Ihm traten Tränen in die Augen. »Die Polizei sucht den Mörder. Sie waren auch bei mir. Vielleicht denken sie, ich sei es gewesen, aber du weißt, dass dein Vater keiner Fliege …« Er schluchzte laut auf.

»Alexa war doch keine Fliege!« Huttla betrachtete die Asche auf ihrer reinweißen Untertasse. »War sie nicht eher ein Schmetterling?«

Der Vater reckte den Hals, schaute im Zimmer umher und schüttelte langsam den Kopf. »Was machst du in dieser Bruchbude?« Er wischte sich die Tränen aus dem Gesicht und sah sie an. »Du müsstest dir so langsam mal Sorgen machen.«

Aber Sorgen machte sie sich jeden Tag.

»Stell dich auf die Hinterbeine! Hier hast du keine Zukunft, das kann ich dir schriftlich geben.« Er drückte die Kippe so brutal aus, dass die Untertasse wankte. »Ich hab mir immer Arbeit gesucht, in deinem Alter war ich ein Hans Dampf in allen Gassen, ein richtiger Reißer.«

Aber dann steckte er in seinem Kiosk im Stuttgarter Osten fest, einem Bretterverschlag von sechs Quadratmetern, wo er den »Playboy« studierte und mit Männern sprach, die die Bildzeitung bei ihm kauften und dann immer seltener kamen, und nach und nach starben sie alle.

Fast hätte Huttla ihm eröffnet, dass sie demnächst als Büglerin beziehungsweise Allroundkraft in einem Waschsalon, eventuell sogar als Kellnerin in einem bedeutenden Safari-Café angestellt sein würde.

Der Vater schlug sich aufs Knie. »Ein Hans Dampf in allen Gassen, ein richtiger Reißer. Immer was los bei mir!«

In dem dunklen Kiosk verbrachte er sein halbes Leben. Die Kunden machten den Rücken rund und legten ihm das Kleingeld auf den Teller. Und Hans Hutter streckte seine Hand durch das haklige Schiebefenster und reichte hinaus, was sie haben wollten: Melittatüten, Schokoriegel, auch Likör und Schnaps, und sauber in der Mitte gefaltete Tageszeitungen. Auch die »Gala«, den »Stern« und für die Intelligenteren den »Spiegel«.

Wenn Huttla »Spiegel« dachte, sah sie Alexa vor sich. »Weißt du noch, wie Timo in seinem Zimmer den riesigen Ikea-Spiegel an die Wand gedübelt hat?«

Der Vater nickte und zog die Unterlippe über die Oberlippe.

Immer wenn Alexa in das Zimmer trat, blieb sie davor stehen und bewunderte alles an sich: ihr Gesicht, ihre schlanke Gestalt und wie sie angezogen war. Einmal hörte Huttla, wie sie zu ihrem Spiegelbild sagte: »Alle sind verrückt nach mir.« Und dann: »Ich bin es ja selber auch.«

Er zog die nächste Zigarette aus seiner Brusttasche, und Tabakkrümel fielen herab, die sie nachher mit dem Handsauger aufsaugen müsste. »Hab immer fleißig geschafft«, presste er hervor. »Die schweren Zeitschriftenbündel gestemmt, die Kabelbinder ohne Messer, grad so mit der Hand aufgebrochen.« Er zündete die Zigarette an. »Ein richtiger Reißer!«

»Möchtest du vielleicht einen Kaffee?« Man musste seinem Vater etwas anbieten.

Er wehrte mit einer Hand ab und rauchte verdrossen. »Eine Hitze ist das hier bei dir«, sagte er und fuhr sich mit einem Tempo über die Augen.

Huttla entdeckte etwas unterm Tisch. O weh, heruntergefallen! Sie bückte sich nach der goldfarbenen Glasperle, die sie schon vermisst hatte, und da rutschte ihr die Kapuze nach vorn und die Hasenohren fielen ihr rechts und links auf die Schultern.

»Du wirst nie erwachsen, Jasmin«, sagte der Vater. »Schau, wie du rumläufst. Dass du dich nicht schämst.«

Als sie gerade neun geworden war, hatte ihr Timo versprochen, sie mit in die Stadt zu nehmen, zum Breuninger. »Wir warten im Auto auf dich.« Keine zwei Minuten später kam Alexa in ihr Kinderzimmer, ausgehfertig in einem hellen Trenchcoat und mit der puderfarbenen Handtasche überm Arm.

»Du willst mit uns in die Stadt, hab ich gehört?« Sie beugte sich zu ihr herab. »Hast du dich mal im Spiegel angeschaut?«

»Ja!« Huttla strahlte sie an. »Ich hab mein hübschestes Kleid an und meine Haare sind ganz frisch gewaschen«, rief sie selig.

»Und was soll das nützen?« Mit diesen harten Worten hatte Alexa den Raum verlassen.

»Soll ich dir nicht doch eine Tasse Kaffee kochen?«, fragte Huttla.

Der Vater reagierte nicht auf ihre Freundlichkeit, sondern rieb sich mit beiden Händen über den Kopf. »Eine solche Tochter«, sagte er bitter, »und ein Sohn, der sich das Leben nimmt! Das versteht keiner.«

Huttla hätte ihm erklären können, dass sein Sohn sich ganz gewiss nicht vom siebzehn Meter hohen Katharinenlindenturm gestürzt hatte. Aber es hätte doch nichts genützt, und so hielt sie den Mund.

Selbstverständlich hatte ihn jemand hinuntergeschubst. So manches Mal hatte Huttla gedacht, sie selbst sei es gewesen. Aber dann war es doch wieder Alexa mit ihren langen sehnigen Armen.

Der Vater verstreute Zigarettenasche auf dem Tisch, einen kleinen grauen Aschehügel, nur knapp neben Huttlas Noppenmatte.

»Jemand hat sie erschlagen.« Er schüttelte wieder den Kopf. »Diese schöne junge Frau. Ich seh ihr Gesicht vor mir.«

Vielleicht besaß sie jetzt gar kein Gesicht mehr, dachte Huttla, und starrte weiter auf die Asche ihres Vaters.

Andres Totenmasken-Seminar vor einigen Monaten fiel ihr ein. Mit einem Silikongemisch hatten sich die angehenden Thanatologen gegenseitig die Gesichtsmasken abgenommen. Ein Heidenspaß. Andre hatte ihr den Abdruck seines Gesichts mitgebracht: die geschlossenen Augen in tiefen Höhlen, der schön geschwungene Mund, für immer geschlossen.

Andres bleiche Totenmaske bewahrte sie in ihrem Kleiderschrank auf.

Der Vater erhob sich seufzend von Erdnas Stuhl. »Du sollst da anrufen, reine Routine. Sie wollen mit allen Leuten sprechen, die Alexa gekannt haben. Umfeldermittlungen nennen sie das.«

Mit zwei Fingern nahm sie den Zettel, sie wusste schon, was draufstand: »Corinna Voss« und ihre Telefonnummer im Polizeipräsidium.

Bevor er ging, gab Huttla ihm von dem Fleisch mit, das Svetlana für Bones geklaut hatte. Sollte er sich doch vergiften.

Als im Erdgeschoss die Haustür krachte und der Vater aus dem Haus war, verspürte sie den Impuls, das Pendel über den Brief zu befragen, den Svetlana vorhin unter der Tür durchgeschoben hatte.

Sie wusch sich erst und zog frische Sachen an, kurze Jeans und ein ärmelloses T-Shirt. Dann säuberte sie den Tisch und fuhr mit dem Staublappen flink über Erdnas Stuhl.

Sie hatte höllische Angst, dass das Pendel lügen würde, so wie es bei Svetlana immer log, die der Wirt im Leben nicht heiraten würde, der band sich gewiss kein Kind ans Bein.

Sie nahm das weiße Briefkuvert und legte es behutsam auf den Tisch. Ihre Hände waren eiskalt. Sie zog das Pendel aus der Urne mit dem Krimskrams und hielt es am Goldkettchen zwischen den Fingerspitzen. Sogleich schwang es kraftvoll und eindeutig nach rechts, und ganz sicher nur deshalb, weil sie es sich so sehr wünschte.

Am Abend packte sie für die Reise nach Geltringen. Legte dies und das in ihre Reisetasche. Zwischendurch blickte sie aus dem schrägen Dachfenster. Eine fahle Dämmerung lag über dem Meer aus flachen und spitzen Dächern, dunkelrot oder eisengrau, ohne jeden Glanz, ohne den kleinsten Schimmer. Sie blickte hinunter in die dunkelgrüne Krone der Kastanie. Wenn das jetzt ein tiefes Wasser wäre, würde sie springen.

Kleiner Löwe saß in ihrer hohlen Hand, fertig zum Verpacken. Sie wählte ein weißes Schächtelchen und setzte ihn in ein Nest aus orangefarbenem Seidenpapier. Außen herum wickelte sie den halben »Stadtanzeiger«, damit dem Schmuckstück auch ja nichts geschah.

Außerdem würde sie Michelle den glänzenden königsblauen Stoff, den Andre ihr mitgebracht hatte, schenken. In ihrem Wohnwagen konnte sie immer alles Mögliche gebrauchen. Andre tackerte diesen Stoff als Auskleidung in Särge.

Schließlich nahm sie noch schöne, weiße Kerzen mit, die nur einmal angezündet worden waren. Huttla besaß eine ganze Schublade voll davon. Alle von Andre.

Sie räumte ihr Zimmer auf. Sie legte das Hasenkostüm ordentlich gefaltet auf das Sofa. Sie begoss die Buchsbäumchen, man musste sie gleichmäßig feucht halten. Andre brachte immer wieder mal eins aus dem Aufbahrungsraum im Bestattungshaus mit. Sie suchte das schönste für Michelle aus.

Obwohl sie ein ungutes Gefühl beschlich, packte sie emsig ihre Reisetasche. Stopfte einen Schlafanzug hinein, vier Unterhosen, drei T-Shirts und eine Jeans. Der Gedanke an die Reise machte sie ganz benommen.

Sie durfte das Pendel nicht vergessen, Michelle würde bestimmt etwas ausgependelt haben wollen. Die Pendelei am Telefon war der Freundin sowieso nicht transparent genug. Einmal hatte sie gesagt: »Ich seh ja gar nicht, was du da zusammenpendelst.« Da hatte sie natürlich recht gehabt.

Am nächsten Morgen zog sie eine weiße Unterhose an, eine Jeans mit aufgeschlitzten Knien und das T-Shirt mit dem Fernsehturm vorne drauf. Dann verabschiedete sie sich von ihrem Computer und ihren Perlentieren. Sie hatte sich eine wunderschöne Glitzerwelt erschaffen, etwas ganz Besonderes.

Mit der Reisetasche und dem Buchsbäumchen unterm Arm stieg sie gegen neun Uhr leise die lange Treppe hinab. Der Himmel hing voller dunkler Wolken, als sie zur Haltestelle ging. Sie fuhr zum Hauptbahnhof und durchquerte die unterirdische, vor hastenden Menschen nur so wimmelnde Klettpassage. Dann mit der Rolltreppe hinauf, und schon stand sie mitten im Hauptbahnhof, der später einmal in die Tiefe verlegt sein würde, für viele Milliarden Euro.

Sie kaufte sich eine Fahrkarte und lief die breite Bahnhofstreppe hinauf in die große Halle. Bald wurde ihr schlecht von der Luft, dem Menschengewusel, der Hektik, den Gerüchen aus den Imbissständen.

Jemand rempelte sie an, sodass ihr das Buchsbäumchen in seinem randvoll mit Erde gefüllten Eimer fast aus der Armbeuge gerutscht wäre. Im Bio-Supermarkt kaufte sie sich ein Brötchen, von dem sie der Taube zu ihren Füßen ein Stück abgab, obwohl das verboten war.

Andre – sie vermisste ihn schon jetzt. Mit keinem Wort hatte sie ihm gesagt, dass sie verreiste, wozu auch? Heute war Donnerstag, sein erster Prüfungstag in Bad Kisshardt. Weiß Gott, er hatte genug um die Ohren.

23

»Aber sonst habt ihr sie noch alle, ja?« Otte kriegte sich nicht mehr ein vor gekünsteltem Lachen. »Das kleine Mädchen hat seinen großen Bruder getötet! Das ist doch Unfug, Kokolores, was ihr euch da zusammenreimt. Wer hat euch eigentlich diesen Floh ins Ohr gesetzt? Ach was, völlig egal. Der Gelackmeierte bin ohnehin ich. Wenn das LKA …«

»Jetzt aber mal im Ernst …«

Schon wurde Corry vom Chef unterbrochen: »Wenn das LKA davon Lunte kriegt, dann brennt der Wald.« Otte mit seinen verdrehten Nerven stand schwerfüßig mitten im Büro, die Hände in die Seiten gestemmt. So sah er noch breiter aus, als er ohnehin schon war. »Dieses kleine Schwesterchen«, rief er grantig, »ist ungefähr so verdächtig wie ein Glas warme Milch, zum Donnerwetter!«

»Wir verfolgen eine vielversprechende Spur. Vielleicht liest du erst einmal meinen Bericht, bevor …«

»Sag mir nicht, was ich zu tun habe!« Otte sah äußerst giftig aus. «Und übrigens: Der Kollege ist heute Nacht gestorben. Das habt ihr zwei ja gut hinbekommen.« Er streifte Corry mit einem gemeinen Blick, dann stob er aus dem Büro und knallte die Tür hinter sich zu.

Müzze mit zittrigem Augenlid. »Puschmann ist tot, ach! Wir können da aber nichts dafür, nicht, dass du das denkst, Corry.«

»Ich denk nicht so nen Quatsch.« Sie biss die Zähne zusammen. »Was hast du da in der Hand?«

»Eine Peperoni.« Müzze hielt das rote Paprikagewächs wie man ein Tüteneis hält. »Du wolltest doch einen für dein Schakschuka.«

»Was?« Corry konnte mit dem Wort absolut nichts in Verbindung bringen.

»Du wolltest mit Gerd zusammen ein Schakschuka kochen, gestern hast du's mir erzählt.«

»Ach so.« Geistesabwesend steckte sie die Peperoni zu ihren Kulis in den Köcher. Dann bat sie Müzze um ihre neuesten Recherchen.

Sie setzten sich an den Monitor, und Müzze rief eine Datei auf. Corry sah ihr zu. »Hör mal«, sagte sie zu ihr. »Die Anschnauzer vom Chef können uns völlig wurscht sein, okay? Wir tun unsere Arbeit, nur dafür sind wir da. Sonst wären wir ja irgendwo anders und würden es uns schön gemütlich machen. Verrückterweise haben wir uns für den harten Beruf der Polizistin entschlossen.«

»Weil wir selbst knallhart sind!« Müzze kniff die Augen zusammen. »Und deshalb kann uns der Chef mal.«

»Genauso ist es«, sagte Corry. »Und jetzt lass bitte mal sehen, was du über Andre Zeeb herausbekommen hast.«

Sie hatte eine Datei über ihn erstellt; sonderlich viel stand nicht drin. Im Polizei-Computer tauchte der Dreißigjährige nicht auf, also kein Krimineller. In den sozialen Netzwerken war er nicht sehr aktiv. Müzze sagte: »Auf Facebook war das Wenige, das ich hinter dem Banner sehen konnte, eine Reihe kunstvoll geschmückter Särge.«

Die Homepage seines Arbeitgebers Weiße Calla zeigte ein Foto des Bestatter-Teams, aufgenommen im letzten Jahr. Darunter von links nach rechts die Namen der Mitarbeiter. Alle lächeln breit, außer einem: Andre Zeeb.

Müzze klemmte sich ihre buschigen Locken hinter die Ohren. »Sieht irgendwie traurig aus, der Mann, meinst du nicht auch, Corry?«

»Ein bisschen morbid kommt er mir vor.« Corry blickte finster auf den Bildschirm.

Müzze klickte das Foto vom Passamt auf. »Schau mal, wie er schielt. Der guckt in zwei völlig verschiedene Richtungen.«

»Er hat aber auch was Sympathisches«, lenkte Corry ein.

»Ich mag's ja, wenn Männer so verstrubbelte dunkle Haare haben, aber ohne Gel.«

»Mit Gel seh'n sie aus wie nasse Hunde.«

»Oder wie Biber.« Sie waren abgeschweift. »Kommen wir zur Sache«, sagte Corry. »Das war also damals Jasmin Hutters Freund. Ihn hat sie vor sechs Jahren mitgenommen auf den Polterabend von Alexa und Gordon.«

»Und beide standen bloß rum und redeten mit keinem«, fügte Müzze hinzu.

Corry langte in ihre Tasche und holte eine Bäckertüte heraus. »Willst du eine Brezel?« Müzze wollte. Corry, nachdem sie den Mund wieder leer hatte: »Wir sollten endlich mit ihr sprechen, frecherweise ruft sie nicht zurück.« Sie aßen die Brezeln auf.

Corry starrte auf den Berg Arbeit, der auf ihrem Schreibtisch lag. »Wir fahren zum Blauen Rössle, sofort!«

Müzze schnellte vom Stuhl hoch, schaltete den Rechner aus und packte ihr Zeug zusammen. »Abfahrbereit in einer Minute!«

In dem Moment trat Arlet Cronmüller in einem sahnigweißen Leinenkleid mit Stehkragen durch die Tür.

»Hallo, zusammen!«, sagte sie dunkel mit dem Gesichtsausdruck einer Kätzin, die Lust auf ein fetziges, gern auch grausames Spielchen hat. »Wo wollt ihr beiden denn hin?«

Natürlich hing ihr Müzze gleich mal um den Hals, da sie ihr die Gänsheidenwohnung vermittelt hatte.

»Zum Blauen Rössle«, verkündete sie wahrheitsgemäß.

Da sprühten die Augen der Cronmüller Feuer. »O nein«, schoss sie quer. »Ich werde mit Corry mal eben dort vorbeitigern, und du, liebe Müzze, gehst mit Fink die neusten Hinweise aus der Bevölkerung durch. Vielleicht ist was Heißes dabei.«

Corry fuhr den schwarzen Beetle quasi mit geschlossenen Augen, da sie ja dasselbe Auto besaß. Bei der ersten roten Ampel sagte sie: »Das hast du gut gemacht, Arlet! Ich meine die Wohnung für Müzze. Ich hab sie noch nie so glücklich gesehen.«

Es war zehn Uhr, als Corry und Arlet hinter dem Rössle-Wirt die steile Holztreppe zu Jasmin Hutters Zimmer hinaufstiegen.

»Sie ist aber nicht da, ich hab sie heut Morgen runtertrampeln hören«, meinte er verschlafen.

»Wann genau?«

»Vielleicht vor ner Stunde, ich hab nicht auf die Uhr gesehen.« Er war jetzt auf dem Absatz. »Ich hab ihr am Dienstag gesagt gehabt, sie soll Sie zurückrufen, und ich meine, sie hätt's gleich getan.« Der lange schmale Gang oben war ohne Licht.

Corry ließ ihre Taschenlampe aufleuchten. »Ist es diese Tür?« Nolte nickte. Corry klopfte kräftig an, eine Klingel gab es nicht. Corry probierte die Türklinke. Die Tür war nicht abgeschlossen.

»Schließt sie nicht ab?«

»Wenn sie drinne ist«, meinte Nolte, »legt sie nachts den Riegel vor.«

Der säuerliche Wirtshausmief aus dem düsteren Treppenhaus war auch in das Zimmer gedrungen. Der üble Geruch passte so gar nicht zu dem Anblick, der sich ihnen bot: eine aus tausenden Glasperlen glitzernde Gegenwelt zu diesem Haus, der Straße, der Stadt. Corry und Arlet standen in der Mitte des Raumes und schauten nur.

»Jasmin ist ein bisschen verpeilt«, kommentierte Nolte ihre kurzfristige Sprachlosigkeit.

»Wie meinen Sie das?«, fragte Corry.

»Einzelgängerin.« Er zog die Lippen nach innen. »Die bastelt sich hier oben ihr Leben zurecht. Ich hab zu ihr gesagt, geh auch mal raus, such dir Freunde.«

»Hat sie denn niemanden?«, fragte Corry, deren Blick im Raum weiter umherschweifte über funkelnde Miniaturfiguren aus Glasperlen in Regalen, auf Tischchen, in einem Setzkasten an der Wand und in einer hohen Glasvitrine, die sich mit fünf Böden vor einer geschlossenen Tür auftürmte. »Hat sie nicht einen Freund namens Andre?«

»Ach der. Sie meinen den Bestatter.« Er wiegte den Kopf. »Die sind irgendwie zusammen, aber fragen Sie mich nicht.«

Arlet fächelte sich mit der Hand Luft zu. »Man erstickt ja hier drin.« Nolte, der sie sowieso die ganze Zeit anstarrte, schob die Dachluke auf. »So besser?«

Corry sagte: »Irgendwas gefällt Ihnen nicht an Jasmins Freund.«

»Mir gefällt vor allem nicht sein Leichenwagen. Ich hab ihm verboten, vor dem Lokal zu parken, weil das geschäftsschädigend ist. Wer will da reingehen und ein gepflegtes Bierchen trinken, wenn der Bestatter schon da ist?«

»Nun ja«, sagte Corry.

»Der soll weiter weg warten, wenn er sie abholt.«

»Er holt sie ab?« Arlet lauerte.

»Jeden Samstagmittag. Und dann fahrn sie irgendwohin, ich denk da aber nicht groß drüber nach. Eigentlich kommt der mir nicht mehr ins Haus, aber manchmal schleicht er sich hoch.«

»Das sind erwachsene Leute«, sagte Arlet und blinzelte, wie von Takahashi abgeguckt.

»Ha, ha«, machte Nolte. »Ich kam mal hoch – und beide mit Plastiktüten überm Kopf.«

»Plastiktüten?« Corry runzelte die Stirn.

»Homecoloring.« Er wechselte von einem aufs andere Bein. »Die färben sich gegenseitig die Haare schwarz wie Ruß.«

»Ach so, na und?«, sagte Arlet gleichgültig.

»Ich meine ja nur, die sind komisch, alle beide.«

Corry drehte sich zu ihm um. »War Jasmin in letzter Zeit anders als sonst?«

»Nein, die ist immer irgendwie eigenartig.« Er tippte sich

an die Stirn. »Die lächelt einen immer an, dass man direkt ein schlechtes Gewissen kriegt.«

Corry betrachtete auf dem Fensterbrett eine Gruppe klitzekleiner Perlentiere mit großen Augen auf einem Stückchen Plastikrasen, kaum größer als ein Bierdeckel. Sie wandte sich wieder Nolte zu. »Sie beschäftigen die junge Frau in Ihrer Gaststätte, obwohl Sie offenbar nicht viel von ihr halten?«

Nolte lachte kurz auf. »Minijob! Ich lass sie halt in der Wirtschaft aushelfen, aber bedienen tut die wie eine Schlafwandlerin.«

»Nimmt sie vielleicht Drogen?«, wollte Arlet wissen.

»Das glaub ich nicht mal. Die hat einfach zwei linke Hände, die kann nichts dafür.« Er fasste sich ans Herz und mimte einen Augenaufschlag: »Sie tut mir leid, ja? Sie ist ein kleines Mädchen, das noch mit Murmeln spielt, das sehn Sie ja hier.«

Corry hatte Jasmins Passbild vor Augen. Eine zierliche Person mit rundem Gesicht. »Vielleicht ist das Kellnern körperlich zu schwer für sie?«

»Kann man so nicht sagen.« Nolte schlenkerte wie ein Elefant den Kopf hin und her. »Meine Freundin hat sie neulich mit vollen Wasserflaschen à einskommafünf Liter erwischt … Ah, da kommt sie ja!«

Mit fragenden Augen trat eine blondgelockte Frau, etwa Mitte dreißig, in einem feuerroten Hängerchen herein.

Nolte legte sofort einen Arm um ihre Taille und warf Arlet einen triumphierenden Blick zu. Mit der freien Hand zeigte er auf die Pet-Mineralwasserflaschen neben der Spüle. »Da stehn sie noch.«

»Bei was denn erwischt?«, fragte Arlet.

»Sag du's der Dame.« Er gab seiner Freundin einen kleinen Stoß.

Die Blonde griff sich die Flaschen. »Macht sie ssso«, erklärte sie mit östlichem Akzent und führte mit geblähten Nasenflügeln zwei oder drei Bizepscurls vor. »Ist sehrr, sehrr schwer.«

»Ha, ha«, lachte der Wirt. »Die Hutter hat solche Muckis, aber ein Tablett mit einem einzigen Teller ›Spätzle mit Soß‹ bringt sie nicht heil zum Gast!«

Corry drehte sich weg und diktierte die neuen Informationen in ihr Handy.

»Wir werden uns hier etwas umsehen«, sagte sie zu Nolte, der ungeniert auf Arlets Hintern starrte. Sie stand über das abgewohnte Sofa gebeugt und zupfte mit spitzen Fingern in einem plüschigen braunen Haufen herum.

»Das ist ein Hasenhäs«, sagte Nolte, bevor Corry ihn und seine Freundin sanft, aber bestimmt aus dem Zimmer schob.

Unterdessen zog Arlet an dem zerfransten Kunstfell, und da kamen lange Hasenohren zum Vorschein, und sie schauten sich verwundert an.

Gemeinsam besichtigten sie das Mansardenzimmer: In der Ecke hinter der Tür eine alte Edelstahlspüle mit einem Zweiflammenherd. Daneben ein gelb gestrichenes Schränkchen, obendrauf zwei Packungen Instant-Kartoffelpüree. Unter der Schräge eine Reihe Buchsbäumchen in dunkelgrauen Plastikeimern. Dazwischen, direkt unterm Dachfenster, zwei alte Tischchen voll glitzernder Perlenfiguren. Vor dem hellbraunen Kordsamtsofa ein runder Doppeldecker-Couchtisch aus zerkratztem dunklem Holz. Darauf ein billiger Computer und ein stark riechendes Nelkengesteck mit schwarzer Trauerschleife, auf dem unteren Ablagebrett vier Blumenvasen, eine bronzefarbene und drei schwarze.

»Was sind das für Vasen?«, sagte Corry mehr zu sich selbst.

Arlet luchste herüber. »Das sind Urnen«, sagte sie lässig.

Sie schauten weiter. An der geraden Wand, gegenüber dem Sofa, war ein Klappbett verankert. Eine Erfindung, die Corrys Wissen nach in den sechziger Jahren Mode war. Dort stand auch ein alter Fernseher auf einem Hocker mit drei Beinen.

»Das ist interessant«, sagte Corry und zeigte auf die Tür hinter der Vitrine. »Ich will wissen, was dahinter ist.«

»Dito«, stimmte Arlet zu. »Holen wir den Wirt herein. Er soll das Glastrumm mal eben zur Seite stellen.«

Natürlich hatte Burkhard Nolte direkt vor der Tür gestanden; er platzte regelrecht herein, als Arlet die Tür aufmachte.

Corry zeigte hinter sich. »Wo führt die Verbindungstür hin?«

»Da geht's in ein Nebenzimmer, das hab ich aber nicht mitvermietet. Der Vorpächter hat es früher vermietet, heute kann man da keinen mehr reintun.«

»Wir schauen uns das Zimmer an«, bestimmte Arlet.

»Da ist bloß altes Zeug drin von allen möglichen Pächtern.«

Arlet sagte: »Rücken Sie die Glasvitrine mal bitte ein Stück zur Seite.«

»Och nö.« Er beugte sich runter und umfasste seine beiden Knie, die damit ja nicht viel zu tun hatten.

»Das ist die Staatsanwältin«, klärte Corry ihn auf. »Wenn sie was sagt, ist das Gesetz.«

»Ha, ha.« Er versuchte, die Vitrine wegzuschieben, bekam sie aber keinen Millimeter zur Seite. Also fing er an sie auszuräumen. Seehundbabys, Mangamädchen und Pandabären setzte er auf den Tisch zu dem Computer, und als da nichts mehr draufpasste, warf er den Rest aufs Sofa. »Hat die aber auch einen Kram hier oben!«, maulte er.

»Wo ist eigentlich das Badezimmer?« Arlet beäugte einen glänzend schwarzen Perlenpudel, den sie in der hohlen Hand hielt.

»Sie meinen das Klo?« Mit zusammengebissenen Zähnen umklammerte er die Vitrine. »Auf'm Flur«, presste er noch hervor, als ihm eins der Glasregale herausrutschte. Denn Nolte war gegen einen Holzstuhl gestoßen, der neben der Tür postiert war. Das Glas brach in drei große, scharf gezackte Scherben. Nolte nahm sie vorsichtig auf und schob sie unters Sofa.

»Öffnen Sie jetzt bitte die Tür«, sagte Arlet, die gern bestimmte.

Nolte machte die Tür auf und trat zurück. Corry und Arlet traten einen Schritt nach vorn.

Es war fast dunkel in dem schrägen Raum, Corry knipste ihre Taschenlampe an. Fetzen alter Spinnweben hingen an der Fensterluke. Der Raum lag voll mit Gerümpel. Einzelteile ausgedienter Schränke lehnten an den Wänden, und alte Wirtshausstühle wuchsen in Stapeln wirr in die Höhe. Ein grüner Polsterstuhl lag verkehrt herum, zwischen den ramponierten Holzbeinen ein angerosteter Heizlüfter. Ein ausrangiertes schwarzes Fahrrad mittendrin. Eine alte Blechgießkanne lag zum Greifen nah, und direkt vor ihren Füßen blickte ein von Motten zerfressenes ausgestopftes Wiesel zu ihnen hoch.

»Hier war Jahre keiner drin«, meinte Nolte in ihrem Rücken.

Draußen vor der Tür des Blauen Rössle sagte Corry zu Arlet: »Erinnerst du dich an das Aquarium in Opitz' Wohnzimmer?«

Arlet kniff die Augen zusammen und nickte langsam. Natürlich hatte sie es gesehen. Aber hatte sie auch den kleinen Fisch darin entdeckt?

»Da saß ein kugeliger kleiner Fisch aus Perlen auf dem Sandboden, halb verdeckt von den Wasserpflanzen. Ich musste zweimal schauen, ob der lebt.«

»Ein Fischchen von Jasmin Hutter?« Arlet blickte wie eine Katze, der ein Licht aufgeht.

»Genau«, sagte Corry. »Sie ist im Bungalow gewesen.« Sie gingen fünfzig Meter weiter, wo sie den Wagen halb in eine Einfahrt gestellt hatten.

Corry und Arlet stiegen in den schwarzen Beetle. Arlet prüfte gleich einmal ihr Gesicht im Spiegel unter der Sonnenblende. Gedehnt sagte sie: »Oder sie hat den Fisch Alexa bei einem der Familienfeste in Uhlbach geschenkt.«

»Wie wir jetzt wissen, hat sie durchaus Kraft«, sagte Corry. »Zufällig suchen wir eine starke Person aus Alexas Vergangenheit, jemanden, der zuschlagen könnte, und das trifft auf Jasmin Hutter zu.«

»Spekulation, Corry! Ein harmloses Perlenmädchen …«

»Rudolf Puschmann hat sie verdächtigt«, fiel ihr Corry ins Wort und startete den Wagen. »Wir müssen davon ausgehen, dass sie ihren Bruder vom Turm gestoßen hat.«

»Eine Zehnjährige! Laut Otte so verdächtig wie ein Glas warme Milch. Außerdem: Puschmann hat nichts von ›gestoßen‹ gesagt, ich hab deinen Bericht gelesen. Da stand nicht eine Silbe von ›stieß den Bruder runter‹ oder Ähnliches. Er hat nur von ›sie war noch ein Kind‹ gesprochen. Er war doch gar nicht mehr bei Sinnen, als ihr bei ihm wart.«

»Aber …«

»Falls du einen Fahndungsbeschluss für Jasmin haben willst, schlag's dir aus dem Kopf. Das kriege ich beim Ermittlungsrichter nicht durch. Das ist viel zu schwach.«

Corry hatte gewusst, dass sie das sagen würde. Sie beschloss, Ingrid Abt und ihre Töchter Laura und Nadine nach dem Fischchen zu fragen. Aber das konnte sie heute nicht tun. Denn heute war Alexas Beerdigung.

24

Ihr Zug hatte zwanzig Minuten Verspätung, was nichts Besonderes war, wie eine junge Frau, die neben ihr vor der Anzeige in der Bahnhofshalle stand, sie wissen ließ. Langsam ging Huttla durch den provisorischen Übergang, der die Baugruben des Bahnhofs überspannte. Hastende Reisende rollten oder schleppten ihre Koffer an ihr vorbei. Sie blickte aus den Schaufenstern rechts und links auf das gigantische Baustellenwirrwarr von Stuttgart 21. Baukräne drehten sich, und Bagger flitzten wie Spielzeugautos in den Baugruben hin und her. An den Rändern türmten sich Berge cognacbrauner Erde auf.

Als sie ihren Bahnsteig gefunden hatte, setzte sie sich auf eine Bank, um zu warten. Sie versuchte sich auf die Reise zu freuen, anstatt sich davor zu fürchten.

Durch die Wartebank hindurch spürte sie, dass sie hätte bleiben sollen. Aber da kam ihr Zug angesurrt und die Fahrkarte steckte ja in ihrer Tasche und das hinderliche Buchsbäumchen war für Michelle bestimmt.

Natürlich stieg sie ein.

Jetzt wäre es nicht schlecht, Erdna bei mir zu haben, dachte sie noch, und dann saß sie auch schon auf ihrem Fensterplatz, den Eimer mit dem Bäumchen zwischen den Beinen, die Umhängetasche in ihrem Rücken. Sie atmete den feinen Seifenduft der blonden Frau ein, die ihr fest und behaglich gegenübersaß mit ihrem Strickzeug auf dem Schoß. Sie sah gutmütig aus, und Huttla fasste Vertrauen, dass diese Reise – wie ihr ganzes Leben – im Grunde unter einem guten Stern stand.

Die blonde Frau lächelte ihr zu und strickte dabei weiter, ohne hinzusehen. Ihre Finger bewegten sich flink über dem rosafarbenen Dreieckstuch mit kompliziertem Muster.

Wenn Huttla je die Lust am Perlenfädeln verlöre, würde sie das Stricken beginnen. Sie lächelte vor sich hin. Sie hatte noch so viele Möglichkeiten. Es gab Dinge, die brauchten Zeit. Manchmal musste man warten. Sie rief sich Bones vor Augen: Kulleraugen, Lakritznase, semmelbraunes Fell. Auch er wartete. An sich war er genau wie sie, was das Warten und Hoffen betraf. Auch er gab niemals auf.

Sie lehnte den Kopf an das Zugfenster und betrachtete die vorbeifliegenden Häuser und Gärten neben den Gleisen.

Ihre Sitznachbarin aß ein Stück Schokolade.

Neun Jahre alt war Huttla, als Alexa ihr befahl, auf Schokolade künftig zu verzichten.

»Davon wird man dick!«, hatte sie ihr herzlos erklärt. Sobald Huttla allein war, steckte sie sich einen ganzen Riegel in den Rachen, und da er quer nicht passte, schob sie ihn sich längs in den Mund. Nun konnte sie die Lippen nicht mehr schließen, und der Speichel troff ihr schokoladenbraun auf das Poesiealbum, das aufgeschlagen vor ihr lag. Alexas alberner Eintrag: »Lügen haben kurze Beine / darum höre, was ich meine: / Lügen haben kurze Beine« war kaum mehr lesbar. Huttla trennte die verschmierte Seite heraus, aber auch das folgende Blatt war schwer in Mitleidenschaft gezogen, und so hatte sie nicht nur Alexas, sondern auch Timos Eintrag, an den sie sich nicht mehr erinnern konnte, in den Müll geworfen.

Das Bahnfahren empfand sie als unerwartet angenehm. Die vielen Fahrgäste verhielten sich auffällig ruhig, sodass Huttla ungestört ihren Gedanken nachhängen konnte. Sie dachte an einen kleinen Perlenzug für Herrn Burger. Sie lächelte der Frau gegenüber in die blauen Augen. Das Buchsbäumchen zwischen Huttlas Knien zitterte, es brauchte aber keine Angst zu haben. Unfälle mit Zügen waren in Deutschland selten.

Ihr fiel ihr Handy ein. Warum rief niemand an? Nicht einmal diese Frau Voss, die mit schneidender Stimme auf der Mailbox um ihren Rückruf bat? Entsetzt stellte Huttla fest, dass es nicht mehr da war. Der Druckknopf an dem schmalen Fach außen an ihrer Umhängetasche stand offen. Sie suchte innen in der Tasche, dann hievte sie ihre Reisetasche von der Gepäckablage, zog den Reißverschluss auf, kramte. Nichts.

»Vermissen Sie etwas?« Die Strickerin unterbrach ihre Arbeit. Das halbfertige rosa Tuch sah aus, als wollte es überallhin mitgenommen werden.

»Ich glaube, mein Handy ist weg.« Huttla schluckte. »Vorhin hat mich jemand angerempelt, fällt mir ein, da hab ich es wohl verloren.«

»Geklaut!«, sagte die Strickerin.

Beide sahen zum Fenster raus, wo die Landschaft in einem irren Tempo an ihnen vorüberflog.

Michelles stattliche Figur sah sie schon von weitem. Ihre dicken braunen Locken hoben sich im Wind. Sie trug Leggings mit Kuhmuster und glänzende schwarze Overkneestiefel, obwohl Sommer war. Wie hübsch das Kastanienbraun ihrer Haare in der Sonne leuchtete!

Sie rief »Hallo!« und kam mit schwingenden Hüften auf sie zu. Die vielen hinzugewonnenen Kilos, seit Huttla sie zuletzt gesehen hatte, machten Michelle Högel nur noch imposanter und schöner. Ihr Gesicht war faltenfrei und glänzte wie frisch eingecremt.

»Na, Jasminchen?« Sie schlang einen Arm um Huttla und drückte sie fast ein bisschen grob an sich. Huttla sah an Michelles Hals etwas aufblitzen, das aber gleich wieder in ihrem wulstigen Nacken verschwand.

Jetzt stemmte die Freundin die Arme in die Seiten. Ihr lockiges Ponyhaar war nach oben geschnurrt wie bei einem jungen Rind.

»Was ist das?« Sie meinte das Buchsbäumchen, das Huttla neben sich auf dem Bahnsteig stehen hatte.

»Es ist das Symbol des ewigen Lebens.«

»Sagt das dein Bestatter?«

Michelle wartete die Antwort gar nicht ab, sondern griff sich die Reisetasche und stapfte los. Huttla eilte mit dem wogenden Bäumchen hinterher. Auf dem Parkplatz stand eine alte Karre, die offenbar Michelle gehörte. »Setz dich hinten rein«, wies sie an und schloss auf.

Auf dem Beifahrersitz wäre sowieso kein Platz gewesen, da lagen Modekataloge und Werbeprospekte herum und eine große Plastiktüte, vielleicht mit Lebensmitteln.

»Ich hab deine Nachricht gekriegt«, sagte Michelle und startete den Wagen. »Das ist ja der Hammer.« Sie fuhr zügig aus dem Parkplatz heraus. »Und jetzt ist sie einfach tot?« Sie warf Huttla einen vorwurfsvollen Blick zu.

»Ich denke schon.« Huttla fand, Michelle könnte sich ruhig ein bisschen mehr freuen.

»Die war ja wohl nicht krank, oder?«

Huttla zuckte bloß die Schulter. »Ich weiß nur, dass die tot ist.«

Michelle fuhr rasant um eine Kurve. Blühende Wiesen und gepflegte Einfamilienhäuser zogen an ihnen vorbei, es begann zu regnen.

»In Stuttgart sucht die Polizei den Mörder«, hob Huttla an.

Michelle bog um die nächste Kurve, wobei der Wagen bedrohlich nah an den rechten Straßengraben kam. »Suchen die einen Mann?«

»Was denn sonst, Michelle?«

Sie fuhren durch eine kleine Stadt mit einer kurzen grünen Straßenbahn, die vor Schreck bimmelte, als Michelle in vollem Tempo auf sie zugerast kam. In dem Moment sah Huttla nach langer Zeit wieder einmal ihren Bruder. Er fuhr in dieser kleinen Straßenbahn, lässig eine Hand zum Gruß hebend, an ihr vorbei.

Die Schranke am Campingplatz war geschlossen, und das Kabuff mit dem Schild »Rezeption« war nicht besetzt. Michelle stieg aus und kurbelte die Schranke selbst hoch. Dann zuckelten sie über einen holprigen Weg in den Naturcampingplatz hinein, der malerisch am Ufer eines kleinen Flusses lag.

Michelle erklärte, dass vorwiegend Dauercamper den Platz nutzten. Ihre Wohnwagen hatten sie auf Steinplatten hochgebockt, falls der Fluss die Landschaft überschwemmte, was ab und zu vorkam.

Die meisten Stellplätze, abgeteilt durch mannshohe, rosa blühende Hecken, waren besetzt. Michelle würgte das Auto in ihrer Parzelle, direkt am Flussufer, ab. Sie streckte den Arm aus: »Schau da rüber. Mozzarellakäse!«

Auf der anderen Seite des Flusses schoben sich Wasserbüffel wie an einer Schnur gezogen über die lange Kuppe eines erdigen Hügels. Die Böschung hinab zum Ufer war zertrampelt und matschig. Dort unten standen mehrere Tiere knietief im Wasser, und eines badete richtiggehend – mit einer gelben Seerose um die weit auseinander stehenden, kräftigen Hörner geschlungen.

Huttla konnte sich nicht sattsehen an den Büffeln. Die meisten waren schwarz, einige wenige mandelbraun.

»Die können froh sein, dass sie den Fluss haben«, steuerte Huttla zu dem Bild bei. »Wasserbüffel haben nämlich keine Schweißdrüsen, sie müssen sich im Wasser abkühlen. Hält man sie ohne Wasser, ist das die reinste Tierquälerei, sagt Ingrid.«

»Jetzt regnet's ja, oder?« Michelle stieg ächzend aus ihrer Klapperkiste. »Und hör mir bloß auf mit deiner komischen Psycho-Ingrid.«

Es regnete nun wirklich stark. Huttla sprang Michelle hinterher, die an einem verratzten Vorzelt einen hakligen Reißverschluss aufzog und sie mit einer Bewegung des Kinns hereinbat.

»Der bleibt im Vorzelt!« Sie stellte das Bäumchen in eine viel zu dunkle Ecke zwischen die wirren Stapel Gartenstühle,

Getränkekisten und in die Breite gegangenen Umzugskartons. Auf dem unebenen Grund kippte es sofort um.

Der alte Wohnwagen knarrte, als Michelle sich über die Trittstufe hineinschwang. Huttla stand in ihrem Rücken und sah nichts anderes als das Kuhmuster ihrer engen Hose. Dann trat die Freundin zur Seite und ließ sie einsteigen. Huttla blieb der Mund offen stehen angesichts dieser Unordnung: auf dem runden Tisch stapelweise Kataloge, aufgerissene Tüten mit Überresten von Brötchen, Pappteller, stark verkleckst und verschmiert mit Senf oder Ketchup. Es roch nach kalter Zigarettenasche. Huttla wurde es beinahe schlecht.

Eine lila und schwarz gemusterte Rundecke lag voll mit amtlich wirkenden Briefen – einige waren aufgerissen, die meisten waren noch zu. Auf der Konsole über der Sitzecke lagen Kekspackungen und große Tüten mit Chips. »Kannst eine aufmachen«, sagte Michelle.

Der Küchenblock stand voll mit gebrauchtem Geschirr. Die Rüschengardinen in Herdnähe waren leicht angekokelt. Ringsum in Kopfhöhe säumten speckige Klappschränkchen in Holzoptik die Wände. Die offenen Regale waren mit alten Trockenblumengestecken oder zerschlissenen Schmökern zugestellt.

»Gemütlich, oder?« Michelle ließ sich rücklings auf das Kingsize-Bett fallen und nestelte am Reißverschluss ihrer Knautschlackstiefel herum. »Zieh mal!«

Huttla zog und dann nochmal, und dann lagen die Overkneestiefel am Boden wie leere Schläuche.

»Wo soll ich denn eigentlich hin?«, fragte Huttla.

Michelle machte eine knappe Handbewegung Richtung Tisch.

Also schaufelte sich Huttla in der Rundecke einen Platz frei, für sich und ihre Reisetasche. Sie lud ihre Mitbringsel aus, beäugt von Michelle, die vom Bett aus zusah und dann aufstand und an den Tisch kam.

Huttla überreichte ihr die weißen Kerzen, den glänzenden Stoff und die Geschenkschachtel mit Kleiner Löwe. Michelle riss den Deckel ab und fuhr mit der Hand in das passend zur Fellfarbe ausgesuchte orangene Seidenpapier, aus dem sie ihn unsanft herausfingerte.

»Das ist ein Handyanhänger!«, erklärte Huttla. »In Asien sind die Frauen verrückt danach.«

Michelle packte die Kerzen gleich mal weg. Den königsblauen Stoff hielt sie sich vor dem schmalen Schrankspiegel vor die Brust. »Toll!«, meinte sie und lächelte nicht einmal. Das Löwchen stellte sie, mehr oder weniger unbesehen, auf die Konsole an ihrem Bett. Das Regal war dermaßen überfüllt mit Krimskrams, dass sogar Huttla schon bald Kleiner Löwe aus den Augen verlor.

»Ich mach uns was zu essen«, schlug Michelle vor. »Du magst doch Kartoffelbrei.«

»O ja.«

»Ich brauch jetzt ein Steak.« Sie kramte im Kühlschrank und in der großen Plastiktüte und leerte den Inhalt auf das Bett. Es stimmte ja gar nicht, dass sie beide darin »locker Platz« hätten. Vielleicht, wenn dort unterm Fenster nicht der dicke Wulst zusammengeknüllter Kleidung läge. Aber so? In das Bett passte nur noch Michelle allein hinein.

Während das Fleisch in der Pfanne brutzelte, hievte Michelle mehrmals einen Arm voll Zeug von der Sitzbank und kippte alles auf das Bettende und zog eine gelb und grün geblümte Tagesdecke darüber, sodass es aussah, als hockte etwas Schnitzbuckliges darunter.

»Die Luft ist ein bisschen schlecht«, sagte Huttla.

Michelle öffnete das Klappfenster am Herd schlitzbreit. »Mehr geht nicht, sonst wird alles nass«, sagte sie und klatschte für Huttla das Kartoffelpüree auf einen Teller und für sich selbst das dampfende Steak.

Huttla blinzelte, ihre Augen brannten von dem beißenden

Geruch des angebrannten Fleischs. Sie dachte einen Moment daran wegzulaufen.

»Räum den Tisch ein wenig frei«, sagte Michelle.

Es war halb zwei, als sie Ellbogen an Ellbogen ihr Mittagessen zu sich nahmen.

»Wieso bist du nicht auf der Beerdigung?«, fragte Michelle zwischen zwei Bissen.

Fast wäre Huttla der Kartoffelbrei zur Nase rausgekommen.

»Ich war ja gar nicht eingeladen.«

Michelle spießte ein Stück Steak auf ihre Gabel. »Du bist doch sonst immer bei denen eingeladen.« Sie schob es in den Mund und kaute.

»Vielleicht ist es ja Gordon gewesen?«, lenkte Huttla ab.

»Nein«, antwortete Michelle. »Aber dein leichennärrischer Freund, dem trau ich's zu.«

Huttla starrte in ihren Kartoffelbrei. »Andre würde nie einem Menschen oder einem Tier etwas zuleide tun.«

Michelle ging gar nicht darauf ein. Argwöhnisch blickte sie auf den winzigen Rest ihres Steaks. »Wenn die jetzt tot ist«, überlegte sie laut, »dann ist auch das Baby tot. Es trifft immer die Falschen.«

»Welches Baby denn?« Huttla hatte es schon ganz vergessen.

Michelle wurde weiß im Gesicht. »Du hast mir gesagt, Blut-Alex sei schwanger. Mutterpass. Vierter Monat!«

Huttla erschrak. Hätte sie doch besser den Mund gehalten. Sie war übers Ziel hinausgeschossen, nicht das erste Mal im Leben, aber diesmal war es vielleicht ein Fehler.

»Natürlich war sie schwanger, Michelle! Es ist freilich mitgestorben, aber du glaubst doch wohl nicht, dass sie's ausgetragen hätte. Die war bestimmt drauf und dran, es noch schnell wegzumachen.« Sie sah das Einverständnis in den Augen ihrer Freundin blitzen.

»Du könntest recht haben«, sagte Michelle nachdenklich. Und obwohl sie Alexa gar nicht persönlich kannte, setzte sie hinzu: »Das würd ihr ähnlich sehen.«

Huttla warf einen Blick auf ihre Armbanduhr. »In einer Viertelstunde ist die Beisetzung.«

Weshalb war Michelle so mürrisch? Weshalb schaute sie so komisch? Wieso war sie so schlecht aufgelegt? Sie erhob sich von der Bank, stand groß und mächtig vor der vollgestellten Spüle. Alles Mütterliche war von ihr gewichen.

»Jetzt trinken wir erst mal einen Schluck«, schlug sie mit rauer Stimme vor.

Aber Huttla trank keinen Alkohol. Kellnerinnen, die tranken, waren das Letzte!

Michelle räumte schwerfällig den Tisch ab. »Wie sie im Mittelpunkt steht«, sagte sie. »Sogar noch im Tod. Ich bin ganz angewidert.« Sie schenkte sich einen Schnaps ein, kippte ihn hinunter und tat dann so, als schüttelte er sie ganz und gar durch. »Brrrh!«, machte sie, wie ein Pferd.

Durch den Regen schien jetzt hell die Sonne zu den sieben Fensterchen herein.

»Die Trauerzeremonie wird bestimmt nicht festlich«, versuchte Huttla sie fröhlicher zu stimmen. »Da gibt es nichts Würdevolles, Herzbewegendes …«

»Und wenn du falsch liegst?«, schnauzte Michelle heraus. »Ich glaub, das wird sogar eine super Beerdigung mit allem Pipapo.« Sie holte tief Luft und steckte sich eine Zigarette an. »Ist dein Freund dran beteiligt?«

Huttla schüttelte empört den Kopf. »O nein, der hätte diesen Auftrag abgelehnt. Außerdem ist er in Bad Kisshardt und absolviert seine letzte Prüfung und …«

»Hör mir auf mit dem, der spinnt doch.« Michelle biss auf ihrer Unterlippe herum. »Ganz Uhlbach wird ihretwegen trauern, das gönn ich der nicht.«

Sie regte sich noch fünf Minuten fürchterlich darüber auf,

dass Alexa Opitz nun tot war. Als frisch Verstorbene und noch dazu als eine Ermordete erhalte sie viel zu viel Aufmerksamkeit. Das machte Michelle fertig. Sie brauchte einen weiteren Schnaps, um Blut-Alex' Beerdigung, die in den nächsten Minuten losging, besser überstehen zu können.

»Die steigt noch zur Märtyrerin auf, pass nur auf!« Sie zog heftig an ihrer Zigarette und blies den Rauch aus wie ein Kerl. »Das haben wir nicht gewollt, Jasminchen, stimmt's?«

25

Die Andreaskirche im Herzen von Uhlbach war voller Menschen. Immer neue Paare und kleine Gruppen drängten in das Gotteshaus. Fabio blieb gleich hinten stehen und bewunderte die Fenster in ihren leuchtenden Farben.

In der ersten Reihe auf der rechten Seite saß Gordon Opitz mit seinen Eltern Susan und Bodo, nach einer Lücke von zwei Metern Ingrid und Friedemann Abt mit Laura, die sich niedergekniet hatte, und Nadine, neben der ein am Hals tätowierter Mann saß, der mit offenem Mund die Wandmalereien bestaunte.

Fabio entdeckte Dr. Roman Evers und seine Frau Constanze sowie die Angestellten Sarah Kalmbach, Jessica Lange und Silke Bandowski, die sich suchend umblickte und ihm zulächelte, nachdem sie ihn entdeckt hatte.

Es folgten die Bänke mit Verwandten und die mit Uhlbacher Nachbarn. Ganz am Rand auf der linken Seite eine zusammengesunkene Gestalt: Hans Hutter. Der Anfang dreißigjährige, hagere Mann neben ihm war Corrys Beschreibung nach Patrik Röhmle aus der Bambifabrik.

Einige Bänke weiter saßen Frauen im Alter der Ermordeten, von denen manche wie Schulkameradinnen die Köpfe zusammensteckten, dann folgte eine Mittfünfzigerin – vielleicht die Putzhilfe, Frau Irmscher. Ganz rechts außen Valentin Jäger, der Zahn-Operierte, der ansonsten keinen Kontakt zu den Opitz' gehabt hatte. Sonderbar, dass er den weiten Weg von der Hasenbergsteige nach Uhlbach auf sich genommen hatte.

Ichigo Takahashi war nicht erschienen. Das konnte Fabio gut nachvollziehen. Auch Jasmin Hutter war nicht gekommen, obwohl sie – irgendwie – zur Familie Abt gehörte. Ein junger Mann wie Andre Zeeb, nach der Beschreibung pechschwarzhaarig, ellenlang und mager wie ein Streichholz, dabei deutlich schielend, war ebenfalls nicht zu sehen. Damit hatte Fabio aber auch nicht gerechnet. Es bestand kein direkter Kontakt zwischen Andre und den Abts. Aber Fabio hatte ihn auf dem Schirm und würde sich später noch um ihn kümmern.

Der karamellbraune Sarg vor dem Altar war üppig mit weißen und roten Rosen geschmückt. Groß stand Alexas Foto mit schwarzem Trauerband davor, sie war eine ausgesprochen schöne Frau gewesen.

Die Kirchenglocken läuteten, und ein paar Nachzügler traten noch durch die Flügeltür, die ein Kirchendiener jetzt mit großer Geste schloss. Die Orgel ertönte wie ein ganzes Orchester, und Fabio sah auf zu dem gekreuzigten Jesus inmitten von Blumen und Weinreben unter dem hohen Chorbogen.

Die Pfarrerin begrüßte die Trauergemeinde, die sich zum Abschied von Alexa Opitz, geborene Abt, versammelt hatte. Gemeinsam sangen sie ein trauriges Kirchenlied, das Fabio nicht kannte, aber auch andere in seiner Reihe bewegten bloß die Lippen dazu.

Ein Klagepsalm folgte, und kaum war er gesprochen, ging Ingrid Abt, von Laura begleitet, langsam nach vorne und stellte sich ans Mikrofon. Sie las ein Gedicht vor, das sie für ihre aus dem Leben gerissene Tochter geschrieben hatte. Es handelte von Ohnmacht, Wut und tiefer Trauer. Am Schluss appellierte sie an den Täter, ob er sie nun hören könne oder nicht, sich zu stellen. »Sie können mit dieser grausamen Tat niemals wieder glücklich werden«, prophezeite sie mit brüchiger Stimme und knickte dabei in den Knien ein. »Wer auch immer Sie sind, ich werde Ihnen nie verzeihen.«

Diese Töne waren in einer Kirche nicht gern gehört, und so setzte mit großer Lautstärke die Orgel wieder ein. Es folgte ein Bibeltext, der von Schluchzen und Räuspern unterbrochen wurde und mit den Worten schloss: »... wer das nicht glaubt, sieht lediglich den Tod, welch armer Tor.«

Die Trauergemeinde sprach das Glaubensbekenntnis, es wurde wieder gesungen, und die Pfarrerin verlas die Lebensdaten der Verstorbenen und sprach vom Leben und der Auferstehung Jesu und einem Wiedersehen mit Alexa – irgendwo, vielleicht im Himmel.

Hinter dem Sarg und der Pfarrerin gingen die Menschen aus der Kirche in das helle Licht hinaus. Hans Hutter stolperte, und Patrik Röhmle nahm seinen Arm. Der Sarg wurde hinabgelassen in das Grab von Alexas Großmutter Anna-Dora Klug. Keine dreißig Meter entfernt lagen Timo und dessen Mutter Gundula beerdigt.

Die Hinterbliebenen beteten ein Vaterunser. Fabio beobachtete jeden einzelnen Gast am Grab. Gordon Opitz war von seinen Eltern in die Mitte genommen worden.

Gestern hatte Fabio mit ihm telefoniert. Es war schon nach neun gewesen. Opitz teilte ihm mit, dass er nicht mehr im Hotel wohnte. Nachdem er die Fliesen in der Diele entfernen und neue hatte legen lassen, war er schnell wieder zu Hause eingezogen. Fabio hatte ihn gebeten, nach dem kleinen Fisch zu sehen. Opitz war ärgerlich gewesen, da er sich mit dem Aquarium nicht auskannte und glaubte, einen künstlichen sicher nicht von einem echten Fisch unterscheiden zu können. Frau Irmscher habe ihm erklärt, wie er sie füttern müsste, damit sie nicht eingingen. Und er habe ihr geantwortet, dass ihm das herzlich egal sei, wenn sie stürben. »Unter uns«, sagte er zu Fabio, »ich will das Aquarium nicht mehr haben, aber es ist in die Wand eingebaut. Überhaupt will ich den Bungalow verkaufen, haben Sie, Herr Lavelli, vielleicht Interesse?«

Da hatte Fabio nur breit gegrinst und war auf den Perlenfisch zurückgekommen: »Der sitzt zwischen den Algen auf dem Sandboden. Wie ist der zu Ihnen ins Haus gekommen?« Opitz nach einer kleinen Weile: »Ja, da sitzt so was. Von wem es stammt, weiß ich nicht.« Dann ein jäher Schluchzer. »Meine Frau kann ich ja nun nicht mehr fragen.«

Fabio hatte gewartet, bis er sich wieder beruhigt hatte. Dann hatte er ihn auf Jasmin Hutter angesprochen, aber Opitz konnte sich nicht recht an das Mädchen erinnern. »Die war so ein Anhängsel meiner Schwiegermutter, glaub ich. Aber wer am Polterabend alles aus Uhlbach dabei war, sorry, das krie-ge ich nicht mehr zusammen.«

Fabio verließ den Friedhof und ging zur anderen Seite der Kirche. Auch hier niemand, der von weitem Alexas Grablegung aus Genugtuung oder einem anderen Motiv heraus beobachten wollte. Die Umgebung war wie ausgestorben.

Im schwarzen Beetle, der im Schatten der Kirche stand, lehnte sich Fabio im Sitz zurück. Er ließ die Fahrertür offenstehen und dachte nach. Seit heute lief die Ortung nach Jasmins Telefon. Sie hatte nicht zurückgerufen und war laut Auskunft ihres Arbeitgebers diese Nacht nicht nach Hause gekommen.

Gestern Abend hatte Fabio bei Hans Hutter angerufen, ob er wüsste, wo seine Tochter steckte. Er wusste es nicht oder wollte es nicht sagen. Ob Jasmin denn im Bungalow von Alexa verkehrte? Das konnte er sich beim besten Willen nicht vorstellen.

Dann hatte Fabio die Kollegen Nick und Müzze zu Ingrid Abt und ihren Töchtern geschickt. »Sie suchen die Jassi? Ja, aber wieso denn?«, war alles, was die Kollegen zu hören bekamen. Der kleine Fisch im Aquarium in der Hasenbergsteige hatte Nadine Abt sogar zum Spotten gebracht: »Mit Perlentieren hat sie uns überschüttet, da können auch Fische darunter sein. Es gibt kein Viech, das Jassi nicht geperlt hätte.«

Er steckte den Zündschlüssel ins Schloss, dann überlegte er es sich anders und holte sein Telefon hervor, um noch einmal Andre Zeeb anzurufen. Es meldete sich aber nur wieder die Mailbox. Fabio beschloss, gegen Abend zu ihm nach Hause zu fahren, und informierte Corry über diesen Schritt.

Um achtzehn Uhr traf er sich mit Fink in der steilen, viel befahrenen und völlig zugeparkten Immenhofer Straße in

Stuttgart-Süd vor dem Haus, in dem Andre Zeeb wohnte. Es war eins dieser Etagenhäuser aus der Gründerzeit mit herrlichen Haustüren aus altem, schwerem Holz, mit Eisen beschlagen.

Zuerst wollte niemand aufmachen, aber Fink, die die Wohnung seit einer Stunde beobachtete, hatte einen Schatten hinter einem der hohen Fenster im zweiten Stock gesehen. »Er ist da«, sagte sie und klingelte einfach bei allen Bewohnern.

»Paket«, rief Fabio in die Gegensprechanlage, aus der ein paar knisternde missgelaunte Stimmen herausdrangen, und schon wurden sie eingelassen.

Als Fabio an Zeebs Tür klingelte und dann kräftig dagegen pochte und »Polizei, aufmachen!« rief, hörten sie jemanden am Schloss nesteln.

Vorsichtig wurde die Tür einen spaltbreit aufgezogen. »Ich soll keinen reinlassen, hat mein Sohn mir aufgetragen, und ich halt mich dran.« Der alte Mann war schwer zu verstehen, offenbar fehlten ihm die Schneidezähne.

»Können wir reinkommen?« Fabio zeigte seinen Dienstausweis. »Wir sind von der Kripo und würden gern mit Ihrem Sohn als Zeugen sprechen.«

»Andre ist in einer fernen Stadt«, nuschelte Herr Zeeb; seine grauen Haare hingen ihm wirr bis zu den Schultern herab. »Der absolviert eine Schlachterprüfung, und ich bin ganz allein in der Wohnung und komme bestens zurecht.«

»Kein Problem«, sagte Fabio. »Nur ein paar Fragen … aber die besprechen wir lieber drinnen, das muss ja nicht das ganze Haus mitkriegen.«

Die Wohnung roch nach Friedhofsblumen, die im Esszimmer, in das Herr Zeeb sie führte, in großen Glasvasen auf dem Tisch und auf dem Sideboard standen. Drumherum und auf den Holzregalen eine Menagerie winziger Perlentiere, wie Corry sie ihm von Jasmins Zimmer geschildert hatte.

»Die sind niedlich, diese Figuren«, sagte er zu Herrn Zeeb. Der winkte nur ab.

Fink sprach mit ihm geduldig, aber wachsam. Fabio spürte, dass sie dem Mann misstraute. »Bei einer Schlachterprüfung ist er? Ich dachte, er arbeitet in einem Bestattungshaus.«

»Schon lang nicht mehr«, entgegnete der Alte. »Da haben sie ihn rausgeschmissen, weil er an die Leichen ging.«

»Er ging an die Leichen?« Fink fuhr sich in die Hochsteckfrisur.

Herr Zeeb nickte tief. Über Andre wollte er dann aber nicht mehr sprechen. Und Jasmin habe er schon lange, lange nicht mehr gesehen ... »Was wollen Sie von dem Kind?«

»Sie ist eine junge Frau«, stellte Fabio richtig.

»Das sieht man nicht.«

»Sie haben sie lange nicht gesehen. Bestimmt ist sie gewachsen, wo könnte sie denn sein?«

»Im Wald vielleicht, beim Turm.«

Fink legte die Hand auf seinen Arm, den Kopf schief. »Welcher Turm denn?«

»Die weiß schon, welcher.« Dann sagte Edgar Zeeb kein Wort mehr.

Um sieben rief er im Bestattungshaus Weiße Calla an und erwischte gerade noch den Inhaber, Lothar Grassinger, bevor der nach Hause fuhr.

Aus der Schlachterprüfung war bald eine Prüfung zum Thanatopraktiker in Bad Kisshardt geworden. Und aus einem Mann, den man gefeuert hatte, die Stütze des Betriebs.

»Den Andre bloß nicht stören!«, bat Herr Grassinger, der Fabio vorrechnete, was ein Thanatopraktiker an Imagezuwachs für sein Geschäft bedeutete.

»Ich bezahle über viertausend für seine Fortbildung, das macht nicht jeder Betrieb. Aber ich investiere das Geld in den Jungen, der ist es wert. Der denkt von der Leiche her, Entschuldigung! Gut, dass er's nicht gehört hat. Ich meine natürlich: Er denkt vom Verstorbenen her, und das ist wichtig, das glauben Sie vielleicht nicht, aber es ist so. Eine pietätvolle Einsargung muss mit Gefühl gemacht werden, mit Herzblut, im Sinne des Dahingegangenen. Die Hinterbliebenen kommen erst an zweiter Stelle, na ja, bei Andre Zeeb stehen sie noch 'n Stück weiter hinten, aber das krieg ich schon noch an ihn ran. Die bezahlen ja schließlich, nicht wahr?«

Fabio bekam kein Wort dazwischen.

»Die meisten Bestattergesellen müssen die Fortbildung selber bezahlen, wer kann sich das leisten? Keiner. Drum haben wir so wenig richtig gute Thanis, ja, wir sagen Thanis, aber nett gemeint, und die können Ihnen nen Verstorbenen so schmucke hinoperieren, dass Sie meinen: Ja, lebt der noch?«

Fabio, schweres Kopfweh im Anzug, schaffte es, ein paar Fragen zu stellen.

»Was? Eine Freundin? Hat er denn eine? Davon hab ich noch nichts gehört. Der lebt doch ganz für den Beruf.« Er lachte frisch heraus. »Andre ist morgen mit der Prüfung fertig, dann gehen die Prüflinge alle groß aus, das würden wir genauso machen, stimmt's? Und am Samstag reisen die frisch gebackenen Thanatopraktiker dann heim. Eigentlich mit dem Zug, aber Andre hat gebettelt, dass er den Kombi nehmen darf, und ich hab mich breitschlagen lassen. Der Junge will halt ein bisschen angeben, ist doch aber auch normal.«

»Er ist mit dem Leichenwagen nach Bad Kisshardt gefahren?«

»Wir nennen das Einsatzfahrzeug.« Grassinger holte tief Luft und spulte die wesentlichen Vorzüge der Kiste herunter. Am Ende meinte er: »Andre hat halt immer gern den Wagen dabei, der rechnet ja grundsätzlich mit dem Schlimmsten, was in der Bestatterbranche aber kein Nachteil ist, ganz gewiss nicht.« Er lachte schlitzohrig. »Wieso wollten Sie ihn eigentlich sprechen?«

Fabio wusste es selbst kaum noch. »Ein paar Fragen zu einer Person, die er vielleicht kennt. Es betrifft nicht ihn selbst.«

»Der kennt nicht so viele Leute, die meisten sind ja tot.« Wieder sein seliges Lachen. »Zeeb ist nicht so gesellig, er interessiert sich nur für den Beruf. Nichts anderes hat mein Andre im Kopf.«

Fabio übermittelte die neuen Informationen an Corry, Otte und die Staatsanwältin und fuhr nach Hause. Als er in Bad Cannstatt in seine Straße einbog, leuchtete sie goldgelb im Licht der untergehenden Abendsonne.

26

Schon den ganzen Freitagmorgen war Corry auf hundertachtzig.

»Gott bewahre! Wenn ich diese Jasmin Hutter heute Vormittag nicht zu sehen bekomme, weiß ich nicht, was ich tue.« Sie schaltete ihren Computer aus und verpasste ihm einen Schlag an die Seite, denn er hatte ihr bei der Suche nach der Verdächtigen nicht geholfen.

Fabio warf ihr einen Schokoriegel über die grüne Grenze, kam dann aber doch selbst herüber. »In der Pension, in der die Prüflinge wohnen, ist keine Jasmin gemeldet oder aufgetaucht, um Andre Zeeb zu besuchen.«

»Lass mich nochmal den Vater hören«, bat Corry und packte den Riegel aus. Es war einer ihrer Lieblingsriegel, deshalb schloss sie die Augen, als sie hineinbiss.

Finks Stimme, ungewohnt sanft, aus Fabios Handy: »Welcher Turm denn?« Darauf folgte ein Genuschel: »Die weiß, welcher.«

»Der alte Herr Zeeb bringt sie mit dem Turm in Verbindung«, sagte Corry.

»Der Mann ist senil oder dement, Fink meint auch, was er sagt, kann man …«

»Ich will mit Jasmin Hutter sprechen, und zwar sofort.« Sie kaute hektisch die Schokolade, und schon war der Riegel verputzt.

Fabio sah heute merkwürdig aus. Einerseits glomm in seinen Augen Hoffnung und Zuversicht, was im Polizeiberuf nicht schlecht war, andererseits wirkte er niedergeschlagen.

»Und diesen Andre – hast du ihn erreicht? Wir werden uns ja wohl nicht drum scheren, dass sein Chef ihn nicht gestört haben will; wir Polizisten stören immer.«

»Bin auf seiner Mailbox«, sagte Fabio mit einer Stimme

wie ein Reibeisen. »Wenn er sich nicht meldet, schicke ich zwei Bad Kisshardter Kollegen in die Thanatoschule und in die Pension.«

»Gute Idee.« Corry rupfte ein bisschen in den Sansevierien herum, die stets unter ihren Stimmungen zu leiden hatten. »Ich möchte nochmal in Jasmins Zimmer. Kommst du mit, Fabio? Ja? Das freut mich.«

Corry vertraute auf ihre Intuition. Sie ließ die Pflanzen in Ruhe und sagte: »Mit Arlet habe ich mir am Donnerstag einen ersten Eindruck verschafft. Ich denke, jetzt sollten wir genauer hinschauen.« Sie hängte sich ihre Tasche um. »Du wirst geblendet sein von all dem Geglitzer!«

Zwanzig Minuten später betraten sie den halbdunklen Gastraum des Blauen Rössle, wo schon zwei Käuze vor ihrem Bier saßen, und es war noch nicht einmal zehn.

»Kommen sie jetzt alle zwei Tage?«, blaffte Burkhard Nolte zur Begrüßung.

Corry stellte sich zu ihm an den Tresen, wo ein letzter Faden Bierschaum aus dem Zapfhahn fiel. »Mal sehen. War sie inzwischen da?«

»Gegenfrage: Wo haben Sie heute Ihre schöne Kollegin gelassen?«

»Beantworten Sie meine Frage. Wenn das nicht klappt, bestelle ich Sie zur Zeugenaussage aufs Präsidium. Bringen Sie aber ein bisschen Zeit mit.«

»Bin ich der Jasmin ihr Kindermädchen?«

»Was haben Sie denn?«, fragte sie ihn. »Gestern noch voller Mitleid und …«

»Und heut erfahre ich, dass die mir das Fleisch aus dem Kühlraum geklaut hat.« Er stützte sich mit den Händen auf den Rand der Spüle und senkte den Kopf, als suchte er etwas in dem Dreckwasser. »Und ich hab mich noch gewundert: Wo geht denn das ganze Fleisch immer hin?« Entgeistert hob er den Blick.

»Nun ja«, sagte Corry.

»Wenn meine Freundin mir nicht reinen Wein eingeschenkt hätte, grad heut früh, wüsste ich es immer noch nicht.«

Corry sah Frau Wolkow in ihrem roten Hängerchen bei den beiden Männern stehen.

»Jasmin hat sich also Fleisch genommen?«, fasste Fabio, der Vegetarier, zusammen.

»Ganz genau.« Nolte zeigte die Zähne. »Sie hat es gestohlen und dann gegessen oder auch nicht. Woher soll ich das wissen?«

Fabio hakte nach: »Haben Sie nun etwas von ihr gehört oder nicht?«

»Nein! Und ehrlich gesagt bin ich froh drum.«

»Wir gehen gleich nochmal hoch«, kündigte Corry an. »Vielleicht finden wir ja Ihr Fleisch.«

»Da hab ich schon nachgesehen. Da ist nichts. Dort oben würde 'ne Maus verhungern.« Er zog die Lippen nach innen.

Vielleicht nicht bloß eine Maus, dachte Corry. Offenbar hatte Fabio den gleichen Gedanken, denn er fragte eindringlich: »Hat Jasmin Sie schon einmal um Fleisch oder Essen gebeten?«

»Gebeten?«, der Wirt spuckte das Wort geradezu aus. »Ich meine, bin ich die Wohlfahrt?« Er fuchtelte mit einem halbvollen Glas Bier herum. »Wenn ich eines nicht leiden kann, dann, wenn das Personal klaut.« Er goss den Bierrest in die Spülbrühe und stülpte das Glas über eine der Bürsten. »Nein, die Jasmin bittet um gar nichts.«

Noltes russische Freundin saß jetzt auf einem Barhocker am Ende der Theke, ganz allein, mit nichts vor sich als ihren zehn Fingern. Corry ging auf sie zu. »Haben Sie eine Idee, wo Ihre Kollegin sein könnte?«

Sie schüttelte den Kopf. »Geht nurr in Stadt und guckt Brunnen in Markthalle.«

»Brunnen?«

Sie biss auf ihren Fingernägeln herum. »Wo hat kleines Mädchen Salate gewaschen um fünf Uhrr morrgens, 1935, warr noch vor Krieg.«

Mein Gott, was einem die Leute aber auch alles an den Kopf warfen! Corry vibrierte innerlich.

»Solche Sachen hat sie Ihnen erzählt?«

Frau Wolkow nickte ernst. »Spricht sie viel von Todd.«

»Aha?«

»Von Sarg und muss brechen Knochen, wenn nicht passt akkurat.« Sie machte Fäuste und die Geste, als bräche sie ein trockenes Ästchen durch.

»Ihr Freund ist ja schließlich Bestatter«, ergriff Corry halbherzig Partei für Jasmin.

»Hockt aber immer allein.« Sie nagte weiter auf einem Fingernagel herum.

»Sie gehen manchmal zu ihr rauf?« Das war Fabio mit einem freundlichen Lächeln.

Frau Wolkow warf Nolte einen fragenden Blick zu und sagte dann: »Nurr zu und ab.«

»Andere Reihenfolge, Frau Wolkow.« Fabio zwinkerte milde. »Das heißt: ›ab und zu‹.«

»Und wenn Sie Jasmin besuchen«, nahm Corry den Faden auf, »was machen Sie dann so?«

»Nurr bisschen rädden, nicht viel. Sie macht die Tierchen.«

Corry drehte den Kopf zu Nolte, weil ihr etwas einfiel. »Sie haben ihr nicht zufällig gekündigt, und deshalb ist sie weg?«

»Noch nicht«, sagte er rüde. »Aber gedacht hab ich schon mehr als einmal dran.« Er warf sich ein kariertes Geschirrtuch über die Schulter, dicht an seinen verschwitzten Hals. »Bloß, wo will sie denn hin? Heim nach Uhlbach geht die nämlich nicht mehr. Soll ich sie vielleicht zu dem Bestatter lassen? Ich hab den Knilch schon lang nicht mehr gesichtet; mir ist der unheimlich, ich bin froh, wenn der fortbleibt.« Er wischte sich mit dem Tuch über die Stirn. »Ich rette die Jasmin von Monat zu Monat vor der Obdachlosigkeit, und ob die Polizei mir das nun glaubt oder nicht, ist mir piepegal.«

»Sie haben ja meine Karte«, sagte Corry. »Nach wie vor gilt: Sobald sie auftaucht, rufen Sie mich an.«

»Übrigens kommt gleich die Spurensicherung«, informierte Fabio den Wirt. »Sie dürfen nicht mehr in Frau Hutters Zimmer. Es wird wahrscheinlich versiegelt werden, mal sehen.«

Nolte fiel der Unterkiefer herunter.

Gemeinsam verließen sie die Kneipe und gingen die lange, stickige Holztreppe hoch in Jasmin Hutters Perlenparadies.

Corrys Blick fiel gleich wieder auf das Kordsamtsofa mit dem Hasenhäs. »Schau!« Sie zeigte mit dem Finger drauf.

Fabio hatte etwas anderes entdeckt. Eine Tapetentür am Ende der Dachschräge, zugestellt mit zwei Eimern Buchsbäumchen. Er schob sie beiseite und riegelte die kleine Tür auf. Gleich dahinter standen Einweckgläser mit Perlen wie bunte Bonbons. Fabio stellte sie raus und kroch rein.

»Das ist ihr Lager!«, kam es gedämpft von drinnen. »Lauter Schraubensortierkästen, randvoll mit Bastelutensilien.« Er kam wieder rausgekrochen, sah sich um. »Auf mich wirkt das Zimmer kindlich, wohnt so eine Zweiundzwanzigjährige?«

Corry öffnete das schräge Dachfenster, denn hier drin war es bullenwarm, und von den verfaulten Nelken in dem Trauergesteck ging ein beißender Geruch aus.

»Wirklich jede Fläche steht voll mit diesen Perlenfiguren«, sagte Fabio, der sich an den Anblick erst noch gewöhnen musste. Italiener mochten gern funkelnde Sachen, aber was zuviel war, war zuviel.

»Fabio, wir durchsuchen jetzt alles.«

Sie zogen Schubladen auf, sie durchsuchten Regale, sie schauten in Urnen. Manche waren mit Krimskrams gefüllt. In einer lag eine kleine Flasche Eau de Toilette.

»Sie benutzt Eternity«, stellte Fabio fest. »Passt ja irgendwie.«

Sie hatten keine Freude daran, die fremden Habseligkeiten zu durchsuchen. Aber es war ihre Aufgabe, einen Hinweis zu finden, wo sich die Bewohnerin aufhielt. Vielleicht war sie in Gefahr. Vielleicht war jemand anderes durch sie gefährdet. Denn zum jetzigen Zeitpunkt musste Corry davon ausgehen, dass Jasmin Hutter schon einmal getötet hatte.

»Da ist nur Krempel drin«, sagte sie zu Fabio, der vor der Verbindungstür stand. Er machte sie trotzdem auf, fotografierte hinein und wandte sich dann etwas anderem zu.

»Und das sind also die Bizepstrainer?« Er schaute auf die beiden 1,5-Liter-Plastikflaschen.

Corry drehte den Kopf zu ihm. Sie meinte, seine Gedanken lesen zu können: Hat Jasmin, die ständig dem Liebespaar Timo und Alexa im Weg war, hat sie ihre ganze Kraft gesammelt für diesen einen, grandiosen Schlag?

Gemeinsam untersuchten sie den Kleiderschrank. Ein paar lappige T-Shirts in dunklen Farben, eine billige Baumwollhose, ein dunkelblauer Bademantel. Dazwischen klapperten leere Drahtbügel. Im schmalen Regalteil Söckchen wie für Drittklässlerinnen, mit Punkten oder Herzchen drauf. Im nächsten Fach etwas Unterwäsche, zwei warme Strumpfhosen, eine weinrot, eine hellbraun. Schwer zu sagen, wie viel Kleidung hier fehlte. Im untersten Regalfach ein Karton voll roter Grabkerzen. Auf dem Schrankboden auf einem Stück Pappe derbe Winterschuhe und ein Paar schwarze Ballerinas, die ungetragen aussahen. Dahinter eine DVD-Box: »6 Feet Under – Gestorben wird immer« sowie eine Pralinenschachtel. Corry hob den Deckel ab. Es war ein Gummiabdruck von einem Gesicht darin.

»Eine Totenmaske«, sagte Fabio.

Unter dem Gesichtsabdruck lag ein ungeöffneter Geschäftsbrief von einem Bastelladen in der Innenstadt. Corry steckte ihn ein.

Fabio sagte: »Sieh mal her, das interessiert dich, Corry!«

Sie trat zu ihm. Neben der Couch hatte er aus einem Bücherregal ein Pendelbuch für Anfänger gezogen. Etwa ein halbes Dutzend kleine weiße Zettel mit handschriftlichen Kürzeln waren herausgefallen.

Fabio hatte sie aufgehoben und las den ersten vor: »Wird Mutti von S in Petersburg wieder gesund? – JA / NEIN«

»Sie hat gependelt«, stellte Corry fest. »Petersburg? Daher kommt doch Frau Wolkow.«

»Wie heißt sie nochmal mit Vornamen?« Fabio sah in seinem Tablet bei den Berichten nach. »Ich hab's: Svetlana.«

»Na klar«, sagte Corry. »Sie geht zu und ab rauf zu ihr zum Pendeln.«

Fabio las das nächste Zettelchen ab: »Wird N S heiraten? – JA / NEIN«

Corry amüsiert: »N ist Nolte! Wird er Svetlana heiraten? Ich krieg mich nicht mehr.«

Es geht noch weiter: »Wann ist Hochzeit von N und S: Herbst? / nächstes Jahr? / nie?« Fabio ließ die Hand mit den Zetteln sinken. »Traurig irgendwie.«

»Nächste Frage«, drängte Corry, während sie sich das goldene Pendel an der stabilen Kette besah.

»Wird A Prüfung bestehen? – JA / NEIN«

»A ist Andre!«, rief sie, fast wie in der Schule, fehlte nur noch, dass sie gestreckt hätte.

»Richtig!« Beim letzten Zettel runzelte Fabio die Stirn. »Soll ich zu M fahren? – JA / NEIN.«

Corry sah Fabio an. »Wer ist M?«

27

Michelle hatte versprochen, Kaffee zu kochen. Sie lag aber immer noch auf ihrem Bett, obwohl es schon halb vier am Nachmittag war. Vielleicht kam ihre Müdigkeit von dem Regengeräusch. Die dicken Tropfen fielen gemächlich auf das Wohnidach und machten auch Huttla in der schmalen Sitzbank schläfrig.

Michelle redete heute nicht viel. »Bin noch krankgeschrieben«, sagte sie immerhin. »Morgen muss ich wieder ran.«

»Was fehlt dir denn, Michelle?«

Missmutig schnaufend wälzte sie sich nun doch aus dem Bett. »Arthrose, was sonst?«

Leise vor sich hin quengelnd kochte sie Kaffee. Huttla wollte helfen und den Tisch decken. »Ich mach das«, bestimmte Michelle.

Vor der Küchenzeile war sowieso kein Platz für zwei. Also blieb Huttla eingeklemmt zwischen Bank und Tisch sitzen und zeichnete weiter an ihren Entwürfen. Gestern Abend hatte sie angefangen, auf den Rückseiten von Michelles ungeöffneter Post einige zauberhafte Perlenzüge für Herrn Burger zu entwerfen.

»Alexa ist bereits seit vierundzwanzig Stunden unter der Erde!«, hob sie an, um die Freundin ein wenig aufzuheitern.

»Fängst du wieder von der an?«, schnauzte Michelle.

»Was kann ich dafür, dass sie einem immerzu im Kopf herumschwirrt?«

»Mach du mir bloß keinen Ärger!« Michelle warf ihr einen säuerlichen Blick zu.

Eingeschüchtert schüttelte Huttla den Kopf. »Du wolltest, dass ich zu dir komme.«

Sie tranken schweigend ihren Kaffee aus blauen Kunststofftassen, die schon ein wenig zerbissen waren am Rand. Wenn

Huttla gewusst hätte, dass Michelle dermaßen übellaunig sein würde, wäre sie nicht zu ihr gereist.

An ihre erste Nacht im Wohnwagen mochte sie gar nicht denken … Sie hatte sich alles viel schöner vorgestellt. Freilich durfte sie nicht, wie versprochen, in dem großen Doppelbett schlafen. Michelle drückte ihr ein gelbliches Kissen in die Hand und sagte: »Das ist dein Kopfkissen«, dann deutete sie auf die harte Bank, auf der sie schon die ganze Zeit gesessen hatte.

Dort legte Huttla sich hin, die Beine langgestreckt, den Kopf auf dem nach Nikotin stinkenden kleinen Kissen. Sie sah zu, wie Michelle sich auszog und unter ihre gelbgrüne Tagesdecke kroch.

Bevor sie sich schlafen gelegt hatten, waren sie noch gemeinsam zu den Sanitäranlagen gegangen, wo sie den Platzwart bei den Müllcontainern entdeckt hatten. Von den anderen Dauercampern hatten sie keinen gesehen. Nur hier und da den bläulichen Widerschein eines Fernsehers in einem der Wohnwagen.

Da lief eine graue Katze mit etwas Pelzigem im Maul übers nasse Gras, blieb stehen, schüttelte eine Vorderpfote aus und lief weiter. Tippy Uhlenbrock!

»Hast du sie gesehen?«, rief Huttla.

Michelle sagte: »Da sind die Duschen.«

Huttla drehte sich zu ihr um. „Neulich hab ich Erdna erzählt, wie Alexa eine dreibeinige Katze hat verhungern …«

Sofort fiel Michelle ihr ins Wort. »Deine Afrikanerin gibt's doch gar nicht!« Im Dunkeln sah sie noch größer und breiter aus. »Schreib den Namen von deinem Bestatter auf ein Stück Papier«, höhnte sie, »und wenn du's von hinten liest«, keifte sie, »kommt Erdna raus.« Sie blies spöttisch Luft aus der Nase. »Du hast dir ne Freundin erfunden, gib's zu.«

Vielleicht hätte Huttla diese Reise niemals antreten sollen.

Sie duschten, ohne dabei Lieder zu trällern, wie das vielleicht echte Freundinnen trotz aller Widrigkeiten des Lebens getan hätten. Auf dem Rückweg ließen sie die Köpfe hängen und hoben sie erst wieder, als sie den Wohni hinter den Heckenrosen erblickten. Sein Dach glänzte hell im Mondlicht.

»Michelle, weißt du eigentlich, wie weit weg der Mond ist?«

Michelle schüttelte unwirsch den Kopf.

Huttla hatte als Kind die Zahl für Timo auswendig gelernt: »384.400 Kilometer!«

Michelle sprang nicht darauf an. Sie interessierte sich nicht für Astronomie.

In dieser Nacht drehte sich Huttla auf der harten Bank viele Male hin und her. Sie weinte ihrem Handy nach, das mit allen Nachrichten, Notizen und Fotos verschwunden war. Fünfmal hatte Michelle untertags das verlorene Telefon angerufen, aber niemand hatte abgehoben. Der Dieb hatte es vielleicht in einen Mülleimer geworfen, es war ein billiges Gerät, aber so etwas durfte man doch nicht tun.

Furchtbar gern hätte sie Andre angerufen, um nach dem ersten Prüfungstag zu fragen und nach dem Typ Leiche, die man ihm gegeben hatte. Sicher eine »Intensive«. Aber Michelle erklärte ihr klipp und klar, dass sie es nicht mochte, wenn man auch nur mit der Fingerspitze an ihr Telefon dranginge. Es klingelte auch nie. Sie hatte es wohl ausgeschaltet.

Huttla hielt ihre blaue Tasse hoch und Michelle schenkte ihr noch einmal nach. Es war vier Uhr nachmittags, und Huttla hatte weder gefrühstückt noch zu Mittag gegessen.

»Ich zeig dir jetzt mal ein paar Fotos«, sagte Michelle, und es klang wie eine Drohung. Aus dem schmalen Kleiderschrank kramte sie einen Stoß Alben hervor, wie Huttla sie von ihren Eltern kannte: eingeklebte Bilder auf schwarzen Pappseiten, darüber mit Weißstift Überschriften und Jahreszahlen.

Sie knallte das oberste Album auf den Tisch und schlug es auf. Ein schick gekleideter junger Mann, der Gordon ähnelte, unterm Eiffelturm. Daneben eine braunlockige, schlanke Frau.

»Bist du das, Michelle?«

»Wer sonst?« Sie spitzte die Lippen und blätterte um. »Schau, und da waren wir in Madrid!« Gordon umarmte Michelle vor einem gewaltigen historischen Gebäude. »Wir haben jedes Museum besucht!«

Es waren eine Unmenge Bilder. Huttla gab sich die allergrößte Mühe, interessiert zu wirken, während Michelle von ihrer großen alten Liebe sprach: gefühlsduselig, trotzig, nachgiebig, beleidigt, wütend.

Andre hatte nach dem Polterabend damals zu ihr gesagt: »Lass die Finger von der, die Frau ist Dynamit.«

Der Kaffee war längst alle, als Huttla sieben Alben angesehen hatte und Michelle noch immer von Gordon sprach. Sie heulte ihm nach all den Jahren immer noch nach, sie schien außerstande, diesen Menschen zu vergessen.

»Vielleicht erzähl ich dir noch, wie schlimm es wirklich war mit Gordon.«

O je. Huttla versuchte sie abzulenken: »Soll ich dir vielleicht etwas auspendeln, Michelle?«

»Lass stecken«, sagte sie nur.

Huttla brauchte frische Luft. Sie ging raus und spazierte über den verregneten Campingplatz. Sie sah keinen Menschen, und drüben am Fluss stand kein einziger Wasserbüffel. Sie waren wohl ans andere Ende ihrer riesigen Weide gezogen.

Am Abend saß sie wieder auf der Rundbank mit Michelle, die Chips aß oder rauchte. Die schmale Eingangstür zum Vorzelt hatte sie offenstehen lassen, »wegen der Luft«, aber es war nur Zigarettenrauch, der hinaus- und wieder hereinzog.

Über ihren Köpfen hämmerte der Regen aufs Dach und klatschte an die kleinen Fenster.

»Ich hab Gordon nie angerufen, ich hab meinen Stolz.« Ihre Unterlippe zuckte. »Paris und Madrid und alles, was du auf den Fotos gesehen hast, hab übrigens ich bezahlt.« Sie verschluckte sich an einem Paprikachip vor Wut. »War das gerecht?«

Huttla klopfte ihr auf den Rücken. »Jetzt ist er ja Witwer, er hat seine gerechte Strafe.«

Michelles Augen blitzten auf. Offenbar hatte sie daran noch nicht gedacht.

Sie fischte eine Flasche Sekt aus dem Minikühlschrank und schenkte zwei Gläser ein, wovon eine Menge über den Entwurf von Herrn Burgers ICE lief.

»Prost! Ich erzähle dir jetzt, wie schlimm das alles war.«

Huttla wünschte, sie bliebe verschont. Immer nur Gordon vorne, Gordon hinten.

»Hör zu. Wir wohnten anfangs in der Grazer Straße in Feuerbach. Wir haben uns dort wohlgefühlt, sind abends zu Da Nello und haben Penne all'arrabbiata gegessen, und samstags sind wir hoch in den Wald zum Laufen. Das glaubst du wohl nicht. So war's aber.« Sie atmete hörbar aus. »Dreizehn Jahre lang waren wir zusammen. Er war mein Herz, wenn du verstehst, was ich meine. Wir waren so eng.« Sie presste Daumen und Zeigefinger aufeinander, bis sie weiß wurden. »Ich war drei Jahre älter als er, aber was soll's. Wir hatten ausgemacht: Erst unterstütze ich ihn, dann unterstützt er mich. Ich wollte Jura studieren.« Michelle fasste sich an die Stirn. »Also bin ich nach dem Abi arbeiten gegangen und hab immer alles brav bezahlt: die Miete, die Versicherungen, das Essen, die Kleider.« Auf ihrer Stirn standen Schweißtropfen, als ob sie Fieber hätte.

Huttla wurde es ein wenig unbehaglich. »Michelle, reg dich nicht so auf. Es ist doch so lang schon vorbei.«

»Der Herr durfte etwas werden, und ich blieb auf der Strecke. Denn als ich endlich dran gewesen wäre, hat er plötzlich was von einer Affäre gefaselt.« Sie verzog geringschätzig den Mund. »Und wie die Affäre mit Namen heißt, das weißt du ja wohl.«

»Sie ist ja jetzt tot, Michelle.«

Es gab leider gar nichts zu essen, und Huttlas Magen knurrte.

»Er hatte nur noch diese Schlampe im Kopf. Er sagte, es gäbe kein Zurück, ›du musst mich gehen lassen‹.« Sie schob das Kinn vor. »Ich hab wie ein Löwe um ihn gekämpft.«

Huttla sah Joe vor sich, wie er seine schöne ovale Hand an den Hals der jungen Löwin legte, sie war so erbarmungslos. Seine Hand sagte: »Bitte hör auf! Alle in dem Blutnest sollen doch bitte aufhören, mich zu fressen, bitte!«

»Er hat mich ausgenommen wie eine Weihnachtsgans.« Michelle langte in eine Plastiktüte unterm Tisch und holte eine Dose Bier heraus. »Alles hab ich bezahlt. Seine Eltern hätten ihm was gehustet, wenn er sie um Geld gebeten hätte.«

Huttla wartete geduldig, bis Michelle seine Barbourjacken, Hackett-Pullover, Whiskys – alles englisch, weil Gordon ja ein halber Engländer war –, sein Sportstudio, Männerkosmetik, Ledertaschen und noch vieles mehr durch hatte.

»Vielleicht hast du ihn zu sehr verwöhnt«, orakelte Huttla, die keine Ahnung hatte, was verwöhnt eigentlich bedeutete.

Mit dem Bier geriet Michelle in Redewut. »Jetzt hör mir mal ganz genau zu, was ich dir sage.« Ihr Pony hatte sich bis ganz zur Stirn hinauf gekräuselt. »Sogar sein Koks hab ich bezahlt.«

Wie erniedrigend! Huttlas Magen knurrte nun laut. »Ganz ehrlich, Michelle, ich habe Hunger.«

Michelles Hand an der Dose zitterte, was sie aber nicht daran hinderte, mit einem Pizzaservice zu telefonieren und mit klaren Worten drei unterschiedliche Pizzen zu bestellen. Sie schaltete das Telefon wieder aus und warf es hinüber aufs Bett.

»Richterin wollte ich werden.« Ein gequältes Lächeln zog über ihr Gesicht. »Ich wäre eine verdammt gute Richterin geworden.«

»Auf jeden Fall!«

»Man hat mir großes Unrecht angetan.«

»Aber das ist schon lange her, Michelle.«

»Stimmt.« Sie blicke Huttla scharf an. »Doch als du mir sagtest, sie sei schwanger, da war auf einen Schlag alles wieder frisch.«

»Ich glaube, ich sagte ›anscheinend‹ schwanger.«

»Egal, es hat mir die Schuhe ausgezogen.«

Der Pizzaservice klopfte an das große Fenster, direkt hinter Huttlas Rücken. Er brachte drei Pizzen.

»Für wen ist die dritte, Michelle?«

»Für den Heiligen Geist!«

Die schroffe Antwort perlte an Huttla ab. »Ich geh Besteck abwaschen.« Sie griff sich aus der Besteckschublade, in der es nicht besonders sauber aussah, zwei Messer und zwei Gabeln und stieg aus dem Wohni hinaus.

Einzelne dicke Regentropfen fielen auf sie herab. Wie schön!

Der junge Pizzabote folgte ihr. Er ließ Michelles Geld in der hohlen Hand klimpern und lächelte sie von der Seite an. Sein hübsches Gesicht unter der Kapuze und sein Regencape, groß wie ein Zelt, waren tropfnass. Sie gingen in Richtung Sanitäranlagen.

Plötzlich lachte er glucksend auf. »Pizza für den Heiligen Geist!«

Da mussten sie beide lachen und kriegten sich fast nicht mehr ein.

»Deine Mutter ist ja ziemlich in Rage«, stellte er zutraulich fest.

»Das ist gar nicht meine Mutter«, klärte sie ihn auf. »Nur eine Freundin.«

»Ach so.«

»Ich hab ihr einen winzigen Löwen aus Glasperlen gemacht …«

»Echt jetzt?«

Huttla nickte. »Aber sie schaut ihn gar nicht an.«

»Ich würde mir den in die Hosentasche stecken, das wär das Mindeste. Wie heißt du eigentlich?«

Zu ihrer eigenen Überraschung sagte sie: »Huttla!«

»Witziger Name.« Er lächelte sie an. »Blöd, dass ich weiter muss.« Er blieb stehen, als wollte er sie noch stundenlang anschauen.

»He, du musst los!« Huttla fasste ihn am Oberarm an, um ihn ein wenig zu schubsen. »Sonst werden deine Pizzen kalt und die Kunden beschweren sich.« Sie kicherte, die zwei Messer und die Gabeln fest in der Faust.

»Ich seh dich wieder, okay?« Er ging rückwärts auf dem Weg unter den Fenstern der Damenduschen zum Ausgang. »Ich bin Oliver, nur falls es dich interessiert«, rief er ihr zu.

»Oliver wie Olly?« Huttla lächelte und wusch das Besteck in einem der tiefen Spülbecken vor dem Eingang zu den Sanitäranlagen ab.

»Okay, kannst Olly sagen, weil du es bist«, rief er, schon fast um die Ecke. »Ich komme morgen wieder, okay?«

Huttla rieb das Besteck an ihrer Jeans trocken. Zwei, drei Sekunden lang war sie richtig glücklich. Dann ging sie zwischen großen Regentropfen zurück zum Wohnwagen.

Im Vorzelt war das Buchsbäumchen wieder umgefallen. Sie richtete es auf und versprach ihm, es am Montagfrüh wieder mit nach Hause zu nehmen.

Michelle hatte schon mit den Pizzen angefangen. Mit ihrem Steakmesser hatte sie einigermaßen gleichschenklige Dreiecke geschnitten und sie in den aufgeklappten Schachteln belassen. Sie aßen ein Stück Pizza nach dem andern.

Mit einem Mal verkündete sie: »Übrigens bin ich mit einem Kollegen zusammen, er ist Ranger, und ich finde ihn süß.« Sie lächelte matt. »Es wird aber nichts aus uns werden, denn zu einer richtigen Liebe gehört ein Kind.«

»Glaubst du, Michelle?« Huttla langte nach einem weiteren Stück Pizza.

»Das ist so sicher wie das Amen in der Kirche. Aber ich kann keins kriegen. Aus. Basta. So, jetzt weißt du's.«

»Ich wusste nicht, dass du kinderlieb bist«, sagte Huttla erstaunt.

»Kinderlieb ist gar kein Ausdruck.«

»Das tut mir leid.«

»Und wer ist schuld?« Michelle biss ihrem letzten Pizzadreieck die Spitze ab.

»Blut-Alex?«

Michelle kniff die Augen zusammen und holte tief Luft. »Ich war Ende zwanzig, im besten Mami-Alter. Ich war schwanger, so wahr ich hier sitze, und Gordon zwang mich zum Abbruch. Er sagte: ›Später kriegen wir ein Kind, Michi. Nicht jetzt, es passt zeitlich einfach nicht rein.‹ Und ich Kuh hab gemacht, was er verlangte.«

Huttla hörte mit Kauen auf.

»Die Abtreibung hatte Folgen. Mehr sag ich nicht dazu. Aus die Maus. Basta.« Ihr Gesicht wurde hart. »Vor vier Wochen hab ich das von meiner Frauenärztin erfahren. Ich wollte nämlich wieder schwanger werden, weißt du?«

»Aber du bist doch schon dreiundvierzig, Michelle.«

»Na und?« Sie griff mit einer Hand unter ihre Haare und plusterte sie auf. »Ich hab nun mal erst jetzt den passenden Vater für mein Kind gefunden. Willst du wissen, wie er heißt?« Michelle wartete gar nicht erst ab. »Je-ri-mo.«

»Ein schöner Name«, sagte Huttla mitfühlend.

»Das will ich meinen.«

»Vielleicht bist du ein bisschen zu alt für so ein junges Baby?«, versuchte sie es nochmal vorsichtig.

»Und Gianna Nannini, war die jünger?«, regte sich Michelle auf. »Mit vierundfünfzig wurde sie Mutter, und das war überhaupt kein Problem – no problemo.« Sie haute mit der flachen Hand auf den Tisch.

Andre! Seit sie in Geltringen war, musste sie ständig an

ihn denken. Mann, Jasmin, würde er jetzt sagen, sie wollen ein Baby und klappern schon mit den Sargdeckeln.

»Janet Jackson war auch spät dran«, fiel Huttla ein.

»Siehst du!« Michelle sah sie herausfordernd an. »Und es gibt noch viel ältere Mütter, über Sechzigjährige! Bloß mir ist die Mutterschaft verwehrt. Ist das gerecht?« Sie rollte eine Lockensträhne mit den Fingern auf und guckte ratlos. »Willst du wissen, wie ich meine Tochter genannt hätte?«

Huttla hoffte, sie würde nicht Jasmin sagen.

»Penelope. Genau wie die Erstgeborene von der Nannini.«

»Jerimo hätte sich bestimmt gefreut«, plapperte Huttla daher, um gut Wetter zu machen.

»Darauf kannst du wetten!« Michelle ließ ihre Haare los, die Locke hing wie ein Fragezeichen herab. »Jerimo geht mir übrigens total unter die Haut.«

Huttla legte den Kopf schief. Sie war nicht davon überzeugt, denn Michelles Augen leuchteten nicht, wenn sie seinen Namen aussprach. Sie meinte aber, er sei gut im Bett, und mit dreiundvierzig Jahren würde sie das ja wohl noch zu schätzen wissen.

Es war spät geworden. Michelle räumte die leeren Pizzaschachteln ins Vorzelt, dann zog sie sich aus.

»Morgen früh steig ich wieder in meinen Bus. Also muss ich jetzt ins Bett.«

Sie sah Huttla an und dann die harte Bank. Schon verstanden. Huttla klopfte sich das gelbstichige Kissen zurecht, legte sich hin und zog die leichte Zudecke bis unters Kinn.

Der Regen klang so nah, als würden die Tropfen gleich durchs Dach fallen, direkt auf Huttlas Gesicht.

»Gute Nacht, Michelle.«

Durch einen Vorhangspalt schien der Mond herein. Und es begann eine Nacht voller Gedanken. Erst dachte sie an Erdna, die nun endgültig getürmt war, dann an Gordon, den Parasiten, für den Michelle sich einen Arm abgehackt hätte, wenn sie ihn damit hätte halten können. Dann entschied sie, dass solche Gedanken sich nicht in ihrem Kopf festsetzen sollten, und so lenkte sie ihre Vorstellungskraft auf die morgige Busfahrt durch den Safaripark. Sie würde das Wochenende schon herumkriegen. Und am Montag das Bäumchen schnappen und ab nach Hause!

Sie vermisste ihr Zimmer, ihre Perlen, die Gold- und Silberdrähte, sogar die Spule mit dem transparenten Nylonfaden, und sie hatte Sehnsucht nach Andre! Im Angesicht des Mondes schwor sie, ihre Angst vor seinem Vater zu überwinden. Und wenn ich tot umfalle, ich will immer mit Andre und Bones zusammensein!

Sie überlegte, Michelles Handy zu nehmen, um Andre anzurufen, und fast wäre sie aufgestanden, um es heimlich in ihren Sachen zu suchen. Doch dann wurde ihr klar, dass sie ihn in Bad Kisshardt besser nicht stören sollte. Andre hatte so schwer auf dieses Ziel hingearbeitet, er brauchte seinen Schlaf. Eine Prüfung war Nervensache. Und Andres Nerven waren nicht die stärksten.

Als junger Bestatter hatte er ernsthafte Probleme gehabt, vor allem nach seinem ersten Fall – nach Timo. Er hatte unter einer akuten Belastungsreaktion gelitten, was nicht mal so selten vorkam in dem Gewerbe. Die Erkrankung konnte sich auf unterschiedliche Weisen zeigen: Gefühlstaubheit, Derealisation oder im schlimmsten Fall Depersonalisation. Dann glaubten die Erkrankten, nicht wirklich zu existieren.

Andre aber hatte eine Amnesie erlitten, einen teilweisen Gedächtnisverlust. Das furchtbare Bild von Timo, der vom Turm gefallen war, hatte er vergessen. Deshalb hatte er sich seinen Namen auf den Arm tätowieren lassen.

Huttla hatte ihm immer beschreiben müssen, wie das damals wohl gewesen war. Wie er den jungen Mann vom Asphalt gehoben, ihn in den Leichensack gelegt und auf die Notfallbahre gebettet hatte. Gemeinsam mit seinem Chef hatte er den tödlich Verunglückten mitgenommen und – noch ohne Thanatologie, aber immerhin so anständig wie nur möglich – versorgt und aufgebahrt.

Immer wieder wollte Andre, dass sie ihm das Vergessene erzählte, während sie im Keller seines Vaters auf der Werkbank lag und er die Leichenwaschung vornahm.

»Ich kann doch deinen großen Bruder nicht vergessen haben«, sagte er immer wieder ratlos und tief betrübt.

»Dafür seh ich ihn ständig vor mir stehen«, hatte Huttla ihm anvertraut. »Er ist fast immer da.«

Michelle seufzte im Schlaf. Sie drehte sich um, wobei der Wohnwagen knarrte und leicht wankte. Und Huttla machte die Augen zu und versuchte einzuschlafen.

28

Es war Samstag, kurz vor halb acht. Fabio war ohne Frühstück ins Präsidium gefahren, um nicht zufällig Bärbel oder gar Salvatore in seiner eigenen Küche zu begegnen. Obwohl er so früh am Morgen kaum mit ihnen rechnen musste, sie schliefen gern bis acht oder neun.

Auf der Fahrt war er das Telefonat mit seinem Freund nochmal im Kopf durchgegangen. Spät in der Nacht hatten sie miteinander gesprochen. Sebastian spielte nun auch noch mit dem Gedanken, mit der Band auf Europatournee zu gehen. Fabio klopfte das Herz.

Er schob den Gedanken an sein Privatleben weg. Er musste sich um Andre Zeeb kümmern. Der hatte endlich auf Fabios Anrufe reagiert, wenn auch spät. Zeebs Rückruf war um zwei Uhr morgens auf seiner Box gelandet; er versprach hoch und heilig, ihn um halb acht Uhr früh im Präsidium anzurufen.

Fabio steckte das Diensthandy in die Hosentasche, er wollte in die Kantine, um sich etwas zu frühstücken aus dem Automaten zu holen. Da trat Müzze herein wie ein Engel und stellte einen Teller voll Manjūs auf den kleinen Besprechungstisch.

»Ich bringe auch noch welche rüber zu Fink und Nick. Die sind mitten drin in der Recherche nach dieser Frau …«

»Michelle Högel«, sagte Fabio und fasste eins der Manjūs ins Auge. Müzze hatte das Rezeept von ihrer künftigen Vermieterin, die sie bereits Angelika nennen durfte. Er nahm sich das Küchlein und biss hinein. Es war mit Schokolade gefüllt, die nun auf ein Blatt Papier tropfte, auf dem das Wort »Wohnsitzloser« unterstrichen war.

»Wie war das gestern Mittag, als der Mann vom Bahnhof hier auftauchte?«, wollte Müzze wissen, und Fabio informierte sie. Nachdem er mit Corry von der Zimmerbesichtigung im Blauen Rössle gekommen war, hieß es schon auf dem Flur, Jasmins Handy sei gefunden worden. Als sie ins Büro traten, saß ein vor sich hin müffelnder, aber gut aufgelegter Mann um die fünfzig auf dem Besucherstuhl, und Nick hinter ihm hielt ein Telefon hoch.

Nick sagte: »Der Herr heißt Pepsi, sein Hund hat das da im Hauptbahnhof gefunden.« Corry nahm das Telefon an sich.

»Sie heißen also Pepsi?«, hakte Fabio nach.

»Und mein Hund heißt genauso. Was dagegen?«

Da klickte sich Corry bereits durch Jasmin Hutters Handy.

»Ihr Nachname?« Fabio klopfte mit einem Stift auf seinen Block.

»Hab ich nicht.«

»Gibt's nicht.« Fabio sah den Mann durchdringend an.

»Müsste ich scharf nachdenken.«

Corry, immer noch beim Durchklicken des Telefons, rief fröhlich: »Können Sie gern machen, wir haben ein nettes Plätzchen für Leute, die Zeit zum Nachdenken brauchen.«

»Mein Hund hat es plötzlich angebracht«, sagte er.

Fabio: »Ihr Hund sammelt Handys ein?«

»Ja, großer Meister. Was dagegen?«

Corry sagte: »Deshalb war das Bewegungsprofil so chaotisch, das ging ständig in der Bahnhofshalle hin und her.«

Nick meinte: »Bahnhof könnte ein Hinweis sein, dass die Zielperson verreist ist.«

»Oha, Zielperson!«, rief Pepsi aus. »Gehe ich richtig in der Annahme, dass ich euch Leutchen von der Polizei jetzt ganz schön geholfen hab bei Ihr'm Job?«

Corry erhob sich von ihrem Stuhl und blickte zu ihm hinunter.

»Na, Lady, schlecht geschlafen?«, rief er zu ihr hoch.

»Nicht frech werden«, sagte Fabio. »Die Kommissarin steckt Sie sonst in die Zelle, und gemütlich ist die nicht.«

Der Stadtstreicher sagte: »Ohne mein Hund geh ich nirgends hin.«

»Wo ist der jetzt?«

»Bei Ihr'm Pförtner, was dagegen?«

Corry sprach dann noch mit dem Mann. Als er draußen war – sein Nachname war übrigens schlicht Meier –, begleitete ihn Nick noch kurz in die Kantine und ließ ihn eins dieser saftigen Sandwiches mitnehmen.

Im Büro standen dann alle um Corry herum, die Jasmins Telefon auslas. Die häufigste Nummer, mit der sie Kontakt hatte, war die von einer Michelle.

»Das dürfte M sein«, stellte Corry erfreut fest.

Zwischen den beiden ging es hin und her: »Wann kommst du?« und »Ich komme bald« oder »sehr bald« oder »bestimmt sehr bald«.

Corry wählte die Nummer, die Frau ging aber nicht dran. Sofort informierte sie die Staatsanwältin mit der Bitte um Ortung. Fabio rief inzwischen im Blauen Rössle an, aber weder Herr Nolte noch Frau Wolkow hatten den Namen Michelle je aus Jasmins Mund gehört. Dann versuchte er es noch bei Nadine Abt, die nicht abnahm, und schließlich bei Laura.

»Lieber Gott«, sagte sie. »Nein, ich kenne keine Michelle. Wer ist das?«

»Jemand, mit dem Jasmin Kontakt hat«, erklärte Fabio.

Sie müsse nachdenken, meinte sie. Sie schwieg recht laut, sodass Fabio sie anstupste: »Rufen Sie mich bitte sofort an, wenn Ihnen etwas zu dem Namen einfällt, der ist ja recht auffällig, meine ich.«

»Das stimmt«, sagte Laura gedehnt, bevor sie auflegte, und er hatte das Gefühl, dass ihr etwas auf der Zunge lag.

Wenig später kam ihr Rückruf, und Fabio stellte das Telefon auf Lauthören: Sie habe nachgedacht und Gott um Hilfe gebeten, und dann sei ihr etwas eingefallen. Michelle – beschwören könne sie es aber nicht –, das sei der Name von Gordons früherer Freundin.

Sofort rief Fabio Opitz an und erreichte ihn überraschenderweise schon beim zweiten Klingelton. Es sei unwahrscheinlich, meinte er, dass Michelle die kleine Jasmin Hutter kenne.

»Woher denn? Das muss eine andere Michelle sein. Es gibt ja wohl mehr als bloß eine.«

Fabio fragte, woher seine frühere Freundin stamme? Aus Würzburg. Ob sie Verwandtschaft habe? Ja, eine Mutter.

»Aber ob die noch lebt?«

»Wie heißt sie denn mit Nachnamen?«

»Högel. Aber Herr Lavelli, da liegen sie wieder ganz falsch, da kann es keine Verbindung geben. Wie kommen Sie überhaupt auf den Namen Michelle?«

Keine Erklärung. »Heißt die Mutter auch Högel? Ja? Und der Vorname?«

»Oh, wenn ich das … Susanne, ja natürlich! Meine Mutter Susan, ihre Susanne.«

»Das kann man sich ja leicht merken.«

»Sie hat aber kaum Kontakt zu ihrer Mutter gehabt. Ich weiß nicht, was das soll, dass Sie jetzt …«

»Lassen Sie das unsere Sorge sein. Und sprechen Sie nicht mit ihr. Rufen Sie nicht an!«

»Ich will sie ja gar nicht anrufen. Telefonieren Sie mit Ihren früheren Freundinnen?«

»Eigentlich nicht.«

Fabio fragte noch, wo Michelle damals gearbeitet hatte und erhielt die Auskunft, dass sie immer jeden Job angenommen hatte, der sich ihr bot.

»Die könnte heute überall sein, die klebt nicht an Stuttgart, aber hören Sie mir mal zu: Es bringt nichts, Michelle in die Sache einzuweihen, die freut sich höchstens, dass ich meine Frau verloren hab.«

Fabio schwieg.

Gordon Opitz schwieg ebenso.

»Wie gesagt«, hatte Fabio am Ende gemeint. »Sie rufen Michelle Högel nicht an! Auch nicht die Mutter. Unternehmen Sie nichts!«

Was hatten sie noch auf Jasmins Handy gefunden? Häufig Corrys Stimme, die sie aufforderte, sich endlich bei der Kripo zu melden. Andre Zeebs Nummer tauchte ebenfalls oft in der Anrufliste auf. Eine ältere Sprachnachricht stammte von Nadine Abt: »... sind mal wieder zu den Nachbarn geschleimt! Es ist nicht das erste Mal, dass du sie freigelassen hast, Mondgesicht!!!«

Doch weder bei WhatsApp noch im Adressverzeichnis waren Alexa oder Gordon Opitz gespeichert. Eine Verbindung zu ihnen per Telefon gab es also nicht.

Es war jetzt kurz vor acht. Fabio gab Andre Zeeb noch fünf Minuten, um ihn anzurufen. Währenddessen konnte er noch ein Schoko-Manjū essen. Jetzt hielt er ein aufgefaltetes Tempo darunter. Müzze meinte, sie würde sich gleich wieder in ihr Büro verziehen. »Aber sag noch schnell: Was für Fotos sind denn auf ihrem Handy?«

»Das letzte ist von Donnerstag, kurz nach halb elf. Sie hat eine Taube fotografiert, vermutlich in der Bahnhofshalle, man sieht ringsum Koffer und Füße. Ansonsten ein Löwe aus Perlen, den sie von allen Seiten fotografiert hat. In den Tagen und Wochen davor andere Dinge aus Perlen und etliche Fotos von einem hellbraunen Hund, der irgendwie komisch aussieht. Mehrere Aufnahmen zeigen Zeeb, meist vor oder neben einem Leichenwagen.«

»Faszinierend«, meinte Müzze, die bester Laune war wegen ihrer neuen Wohnung. Sie war schon an der Tür, als sie sich noch einmal umwandte: »Wir finden Michelle Högel, keine Sorge. Und wenn wir wissen, wo sie ist, kriegen wir endlich Jasmin.«

Kaum war die Kollegin fort, klingelte das Telefon, und Andre Zeeb war dran. Es war acht Uhr zehn.

Durch die Nachrichten auf seiner Mailbox wusste er, dass die Kripo mit seiner Freundin sprechen wollte, aber nicht, warum. Fabio sprach in beiläufigem Ton von Routinefragen und dass Jasmin nichts zu befürchten hätte. Zeeb war schnell beruhigt, und so erkundigte er sich angelegentlich, ob die Polizei denn an der Beerdigung von Alexa Opitz teilgenommen habe und wie die Bestattung denn so gewesen sei.

»Wie die war?« Fabio merkte, dass Zeeb aus rein beruflichem Interesse fragte.

»Ja, ich meine, ob alles gepasst hat? Die Aufbahrung, der Blumenschmuck, die Grablegung – war alles korrekt?«

Fabio konsterniert: »Ach ja, ich denke schon.«

»War eine Präsentation der Verstorbenen überhaupt möglich?«

»Präsentation? Sie meinen, ob man Frau Opitz anschauen konnte?«

»Exakt.«

»Das war wohl nicht möglich. Der Sarg war geschlossen.«

»Man kann sowas aber hinkriegen.« Eine Spur Hochmut schwang in Zeebs Stimme mit.

»Das heißt, Sie wissen, wie Alexa ausgesehen …«

»Nein, ich weiß das nicht. Ich weiß nur, was alle wissen: dass sie erschlagen worden ist. Aber ich kann Ihnen einen in den Schredder Gekommenen so herrichten, dass Sie glauben, der war gerade in der Kur.«

Fabio musste erst einmal schlucken. »Ich dachte übrigens«, tastete er sich vor, »dass Sie und Ihre Freundin zur Beerdigung kommen würden.«

»Wieso wir? Ich wüsste nicht, was wir da verloren hätten.«

»Weil Sie sie kannten.«

»Aber gar nicht gut«, versicherte er. »Ich hab sie in meinem Leben keine dreimal gesehen, und nicht ein Wort hat sie je zu mir gesagt.«

»Und zu Jasmin?«

»Vielleicht ein paar Worte mehr. Ach, ich bin noch völlig verschlafen, ich hab die ganze Nacht gefeiert. Sie wissen ja von meinem Chef, dass ich ne Prüfung hatte …«

»Bestanden?«

Ein Auflachen. »Klar, Mann. Und nochmal zu Jasmin: Die hätte nicht auf die Beerdigung gewollt, wir haben nichts gegen die Frau, aber auch nichts für sie.«

»Jasmin hat ihr einen kleinen Perlenfisch gemacht.«

»Ja, sie ist total nett, und ihre Tierchen sind richtig gut.« Zeeb lächelte mit der Stimme. »Sie sollte geschäftsmäßig Urnen verzieren, sag ich immer. Ich muss ihr aber noch gut zureden.«

»Wenn Sie mit ihr sprechen wollen, wo rufen Sie da an?«

»Auf ihrem Handy.«

»Das hab ich vor mir auf dem Schreibtisch liegen.«

»Bitte?«

»Wer ist Michelle Högel?«

»Den Namen kenne ich nicht.«

»Ihre Freundin ist sehr wahrscheinlich zu ihr gefahren – mit dem Zug.«

»Die Jasmin?«

»Haben Sie noch eine andere?«

»Ich meine, die fährt nicht mit der Bahn. Dass sie mal ein paar Tage nicht ans Telefon geht, das kommt vor, sie macht manchmal dicht. Aber mit nem Zug irgendwohin, das glaub ich nicht.«

Andre Zeeb beteuerte wiederholt, dass eine Michelle im Leben der Jasmin Hutter nicht vorkäme. »Sie hat keine Freundinnen oder sowas. Sie ist ein bisschen wie ich.«

Fabio legte den Hörer auf, griff nach einem Kuli. Telefonüberwachung! Er legte den Stift gleich wieder zur Seite. Arlet würde beim Richter keinen Beschluss erwirken können; Andre Zeeb war nicht im Beschuldigtenstatus, eine Überwachung war in dem Fall nicht erlaubt.

Um acht Uhr zwanzig trat Corry etwas bleich in den Raum.

Hinter ihr erschien Müzze mit einer Neuigkeit: »Ich hab gerade mit Susanne Högel in Würzburg gesprochen! Sie kann uns nicht sagen, ob eine Jasmin bei ihrer Tochter ist. Sie kennt keine Jasmin. Sie kennt ja kaum ihre Tochter. Die hat sie vor Jahren zuletzt gesehen. Sie bestätigt aber, dass Michelle mit Gordon Opitz zusammen war, sicher länger als zehn Jahre. Frau Högel meinte, er habe sie und ihre Tochter auseinandergebracht. Er war nicht oft in Würzburg, und wenn sie mal nach Stuttgart fuhr, um Michelle zu besuchen, ging er aus dem Haus. Sie hatten in Stuttgart-Feuerbach zur Miete gewohnt. Dann war Schluss mit den beiden, aber der Kontakt zwischen Mutter und Tochter kam nicht mehr richtig zustande. Wo ihre Tochter jetzt ist, weiß sie nicht.«

Müzze schob den Teller, auf dem das letzte Manjū lag, zu Corry hin. »Michelle ist drei Jahre älter als Opitz, sie müsste jetzt also dreiundvierzig sein.«

Corry griff nach dem einsamen Küchlein. Dann sagte sie: »Jasmin ist erst zweiundzwanzig. Freundinnen mit so großem Altersunterschied, ich weiß nicht.«

»Egal.« Fabio wollte, dass Bewegung in den Fall kam. »Wir kriegen raus, wo diese Michelle steckt, und dann erwischen wir endlich auch Jasmin.«

Corry ordnete hektisch den Stapel Papiere auf dem Besprechungstisch. »Ogottogott, wer soll das alles lesen?« Sie legte die Hände drauf, um die Akten nicht mehr sehen zu müssen. »Und dieser Andre Zeeb hat keine Ahnung, dass Jasmin weggefahren ist? Glaubst du ihm?« Sie sah ihn an. »Du glaubst ihm also.«

Sie ging rüber an ihren Schreibtisch. Keine Sekunde später

kam Fink hereingeschossen. Hinter ihr walzte Otte in einem geblümten Freizeithemd ins Büro.

»Ich hab eine Spur!«, rief Fink und stellte sich zu Corry. »Michelle Högel arbeitet in Geltringen in einem Safaripark.«

»Safaripark!« Otte spitzte die Lippen. »Ich glaub, mich laust der Affe.«

Es war halb neun, als Fabio mit verschiedenen Beschäftigten in dem Safaripark telefonierte, aber keiner wollte die Privatnummer der Chefin herausrücken. Eine Büroangestellte flehte regelrecht: »Ich verlier doch meinen Job, wenn ich solche Daten herausgeb!« Ein anderer meinte, dass heute, am Samstag, und noch dazu bei herrlichstem Wetter, mit einem großen Besucherstrom zu rechnen sei. An solchen Tagen würde die Chefin immer früher als sonst erscheinen. »Sie kommt jeden Moment, dann ruft sie Sie an!«

Fabio lehnte sich zurück. »Es ist eine merkwürdige Konstellation. Wir haben eine Zweiundzwanzigjährige, die vor zwölf Jahren vielleicht ihren Bruder umgebracht hat …« Otte warf ihm einen drohenden und dennoch treuherzigen Blick zu. »Jasmin Hutter«, fuhr Fabio fort, »war mit Alexa verwandt – sie war ihre Ex-Schwägerin. Nun wissen wir, dass Jasmin wahrscheinlich zu Michelle Högel gereist ist, und die hat – rein zufällig? – auch etwas mit Alexa gemein: nämlich Gordon Opitz. Michelle ist seine Ex-Freundin, und Opitz glaubt überdies, dass sie sich freuen würde, wenn sie wüsste, dass er seine Frau verloren hat.«

War es das Mordopfer, das die beiden Frauen verband? Oder handelte es sich um einen bloßen Zufall, dass die zwei sich kannten?

Ein Anruf bei Hans Hutter brachte Fabio auch nicht weiter. Er wusste nicht, ob Jasmin eine Freundin namens Michelle hatte. Er kannte vom Hörensagen nur eine Erdna. Auf Nachfrage, wie denn das Verhältnis zwischen Alexa und seiner Tochter gewesen sei, antwortete er: »Die war doch damals noch ein kleines Mädchen, was soll denn die für ein Verhältnis gehabt haben, die lief halt so mit.« Mehr konnte er dazu nicht sagen.

Fabio sah die Kollegen an. »Wieso sind diese zwei Frauen, Jasmin und Michelle, in diesem Moment zusammen?«

»Wir wissen ja nicht, ob die zusammen sind, das ist reine Spekulation eurerseits«, ließ Otte sich einfallen.

Fabio reagierte gar nicht darauf, und Corry sagte kühl: »Wir finden es raus. Probier nochmal Frau Steinmann, bitte.«

Fabio drückte die Wiederwahltaste und bekam endlich die Safariparkleiterin an den Apparat. Otte, Müzze und Corry standen mit gespitzten Ohren um ihn herum.

Er stellte auf Lauthören und begann recht förmlich: »Im Umfeld Ihrer Mitarbeiterin Michelle Högel hält sich zurzeit vermutlich eine junge Frau namens Jasmin Hutter auf, die wir sprechen möchten.« Darauf erhielt er die Auskunft, dass die Busfahrerin die letzten vierzehn Tage krankgeschrieben war und erst heute wieder anfangen würde.

»Um zehn Uhr fünfzehn beginnt ihre Schicht. Ihr Wohnort ist der Naturcampingplatz Geltringen.« Und mit eisiger Stimme fügte sie hinzu: »Frau Högel ist übrigens die letzte Saison bei uns.«

Warum, wollte Frau Steinmann zunächst nicht erklären, stieß dann aber einige Wörter mit der Vorsilbe »un« hervor: unzuverlässig, unpünktlich, unfreundlich und was es noch so gab.

Fabio verordnete ihr Schweigepflicht, sofern man das überhaupt konnte. Einen Versuch war es immer wert: »Solange die Ermittlungen laufen, schweigen Sie gegenüber Frau Högel und berichten auch sonst niemandem von diesem Gespräch. Geht das in Ordnung, Frau Steinmann?«

»Ja.«

Kaum hatte er aufgelegt, entbrannte eine kurze, hitzige Diskussion. »Jasmin Hutter ist im Moment unsere wichtigste Zeugin«, sagte Corry. »Vielleicht sogar Tatverdächtige, so traurig das ist.«

Alles gar nicht wahr, sagte Ottes Miene. Er schien inzwischen dasselbe für möglich zu halten wie Gordon Opitz: dass Alexa einer irrsinnigen Verwechslung zum Opfer gefallen war.

Corry sagte: »Wir müssen unbedingt mit Jasmin sprechen. Wie weit ist das nach Geltringen?«

Müzze sah in ihrem Tablet-PC nach und versuchte, die Störungen durch Otte zu ignorieren, der sie um einen Ascher bat, obwohl er in diesem Büro nicht rauchen durfte, und dann gern eine Tasse Kaffee gebracht haben wollte, was auch nicht ging.

Müzze sagte: »Was schlägst du vor, Corry?«

Fabio wusste es, bevor sie es ausgesprochen hatte.

»Ich sage das ungern, aber ich fahre auf der Stelle nach Geltringen zu diesem Campingplatz, in weniger als zwei Stunden sind wir da.«

Otte warf die Hände hoch, und Müzze rief: »Alles klar, bin bereit!«

Aber Corry sah zu ihm hinüber, und Fabio sagte: »Selbstverständlich komme ich mit.«

Müzze reagierte eingeschnappt und beklagte sich: »Normalerweise fährst du am liebsten mit mir, Corry.«

»Heute nicht«, antwortete sie, und damit war die Sache vom Tisch.

Otte bestand darauf, sie hinauszubegleiten. »Es ist ja Samstag«, sagte er jovial, »da wollt ihr zwei mal hinaus ins Freie, bisschen frische Luft schnuppern, ist doch wahr, das kann man ja verstehen.«

Corry sah ihn an. »Was ist mit dir los, Otte? Was rennst du uns hinterher? Wir gehen nur das Perlenmädchen holen, das ist alles. Schon heut Nachmittag wirst du ihr in die Augen sehen.«

Fabio öffnete den schwarzen Beetle, und sie stiegen ein. Während er das Navi programmierte, ließ Corry ihr Fenster herab und rief zum Chef hinaus: »Obwohl ich den Fall wirklich gern abschließen möchte, so hoffe ich doch, dass sie es nicht gewesen ist.«

Fabio schaltete die Aircondition ein und fuhr rasant vom Gelände. Corry kurbelte ihre Lehne nach hinten und machte die Augen zu. Entweder schlief sie ein paar Minuten oder sie dachte nach.

»Ich hab nachgedacht«, sagte sie kurz vor dem Autobahnzubringer und setzte sich aufrecht hin. »Wir müssen die kleine Hutter an den Ort bringen, wo ihr Bruder starb. Wir müssen mit ihr zum Katharinenlindenturm.«

Dagegen hatte Fabio nichts einzuwenden. Doch erst einmal ging es nach Geltringen. Er fädelte sich in den Verkehr ein und trat aufs Gaspedal.

»Was war das eigentlich für ein Brief, den sie unter der Totenmaske liegen hatte?«

»Ein Jobangebot.« Corry musste gähnen. Während einer Mordermittlung bekam sie genauso wenig Schlaf wie Fabio. Gähnen war ansteckend, und so gähnte er ebenfalls, nur leiser. »Sie hat den Brief gar nicht aufgemacht«, fuhr Corry fort. »Ein Herr Burger schreibt ihr recht nett, muss ich sagen, dass sie zum 1. September die Stelle in seinem Bastelladen haben könnte, wenn sie mag.« Sie sah zu ihm rüber. »Dann muss sie nicht mehr in diesem schrecklichen Rössle bedienen, bei diesem Nolte.«

»Er ist ein Kotzbrocken«, stimmte Fabio zu. »Sebastian sagt immer: ›Man kann Menschen daran messen, wie sie mit Kellnern umgehen.‹« Er zog den Wagen auf die linke Spur und überholte einen weißen Audi mit einer wild telefonierenden Frau am Steuer.

Corry kurbelte sich die Lehne wieder steil. »Und – wie geht's zu Hause? Ist er aus Berlin zurück?«

»Er hat noch zu tun«, antwortete Fabio knapp, wie es sonst nicht seine Art war.

»Du willst nicht drüber reden?«

»Mhm.«

»Dieser Salvatore …!«

Jetzt fing sie wieder von seinem Vater an. Wenn Corry nicht über Sebastian reden durfte, dann doch wenigstens über Salvatore.

»Lass mich in Ruhe mit dem.«

Corry unverdrossen: »Das einzig Gute ist, dass er kochen kann. Als ich zuletzt bei euch eingeladen war … ich denke heute noch an die Öhrchennudeln mit lauwarmem Ziegenfrischkäse, rosa Pfefferbeeren und dieser milden Orangensoße, die er da auf den Tisch gebracht hat. Also das muss man ihm lassen. Der Rest von diesem Menschen, entschuldige Fabio, aber als Vater kann man ihn ja wohl nicht bezeichnen, der Rest ist eine Katastrophe.«

Corry redete und redete; normalerweise war sie schweigsamer. »Wie er rittlings auf dem Küchenstuhl gesessen hat, mit seiner Spiegelbrille im Gesicht. Fabio, ich finde, du solltest ihn raus…«

»Corry!« Er musste lachen, obwohl das alles doch sehr, sehr traurig war. »Da kommt ein Stau«, sagte er.

Corry streckte den Arm raus und klatschte das Blaulicht aufs Dach. »Dass das auf dem runden Dach von nem Beetle hält, hätte ich nicht gedacht«, lachte sie.

Um elf Uhr zwanzig erreichten sie den Naturcampingplatz Geltringen. Der Platzwart Werner Dittmann zeigte ihnen, welchen Wohnwagen mit Vorzelt er an Michelle Högel vermietet hatte. »Die ist jetzt aber auf Arbeit.«

»Ja, schon klar.«

»Die arbeitet im Safaripark, drüben hinterm Augenwald, das ist fünf Kilometer von hier.«

Zu dritt gingen sie in das dunkle Vorzelt. Die Stoffrollos

mit dem olivfarbenen Tarnmuster waren herabgelassen. Viel Gerümpel stand herum, verschnürte Plastiktüten, alte Gartenstühle, ein kaputter Sonnenschirm.

»Jasmin ist hier«, hörte er Corry neben sich flüstern. Sein Blick folgte ihrem in eine Ecke, in der ein umgekippter Eimer mit einem Buchsbäumchen lag.

Als sie die Hände wölbten und durch ein Fenster in den Wohnwagen blickten, erschien ihnen die Situation morbid: rote Grablichter, auf dem Tisch weiße Kerzen, der Spiegel am Kleiderschrank mit einem schwarzen Tuch zugehängt. Ein Alarmsignal schrillte in Fabios Kopf.

»Macht Frau Högel das immer so?«, fragte er den Platzwart.

»Was?«

»Den Spiegel an der Schranktür verhängen.«

»Öh.« Er fuhr sich mit einer sonnengegerbten, riesigen Hand über den Mund zum Kinn hinab.

Draußen fragte Corry: »Ist sie denn immer recht traurig?«

»Nö.« Dittmann sah aus, als überlegte er. »Vielleicht hat das die Kleine gemacht.«

»Okay.« Fabio wartete. Corry wartete ebenfalls.

»Die Michi hat ja vorgestern Besuch gekriegt.«

»Sprechen sie nur weiter.«

»So'n junges Mädchen, schwarze Haare, ganz blass, hängt der Michi am Rockzipfel.«

Corry zog Jasmins Foto aus ihrer Umhängetasche.

»Das isse.«

»Schreiben Sie nicht auch die Besucher auf?«

»Erst ab'm dritten Tag, das ist Gesetz.«

»Kennen Sie Frau Högel schon lange?«, fragte Corry.

»Ich kann nix Schlechtes über sie sagen. Ich sag grundsätzlich nix über die Leute, die hier bei mir wohnen.«

Fabio entwischte ein aufrichtiges Lächeln. Dann warnte er den Mann davor, mit Michelle Högel oder ihrer jungen

Freundin zu telefonieren oder sonstwie zu kommunizieren.

»Schweigen Sie bitte! Wenn Sie laufende Ermittlungen behindern, kann das stressig für Sie werden.«

Es war zwanzig vor zwölf, als Fabio mit Corry zum nahe gelegenen Safaripark aufbrach.

29

Michelles Bus stand ein Stück hinter den Kassenhäuschen am Eingang des Parks. Er war leer, bis auf Huttla, die in der hintersten Bank saß. Die zweite Tour an diesem Tag hätte eigentlich vor zehn Minuten beginnen müssen. Zeitplan: halb zwölf bis zwölf Uhr fünfzehn. Aber Michelle war weg.

Huttla fuhr sich mit der Hand über die Stirn, sie schwitzte. Nach dem Regen der letzten beiden Tage stach die Sonne heute wie wild durch die großen Panoramascheiben.

Die erste Tour von zehn Uhr fünfzehn bis elf Uhr war ein voller Erfolg gewesen. Der ganze Bus gerammelt voll. Die Fahrt fantastisch! Und wie energisch Michelle über die Viehroste gedonnert war. Die Gitter im Boden trennten die Freigehege nach den geografischen Lebensräumen voneinander. Es gab hier ja über tausend Wildtiere aus der ganzen Welt, und man konnte sie bei Gott nicht alle zusammentun.

Leider war Michelles Laune von gestern Abend her noch schlecht gewesen, und sie hatte ein äußerst mürrisches Gesicht gezogen. Viel hatte Huttla nicht von ihr sehen können, nur einen Ausschnitt ihres Gesichts im Rückspiegel und ihren molligen Rücken. Sie hockte tief in ihrem heruntergesessenen Fahrersitz, das Mikro für die Durchsagen ging ihr bis zur Nasenspitze. Alt und klapprig war der Bus. Aber Michelle liebte ihn, er war ihr Baby.

In das extra gesicherte Gehege mit dem Löwenrudel hatte sie nicht so einfach hineinrauschen können. Dort drin gab es nämlich einen Kontrollturm, in dem ein Mitarbeiter saß, der sich mit den Busfahrern per Funkgerät verständigte. Er hatte ein Fernglas und gab den Fahrern durch, ob die Lage ruhig war im Löwenland. Wären die Tiere, aus welchem Grund auch immer, gereizt, bliebe das Gehege geschlossen. So aber hatte er das fünf Meter hohe elektrische Stahlbetontor geöffnet, und Michelle war langsam und würdevoll hineingefahren.

Es war wunderbar! Die Löwen lagerten kaum fünf Meter entfernt, man konnte jede einzelne Furche auf ihrer Stirn erkennen. Natürlich musste Huttla an Joe denken, aber nur kurz. Denn die Kinder auf der Sitzbank neben ihr gluckstén vor Freude, die Stimmung im Bus war wirklich sehr gut.

Nur Michelle mit ihrer schlechten Laune! Mit gepresster Stimme, fast schon unfreundlich, verbot sie das Fotografieren mit Blitzlicht. »Das macht die Löwen aggressiv, da kann was passieren«, schnauzte sie die Fahrgäste an. »Und falls jemand auf die Idee kommt, mit einem Laserpointer herumzuspielen, fliegt er raus.«

Sie war wirklich ziemlich schroff, aber die Touristen kicherten, sie hielten das für ihre Masche.

Sie teilte den Leuten aber auch Interessantes und Wissenswertes mit. Ja, sie brachte ihnen etwas bei.

»Es gibt hier nur einen Pascha«, hob sie an, »so nennt man das männliche Tier. Das ist der Hagere dort hinten, der mit der schwarzen Mähne.« Alle streckten die Hälse. »Die kleineren Löwen sind die Weibchen, sie liegen bei der Wasserstelle, seht ihr? Die riesigen mähnenlosen Tiere bei dem liegenden Baumstamm dort hinten sind keine Weibchen. Das sind Kastraten, so groß und kräftig wie Paschas, nur dass ihnen der typische Haarkranz um Kopf und Schultern ausgefallen ist.«

Ein rundköpfiger Passagier in der Mitte des Busses machte Witze über das Kastrieren, manche lachten.

Durch das Mikro sog Michelle vernehmlich die Luft ein. »Wir können hier im Park keine Kämpfe unter Paschas gebrauchen.«

Der Witzbold schüttelte mit großer Geste die Finger aus, als hätte er sich verbrannt. Allgemeines Gelächter. Huttla blickte zu den kahlen Kastraten hinüber, die aussahen wie riesige Löwinnen. Sie standen beieinander, und einer der Riesen wetzte sich die Krallen an dem toten Baum.

Nach dieser ersten Tour hatte es bei den Kassenhäuschen eine Pause von zehn Minuten gegeben, damit die Fahrgäste aussteigen und neue einsteigen konnten. Kaum hatte Michelle den Zündschlüssel abgezogen, erhielt sie einen Anruf, den sie nur widerwillig annahm. Mit zwei Fingern hielt sie ihr Diensttelefon und sagte in eisigem Ton: »Ja?« Dann stand sie schwerfällig auf.

Huttla eilte zu ihr nach vorn. Michelle raunte ihr zu: »Muss kurz zur Chefin.« Dann verließ sie den Bus in Richtung Bürogebäude.

Huttla nutzte die Pause, um von der Cafeteria aus Andre anzurufen. Sie hatte in der Nacht einen Entschluss gefasst, und jetzt brannte sie darauf, ihm den mitzuteilen. Außerdem wollte sie ihm zur – ganz sicher – bestandenen Prüfung gratulieren.

Die Cafeteria war dschungelartig dekoriert. Auf einer speckigen Fototapete turnten Affen an Lianen, und hellgrüne Baumschlangen hingen in Astgabeln. Huttla wunderte sich, wie sie hier hätte Cappuccino servieren können, wo dies doch ein Selbstbedienungs-Restaurant war. Da musste sie schlucken.

Sie war eilig zu dem Münztelefon bei den Toiletten gegangen und hatte eine Nachricht für Andre auf die Box gesprochen. Dem dunkelgrauen Telefonhörer hatte sie sogar einen Kuss gegeben, obwohl er nicht gut gerochen hatte. Dann hatte sie schnell aufgelegt und sich den Magen gehalten vor Erleichterung.

Es war fünfzehn Minuten vor zwölf.

Michelle war immer noch nicht zurückgekommen.

Nach dem Safari-Fahrplan müsste der Bus jetzt das Nordamerika-Freigehege verlassen. Dort grasten auf weiten Wiesen schwarze Bisons und weiße, silberne und schokofarbene Lamas. Anschließend hätte er nach Ostafrika zu den Huftieren rauschen müssen, wo es Streifengnus, Wasserböcke, Giraffen und tiefschwarze Antilopen zu bewundern gab.

Aber Michelle war nicht da.

Die Sonne brannte heiß auf den Bus herab. Huttla hatte einen Schweißfilm auf der Haut. Längst war sie nicht mehr allein. Die neuen Fahrgäste stiegen ein, auch ohne dass jemand die Tickets kontrollierte.

Huttla faltete ihre Hände im Schoß. Seit sie in Geltringen war, gab es für sie nichts zu tun. Sie fuhr mit dem Fingernagel leicht an der Fugenmasse am unteren Fensterrahmen entlang. Die graue harte Masse fiel bröckelig auf den Fußboden. Sie sah aus dem Fenster. Mit ungewöhnlicher Klarheit nahm sie einen Spatz wahr, der in einem Ziergebüsch herumhüpfte.

Michelle kam noch immer nicht, die Touristen wurden ungeduldig. Sie wedelten mit ihren Tickets in der Luft herum und stießen: »Wann geht's endlich los!« hervor.

Fast alle Plätze waren belegt. Jetzt kamen noch drei Mädchen, Geschwister, wie es schien, in rosaweißen Kleidchen durch den Mittelgang gesprungen. Sie setzten sich in die freie Bank auf Huttlas Höhe. Alle hatten sie dasselbe honigblonde Haar und die gleichen Zöpfchen, von den Schläfen zur Kopfmitte hinauf geflochten. Mit ihren weißen Riemchenschuhen traten sie in die Rückenlehnen der Vordersitze, wo ihre Eltern saßen und jedes Mal einen kräftigen Tritt von ihren Kindern bekamen.

Endlich kam Michelle angedampft in ihren schwarzen Overkneestiefeln und ihrer leuchtend orangenen Bluse. Ihre Locken hingen schlaff herab. Es war buchstäblich fünf vor zwölf. Sie hatte fast eine halbe Stunde Verspätung. Huttla, ganz die rege Assistentin, schlängelte sich durch hingeworfene Rucksäcke und gekreuzte Füße nach vorn zu Michelle, die durchblicken ließ, dass die Safari-Geiß, wie sie ihre Chefin nannte, sie wegen nichts und wieder nichts gerufen habe, bloß wegen irgendwelcher dummer Gerüchte.

Sie setzte wieder ihre professionelle Miene auf und schwang sich hinters Steuer. Etliche Fahrgäste schimpften, manche murrten nur ärgerlich. Michelle ging gar nicht darauf ein. Sie fuhr los und entschuldigte sich mit keinem Wort. Sie sagte gar nichts mehr.

Ein harmloses Insekt versuchte, durch Huttlas Scheibe ins Freie zu gelangen. Sie versprach ihm im Stillen, es nach der Tour mit hinaus zu nehmen. »Du kommst wieder frei!«

Der Bus fuhr langsam dahin. Eigentlich hätte Michelle an dieser Stelle etwas über die Bisons sagen müssen, denn hier stand eine kleine Herde im knöchelkurzen Gras. Wie bei der ersten Tour sollte sie den Besuchern mitteilen, dass im Jahr 1979 ein Goldwäscher in Alaska ein fünfunddreißigtausend Jahre altes Bisonjunges im gefrorenen Boden gefunden hatte. Und wie dann die Forscher kamen, die kleine Eismumie bargen und das Tierchen Blue Babe nannten. Und wieso? Weil es sich an der Luft komplett blau verfärbt hatte. Und wie vorhin hätte Michelle die Frage in den Bus werfen sollen: »War das ein Wunder oder eine chemische Reaktion?« Dann würden die Touristen ihr Beifall klatschen wie zuvor.

Aber Michelle sprach nicht. Sie war wie versteinert. Ließ den Bus über das nächste Tiergitter holpern, dass es die Fahrgäste einen halben Meter in die Höhe hob. Huttla lachte. Sah hinaus und erblickte weite, hügelige Grasflächen und einen Teich, an dem Springböcke ihren Durst stillten.

Plötzlich breitete sich ein angenehmes Gefühl in ihrer Magengegend und im ganzen Körper aus. »Denk an Bones«, hörte sie Andre sagen, die Stimme weit, weit weg. Sie wusste nicht, woher das kam. Aber mit einem Mal spürte sie, dass sie nie im Leben gänzlich versagen würde. Dazu war sie nicht geschaffen. Sie glaubte jeden verflixten Tag, dass der nächste besser werden würde. Huttla sein hieß hoffen. Eine geborene Optimistin saß in diesem Bus. Gleich nächste Woche würden sie Bones aus der Tierherberge holen.

An die Scheibe gelehnt, sah sie einen Augenblick den Hund auf Andres schwarzem Sofa sitzen. Er sah unglaublich glücklich aus.

Michelle fuhr weiter, viel schneller als zuvor.

Das Problem Grusel-Edgar könnte Huttla ausblenden. Sie hatte in ihrem Leben schon einiges ausgeblendet, da kam es auf einen schießwütigen alten Jäger auch nicht mehr an.

Huttla blinzelte gegen die Sonne, die jetzt gleißend auf ihr Gesicht und ihre Schultern schien. Sie war geblendet und konnte nicht sehen, was draußen alles umherlief oder unter schattigen Bäumen lag. Die Antilopenherde vielleicht. Sie lächelte. Das warme Gefühl von Zuversicht war immer noch da. Es ging gar nicht mehr weg.

Die Fahrgäste riefen: »Ho, ho, jetzt aber mal langsam!« und »Hat sie die noch alle?« und »Wir wollen raus!«

Eigentlich hatte Huttla gar nicht nach Geltringen kommen wollen. Sie war ja sogar mit ihrer Umhängetasche an der Zimmertür hängengeblieben, und das war immer ein sicheres Zeichen, dass man nicht fortgehen sollte.

Michelle drosselte die Geschwindigkeit, kam fast zum Stehen, dann fuhr sie wieder an.

In Zukunft werde ich immer auf meine innere Stimme hören, sagte sich Huttla im Stillen.

Die drei honigblonden Schwesterchen neben ihr kreischten und ballten die Fäuste im Schoß. Huttla folgte ihren Blicken, und ja, sie waren mittendrin im Löwengehege.

Die Touristen verhielten sich still, vielleicht andächtig angesichts so mächtiger Raubtiere. Jetzt müsste Michelle ihnen ernsthaft das Fotografieren mit Blitzlicht verbieten. Sie müsste auch wieder ihren Drohsatz vom Laserpointer aussprechen, wofür hatte sie ihn auswendig gelernt? Eigentlich hätten die Besucher auch ein Anrecht darauf zu erfahren, warum die

Weibchen so riesig waren, genauso groß wie das eine Männchen. Michelle aber schwieg. Und stellte einfach den Motor ab.

Die Leute fingen wieder an mit »Ho, ho« und »Skandalös!« und »Was ist los mit der Spinatwachtel da vorne?«

Was Huttla nicht gut fand: Bei Michelle hatte es heute Morgen kein Frühstück gegeben. Frage dicke Leute, ob sie frühstücken – sie tun es nicht. Wenn sie mit Andre zusammenziehen würde, würden sie jeden Tag frühstücken, schon Bones zuliebe. Dem Hund ein Familienleben bieten. Das war das Mindeste, was man für ihn tun konnte.

Michelles Gesicht war am Morgen von den Getränken am Abend aufgedunsen gewesen. Ihre Haare hatten ihr am Kopf und am Hals geklebt. Sie hatte wieder die Kuhmuster-Leggings angezogen und die Stiefel, obwohl es heute heiß werden sollte. Sie trug silbergrünen Lidschatten auf und tuschte ihre Wimpern. Kämmen wollte sie sich nicht. Dann machte sie etwas mit einem schwarzen Tuch und dem Spiegel an der Kleiderschranktür, aber Huttla konnte nicht sehen, was, weil ihr breiter Rücken ihr die Sicht darauf versperrte.

Um halb zehn waren sie im Safaripark angekommen. Und einer der Ranger, die rauchend vor dem Verwaltungsgebäude herumstanden, kam auf sie zugeschlendert. Er trug sandfarbene Safarikleidung wie die anderen, aber er sah jünger aus und wirkte extrem verwegen, so als finge er die Wildtiere für den Park von Hand in Afrika oder sonstwo auf der Welt. Er war braungebrannt und über den Fingerknöcheln tätowiert.

»Ist das Je-ri-mo?«, fragte Huttla.

Ja, das war ihr Lover. Er klopfte Michelle auf den Rücken und fragte mit dunkler Stimme: »Geht's wieder?«

Die anderen lachten.

Huttla streckte ihm die Hand entgegen. Er nahm sie und schlenkerte sie hin und her, als wüsste er nicht, was er damit machen sollte. Als er lächelte, wurden mehrere Goldzähne sichtbar, die sauber aufgereiht wie Perlen in seinem Unterkiefer lagen. Erdnas Vater hätte seine helle Freude an dem Gebiss gehabt. Jerimo hatte dann noch »kleine Mücke« zu ihr gesagt, und sie war rot geworden, aber nicht sonderlich.

Michelle bewegte den Bus keinen Meter. Die Fahrgäste riefen ihr Ausdrücke zu, aber sie reagierte nicht darauf.

In Huttlas Kopf ging alles durcheinander, und plötzlich war sie wieder acht oder neun Jahre alt und sah Timo daheim, oben am offenen Fenster, sitzen.

Wie er zu ihr in den Garten hinunter lacht. Seine Beine hängen herab, sie zappeln ein bisschen. Plötzlich steht sie hinter ihm. Sie ist in seinem Zimmer. Sie geht zu ihm und legt das Kinn auf seine Schulter. Jetzt sehen sie gemeinsam aus dem Fenster. Im gelben Sonnenlicht der Kirschenbaum, dahinter der duftende Holunderbusch. Sie schubst Timo. Nein, das hat nicht sie getan. Es war der Teddybär. Sein pelziges Ärmchen ist hart wie Stahl, und immer noch steht es steif nach vorn.

Es geht nicht tief hinunter, außerdem liegt unterm Fenster ein Berg weiches Gras. Das hat der Vater gemäht, gerecht und zu einem hohen Haufen aufgetürmt.

»Wart nur, wenn ich raufkomm!«, ruft Timo zu ihr nach oben. Sie stellt sich auf die Zehenspitzen und beugt sich aus dem Fenster. Die Finger hat sie in den bösen Bären gekrallt. Unten pflückt sich Timo das frisch geschnittene Gras von seinem blauen Polohemd. Er ist richtig wütend. »Du Hexe! Man schubst doch seinen Bruder nicht durch die Gegend«, blafft er herauf. »Biest, elendes!«

Michelle saß stur hinter dem großen schwarzen Lenkrad. Die Passagiere beschimpften sie in einer Tour. Mehrere Männer erhoben sich von ihren Plätzen und gingen entschlossen nach vorn zu ihr.

»Ich dusche dann mal. Hast du mir ein Handtuch? Welches? Das blaue, ist das für mich? Danke. Ne Tasse Kaffee reicht vollkommen. Aufbackbrötchen? Von mir aus.«

Andre stand in dem engen Badezimmer seiner Cousine Rieke Möller und suchte nach einem Shampoo. Eine gelbe Flasche auf dem Fenstersims sah danach aus. »Shampoo für blonde Haare« stand drauf. Wohl kaum das Richtige für seine schwarzen. Er machte die Tür einen Spalt auf und rief hinaus: »Mann, Rieke, hast du kein normales Shampoo?«

»Nimm halt das Duschgel, das ist two-in-one!« Sie lachte. Dann hörte er sie in der Küche hantieren, es schepperte und klapperte.

Er mochte Rieke gern, sah sie aber nur alle paar Jahre mal. Meistens bei Beerdigungen von Verwandten. Dann saß sie in der Kirche in der letzten Bank und musste sich das Kichern verkneifen. Und er hielt sich ganz vorne auf, um alles deutlich zu sehen: das Gesicht der verstorbenen Person, die Hände, das Totengewand und wie der Sarg ausgestattet war – welcher Stoff? Wieviel davon? War er ordentlich, das heißt in gerader Linie sauber plissiert an den Rand getackert, oder lieblos irgendwie reingeknallt?

Nach der Prüfung gestern am späten Nachmittag war er in kaum zwanzig Minuten nach Maßbach hinübergefahren, wo Rieke ihre kleine Kneipe führte. Er hatte seine Kollegen gefragt, ob sie mitfeiern wollten, aber sie hoben die Hand und machten sich mit ihren schwarzen Köfferchen auf zum Bahnhof, um nach Hause zu fahren, in ihr neues altes Leben. Er aber stieg in das Einsatzfahrzeug der Weißen Calla und fuhr, umfangen von Chorgesängen, zu Rieke, die sich auf ihn freute.

»Na, Alder«, hatte sie gesagt, und dann versanken sie in den tiefen Sofas im »Riekes Best«, wie ihr Laden hieß und von den Stammgästen mehr oder weniger anzüglich »Riekes Nest« genannt wurde. Sie hatten Weißwein getrunken, und sie hatte ihn gefragt, ob er denn immer noch mit dieser Wiehieß-sie-noch zusammen sei, und das konnte er bestätigen: »Ganz klar: Ja!«

Nach dem Duschen frühstückte er mit seiner Cousine Aufbackbrötchen mit Marmelade und trank zwei Tassen Kaffee. Als er raustrat in den Sonnenschein, war es halb ein Uhr mittags. Er winkte ihr zum Abschied und stieg in den Mercedes. Kaum auf der Landstraße, staute sich der Verkehr. Als der Wagen stand, griff er zu seinem Telefon, das auf dem Beifahrersitz lag. Er hatte am Vormittag eine Sprachnachricht erhalten, die er ignoriert hatte, weil er vermutete, dass sich hinter der unbekannten Nummer vielleicht dieser Kommissar verbarg, der ihn wie am Morgen weiter und weiter über Jasmin ausfragen wollte. Nein Danke.

Nun checkte er aber doch die Nachricht, gefasst auf etwas Lästiges und Unangenehmes.

Er fuhr gerade wieder an, als er die Stimme hörte, die ihn förmlich elektrisierte. Sein Herz setzte einen Schlag lang aus – endlich Jasmin! Elf Uhr fünfzehn. Von einem Münztelefon aus hatte sie angerufen, wie originell!

Er hörte zu, was sie sagte, und spürte, wie er übers ganze Gesicht lächelte. Mann, Jasmin!, dachte er, und dann war die Straße wieder frei und er konnte Gas geben. Die Botschaft musste er gleich noch einmal hören, vor allem den Schluss, in dem auch Bones vorkam, Mann, Mann!

Er hörte sich alles nochmal an. »... Telefon geklaut worden, ehrlich! … Hast ja keine Ahnung, wo ich bin! … Weißt du noch: die wütende Exfreundin von Alexas neuem Mann? Beim Polterabend! … Bei ihr bin ich zu Besuch … im Safaripark Geltringen … sie fährt den Touri-Bus und ich sitz hinten drin … blinder Passagier … pscht, nicht weitersagen … Ja, und dann wollte ich dir noch sagen, … dass ich unheimlich gern mit Bones und dir zusammenziehen würde, falls das geht.«

Sein Herz pochte. Das war ja nicht zu fassen. In Geltringen war sie, das war nicht weit von hier. Sein Navi zeigte ihm den Flecken, etwa fünfunddreißig Kilometer entfernt. Dort war er schon einmal gewesen. Eine verblasste Erinnerung kam ihm in den Sinn. Es gab ein Foto, wie er als kleiner Junge mit dem längst verstorbenen Onkel Gustav inmitten einer Affenherde stand, den Arm ängstlich ausgestreckt, auf der Hand ein paar Nüsse. Mann ja, das war im Safaripark gewesen, die hatten mit ein paar Affen angefangen.

Andre entschied spontan, nach Geltringen zu fahren, wo er Jasmin schon bald in die Arme schließen konnte. Dass sie bei dieser Verrückten war! Damals hatten sie die tobende Frau von dem Restaurant weggezogen und dann fast zwei Stunden lang zu beruhigen versucht. Wie die über ihren Ex hergezogen war – zu Recht oder Unrecht, wer wusste das schon. Wer hat denn die von der Kette gelassen?, hatte er damals gedacht. Vor allen Leuten wollte sie den Typen zusammenfalten, aber Jasmin und er hatten sie davon abgehalten.

Andre überholte einen Pferdetransporter, aus dem ein Schimmelchen den zierlichen Kopf herausstreckte. Falls sie mal Kinder haben sollten – gerne! echt gerne! –, würde er ihnen ein Pferd kaufen, genau so eins.

Jetzt war die Straße frei, er beschleunigte den Wagen, die gregorianischen Gesänge waren in seinem Kopf und überall. Bald würde er mit Jasmin richtig zusammenwohnen. Und mit Bones. Sie hatte es selbst gesagt. Er langte rüber zum Telefon auf dem Beifahrersitz, er fuhr eigentlich zu schnell, um etwas anderes zu tun als konzentriert zu fahren. Er dachte noch, komisch, dass sie diese verrückte Cholerikerin wieder getroffen hat.

30

Als sie den Campingplatz verließen, sahen sie zu ihrer Linken Wasserbüffel, die in einer Reihe zu dem kleinen Fluss runtergingen, um sich abzukühlen.

Während Fabio fuhr, hielt Corry ihr Telefon ans Ohr. Die dünne Bluse klebte ihr am Rücken, so heiß war es. Sie versuchte, jemanden im Präsidium zu erreichen. Endlich meldete sich Ulla Tillack. »Gedankenübertragung!«, rief sie. »In der nächsten Sekunde hätte ich dich angerufen, Corry, wir haben was Neues!« Und dann sprach sie zwei Minuten lang und Corry gingen die Augen auf.

Zu Fabio sagte sie: »Das gibt's nicht! Michelle Högels Handy war zur Tatzeit in unmittelbarer Nähe vom Bungalow eingeloggt.«

Sie rief sofort Herrn Dittmann auf dem Campingplatz an: »Ja, genau, die Polizei schon wieder! War die Michi vorletzten Montag weg? Da hatten wir den 18. Juli.«

»Woher soll ich das wissen? Das kontrollier ich doch nicht. Meine Gäste sind immer mal unterwegs.«

Corry legte auf. »Seit sieben Jahren ist sie von Opitz getrennt«, sagte sie spitz. »Sie haust allein in einem Wohnwagen, und er wohnt mit einer schönen Frau in einer Luxusimmobilie.«

»Das sind Gegensätze, wie wir sie lieben«, sagte Fabio und fuhr durch einen dunklen Wald.

Ein großes Schild wies auf den Zufahrtsweg zum Safaripark hin. Corry rief die Parkleiterin an, um sich anzumelden. Sie brauchte nur Kripo Stuttgart zu sagen, da legte Frau Steinmann auch schon los. Corry sagte: »Wir sind gleich da.«

Sie drehte den Kopf zu Fabio. »Frau Steinmann sagt, die Situation im Park sei eskaliert. Offenbar hat sie Michelle Högel unterrichtet, dass wir uns nach ihr erkundigt haben. Jetzt verschanzt sie sich in ihrem Bus – mit vierzig Frauen, Männern und Kindern drin. Sie befinden sich in einem Freigehege mit dreizehn Löwen.«

»Dreizehn Stück?«

»Bist du jetzt abergläubisch?«

Fabio meinte, er hätte nichts dagegen, wenn sie jetzt sofort ein paar hiesige Polizistenkollegen anforderte, was sie auch tat.

Die Parkleiterin kam in der flirrenden Mittagshitze auf sie zugerannt. »Ich musste Frau Högel gar nicht erst sagen, dass die Kripo sie sprechen will, sie hat gerochen, dass die Polizei unterwegs ist. In meinem Büro hat sie gleich ›Mordkommission?‹ gesagt, da hatte ich das Wort noch nicht mal auf der Zunge liegen.«

»Sie hätten schweigen sollen!«, wies Fabio sie zurecht.

»Sollen, sollen, sollen!« Die Parkleiterin schäumte.

»Ist Jasmin Hutter in dem Bus?« Fabio zeigte ihr das Foto.

»Was weiß ich.« Sie winkte jemanden aus dem Verwaltungsgebäude herbei; es standen sowieso alle Mitarbeiter hinter der langen Glasscheibe und schauten zu ihnen hinaus. Ein junger Mann mit blonden Borstenhaaren kam angerannt.

»Schau dir das Foto an, Max.« Frau Steinmanns Kiefermuskeln zuckten. »Ist so eine an der Kasse gewesen?«

»Nein, die war nicht an der Kasse.« Er blieb stehen, steckte die Hände in die viel zu engen Hosentaschen.

»Also, die nicht. Aber vierzig Besucher sitzen da drin fest.« Frau Steinmann fuhr sich in die Haare. »Der Aufseher vom Wachturm bei den Löwen meldet mir das alle zwei Minuten, da, schon wieder!« Aus dem Walkie-Talkie in ihrer Hand drangen unverständliche Wortfetzen. Frau Steinmann bog ihren langen Oberkörper vor und zurück.

»Er sagt, die Michelle sitzt am Steuer und rührt sich nicht.«

Max, der neben Fabio stand, bemerkte leise: »Sie wird überschnappen.«

Fabio sah ihm in die Augen. »Die Löwen laufen da frei herum, ja?«

Max nickte. »Und zahm sind die nicht, vor allem nicht die Weiber.« Er krauste die Stirn. »Wenn die beschleunigen, fällt einem nichts mehr ein.«

Corry sagte: »Wir müssen umgehend mit Frau Högel reden.«

»Wie denn?«, schrie die Parkleiterin. »Was glauben Sie, was ich die ganze Zeit versuche? Die hat ihr Walkie-Talkie ausgeschaltet. Ich kann nicht mit ihr sprechen.«

»Der Park muss sofort gesperrt werden«, sagte Fabio. Max neben ihm nahm die Hände aus den Taschen, sagte: »Alles klar!«

»Schicken Sie die Besucher heim, veranlassen Sie das bitte sofort!«

Max eilte zu den beiden Einlassschranken, hinter denen die Autos Schlange standen. Auf den Rücksitzen kleine Kinder, manche streckten die Arme aus den Fenstern. Überall, auch vor dem Verwaltungsgebäude, standen Besucher, die neugierig herübersahen und sich mit Parkprospekten Luft zufächelten.

»Lautsprecherdurchsage!«, bestimmte Corry, während sie mit Frau Steinmann ins Büro rannte. »Sie müssen in einem ruhigeren Ton mit Frau Högel sprechen!«

»Müssen, müssen, mü…«

»Stopp!« rief Corry. »Sie wollen doch wohl nicht, dass Panik im Bus ausbricht und die Leute einfach rausrennen.«

»Das wäre ihr sicherer Tod«, entgegnete Steinmann und griff fest nach dem Mikro, gerade so, wie man eine Schlange hinterm Kopf packen würde, wenn man damit zu tun hätte. Ein Krächzen ertönte aus dem Lautsprecher und dann ihre fast übertrieben förmliche Stimme: »Die Parkleitung bittet darum, dass der Bus sowie alle Privatautos aus dem Löwengelände jetzt ruhig und geordnet herausfahren. Vielen Dank.«

»Das haben Sie gut gemacht«, sagte Corry.

Fabio, der mit einem Mitarbeiter sprach, winkte sie hinzu. Herr Bundschuh stellte sich selbst vor. »Oberaufseher.« Er erläuterte die Verhältnisse im Löwengehege anhand eines Übersichtsplans, während ihm der Schweiß von der Stirn rann. »Da ist das Schleusentor, hier steht der Wachturm, dort befindet sich momentan der Bus.« Sie schauten auf die Karte. »Es ist immer ein vergittertes Safariauto zur Gefahrenabwehr im Gehege – es steht auf einer Abfahrtsrampe, um schnell da zu sein, wenn es gebraucht wird. Außerdem sind die Ranger mit Jagdgewehren bewaffnet und haben Reizgas-Schreckschusswaffen und Elektroschockpistolen, sogenannte Taser.«

Herr Bundschuh gab Corry ein Walkie-Talkie, mit dem sie mit den Rangern, die Ohrhörer trugen, kommunizieren konnte.

»Gibt es weitere Abwehrfahrzeuge?«, fragte sie.

»Eins steht noch bei den Nashörnern«, sagte Bundschuh.

»Wir brauchen es!«

»In Ordnung.«

»Fabio«, sagte Corry. »Wenn die Högel nicht rauskommt, gehen wir rein!«

»Sind Sie lebensmü…?«, entfuhr es Bundschuh, der sie entgeistert ansah.

»Halt die Klappe«, sagte Frau Steinmann.

Corry sah sie an. »Ich möchte sofort mit Ihrem Mitarbeiter in dem Turm reden.« Zwei Minuten später hatte sie mit ihm vereinbart, dass er die elektrische Schleuse für den schwarzen Beetle öffnen würde.

Unterdessen fuhr der Ranger aus dem Nashorngehege in einem zebragestreiften Safariauto vor. Ein verwegener Typ – dunkle Stimme, mehrere blinkende Goldzähne. Er drängte sich an die Chefin, schlug vor, dass er mal eben mit der Michelle ein paar Takte spreche. Frau Steinmann sagte: »Die hat ihr Funkgerät abgeschaltet!« und schob ihn weg.

»Ich könnt's doch noch mal versuchen.« Er grinste breit.

»Die geht nicht dran, Jerimo! Tu einfach, was du tun sollst: Fahr den Herrschaften hier voraus, mehr nicht.« Ihr Blick sagte: Oder du fliegst zum Ersten.

Jerimo schenkte Corry ein Lächeln, dann schlackste er zu seinem Wagen und hechtete hinein. Nie war ein Autofahrer männlicher angefahren als dieser.

Corry und Fabio fuhren dicht hinter ihm her. Vor dem Tor zum Löwengehege gab es eine Verzögerung, weil der Aufseher im Wachturm es sich wohl anders überlegt hatte. Corry funkte ihn an. »Machen Sie auf, Himmel noch mal!«

Fabio ließ den Beetle über den Viehrost hopsen. Und dann sahen sie in etwa achthundert Metern Entfernung den fast voll besetzten Bus in der gleißenden Sonne stehen. Die Steppenlandschaft flimmerte vor Hitze.

»Ich seh weit und breit keinen Löwen«, sagte Fabio, fast schon erleichtert.

»O doch.« Corry streckte einen Finger aus. »Da hinten, bei dem Baumstamm.«

Fabio sagte nichts mehr.

Corry wies den Ranger auf der Rampe an, an seinem Standort zu bleiben. Bei Bedarf würde er sich mit seinem Auto herunterstürzen, das war nicht schlecht. Während Fabio bedachtsam auf den Bus zusteuerte, bat sie Jerimo, sich ebenfalls langsam zu nähern. Dann versuchte sie, die Högel zu kontakten, erhielt aber wie erwartet keine Antwort.

Eine erneute Lautsprechdurchsage war zu hören, diesmal die ruhige Stimme von Herrn Bundschuh. Er bat die Kollegin, doch bitte herauszufahren. »Alles wird gut, Michi. Alles wird gut.«

Fabio fuhr neben den Bus und hielt auf Höhe der Tür. Die Löwen blieben, wo sie waren, schauten aber alle gleichzeitig her.

Jetzt konnten sie Michelle Högel sehen: eine korpulente

Frau in einem leuchtend orangefarbenen Oberteil, Fink würde sagen: Orange, Farbe des Wahnsinns. Corry probierte wieder das Walkie-Talkie im Bus. Högel saß wie angewachsen auf dem Fahrersitz, keine Reaktion.

Fabio machte ihr Zeichen, dass sie ihm hinterherfahren sollte. Doch sie sah nicht zu ihm hin, blickte nur stoisch geradeaus auf den vor ihr liegenden Weg.

Da erhoben sich einige Löwen und taten ein paar lässige Schritte, einer streckte sich, als hätte er ausgeschlafen. Das waren keine dreizehn Stück, höchstens fünf oder sechs, wo der Rest war, wusste Corry nicht.

»Weißt du, wo die restlichen Löwen sind?«, fragte sie.

»Mir reicht, was ich sehe«, antwortete Fabio und fuhr vor den Bus. Nun konnte Corry die Fahrerin von vorn sehen. Ein Pulk Männer stand ihr im Nacken, redete wütend auf sie ein. Fabio fuhr rückwärts, um wieder die Position an der Tür einzunehmen.

Bis auf das männliche Tier, das sich beim Baumstamm wieder hingelegt hatte, waren jetzt alle Löwen auf den Beinen und sahen mit hochgereckten Köpfen herüber. Die Menschen im Bus hielten ihre Hände an die Scheiben, die Gesichter vor Angst verzerrt.

Obwohl geblendet vom Sonnenlicht, erkannte Corry in der hintersten Bank Jasmin Hutter. Ihr Gesicht war eine blasse, runde Scheibe, ihr schwarzes Haar war platt gegen die Scheibe gedrückt. Hatte dieses puppenhafte Mädchen seinen Bruder in den Tod gestürzt?

Corry versuchte erneut, die Högel zu erreichen – ohne Erfolg. Sie blickte auf die vielen Menschen im Bus. Manche waren aufgestanden, es gab ein Hin und Her. Dann kamen die Blitzlichter.

Über Funk hörte Corry den Ranger auf der Abfahrtsrampe. »Da fotografiert wer!« Jerimo meldete sich: »Die Situation eskaliert!« Mit seinem Auto fuhr er vor die Motorhaube des Busses und bemühte sich, mit Handzeichen Högels Aufmerksamkeit zu erlangen. Negativ.

Dann ging alles ganz schnell. Corry hörte Menschen schreien, Glas splittern. Im hinteren Bereich des Busses war eine Scheibe zu Bruch gegangen.

Sie schaute an Fabios Schulter vorbei in den Bus. Die Insassen flüchteten sich in den vorderen Teil. Leib an Leib verharrten sie, denn ganz hinten, auf der linken Seite, ragte der riesige Kopf eines Löwen durch den leeren Fensterrahmen, an dem sich das Raubtier mit den Vorderpranken festhielt.

Corry hörte Bremsen quietschen, den ohrenbetäubenden Knall einer Schreckschusspistole. Sie hörte die gellenden Schreie der Frauen, im Bus ein Wogen der Körper, und sie suchte mit den Augen nach Jasmin und fand sie nicht.

Jerimo kam ums Heck herum, fuhr rechts an ihnen vorbei, wieder vor an die Motorhaube des Busses. Er machte irre Zeichen für Högel, er formte mit den Fingern ein Herz, was Corry im Normalfall gerührt hätte, aber nun hatte sie so langsam genug von dem Spektakel.

»Er hat den Löwen ja wohl erledigt«, sagte sie, denn der Kopf war weg.

»Und was ist mit den anderen zwölf Viechern?« In Fabios Stimme lag ein Hauch Unwohlsein.

Im Bus fotografierten und filmten die Touristen; sie würden sich noch beim Sterben gegenseitig aufnehmen und die Filmchen auf Facebook posten. Corrys Stimmung verfinsterte sich zunehmend.

»Die Lage scheint aussichtslos«, sagte sie, »aber sie scheint nur so. Wir werden das Beste draus machen.«

»Oh Gott«, hörte sie Fabio gegen das Seitenfenster sagen, durch das er den Bus unablässig beobachtete.

Die Passagiere waren offensichtlich in Panik geraten. Die vorderen wurden fast zerquetscht, weil die hinteren sie nach vorne pressten. Ihre Münder waren entsetzt aufgerissen, sie klammerten sich an Haltegriffe, stützten sich an den Scheiben ab. Manche hielten kleine Kinder auf dem Arm, die gegen die Fenster gedrückt wurden. Weinende kleine Gesichter, Schreie, die nach draußen drangen.

Und wieder gab der Mann vom Wachturm Befürchtungen von sich: Er könne für nichts garantieren, habe große Sorge, dass die Situation aus dem Ruder laufe. Corry teilte uneingeschränkt seine Meinung: Wenn es hier keine Toten gäbe, dann wäre das ein reines Wunder.

Die Löwen näherten sich dem Bus. Der Mann von der Rampe kam herabgeschossen. Mit ihren vergitterten Safariautos drängten die beiden Ranger die Tiere ab, wobei sie beim Anfahren und Abbremsen dicke Wolken gelben Staubs aufwirbelten.

Weitere Schüsse ertönten. Die Tiere liefen weg. Doch schon nach wenigen Metern blieben sie wieder stehen, schauten zurück. Dies war ihr Revier.

Michelle Högel war nicht mehr zu sehen, die ganze Busladung stand ihr ja im Genick. Dann kam sie wieder ins Bild, hing verdreht auf ihrem Sitz, das Gesicht schneeweiß. Drei Männer versuchten, sie vom Steuer wegzuheben, während ein Löwe mit langer, schwarzer Mähne am rechten Hinterrad des Busses auftauchte. Jerimo raste auf ihn zu.

Die Männer stemmten Michelle Högel gegen die Einstiegstür, einer saß bereits auf dem Fahrersitz, suchte fuchtelnd etwas am Armaturenbrett, dann hatte er den Türöffner gefunden, und sie warfen die Frau hinaus in den Staub.

Der Mann am Steuer startete den Bus, würgte ihn ab, startete erneut, fuhr krachend los.

Dies alles geschah in Sekunden.

Fabio fuhr dicht an Michelle Högel heran. Zwei riesige Löwinnen trabten herbei. Corry rief: »Schießen!«, eine Aufforderung an die beiden Ranger.

Fabio sagte: »Er nimmt den Taser.«

Corry sah gleich, dass der Abstand zu den Löwen größer war als die Reichweite der Schockpistole von läppischen zehn Metern. Die Widerhaken der Elektrowaffe würden bloß durch die staubige Luft fliegen, anstatt die Leiber zu treffen. Doch abzuwarten, bis die Löwen näherkamen, war auch keine gute Idee.

Immerhin verschossen die Jungs erneut Reizgasmunition und fuhren wild hin und her, vermutlich machte ihnen das sogar Spaß.

Als die unbeholfen am Boden liegende Högel Anstalten machte, nun auch noch auf die Löwen zuzurobben, sagte Fabio: »Ich hol sie rein, gib mir Feuerschutz.«

Das behagte Corry ganz und gar nicht. In dem Augenblick, als Fabio die Hand an den Türgriff legte, rief sie: »Ich mach das!« Sie war schon immer die Mutigere gewesen. Wieso sollte das heute anders sein. Sie biss die Zähne zusammen und stürmte aus dem Wagen.

Im Augenwinkel nahm sie wahr, dass drei oder vier Löwen äußerst gespannt zu ihr herüberblickten. Fabio würde ihr Feuerschutz geben, sie konnte sich zu hundert Prozent auf ihn verlassen. Sie wusste, dass er in diesem Moment innerlich fluchte und sich vielleicht eine ganz, ganz andere Kollegin wünschte.

Högels Gesicht war nass verschwitzt und vom Dreck verschmiert, ansonsten leer, kein Ausdruck war erkennbar. Schock. »Aufstehn!«, herrschte Corry sie an. Sie spürte, dass die Löwen kamen. Die Ranger schossen weiter in die Luft, Corry platzte fast das Trommelfell. Es vertrieb die Löwen für den Moment, jedenfalls so lange, bis Corry die Högel gezwungen hatte, sie anzusehen.

»Los! Hoch mit dir! Ich hab keine Lust, hier zu sterben.« Dieser gequälte Blick, dieser schwere Körper, der kaum vom Boden hochkam. Corry zerrte sie brutal in die Höhe und stieß sie mit letzter Kraft in den Fond des Beetle.

Das große Tier mit der schwarzen zottligen Mähne hatten die Ranger offenbar nicht auf dem Schirm; es kam zwischen ihren beiden Autos rasch hervorgetrabt. Corry sah, dass Fabio zielte. Bevor er schoss, falls er das überhaupt vorhatte, schaffte sie es beinah auf den engen Rücksitz zur Högel, die keinen Zentimeter zur Seite wich, um ihr Platz zu machen. Doch Corrys linkes Bein war noch draußen. Die aufkommende kleine Panikwelle rang sie sofort nieder. Kurzerhand krabbelte sie auf die Högel drauf, beugte sich mit langem Arm zurück und packte den Griff, um die Tür zuzuziehen. In dem Moment sah sie dem Löwenmann in sein riesiges Gesicht. Der Anblick verschlug ihr den Atem. Es dauerte nur den Bruchteil einer Sekunde, doch für sie fühlte es sich an wie eine Ewigkeit. Sie hörte den Schuss nicht, doch sie sah, wie der riesige fellige Körper nach hinten wegsackte. Fabio hatte den Löwen erschossen.

Jerimo und der Rampenranger trieben die wütend herbeilaufenden Löwinnen reifenkreischend vor sich her und schlugen sie in die Flucht.

Bis auf eine.

Als Fabio anfuhr, sprang die Löwin auf das runde Dach des Beetle, wo sie mit ihren Krallen aber keinen Halt fand und langsam nach hinten wegrutschte. Dieses Geräusch, schlimmer als Kreide an einer Schultafel, und das Gefühl, ein zweihundert Kilo schweres Raubtier bräche im nächsten Moment über ihren Köpfen in den Fahrgastraum, würde Corry sicher noch einige Zeit verfolgen.

Sie rumpelten über das Bodengitter und fuhren aus dem Löwengehege hinaus.

Michelle Högel weinte, es war mehr ein Wimmern. »Fenster … kaputt«, stammelte sie. »Hab's im Rückspiegel gesehn. Jasminchen … sie ist tot. Sie ist tot.«

Draußen sahen sie den Horrorbus stehen. Daneben drei Streifenwagen mit flackerndem Blaulicht, die Feuerwehr war vor Ort, ebenso vier Rettungswagen mit offenen Türen. Und ein Bestattungswagen war auch schon da.

Fabio stellte den Beetle neben den Bus. Die Passagiere waren alle ausgestiegen, manche saßen in der Nähe, auf der Kante des hohen Bürgersteigs, telefonierend, kopfschüttelnd. Manche schauten auf die Displays ihrer Handys, sahen sich vielleicht den Thriller an, den sie gerade live erlebt hatten.

Zwei uniformierte Kollegen liefen auf Corry und Fabio zu und übernahmen Michelle Högel. Die Handschellen klickten. Corry sah, dass sich Sanitäter um Fahrgäste kümmerten, die ihnen ein geprelltes Bein oder eine verstauchte Hand hinhielten. Dann wirbelte sie herum, rannte zu dem Bus, schwang sich die flachen Stufen hoch ins Innere. Hinten war alles voller Blut.

In diesem Augenblick stand die Zeit still. Corry mit angehaltenem Atem, keine drei Meter entfernt von der jungen Frau. Ihr rundes Gesicht weiß wie Leinen und mit Schlieren von hellrotem Blut. Die Augen geschlossen, im Mund ein Beatmungsgerät. Aus den Schlitzen ihrer blutgetränkten Jeans schauten nackte kindliche Knie. Überall Glassplitter. Das T-Shirt mit dem Fernsehturm schwarzglänzend von Blut. Überall Blut.

Zwischen den beiden letzten Bänken musste sie gelegen haben. Die Rettungskräfte hatten sie in den Mittelgang gezogen, es gab eine Schleifspur aus Blut.

Ihr Hals war eine einzige große Wunde. Die Notärzte versuchten, das Blut zu stillen. Ein großer Zacken aus der Glasscheibe lag blutverschmiert zu Jasmins Füßen. Die Notärztin bat Corry, nicht näher zu kommen. Sie versuchten, die junge Frau zu reanimieren.

Überall medizinisches Gerät und große Haufen Plastik, Kanülen und leere Infusionsbeutel, alles am Boden und unter den Sitzen verstreut.

Corry spürte, wie der Schmerz in sie hineinschnitt. Sie kannte Jasmin Hutter. Sie war in ihrem glitzernden Märchenzimmer gewesen, sie wusste, was für hübsche Figürchen sie mit ihren Händen herstellte, sie wusste, welche Anziehsachen in ihrem Schrank lagen und was sie gerne aß: Kartoffelbrei, der Klebrige.

Sie wusste noch etwas. Etwas, das der jungen Frau vermutlich selbst noch unbekannt war: dass sie eine Stelle in einem Bastelladen angeboten bekommen hatte und man sich dort auf sie freue.

Sie musste nur überleben.

Und Corry wusste, dass Jasmin als zehnjähriges Mädchen … Nein, das wusste sie eben nicht! Das war Spekulation, wie Otte und jeder vernünftige Polizist es nennen würden. Corry wollte kein Wort mehr darüber verlieren. Sie sah raus zu Fabio, der ebenso schweigen würde wie sie.

In diesem Augenblick schüttelte er einem Geltringer Kollegen die Hand und wandte sich dann wieder dem jungen Mann zu, den ein Uniformierter an den Armen festhalten musste, weil er in den Bus rein wollte.

Laut schrie er: »Mann, Jasmin, was machst du?« Seine Stimme überschlug sich, sie war schrill und dennoch voller Liebe.

Das war Andre Zeeb, der Bestatter. Lang und dürr stand er da, schwarzer Anzug, schwarze Krawatte, alles schwarz, und Corry sah in seinem Gesicht so viel Leid und Schmerz.

Wenn sie doch nur überlebte!

Die Mediziner hoben Jasmin, in Goldfolie eingepackt und künstlich beatmet, auf eine Trage und brachten sie hinaus zum Krankenwagen. Ihr Freund riss sich los und rannte hin. Und während die Trage in den Wagen geschoben wurde, rief er ihr etwas zu, es klang wie: »Denk an Bones, bitte!«

»Sie hat mich gehört«, stammelte er, als der Krankentransporter weggefahren war. »Jasmin hat mich heute Vormittag angerufen und gesagt, wo sie ist. Ich war nicht weit von hier, aber ich wäre von überall hergefahren, fünftausend Kilometer, egal. Denn sie sagte, wir könnten zusammenziehen.«

Und dann sank er auf die Knie und weinte, aber er ließ sich von Fabio auf den Rücken klopfen. Und Corry legte ihm spontan die Hand auf die Schulter, was normalerweise nicht ihre Art war.

»Sie wird wieder gesund«, hörte Corry sich sagen.

Sie hatte keine Ahnung, ob das stimmte. Oder ob das gelogen war. Und die Sonne brannte immer noch sehr heiß und ihr taten die Augen weh vom Blinzeln gegen das gleißende Licht und vom Brennen ihrer Tränen.

Epilog

Der Mann wurde so langsam zornig. »Kommst du endlich her! Hierher! Hiiier!«

Der kleine schwarze Hund zerrte an etwas herum, weit hinten bei dem dichten Gebüsch. Er hätte ihn an der Leine lassen sollen. Hinter Raststätten war doch immer alles verdreckt und verpinkelt, und da zog es den Racker wohl hin.

»Freddy, hiiier!«

Der Kleine ließ von dem Gegenstand ab und kam tatsächlich auf ihn zugerannt.

Jetzt aber loben! »Braver Hund.« Klick! Schon war er angeleint.

Freddy hob den Kopf in Erwartung eines Leckerlis, wenn es ausbliebe, käme er das nächste Mal vielleicht nicht mehr so schnell.

Der Mann ging in die Hocke und tätschelte ihn. Dann sah er wieder angespannt zu dem Gebüsch hinüber. Er richtete sich auf und fragte sich, wer denn wohl einen Baseballschläger einfach in so ein Dickicht reinschmiss. Ihm kam das komisch vor.

Erst als er daheim war und mit seiner Frau am Abendbrottisch saß, dämmerte ihm, dass mit so einem Sportgerät irgendwo ein Mord verübt worden war. Seine Frau wusste es ganz genau. In Stuttgart war das gewesen, sagte sie, etwa vor einem halben Jahr. »Da ist eine Frau in ihrem Haus erschlagen worden.«

Paul Silber holte mit Einsteins Hilfe den Baseballschläger aus dem dichten Gestrüpp, wo er sich zwischen den wirren Stämmchen verkeilt hatte.

Gerd Feldhaus wies im Labor Spuren von Alexas Blut an der Schlagfläche nach. Ebenso wurden ausreichend Teile von Fingerabdrücken am Griff des Baseballschlägers gesichert, die Michelle Högel zugeordnet werden konnten. Sie hatte die Tat bereits gestanden.

Von Corry Voss nach ihrem Motiv befragt, kam blinder Hass heraus, gespeist von Neid und Missgunst.

Wörtlich meinte die Beschuldigte: »Weil die nun auch noch schwanger war, zu all ihrem Glück.«

»Sie war gar nicht schwanger«, hatte Corry erwidert. »Wie kommen Sie denn da drauf?«

Schweigen.

»Haben Sie sich das eingebildet?«

»Ich bilde mir gar nichts ein.«

Mehr sagte sie zu dem Verbrechen nicht. Das war sozusagen ihr letztes Wort. Sie fragte allerdings nach ihrer Freundin.

Jasmin Hutter konnte die Stelle im Bastelladen zum 1. September noch nicht antreten. Als sie auf dem gepolsterten Drehstuhl im Perlensortierbüro Platz nahm, war es kurz vor Weihnachten und ihre Arbeitskraft – Originalton Herr Burger – »auf der ganzen Linie unentbehrlich!«.

Sie war überglücklich. Außerdem war sie gottfroh, dass Erdna für immer nach Afrika gegangen war und dass auch Edgar Zeeb – ebenfalls freiwillig – in ein Altenheim gezogen war und sich dort sogar wohlfühlte, der alte Jäger.

Um mit ihren durchaus begründeten Schuldgefühlen klarzukommen, hatte sie eine Therapie erhalten, die sehr gut anschlug. Jetzt konnte sie endlich ihr Leben leben, zusammen mit Andre, der nebenbei bemerkt zum Bestatter des Jahres gewählt worden war.

Die beiden waren glücklich, nun ja, ein bisschen traurig vielleicht, denn Bones wollte nicht in Stuttgart wohnen, er hatte sich entschieden, in der Tierherberge zu bleiben.

Auch bei Familie Abt gab es Neues: Nadine mietete sich einen Bunker und machte eine Champignonzucht auf. Ihre Mutter Ingrid krempelte die Ärmel hoch und half ihr dabei. Der Afghane arbeitete inzwischen beim Daimler und hatte keine Zeit, bei sowas mit anzupacken. Auf Laura brauchten sie auch nicht zu hoffen, die war auf dem Sprung in ein hübsches Kloster. Friedemann Abt hatte sich ein Boot gekauft, auf dem er nun dauerhaft im Mittelmeer lebte.

Fabios Freund war nicht in Berlin geblieben, sondern rasch wieder zu ihm nach Bad Cannstatt gekommen. Das kleine Haus hatten sie bald wieder für sich, denn die Dachsanierung in Bärbels Zuhause war von ihrer Schwester, der reichen Pensionärin, fast ganz bezahlt worden; den Rest konnten Salvatore und Bärbel abstottern.

Noch ein Wort zum Safaripark. Die beiden Löwen, sie hießen übrigens Simba und Ashanti, wurden gesund gepflegt und erfreuen sich weiterhin ihres Lebens.

Dass Otte, der Chef des Dezernats für Tötungsdelikte, eine Wahnsinnsangst vor Löwen hatte, überraschte niemanden vom Team. Tagelang noch zeigte er jedem die Gänsehaut an seinem Arm. »Ich nehme an, nur wenn man nicht sehr am Leben hängt«, sagte er nicht ohne Bewunderung in der Stimme, »dann macht man solche Aktionen wie diese zwei.« Er zeigte auf Corry und Fabio.

Die grinsten aber nur. Otte war ja bekannt für seine Sprüche.

Dank

Danke an meinen Mann, Joachim Wahnschaffe, für die Unterstützung bei meiner Arbeit, und danke an Prof. Edwin Klingner für sein aufbauendes Probelesen.

Großen Dank auch an Prof. Dr. Frank Wehner in Sachen Rechtsmedizin sowie an meinen Cousin Paul Konstandin (Polizist a. D.) für Tipps und Anregungen.

Die Websites www.perlentiere.com, www.albschneckler.de und www.tierherberge-donzdorf.de haben mich inspiriert!

Zum Weiterlesen

In Ihrer Buchhandlung

Anita Konstandin

Morgen früh, wenn Gott will

Baden-Württemberg-Thriller

Der Schrecken beginnt, als eine Frau ihren Hund im Feuerbacher Wald begraben will. Sie findet eine rosarot gekleidete Leiche, bei deren Anblick es selbst den härtesten Polizisten der Stuttgarter Mordkommission die Kehle zuschnürt. Es liegt keine Vermisstenmeldung vor, die Kollegen stehen vor einem Rätsel. Kriminalhauptkommissarin Corry Voss leitet die Ermittlungen. Zusammen mit ihrem Kollegen Fabio Lavelli und der jungen Staatsanwältin Arlet Cronmüller verfolgt sie eine Spur des Grauens, die von Stuttgart nach Barcelona führt. Vor ihren Augen öffnet sich ein Abgrund aus Liebe und Einsamkeit, Wut und Verzweiflung. Und jetzt gerät auch die Kommissarin selbst in höchste Lebensgefahr. Ein Horrortrip – nichts für schwache Nerven.

528 Seiten.
ISBN 978-3-8425-1479-9

SILBERBURG

Mord in der Autohochburg

In Ihrer Buchhandlung

Birgit Hummler

Dieselschwaden

Baden-Württemberg-Krimi

Kommissar Luca Mazzaro ermittelt, unterstützt von seiner neuen, noch unerfahrenen Kollegin Pia Grampp, in einem brutalen Mordfall an einer Prostituierten im Stuttgarter Stadtteil Fasanenhof. Bei seinen Recherchen in einem Edelbordell in Echterdingen stößt er auf die Namen von hochrangigen Managern der Automobil- und Zulieferindustrie aus dem Bereich »Abgasanlagen«. Was wussten diese Leute über den Diesel-Skandal? Und was haben sie mit dem Tod der jungen Frau zu tun? Die Kommissare bewegen sich bei ihren Ermittlungen auf äußerst heiklem Terrain …

Der vierte hochkarätige Wirtschaftskrimi der preisgekrönten Autorin greift das derzeit aktuellste Thema in der Landeshauptstadt auf.

384 Seiten.
ISBN 978-3-8425-2113-1

SILBERBURG